U0097293

中國語言文字研究輯刊

二 三 編

許 學 仁 主編

第1冊

《二三編》總目

編 輯 部 編

生態漢語學（增訂版）
（第一冊）

李 國 正 著

花木蘭文化事業有限公司

國家圖書館出版品預行編目資料

生態漢語學（增訂版）（第一冊）／李國正 著 -- 初版 -- 新北市：花木蘭文化事業有限公司，2022〔民 111〕
序 2+ 目 4+202 面；21×29.7 公分
（中國語言文字研究輯刊　二三編；第 1 冊）
ISBN 978-626-344-015-9（精裝）
1.CST：漢語 2.CST：語言學 3.CST：生態學
802.08　　111010172

中國語言文字研究輯刊
二三編　第一冊　ISBN：978-626-344-015-9

生態漢語學（增訂版）（第一冊）

作　　者　李國正
主　　編　許學仁
總 編 輯　杜潔祥
副總編輯　楊嘉樂
編輯主任　許郁翎
編　　輯　張雅淋、潘玟靜、劉子瑄　美術編輯　陳逸婷
出　　版　花木蘭文化事業有限公司
發 行 人　高小娟
聯絡地址　235 新北市中和區中安街七二號十三樓
　　　　　電話：02-2923-1455／傳真：02-2923-1452
網　　址　http://www.huamulan.tw 信箱 service@huamulans.com
印　　刷　普羅文化出版廣告事業
初　　版　2022 年 9 月
定　　價　二三編 28 冊（精裝）新台幣 96,000 元　

《二三編》總目

編輯部編

《中國語言文字研究輯刊》
二三編　書目

語言與文化研究專輯

第 一 冊　李國正　生態漢語學（增訂版）（第一冊）

第 二 冊　李國正　生態漢語學（增訂版）（第二冊）

第 三 冊　李國正　生態漢語學（增訂版）（第三冊）

第 四 冊　李國正　生態漢語學（增訂版）（第四冊）

說文研究專輯

第 五 冊　朱　棟　《說文》古文籀文與對應小篆構形系統比較研究（上）

第 六 冊　朱　棟　《說文》古文籀文與對應小篆構形系統比較研究（下）

古文字研究專輯

第 七 冊　熊賢品　湖南商周金文輯考

古代詞語研究專輯

第 八 冊　廖素琴　漢代字辭書「陰陽五行」詞源研究——以《說文解字》、《釋名》聲訓為中心

第 九 冊　王閏吉、魏啟君　古代漢語詞語新探

第 十 冊　張學瑾　《道教靈驗記》詞彙研究

方言研究專輯

第十一冊　楊正超　唐河方言語法研究（上）

第十二冊　楊正超　唐河方言語法研究（下）

第十三冊　陳　鵬　劍閣、南部縣相鄰山區方言音系調查及其歷史比較

名家論文集

第十四冊　季旭昇　季旭昇學術論文集（第一冊）
第十五冊　季旭昇　季旭昇學術論文集（第二冊）
第十六冊　季旭昇　季旭昇學術論文集（第三冊）
第十七冊　季旭昇　季旭昇學術論文集（第四冊）
第十八冊　季旭昇　季旭昇學術論文集（第五冊）
第十九冊　譚步雲　多心齋學術文叢（上）
第二十冊　譚步雲　多心齋學術文叢（中）
第二一冊　譚步雲　多心齋學術文叢（下）
第二二冊　李國正　李國正論文自選集（第一冊）
第二三冊　李國正　李國正論文自選集（第二冊）
第二四冊　李國正　李國正論文自選集（第三冊）
第二五冊　李國正　李國正論文自選集（第四冊）
第二六冊　李國正　李國正論文自選集（第五冊）

語言文字學者學行研究專輯

第二七冊　鄧　凱　小學入經史——張舜徽文字學論著研究
第二八冊　龐光華　何九盈先生學行述論

《中國語言文字研究輯刊》二三編
各書作者簡介・提要・目次

第一、二、三、四冊　生態漢語學（增訂版）

作者簡介

李國正，籍貫重慶永川，1947年農曆4月出生於四川瀘州。廈門大學中文系教授，漢語言文字學專業博士生導師，馬來亞大學客座教授暨博士生導師，東姑阿都拉曼大學中華研究院教授，韓國仁荷大學交流教授，國務院學位委員會第九屆博士、碩士授權點通訊評議專家，國家社科基金項目評議專家，教育部「高校青年教師獎」通訊評議專家，教育部學科評估專家，教育部人文社科項目評議專家。曾任中文系副主任、中國語言文學研究所副所長、福建省辭書學會副會長、福建省語言學會常務理事。

提　要

本書之主要特色是以生態學的基本原理為基礎，建構了生態語言系統理論。從語言事實出發，把現代進化論、分子生物學、系統論、控制論、信息論、協同學、突變論、耗散結構論、符號學、美學、認知科學等各種學說、各門學科的研究方法和研究成果結合起來，對語言進行跨學科、多角度的探討和研究；重視宏觀與微觀、動態與靜態、時間與空間、內容與形式的相互觀照，重新認識語言，考察語言，分析語言，解釋語言。並以這一理論作為創立生態漢語學的基石，進一步考察漢語系統的生態特徵、生態類型和生態運動，運用這一理論探索語言系統發展變化的生態運動規律。

目　次

第一冊

序　殷焕先
引　言 ……1
第一章　生態語言系統 ……11
　第一節　生態系統與生態語言系統 ……11
　第二節　生態語言系統的結構與功能 ……38
第二章　語言系統的生態環境 ……101
　第一節　自然結構環境 ……102
　第二節　社會結構環境 ……110
　第三節　文化結構環境 ……119
　第四節　自為環境 ……128
第三章　語言的生態運動 ……147
　第一節　對立與互補 ……148
　第二節　類化與異化 ……153
　第三節　泛化與特化 ……165
　第四節　強化與弱化 ……171
　第五節　擴散與防禦 ……177
　第六節　滲透與協同 ……185
　第七節　漂變與選擇 ……192

第二冊

第四章　生態漢語系統 ……203
　第一節　漢語系統的生態結構和機制 ……203
　第二節　漢語系統的生態環境及其作用 ……242
　第三節　漢語系統的生態特徵 ……266
第五章　漢語的生態類型 ……277
　第一節　自然生態 ……277
　第二節　社群生態 ……303
　第三節　文化生態 ……367
　第四節　羨美生態 ……387
　第五節　模糊生態 ……398

第三冊
第六章　漢語的生態運動 ……405
　第一節　語音的生態特徵與嬗變 ……409
　第二節　語義的生態特徵與嬗變 ……494
第四冊
　第三節　語法的生態特徵與嬗變 ……563
第七章　生態漢字系統 ……637
　第一節　生態環境與漢字起源 ……638
　第二節　生態漢字系統的結構與功能 ……643
　第三節　漢字的生態結構類型 ……650
　第四節　漢字的生態運動 ……660
第八章　生態漢語學的研究方法 ……707
　第一節　優化的傳統方法 ……707
　第二節　系統分析方法 ……710
　第三節　實驗方法 ……715
　第四節　數學方法 ……716
後　記 ……725
增訂版後記 ……727

第五、六冊　《說文》古文籀文與對應小篆構形系統比較研究

作者簡介

朱棟（1981～），男，漢族，中共黨員，安徽靈璧人。鹽城師範學院文學院副教授，博士後。研究方向為傳統小學與漢語修辭學。中國文字學會會員，中國訓詁學會會員，中國唐代文學學會會員，中國修辭學會理事，江蘇省語言學會理事。阜陽師範大學學士，新疆師範大學碩士，武漢大學博士，復旦大學博士後，臺灣東吳大學訪問學者。主持完成江蘇省社科基金項目 1 項，主持完成江蘇省教育廳項目 1 項，主持完成校級項目 2 項。參與國家社科基金項目 2 項。出版專著 3 部，參編教材 1 部。截至目前，共在《江海學刊》《長江學術》等學術期刊發表論文 35 篇。教學成果獲江蘇省二等獎 1 項，長三角三等獎 1 項；科研成果獲江蘇省哲學社會科學界學術大會優秀論文一等獎 2 項，獲鹽城市哲學社會科學優秀成果獎三等獎 1 項。

提　要

本成果在對《說文》古文籀文進行窮盡性搜集的基礎上，採用「四體類屬」「組構類型」和「字際關係」等理論，將其與各自對應的小篆字形進行分析描寫和比較研究，吸收最新相關研究成果並以新近出土的古文字材料作為研究的佐證，全面釐清《說文》古文籀文與其各自對應小篆構形系統之間的區別與聯繫，以推進「說文」學與傳統小學的發展。同時，總結漢字發展演變的優化規律，為當今漢字的規範化提供借鑒。

目　次

上　冊

引　言……1
上編　《說文》古文與對應小篆構形系統比較研究……3
緒　論……5
第一章　《說文》與《說文》古文……11
　第一節　《說文》作者許慎……11
　第二節　《說文》略說……13
　第三節　《說文》古文……15
第二章　古文字字形的分析理論與研究方法……17
　第一節　「六書」和「四體類屬」理論……17
　第二節　古文字的組構部件……21
　第三節　古文字字形的組構類型……23
　第四節　古文字的字際關係……26
第三章　《說文》古文與對應小篆字形比較研究……29
　第一節　《說文》古文與對應小篆字形比較集釋……29
第四章　《說文》古文與對應小篆字形比較研究的結論及價值……131
　第一節　《說文》古文與對應小篆字形比較研究的結論……131
　第二節　《說文》古文與對應小篆字形比較研究的價值……137

下　冊

下編　《說文》籀文與對應小篆構形系統比較研究……139
緒　論……141
　第一節　「籀文」釋義……141
　第二節　《說文》籀文研究述評……142
第一章　《說文》籀文略說……145

第一節 《說文》籀文……145
第二節 《說文》籀文說解體例……146
第二章 《說文》籀文與對應小篆字形比較研究……149
第一節 《說文》籀文與對應小篆字形比較集釋……149
第三章 《說文》籀文與對應小篆字形比較研究的結論及價值……285
第一節 《說文》籀文與對應小篆「四體類屬」比較研究……285
第二節 《說文》籀文與對應小篆組構類型比較研究……289
第三節 《說文》籀文與對應小篆字際關係比較研究……293
第四節 籀文到小篆發展演變的優化規律……294
參考文獻……299
附錄一 《說文》古文與對應小篆字形比較研究對比表……305
附錄二 《說文》籀文與對應小篆字形比較研究對比表……325
後 記……335

第七冊 湖南商周金文輯考

作者簡介

熊賢品，1986 年生，湖北鄂州人，副教授、碩導，2015 年博士畢業於武漢大學歷史學院，曾先後在中國社會科學院歷史研究所、湖南師範大學歷史文化學院從事博士後研究、教學研究工作，2021 年調入蘇州大學社會學院歷史系。主要研究商周政治制度史，著有《戰國王年問題研究》（中國社會科學出版社 2017 年 9 月版），在《簡帛研究》等刊物發表論文多篇。

提 要

湖南地區出土文獻發現較多，但以簡牘為大宗，也是研究熱門所在；而本地區商周金文資料則相對發現較少，研究成果較為分散，但仍有其價值所在。此前已有一些重要的湖南商周金文研究成果，但隨著資料積累和研究推進，一些問題目前似仍有可繼續探討處，尤以東周金文相關方面為多，具體不但涉及相關器物銘文文字考釋、器形分期斷代等問題，銘文內容相關歷史、地理、國別、年代等也還有一些可再分析處。進而，湖南商周金文專題性整理研究成果，目前也還不多見。

本書首先收集、補充相關新出湖南商周金文資料，與陸續公布的舊器器型、銘文圖片新資料，注重圖片資料更新；其次充分整理已有相關研究成果，積極採用相關器物分期斷代新意見、古文字考釋與銘文釋讀新看法，以期保證相關器物銘文釋讀的準確性與實效性，從而方便歷史學、博物館學等學科學者利用。再次隨文就若干問題進行討論，具體包括相關青銅器著錄校重、若干新出金文資料與舊器銘文對讀、相關戰國紀年兵器的國別與年代判定等問題，並提出自己的一些看法。另外湖南地區也發現少量的戰國貨幣、古璽文字，於此一併收入附編並進行匯釋。

目　次

凡　例

前言　湖南商周金文研究史簡述 …… 1

正　編 …… 9

一、商器 …… 9

1.《大禾方鼎》 …… 9

2.《[illegible]戈父鼎》 …… 16

3.《鼎》 …… 19

4.《[illegible] [illegible]父乙簋》 …… 20

5.《[illegible]己鼎》 …… 22

6.《戈卣》 …… 24

7.《戈父乙爵》 …… 29

8.《戈卣》 …… 30

9.《酉鼎》 …… 31

10.《癸[illegible]卣》 …… 34

11.《[illegible]爵》 …… 35

12.《[illegible]戈》 …… 36

13.《[illegible]戈》 …… 36

14.《[illegible]戈》 …… 37

15.《隹戈》 …… 37

16.《[illegible]戈》 …… 38

17.《[illegible]父丁爵》 …… 38

18.《[illegible]戈》 …… 39

二、西周器 …… 40

19.《[illegible]盉》 …… 40

20.《皿方罍》 …… 41

21.《戈觶》……51
22.《父乙罍》……52
23.《父乙爵》……53
24.《祖丁爵》……54
25.《爵》……55
26.《觶》……55
27.《父甲尊》……56
28.《亞尊》……58
29.《亞若癸尊》……58
30.《仲姜鈁》……60
31.《[illegible]孫父簋》……61
32.《士父鐘》(《叔氏鐘》)……62
33.《乍寶尊簋》……64
34.《朿中（仲）豆父簋》……65
35.《蓮花壺蓋》……67
36.《中姞鬲》……68
37.《楚公冡戈》……69
三、春秋器……76
38.《樊君匜》……76
39.《慍兒盞》……80
40.《羅子箴盤》……83
41.《子仲盆蓋》……86
42.《楚屈叔沱戈》……88
43.《繆叔義行之用戈》……90
44.《孟叔銅匜》……92
45.《悳公銘文戈》……92
四、戰國……94
46.《競矛》……94
47.《武王之童⿰火害戈》……96
48.《武王之童⿰火害戈》……100
49.《武王之童⿰火害戈》……101
50.《武王之童⿰火害戈》……101

51.《武王之□□戈》 ……………………………………102
52.《武王之□□戈》 ……………………………………103
53.《正昜鼎》 ……………………………………104
54.《奇字戈》 ……………………………………105
55.《奇字戈》 ……………………………………107
56.《中（中）昜鼎》 ……………………………………107
57.《蓈鼎》 ……………………………………109
58.《中[illegible]王鼎》 ……………………………………109
59.《銅龍節》 ……………………………………112
60.《王命銅虎節》 ……………………………………115
61.《燕客銅量》 ……………………………………116
62.《石垩（錘）刃（刀）》 ……………………………………128
63.《益權》 ……………………………………130
64.《鋝權》 ……………………………………132
65.《分益砝碼》 ……………………………………132
66.《或番鐘》 ……………………………………134
67.《「君」車軎》 ……………………………………134
68.《「楚尚」車軎》 ……………………………………135
69.《「士」帶鉤》 ……………………………………136
70.《子者（都？）诰鍗戈》 ……………………………………136
71.《呂造戈》 ……………………………………138
72.《玄繆戈》 ……………………………………139
73.《玄繆戈》 ……………………………………140
74.《長沙戈》 ……………………………………141
75.《長沙戈》 ……………………………………142
76.《長[illegible]矛》 ……………………………………142
77.《[illegible]之新造戈》 ……………………………………143
78.《新造自司作矛》 ……………………………………144
79.《敓作楚王戟》 ……………………………………145
80.《鄴之王戈》 ……………………………………147
81.《墉戈》 ……………………………………148
82.《盧（爐）用戈》 ……………………………………148

83.《單𨐨託戈》……149
84.《玄戈》……149
85.《王作□君劍》……150
86.《宜章矛》……150
87.《大官戈》……151
88. 銘文戈……153
89.《越王州句劍》……154
90.《越王旨殹劍》……155
91.《越王銅矛》……156
92.《距末》……157
93.《距末》……159
94.《王孫袖戈》……159
95.《「棘」字戈》……162
96.《「金」字矛》……164
97.《巴式銘文戈》……165
98.《奇字戈》……165
99.《奇字矛》……166
100.《「永用」矛》……166
101.《廿年相邦冉戈》……167
102.《少府矛》……169
103.《四年相邦呂不韋戈》……170
104.《廿年桼（漆）工師矛》……171
105.《上郡矛》……173
106.《蜀西工戈》……173
107.《鄭生庫戈》……174
108.《鄭左庫戈》……175
109.《六年格氏令戈》……176
110.《五年雍丘令戈》……181
111.《十八年冢子戈》……195
112.《武安戈》……197
113.《廿七年春平侯劍》……198
114.《卅三年大梁左庫戈》……200
115.《廿三年部令戈》……201

116.《九年[illegible]戈》……211
117.《九年戈》……213
118.《少梁府銅劍》……214
119.《蓬八斗六升銅壺》……215
120.《廿三年弩機》……216
附編一　貨幣銘文……219
1.「巽」……219
2.「桼」……220
3.「福壽」……223
4.「郢稱」鉛餅……224
附編二　官璽文字……227
1.「大廄」……227
2.「菱邦璽」……228
3.「郢室畏戶之璽」……229
4.「中職室璽」……230
5.「鄂邑大夫璽」……231
6.「士」璽……232
7.「連囂」璽……232
8.「□湩都左司馬璽」……233
9.「跿都左司馬璽」……234
10.「文安都遽馹」……235
11.「陰成君邑大夫俞□」……236
12.「攻師�璽」……237
13.「五□之璽」……238
14.「沅陽」璽……239
15.「沶□都丞」璽……239
結語　湖南商周金文的特點及其史料價值概說……241
參考文獻……243
附錄一　器物國別、出土地、現藏索引……249
附錄二　20世紀後半期湖南學者先秦史研究論略……255
附錄三　湖南先秦史研究的幾個問題……273
後　記……287

第八冊　漢代字辭書「陰陽五行」詞源研究——以《說文解字》、《釋名》聲訓為中心

作者簡介

廖素琴，臺灣師範大學國文研究所博士，現任高中職教師。以古文字學、陰陽五行思想為主要研究範疇。曾發表〈析論陰陽五行思想對漢代字辭書編輯體例之影響〉、〈《說文解字注》重文中的籀文字形考異——以大、小徐本為對照〉、〈《說文解字》籀文時代重探〉等論文。本文係博士論文，此次刊行僅修訂文句，未作資料增補。

提　要

本研究討論《說文解字》、《釋名》二書中，蘊含陰陽五行思想之「聲訓詞源」，透過探討被訓釋詞與聲訓詞之關係，一方面論析被訓釋詞稱名之所以然，即命名之「理據」；另一方面考察其中符合「合理聲訓」的數量。

並由「內容」與「形式」兩層面，討論漢代重要字典辭書中，蘊含的陰陽五行思想。「內容」方面，鉤沉漢代訓詁學家在陰陽五行思想橫領學術領域之際，如何透過析形解義，呈顯其思維模式與當際學術風氣的互動。「形式」方面，尤其注意字典辭書「編纂體例」中透顯的陰陽數術色彩。

本研究內容分為三大部份：一、論述陰陽、五行觀念各自的起源來歷，推衍兩者從自然概念到形上義理的質變，再衍為涵括宇宙萬物的系統學說。二、以《爾雅》、《說文》、《釋名》三書的編輯形式體例為觀察焦點，著重研討篇目編次、部首秩序、類中詞條排序等，藉以考察形式篇章的規則，以及內涵精神底蘊。三、藉由探究《說文》、《釋名》陰陽五行被訓釋詞、聲訓詞的本形初義，辨析兩者的關係，若為「合理聲訓」，則以出土文獻材料以及傳世經典中的「古文字字形」與「辭例」，輔助佐證其音義關係；若為「不合理聲訓」，則從依聲立說角度觀察許慎、劉熙對字義的闡釋，試圖建構漢代字典辭書中，所蘊涵的陰陽五行思想理論依據。唯有解析這些詞條稱名之所以然，才能瞭解許慎、劉熙的說解非主觀空言，而是藉音表義以宣揚思想。

目　次

第一章　緒　論 ……………………………………………………………1
第二章　陰陽五行思想的來歷與開展 ……………………………………51
　第一節　陰陽思想的來歷與開展……………………………………51
　第二節　五行思想的形成及開展……………………………………60

第三節　陰陽、五行思想的合流……72
第三章　漢代字辭書編纂體例與陰陽五行思想……83
第一節　漢代聲訓發展概述……85
第二節　《爾雅》編輯形式與陰陽五行思想……94
第三節　《說文解字》編纂形式與陰陽五行思想……100
第四節　《釋名》編纂形式與陰陽五行思想……109
第四章　《說文》、《釋名》陰陽五行形聲聲訓詞析論……115
第一節　以形聲字之聲符訓聲子……118
第二節　以形聲字之聲子訓聲符……131
第三節　以形聲字同聲符之字為訓……153
第五章　《說文》、《釋名》陰陽五行非形聲聲訓詞析論……159
第一節　以同音之字為訓……161
第二節　以雙聲之字為訓……175
第三節　以疊韻之字為訓……186
第六章　結　論……201
參考文獻……213
附　錄……225
表一：《說文解字》陰陽五行聲訓材料表……225
表二：《釋名》陰陽五行聲訓材料表……228
表三：《爾雅》陰陽五行詞材料表……234

第九冊　古代漢語詞語新探

作者簡介

王閏吉，博士，教授，研究生導師。浙江省優秀教師暨高校優秀教師、浙江省社科聯入庫專家、浙江省語言學會理事，麗水學院學術委員會委員、優秀學術帶頭人。在學術期刊發表論文 100 多篇，其中權威期刊《中國語文》4 篇，CSSCI 核心期刊 30 餘篇，出版學術專著、主編和副主編詞典 10 多部，合作編纂《處州文獻集成》《浙江通志·民族卷》以及浙江省十八鄉鎮民族志 300 餘冊。主持國家社科基金項目 2 項、教育部人文社科基金項目 1 項以及其他各類項目 40 餘項。兩次獲浙江省哲學社會科學優秀成果獎，10 餘次獲麗水市優秀社會科學成果獎。

魏啟君，博士，教授，研究生導師，雲南省語委專家庫成員之一。在學術期刊發表論文 40 餘篇，其中權威期刊《中國語文》2 篇，CSSCI 核心期刊 20 餘篇，出版學術專著 3 部、參與主編《大學語文》教材 1 本。主持國家語委項目 1 項、教育部人文社科基金項目 1 項，以及其他各類項目 5 項，參與國家社科基金、教育部人文社科基金項目 3 項。獲雲南省哲學社會科學優秀成果獎一等獎、二等獎各一次。

提　要

本書是作者近二十年來在閱讀古代文獻時，碰到疑難語詞的研究心得。幾乎每個朝代的文獻都有，從先秦甲金文詞語到清代《紅樓夢》《子弟書》詞語等，都有做具體的考釋。在吸收前人研究成果的基礎上，有一定新的探索。如「日」「月」一般都認為是太陽月亮的象形，作者提出男根女陰說；「餓其體膚」的「膚」，一般都說是皮膚，作者認為是「臚」的古今字，肚子的意思；楚辭的「吳戈」，一般解釋為吳地的戈，作者認為是連綿字，不能分釋；夸父「道渴而死」其實沒有死亡，「死」同「尸」，躺下了休息而已；《漢書》中的「日行」不是表距離單位詞，還沒有成詞，「X＋日行」，其實等於「行＋X 日」，動量短語放在動詞之前而已；《壇經》裏的「獦獠」，指語音不正的人……如此等等，都從實證出發，實事求是，無證不信，大膽假設，小心求證。力求在建立在廣泛研究基礎上，用事實說話，合乎邏輯規律地推導，科學地求證。

目　次

第一章　先秦詞語研究 …… 1
　一、甲金文詞語研究 …… 1
　二、《周易》詞語研究 …… 9
　三、《楚辭》詞語研究 …… 20
　四、《山海經》詞語研究 …… 24
　五、《孟子》詞語研究 …… 29
　六、《荀子》詞語研究 …… 32
第二章　漢代詞語研究 …… 43
　一、《漢書》詞語研究 …… 43
　二、《釋名》詞語研究 …… 52
第三章　魏晉南北朝詞語研究 …… 91
　一、漢譯佛典詞語研究 …… 91
　二、六朝小說詞彙研究 …… 97

第四章　唐五代詞語研究 ……103
一、《壇經》詞語研究 ……103
二、杜詩詞語研究……118
三、《臨濟錄》詞語研究 ……119
四、《祖堂集》詞語研究 ……126
第五章　宋代詞語研究 ……155
一、《古尊宿語錄》詞語研究 ……155
二、《五燈會元》詞語研究 ……160
三、《宏智禪師廣錄》詞語研究 ……164
四、《圓悟佛果禪師語錄》詞語研究 ……169
五、《宋高僧傳》詞語研究 ……179
六、《古林清茂禪師語錄》詞語研究 ……186
第六章　元明詞語研究 ……189
一、劉基詩文詞語研究……189
二、吳寬詩文詞語研究……240
第七章　清代詞語研究 ……243
一、《子弟書》詞語研究……243
二、《紅樓夢》詞語研究……248
三、《南史演義》詞語研究 ……257
參考文獻 ……261

第十冊　《道教靈驗記》詞彙研究

作者簡介

張學瑾，女，1991 年生，山東沾化人，文學博士，現為揚州大學中國語言文學博士後流動站研究人員。主要從事漢語史、訓詁學與道教文獻整理研究，在《漢語史學報》《古籍研究》《山東大學中文論叢》《國學學刊》等刊物發表論文十餘篇。近年來所參與的項目有：國家社科基金重大項目「中國古代方言學文獻集成」；國家社科基金一般項目「道經故訓材料的發掘與研究」；山東省社科規劃項目「魏晉南北朝道教文獻詞彙研究」；教育部人文社科研究青年基金項目「魏晉南北朝道經詞彙研究」等。

提　要

《道教靈驗記》是唐末五代著名道士杜光庭（850～933）所撰的仙道小說。該書不見單本流傳，原本二十卷，今存十五卷，收於《正統道藏》洞玄部記傳類，《雲笈七籤》亦節錄六卷，分別記述了宮觀靈驗、尊像靈驗、老君靈驗、天師靈驗等各類靈驗事蹟。該書語言通俗易懂，故事性強，在一定程度上反映了晚唐五代語言的實際面貌，是研究近代漢語的寶貴語料，但尚未引起漢語史界的關注。

本書以羅爭鳴《杜光庭記傳十種輯校》（中華書局 2013 年）所收錄整理的《道教靈驗記》為底本，以《道教靈驗記》中的詞彙為研究對象，屬於近代漢語專書詞彙研究範疇。在對該書詞語進行具體考釋時盡可能地將其置於中古、近代漢語詞彙史的背景下展開。全書共分為六章：

第一章「緒論」，包括四節。首先簡要介紹了杜光庭的生平和《道教靈驗記》的版本著錄與成書年代等情況。第二節對《道教靈驗記》語言學研究成果作出綜述。第三節討論了選題緣起與研究意義。最後說明了本文的研究材料與研究方法。第二章「《道教靈驗記》口語詞研究」，分兩類探討了《道教靈驗記》中的口語詞，一類是源自前代典籍，一類是源自現實語言。第三章「《道教靈驗記》道教語詞研究」，主要包括九大類，分別是有關天神地祇、符籙圖讖、法術祝呪、科教儀式、服食煉養、經書簡牘、制度名物、天堂仙境與五行術數的詞語。第四章「《道教靈驗記》新詞新義研究」，首先明確了新詞新義的界定標準，然後分為兩節對《道教靈驗記》中的新詞與新義從詞彙史的角度作了分析。其中新詞分為結構新詞與詞義新詞。第五章「《道教靈驗記》詞彙對《漢語大詞典》的補充」，分別從收詞、釋義與書證三個方面闡述了《道教靈驗記》中的詞彙對《漢語大詞典》的補充與完善作用。第六章「羅本《道教靈驗記》校理」，分為兩部分。一是對羅本《道教靈驗記》在文本整理中出現的訛、脫、衍、倒等現象予以校正，一是對該本點校中的失誤展開商討，包括句讀訛誤、失校與誤校誤注三方面。

目　次

主題詞索引（按首字音序）
凡　例
第一章　緒　論 …… 1
　第一節　杜光庭與《道教靈驗記》 …… 1
　第二節　《道教靈驗記》語言學研究概況 …… 3
　第三節　選題緣起與研究意義 …… 6

第四節　研究材料與方法……8
第二章　《道教靈驗記》口語詞研究……11
第一節　來源於前代典籍的口語詞……11
第二節　來源於現實語言的口語詞……17
第三章　《道教靈驗記》道教語詞研究……31
第一節　天神地祇類……32
第二節　符籙圖讖類……39
第三節　法術祝呪類……42
第四節　科教儀式類……47
第五節　服食煉養類……51
第六節　經書簡牘類……54
第七節　制度名物類……59
第八節　天堂仙境類……67
第九節　五行術數類……68
第四章　《道教靈驗記》新詞新義研究……71
第一節　新詞……73
第二節　新義……93
第五章　《道教靈驗記》詞彙對《漢語大詞典》的補充……103
第一節　收詞方面……103
第二節　釋義方面……109
第三節　書證方面……121
第六章　羅本《道教靈驗記》校理……127
第一節　文本校正……128
第二節　點校訂補……160
參考文獻……201
後　記……207

第十一、十二冊　唐河方言語法研究

作者簡介

楊正超，男，1982 年生，河南省唐河縣人。2012 年博士畢業於廈門大學中文系漢語言文字學專業方言學方向，導師李如龍教授。2012 年至今就職於福建師範大學海外教育學院。

提　要

唐河縣位於河南省西南部，周圍都是同屬官話區的方言片或方言小片，漢族人口占絕對數量優勢，因此唐河方言作為中原官話南魯片的組成部分，就共時來看，內部要素比較一致，各個鄉鎮之間在語音、詞彙和語法上幾乎沒有分歧。

我們對唐河縣數個鄉鎮的語言狀況進行了全面深入的田野調查，在對第一手材料分析整理的基礎上，從共時和歷時兩個角度對唐河方言的語法及相關現象進行了深入細緻的描寫、比較和揭示。全文共分五章，概述如下：

第一章緒論，介紹了唐河縣的地理歷史和人口文化概況，分析了唐河方言的歸屬和音系概貌，回顧了河南方言和唐河方言已有的研究成果，並說明了本文的選題意義、研究目標和方法以及語料來源和行文體例。

第二章語法音變，考察了唐河方言的兒化以及合音和分音現象。在兒化方面，首先揭示了唐河方言兒化的語音形式，然後從兒化所作用的語法單位的層級和功能類別入手深入分析了兒化的語法功能；在合音和分音現象方面，首先剖析了各種功能類別語法單位的合音現象，然後窮盡羅列了唐河方言的分音詞，並對由分音詞演變而來的「圪」綴的形態句法功能進行了討論。

第三章重疊和附加，分別從重疊和附加兩種語法手段入手，探討了它們各自在構詞和構形上的特徵，並對後綴「哩勁兒」及相關現象進行了歷時考證。

第四章虛詞，針對唐河方言的副詞、介詞、連詞和助詞分別進行了分類考察。由於動詞謂語句（包括被動式、處置式和比較句等）在句式上唐河方言跟普通話並無多少差異，本文不再單列章節，而是結合相關介詞予以簡要說明。本章最後從唐河方言入手探討了漢語中的否定標記「沒有」和「沒得」的來源與演變。

第五章疑問和否定，分別考察了疑問和否定兩個範疇，首先根據表義和形式特徵對疑問範疇進行了分類描寫，然後從表達手段入手對否定範疇進行了揭示。

結語部分針對本文主要內容進行了回顧，並對遺留問題做了說明。

目　次

上　冊

序　李如龍

前　圖

第一章　緒　論 …… 1

第一節　唐河縣概況……1
第二節　方言歸屬與音系概貌……4
第三節　河南方言研究概述……15
第四節　選題意義、研究目標和研究方法……22
第五節　語料來源和體例說明……24
第二章　語法音變……27
第一節　兒化……27
第二節　合音現象和分音現象……46
第三章　重疊和附加……75
第一節　重疊……75
第二節　附加……111
第三節　後綴「哩勁兒」和「那個勁兒」及其來源與演變……140
下　冊
第四章　虛　詞……153
第一節　副詞……153
第二節　介詞……182
第三節　連詞……201
第四節　助詞……209
第五節　否定標記「沒有」和「沒得」及其來源與演變……240
第五章　疑問和否定……257
第一節　疑問範疇……257
第二節　否定範疇……270
結　語……289
參考文獻……293

第十三冊　劍閣、南部縣相鄰山區方言音系調查及其歷史比較

作者簡介

陳鵬，男，1988 年 1 月生於四川省安岳縣清流鄉，2014 年獲四川師範大學中國古代文學碩士學位（域外漢學方向），2020 年獲四川師範大學漢語言文字學博士學位（音韻學及方言學方向），同年又考入復旦大學語言學及應用語言學專業繼續攻讀第二博士學位（漢藏語言學方向）。通曉 C/C++及 Python 等編程語言，立志將新技術用於語言學研究。

曾參編《岷江流域方音字彙——20 世紀四川方音大系之一》(2019),獲四川省第十九次社會科學優秀成果獎三等獎;合譯白一平(William H. Baxter)《漢語上古音手冊》(2021);在《民族語文》《語言歷史論叢》《漢語史與漢藏語研究》等雜誌上發表過學術論文。

提 要

周及徐教授根據其近十年來的方言調查和移民史兩方面的資料,提出了四川方言(除方言島外)總體分為「湖廣話」和「南路話」兩大格局的觀點,刷新了大家對四川方言形成歷史的認識——不再簡單地認為「四川話即湖廣話」。「湖廣話」與「南路話」在四川的大致分布情況已基本清楚,特別是四川盆地的西部、南部以及中部地區,但在整個四川的東部、北部地區尚存部分「空白」,比如廣元、巴中、達州等地。本書即以四川東部、北部部分地區為代表,考察這些「空白」地區的方言格局。本書主要選取劍閣和南部兩縣相鄰山區 13 個鄉鎮作為調查點,原因是這一地區為兩大入川通道之外的山區,地理位置特殊,其方言分布情況對於體現整個四川東部、北部地區的方言分布,可見一斑。本書對這一地區的方言調查數據進行了深入的分析,除歸納各方言點的語音系統外,本書還給出了每個方言點的重要語音特徵語圖、單元音舌位圖、聲調曲線圖和聲韻調配合表等,詳細呈現了各方言點的語音面貌。本書還運用語音特徵加權計算模型、數學相關性矩陣計算模型和機器學習分類模型三種方法計算並歸納方言點音系之間的異同和距離,均得到了比較一致的結論:四川方言中存在兩大方言格局——「南路話」與「湖廣話」,劍閣、南部縣相鄰山區方言屬於「南路話」一類。這證實了在四川東部、北部存在「南路話」方言島,而「這些在今天四川湖廣話區域中存在著的南路話方言島,在證明著整個四川地區在 400 年前曾是古代南路話的天下」。

目 次

序 周及徐
1 緒 論 ……1
2 劍閣、南部縣相鄰山區方言音系 ……19
 2.1 劍閣木馬鎮話語音系統 ……20
 2.2 劍閣鶴齡鎮話語音系統 ……30
 2.3 劍閣楊村鎮話語音系統 ……42
 2.4 劍閣白龍鎮話語音系統 ……52

2.5 劍閣香沉鎮話語音系統 ……64
2.6 劍閣公興鎮話語音系統 ……73
2.7 劍閣塗山鄉塗山村話語音系統 ……83
2.8 劍閣塗山鄉蘇維村話語音系統 ……93
2.9 南部雙峰鄉話語音系統 ……101
2.10 南部西河鄉話語音系統 ……111
2.11 南部店埡鄉話語音系統 ……122
2.12 南部鐵鞭鄉話語音系統 ……133
2.13 南部保城鄉話語音系統 ……143
3 劍閣、南部縣相鄰山區方言音系共時比較 ……157
3.1 聲母共時比較 ……157
3.2 韻母共時比較 ……159
3.3 聲調共時比較 ……161
3.4 劍閣、南部縣相鄰山區方言在共時音系上的相關性 ……162
4 劍閣、南部縣相鄰山區方言語音特徵 ……169
4.1 聲母特徵 ……170
4.2 韻母特徵 ……200
4.3 聲調特徵 ……230
5 劍閣、南部縣相鄰山區方言的歷史層次 ……237
5.1 「南路話」「湖廣話」及其與《蜀語》的關係 ……238
5.2 從語音特徵看劍閣、南部縣相鄰山區方言的類屬 ……240
6 結　論 ……259
參考文獻 ……263
後　記 ……269

第十四至十八冊　季旭昇學術論文集

作者簡介

季旭昇。現任鄭州大學文學院漢字文明傳承傳播與教育研究中心講座教授。

1953 年生於臺灣省臺中市。自幼酷愛古代文字與傳統文化，18 歲負笈臺灣師大國文系，始知天地之大，人才之美。大二從魯實先先生學文字學，從此立志研究文字、詩經。博士班時留任師大，20 年後以父病退休，轉任南臺、玄奘、中原、文化、聊城、鄭州等大學。著作有詩經吉禮研究、甲骨文字根研究、金文單字引得（合編）、詩經古義新證、說文新證、上海博物館藏戰國楚竹書讀本（五輯）、清華大學藏戰國竹書讀本（二輯）、常用漢字等及單篇論文 200 餘篇。

提　要

這是我的第一本學術論文集，收錄了我踏入學術研究以來自覺較為重要的論文（已出版專書、及《詩經》類論文除外）。內容分成三部分：（壹）以傳世典籍與出土文獻對讀互校，訂正傳世文獻之缺失，如：《郭店・老子》「絕為棄作，民復季子」出，可證今本老子「絕仁棄義，民復孝慈」之誤；簡本《緇衣・苟有車》「苟有衣，必見其蔽人」出，即知今本《禮記・緇衣》讀為「苟有衣，必見其敝」，並以「人」字屬下讀之誤謬；《上博二・民之父母》「勿之所至者，志亦至焉；志之所至者，禮亦至焉；禮之所至者，樂亦至焉；樂之所至者，哀亦至焉」出，即知今本《禮記・孔子閒居》「志之所至，詩亦至焉；詩之所至，禮亦至焉；禮之所至，樂亦至焉；樂之所至，哀亦至焉」錯訛三字，導致文義不通、義理舛亂，學者甚至於懷疑〈孔子閒居〉不是儒家文獻。（貳）解讀出土與傳世文獻，如：改讀《上博三・恆先》「意出於生，言出於意」的「音」為「意」，《恆先》的宇宙生成系列始能真正完備；從禮教一問一答的形式及禮儀解決《上博五・季庚子問於孔子》的簡序及「主人」一詞的確詁，使全篇章節合理，治國理念清晰；從《上博五・姑成家父》的「顣頷」勾稽閩南語「譀譀」的源頭，使全篇文義疏朗易解；訓讀上博簡〈蘭賦〉、清華簡《周公之琴舞》，解決了篇中一些較難的字詞句，使全篇內容合理可誦；重新檢讀詮釋《易經》、《禮記》、《左傳》的相關問題，對「周代試婚制」、周代婚禮中的「三月廟見」、《左傳》「女齊治田」中女齊與夫人吵架的真正內涵、散氏盤銘文的人名問題、楚王熊璋劍的真偽問題等進行了深度的考釋；對先秦「仁」的起源及發展，做了更早的源頭探討。（叁）文字考釋。共考釋了：「顣頷」、「卞」、「舜」、「及」（以上四組分見前文（壹）（貳））、「勞」、「役」、「皇」、「朱」、「髀」、「鼇」、「丵」、「婁要」、「季」、「尤」、「息」、「廉」、「妬嫉」、「庫」、「豈」、「妝」、「覃鹽」、「互」、「殹」、「頗略」、「尘」等 25 組字詞。本書跨越年代較長，格式體例差別頗大，某些意見早期與現今看法不相同，均多保持原貌，不予調整。

最後感謝杜潔祥先生的厚愛，許郁翎小姐的悉心編輯，及讀書會諸君的協助。

目　次

第一冊

讀郭店楚墓竹簡札記：卞、絕為棄作、民復季子……1
讀郭店、上博簡五題：舜、河滸、紳而易、牆有茨、宛丘……7
從楚簡本與傳世本談《禮記・緇衣・苟有車》章的釋讀……15
《禮記・緇衣》「苟有衣必見其蔽人」再議……25
從簡本〈緇衣〉「章好章惡」章到今本〈緇衣〉「章善擅惡」章……37
《上博二・民之父母》四論……53
上博二小議（四）：〈昔者君老〉中的「母弟送退」及君老禮……69
上博三周易比卦「有孚盈缶」「盈」字考……77
《上博三・恆先》「意出於生，言出於意」說……79
從隨文說解的體例談〈恆先〉的詮解……89
《柬大王泊旱》解題……103
《上博五・鮑叔牙與隰朋之諫》「篤歡附忨」解——兼談「錢器」……115
從六問六答的對應關係調整上博五《季庚子問於孔子》的簡序……121
遠臣觀其所主，近臣觀其主——談《上博五・季庚子問於孔子》簡 14 的「主人」……135
從《上博五・姑成家父》的「顱頷」到閩南語的「譀譀」……149

第二冊

上海博物館藏戰國楚竹書（八）《桐頌》考釋……163
談《上博九・成王為城濮之行》「究敗師已」的「究（㲋）」字……205
談《上博九・舉治望天下》簡 1「古公見太公望」——兼說古公可能就是閎夭……215
《上博九・史蒥問於夫子》釋譯及相關問題……227
《清華一・皇門》篇「大門宗子埶臣」解……235
清華簡〈祭公之顧命〉與今本《逸周書・祭公》對讀……253
從《清華貳・繫年》談金文的「蔑廉」……267
《清華三・周公之琴舞・周公作多士儆毖》小考……277
《清華三・周公之琴舞・成王敬毖》第三、四篇研究……293
《清華三・周公之琴舞・成王敬毖》第五篇研究……301
《清華三・周公之琴舞・成王敬毖》第六篇研究……309
《清華三・周公之琴舞・成王敬毖》第七篇研究……325

《清華三・周公之琴舞・成王敬毖》第八篇研究 ……337

第三冊

清華肆《筮法》《別卦》卦名考：**倝**（乾） ……351
從清華肆談《周易》「坤」卦卦名 ……365
《清華肆・別卦》「泰卦」「渙卦」卦名研究 ……379
談清華肆〈筮法〉第二十六節〈祟〉篇中的「丞（竈）」字 ……391
古文字中的易卦（數字卦）材料 ……405
易經占筮性質辨說 ……431
談〈洪範〉「皇極」與〈命訓〉「六極」——兼談《逸周書・命訓》的著成時代 ……447
清華伍《封許之命》「向晨厥德」與《爾雅》「珍、享：獻也」互證 ……469
從清華簡談仁的源起 ……477
《清華柒・越公其事》第四章「不稱貸」、「無好」句考釋 ……491
談清華柒《越公其事》的「棄惡周好」與《左傳》的「同好棄惡」 ……501

第四冊

談清華柒〈越公其事〉的「必視」及相關問題 ……513
據甲骨文「取婦好」重讀《左傳》襄公二十九年「女齊治杞田」節服虔注 ……527
《禮記・曾子問》「三月廟見」考辨 ……539
周代試婚制度說的檢討 ……559
論「昭明文選」和「文心雕龍」選文定篇的異同 ……569
散氏盤銘釋譯 ……577
楚王熊璋劍考 ……587
從甲骨文說「勞」字 ……607
甲骨文从「苜」之字及其相關意義之探討 ……617
說役 ……641
說皇 ……659
說朱 ……663
說髀 ……681
說牡牝 ……691
說釐 ……697

第五冊

試論《說文》「丵」字的來源 ……………………………………………711
說婁要 ……………………………………………………………………725
近年學界新釋古文字的整理（一）：㗊 ……………………………………729
說季 ………………………………………………………………………741
從戰國楚簡中的「尤」字談到殷代一個消失的氏族…………………………751
從戰國楚簡談「息」字 ……………………………………………………775
說廉 ………………………………………………………………………795
中山王嚳壺「亡有妬嫉」考 ………………………………………………807
說庫 ………………………………………………………………………815
古璽雜識二題：一、釋「㞷」、「徃」、「䞷」；二、姜業 ……………………825
說妝 ………………………………………………………………………835
談覃鹽 ……………………………………………………………………839
說互 ………………………………………………………………………847
談戰國楚簡中的「殹」字 …………………………………………………861
說「頗」與「略」 …………………………………………………………879
「尘」字溯源…………………………………………………………………895

第十九、二十、二一冊　多心齋學術文叢

作者簡介

譚步雲（1953～），別署多心齋，廣東南海人。1979 年考入廣州中山大學中文系。1983 年畢業後任廣東民族學院中文系助教。1985 年考入廣州中山大學中文系，攻讀古文字學方向碩士研究生，導師陳煒湛教授。學位論文為《甲骨文時間狀語的斷代研究》，獲碩士學位。1988 年任職中山大學古文獻研究所，從事明清、嶺南文獻整理工作。1995 年免試進入廣州中山大學中文系攻讀春秋戰國文字方向之博士學位，導師曾憲通教授。學位論文為《古楚語詞彙研究》，獲博士學位。1997 年晉升為副教授。1998 年奉調中文系，任職古漢語教研室。2000 年增補為碩士研究生導師，2002 年起任中山大學中文系古漢語教研室主任。2013 年榮休。2015～2016 年應聘為中山大學珠海校區中文系講座教授。

提　要

此書萃集作者歷年刊行之學術論文，凡五十七篇，約五十萬言。載於大陸港

臺的《考古與文物》、《晉陽學刊》、《辭書研究》、《中國農史》、《語文建設通訊》、《國文天地》等學術期刊以及《古文字研究》、《中國文字》等大型專刊或論文集，內容涉及甲骨文、銅器銘文、戰國秦漢文字、文史、嶺南文獻以及廣州話等領域之研究。其中，甲骨文時間修飾語之研究、花東甲骨貞人考，補既往研究之未及；殷墟卜辭「生（某月）」、「犁」字之考釋，或可備一家之說；甲骨文動物字之綜合研究，為迄今為止之最完備者。而對銅器銘文若干文字之考釋、訓讀也別開生面，或匡謬正俗，或別闢蹊徑，均於銅器銘文之通讀殊多幫助。至於戰國秦漢文字，竊以為也可補苴昔日研究之罅漏。其餘諸如犁耕起源、楹聯起源之考察，古漢語語法之紬繹，若干古詞語詞義之增訂補正，術語英譯之商榷，《三字經》作者考，溫汝能及其撰作考等地方文獻研究以及廣州話語法考察、粵語本字鉤沉等，皆發前人所未發。當可視為張文襄公所謂「有用者」也。

目　次

上　冊

卷一　甲骨文論叢 ……1
甲骨文所見動物名詞研究 ……3
概說 ……3
第一章　圖畫與文字的分野：以動物象形字為例 ……4
　第一節　關於高亨的中國文字定義之檢討 ……4
　第二節　古代的動物圖案與甲骨文中所見的動物象形字的比較 ……6
　第三節　青銅銘文中類似圖畫的動物形象與甲骨文中的動物象形字的比較 ……9
第二章　甲骨文所見動物名詞及動物形象在文字中的反映 ……11
　第一節　甲骨文中所見動物名詞 ……11
　第二節　動物形象在漢字系統中的反映及其啟示 ……67
第三章　甲骨文動物字的造字法則 ……69
　第一節　動物字的形象性、概括性、抽象性 ……69
　第二節　關於動物名詞的「性」 ……80
　第三節　關於動物名詞的「數」 ……85
第四章　甲骨文所見動物名詞研究的現實意義 ……90
　第一節　為考古學、歷史學、古生物學等學科提供文字證據 ……90
　第二節　為考釋甲骨文中的動物字提供理論基礎和方法 ……97
　第三節　可以促進同時期各類材質載體上的動物字之研究 ……102
結語 ……104

本文主要參考文獻及簡稱 ……106
跋 ……107
卜辭「[illegible]舞」是「足球舞」嗎？——與魏協森同志商榷 ……109
釋「𡔷」：兼論犬耕 ……111
武丁期甲骨文時間修飾語研究 ……117
祖庚祖甲至帝乙帝辛期甲骨文時間修飾語研究 ……130
《合》第七冊及《花東》甲骨文時間修飾語研究——附論「歷貞卜辭」之時代 ……148
殷墟卜辭「生（某）月」即閏而再閏之月說 ……168
釋甲骨文「付」、「雔」二字 ……182
花東甲骨刻辭貞卜人物考 ……188
〈甲骨文斷代研究例〉述評 ……210
讀王宇信先生《周原出土商人廟祭甲骨芻議》等文後的思考 ……221
甲骨學若干術語的英譯探討 ……227
回眸與展望：殷墟甲骨文和商代銅器銘文比較研究 ……233

中　冊

卷二　銅器銘文論叢 ……243
王作父丁方櫑考釋：兼論鐘銘「𡔷」字 ……245
𥁰氏諸器▼字考釋：兼說「曾祖」原委 ……252
商代銅器銘文釋讀的若干問題 ……260
古文字考釋三則：釋狐、釋蒦、釋飲／歈／酓 ……277
釋會盥 ……287
金文倗、嬰考辨 ……295
釋埭（㳂、蒞、莅） ……302
商代彝銘[illegible]考 ……309
欒書缶為晉器說 ……317
卷三　戰國秦漢文字論叢 ……331
楚地出土文獻語詞數考 ……333
「秦雍十碣」解惑 ……349
釋「柷敔」 ……364
曾國出土文獻[illegible]字考釋 ……370
說「孅」及其相關的字 ……376

說「朱」及其相關的字：兼說「守株待兔」之釋義……380
麗字源流考……388
銀雀山漢簡本《晏子春秋》補釋……394
《說文解字》所收異體篆文的文字學啟示……403

下　冊

卷四　文史論叢……411
中國上古犬耕的再考證……413
對聯考源……418
書信漫談……424
〈《碩鼠》是一篇祈鼠的祝詞〉補說——兼代陳建生同志答李金坤先生……434
出土文獻所見古漢語標點符號探討……439
古漢語被動句「有」字式管窺……447
古漢語「所」、「者」的詞性及其語法作用之若干討論……452
「蓋」字義項補……463
「零」、「〇」臆義鉤沈……466
讀書識小錄……470
漢字發展規律別說……475
漢語文字學若干術語的英譯探討……482
因材施教　銳意創新——古漢語教學的點滴體會……494
高校古代漢語教材編撰之我見……502

卷五　嶺南文獻及粵方言論叢……515
王相《三字經訓詁》偽託考……517
溫汝能及其撰作考述……529
《論語集注補正述疏》訓詁上的貢獻……547
希白先生之文學造詣略說——以若干聯作為例……557
容希白先生之從教歷程及其門生述略……570
秉承傳統，多所創新——《文字訓詁論集》讀後……584
《簡明香港方言詞典》求疵……590
方言詞典編纂之若干思考：以廣州話詞典為例……593
廣州話形容詞比較級的語法形式……600
廣州話副詞比較級的語法形式……609
廣州話本字捃摭……617

粵語鉤沉 ……625
編後記 ……635

第二二至二六冊　李國正論文自選集

作者簡介

李國正，籍貫重慶永川，1947 年農曆 4 月出生於四川瀘州。廈門大學中文系教授，漢語言文字學專業博士生導師，馬來亞大學客座教授暨博士生導師，東姑阿都拉曼大學中華研究院教授，韓國仁荷大學交流教授，國務院學位委員會第九屆博士、碩士授權點通訊評議專家，國家社科基金項目評議專家，教育部「高校青年教師獎」通訊評議專家，教育部學科評估專家，教育部人文社科項目評議專家。曾任中文系副主任、中國語言文學研究所副所長、福建省辭書學會副會長、福建省語言學會常務理事。

提　要

筆者挑選的 72 篇論文，內容大致有三類。第一類 46 篇基本上是傳統小學的繼承和推廣，文字、聲韻、訓詁的研究對象不限於經典；第二類 17 篇語言文學研究，主要是對語言學與生態學、語言學與文學交叉學科的創建，以及對生態語言學與文學語言學的研究；第三類 9 篇是對中國文化的研究。

目　次

第一冊

文字聲韻訓詁研究 ……1
四川話流蟹兩攝讀鼻音尾字的分析 ……3
「臣」字新論 ……9
「皇」字新解 ……13
四川話兒化詞問題初探 ……23
「鳳皇」探源 ……31
聯綿字研究述評 ……43
瀘州方言本字考 ……51
聯綿字芻議 ……61
反訓芻議 ……71
「燒」、「烤」和「烤麩」 ……81
詞義教學的書面形式誘導法 ……85

古代文化詞同義辨析的新創獲——評黃金貴著《古代文化詞義集類辨考》……91
漢字功能的文化底蘊——評蘇新春《漢字語言功能論》……97
同義詞研究的新視角——評馮蒸《說文同義詞研究》……101
瀘州話名詞的特殊詞綴……107
訓詁探賾……115
20 世紀漢字結構的理論研究……125
「蔡蔡叔」辨詁……135
說「亂」……141
漢字學與生態學結合的理論思考……151
漢字的演變與文化傳播……157
漢字文化功能的歷史鏡像——評臧克和《中國文字與儒學思想》……165
漢字文化的理論探索——評蘇新春主編的《漢字文化引論》……169

第二冊

論漢字藝術審美的國際性……173
《說文》漢字體系研究的新創獲——評宋永培《〈說文〉漢字體系與中國上古史》……185
漢字文化的系統探索——評劉志基《漢字文化綜論》……189
「法律」詞源商斠……193
說「新婦」、「媳婦」……197
漢字排列的超文本信息……205
古詞新用說「八卦」……213
古漢語成分在現代文學文本中的審美功能——以駱明散文為例……217
漢語、漢字的生態學發展與教學應用……223
多維視角觀照下《詩經》研究的新收穫——評劉精盛《詩經通釋》……233
《紅樓夢》前八十回「紅」字研究……241
《詩經》親屬稱謂詞研究……283
現代漢語詞義探索……323
《芙蓉女兒誄》的文化意蘊……335

第三冊

中國古籍互文的生態學分析……345
「皈依」的語源與涵義……363

《紅樓夢》後四十回「紅」字研究 ……367
A Study on the Word "Hong" (Red) in the final 40 Chapters of *A Dream of Red Chambers* ……367
《紅樓夢》後四十回「紅」字研究 ……417
《中國簡帛書法大字典》序 ……447
《切韻》性質與重紐研究 ……451
「緣」字探源 ……461
《左傳》父系親屬稱謂詞初探 ……471

第四冊

瀘州話古語詞考察 ……517
現代漢語方言流蟹兩攝讀鼻音尾字的分析 ……545
語言文學研究 ……569
生態語言系統說略 ……571
漢語規律的探索——語言與生物生態學的新綜合 ……581
語言新論 ……587
香港文學語言特色的嬗變 ……597
香港語言的特點與規範 ……603
語言學新教材教法的理論思考 ……611
流光溢彩的東南亞華文小說文學語言 ……617
文學語言的藝術功能 ……625
文學語言的語音特色與文學風格——以魯迅、茅盾、趙樹理的作品為例 ……631
文學語言研究 ……649

第五冊

從茅盾的《子夜》談外國文學語言的吸收與融化 ……697
東南亞華文小說、散文的語音藝術 ……705
丁玲小說文學語言藝術特色管窺——以《杜晚香・歡樂的夏天》為例 ……711
茅盾抒情散文的語言藝術 ……717
文質天成　情摯意深——評麗茜《我們三十歲了》 ……723
蘇雪林《鴿兒的通信》語言審美探析 ……733
王朝聞對「紅學」研究的灼見 ……759
中國文化研究 ……771

凌雲健筆意縱橫——從中國墨竹繪畫藝術的現實主義傳統談張采芹先生的墨竹 ……773
我國春秋時期的說卦與訊息傳播 ……777
紹統求新　兼採中西——略談張采芹先生晚期藝術風格 ……789
《易傳》對《周易》信息結構的貢獻 ……793
金石錚錚　藝苑留芳——讀《魏大愚書法篆刻集》 ……805
瀘州老窖酒文化初探 ……809
分水油紙傘文化初探 ……819
雨壇彩龍的文化內涵 ……829
古藺花燈的民俗文化特色 ……837
後　記 ……849

第二七冊　小學入經史——張舜徽文字學論著研究

作者簡介

鄧凱，博士，寧波工程學院人文與藝術學院副教授、陽明文化研究所所長，寧波市王陽明文化研究促進會理事，方太文化研究院特邀講師。1986 年生於湖南東安，本、碩、博先後畢業於武漢大學、華中師範大學，研究方向包括古典文獻學、陽明學、文字學、數字人文等，主持完成省部、市廳各級課題近十項，在核心期刊等發表論文多篇。已出版專著《王陽明年譜校注》、《浙中王門親傳孫應奎良知學研究》，合編《寧波王門集》等，所負責的慕課《陽明心學與當代社會生活》被評為浙江省一流課程。

提　要

張舜徽先生是著名的文獻學家，被譽為國學大師。他兼通四部之學，尤其具備深厚的傳統小學功底，傳世有以《說文解字約注》（簡稱《約注》）為代表的諸多文字學論著，對這些或集中或散見的資料進行整體和貫通的研究非常有必要，這方面的工作因為涉及精深細密的傳統小學知識而較難展開，學術界的研究成果相對較弱。然而，若要深入探討張舜徽頗具特色的通人之學，繞不開對其文字學成就的全面認知。

本書以文獻研究為選題角度，對張舜徽文字學論著進行思想與實踐、總體與專題相結合的論述。第一章概論張舜徽的文字學思想與研究方法，其文字學論述與生平經歷關係密切，由此探討其學術思想的淵源問題。第二章與第三章將張舜徽文字學論著體系劃分為兩個系列進行論述：《廣文字蒙求》的三種版本及其相關單篇短文集合成「導讀系列」；以《說文解字約注》、《說文解字導讀》（簡稱《說文導讀》）為主，涉及《說文》學研究的眾多論說、專著組成「《說文》系列」。《說文解字約注》是張舜徽文字學研究集大成之作，在《說文》學術史上承接的是對段玉裁《說文解字注》（簡稱《段注》）一系研究，並整合了他一生治文字學的相關材料與心得，形成了鮮明的個人特色。大致以《約注》正文釋字的層次順序，本文的第四、五、六章作為三個專題來探討其學術價值、成書來源、釋字特色。總體上看《約注》引諸家說與引書，其範圍之廣與張舜徽兼通四部、縱觀古今的治學格局恰相映照，展現其「小學通經史」之路。

目 次

緒 論……1
第一章 張舜徽文字學思想與研究方法……15
　第一節 生平與治學……16
　第二節 文字學思想……25
　第三節 研究方法……30
第二章 《廣文字蒙求》的三種版本比較研究……35
　第一節 序言比較……36
　第二節 目錄比較……40
　第三節 正文比較……42
第三章 張舜徽《說文解字》系列論著綜述……51
　第一節 《說文》學研究歷程……51
　第二節 《說文解字約注》……54
　第三節 《說文解字導讀》……61
第四章 《說文解字約注》訂正《段注》考辨……87
　第一節 訂正《段注》誤改本文……90
　第二節 訂正《段注》擅改說解……99
　第三節 訂正《段注》立說偶偏……121
　第四節 訂正引書失檢說音有誤……137
　第五節 小結……145
第五章 《說文解字約注》引諸家說與引書……149
　第一節 《約注》引諸家說……149
　第二節 《約注》引書……163

第六章　通的文字學 ……193
第一節　雙聲之學為核心 ……194
第二節　聲義通貫為釋字重點 ……209
第三節　通辨字形與字用 ……220
第四節　術語「猶」的通用 ……225
結　論 ……233
參考文獻 ……247
附　錄 ……255
附錄一　書名、用語簡稱表 ……255
附錄二　三種版本《廣文字蒙求》的目錄比較表 ……256
附錄三　《約注》引書統計組表 ……258
後　記 ……265

第二八冊　何九盈先生學行述論

作者簡介

龐光華，男，1968 年 6 月 19 日生於重慶，漢族。北京外國語大學北京日本學研究中心碩士；北京大學中文系漢語史博士。現為五邑大學文學院教授。

研究方向：漢語音韻學（尤其是上古音）、訓詁學、文字學、漢語史、語言學、古文獻學、學術文化史。

學術業績：《論漢語上古音無複輔音聲母》（60 萬字）、《上古音及相關問題綜合研究》（151 萬字，獲得「王力語言學獎」），發表漢語史、音韻學、訓詁學、文化史等方面的學術論文近八十篇。參與編撰四本學術專著。

提　要

本書是對我國當代語言學泰斗、古文獻學家、教育家、散文家北京大學 90 歲高齡的著名學者何九盈先生的生平事蹟、思想德操和主要學術業績做出比較全面而詳細的述論，並且對具體的學術問題做出實事求是的富有學術性的研究。

本書主要述論了何先生的思想言行、語言學史的研究、音韻學研究、古漢語研究、漢字文化研究、親屬語言和華夷語系研究、全球化時代漢語意識的研究、關於《辭源》的評論等諸多方面的內容，力求做出詳明而客觀公正的述論。

本書是國內第一部對學術大師做出全面述論的專著，與一般的《國學大師評傳》有諸多的不同。本書的主要特點是有作者自己獨到的學術研究，並非僅僅停留在一般的介紹上。因此，本書有明顯的學術價值，其述論的深度和廣度都遠遠超過一般的《國學大師評傳》。例如本書對先秦的「正名」思想的研究、對「唐宋文化異質性」的研究，對馬蒂索夫學術的批評，對《古越人歌》的研究、對俞敏關於漢藏語系假設的批評，對漢藏語是否同源的研究、對《辭源》的書評，都具有重大學術價值。對何先生的學術研究，既有高度的讚美，也有實事求是的嚴肅公正的學術商榷。本書的述論能夠立足於廣闊的學術史，學術視野比較開闊，這是同類型書所沒有做到的。

目　次

第一章　言行述略 ……………………………………………………………1

一、緣起 ……………………………………………………………………1

二、北大往事瑣談……………………………………………………………3

三、對不良學風的批評………………………………………………………4

四、政治立場和愛國情懷……………………………………………………7

五、對我的教育和關心………………………………………………………8

六、人文精神…………………………………………………………………10

第二章　學術述論 …………………………………………………………21

一、語言學史研究……………………………………………………………21

二、音韻學研究………………………………………………………………112

三、古漢語研究………………………………………………………………136

四、漢字文化研究……………………………………………………………153

五、親屬語言和華夷語系研究………………………………………………163

六、《全球化時代的漢語意識》 ……………………………………………203

七、主持修訂《辭源》 ………………………………………………………211

第三章　餘　音 ……………………………………………………………227

附錄一　何九盈先生主要學術著作簡目 …………………………………229

附錄二　漢字與宗教 ………………………………………………………231

生態漢語學（增訂版）
（第一冊）

李國正 著

作者簡介

李國正，籍貫重慶永川，1947 年農曆 4 月出生於四川瀘州。廈門大學中文系教授，漢語言文字學專業博士生導師，馬來亞大學客座教授暨博士生導師，東姑阿都拉曼大學中華研究院教授，韓國仁荷大學交流教授，國務院學位委員會第九屆博士、碩士授權點通訊評議專家，國家社科基金項目評議專家，教育部「高校青年教師獎」通訊評議專家，教育部學科評估專家，教育部人文社科項目評議專家。曾任中文系副主任、中國語言文學研究所副所長、福建省辭書學會副會長、福建省語言學會常務理事。

提　要

本書之主要特色是以生態學的基本原理為基礎，建構了生態語言系統理論。從語言事實出發，把現代進化論、分子生物學、系統論、控制論、信息論、協同學、突變論、耗散結構論、符號學、美學、認知科學等各種學說、各門學科的研究方法和研究成果結合起來，對語言進行跨學科、多角度的探討和研究；重視宏觀與微觀、動態與靜態、時間與空間、內容與形式的相互觀照，重新認識語言，考察語言，分析語言，解釋語言。並以這一理論作為創立生態漢語學的基石，進一步考察漢語系統的生態特徵、生態類型和生態運動，運用這一理論探索語言系統發展變化的生態運動規律。

序

殷焕先

語言是個整體，僅就其語音以研究語音自不能盡得其語音之真相，僅就其語法以研究語法，自亦不能盡得語法之真相。語言之內的各部門是互相制約、互相影響的，銳意局部忽其全體，甚或導致失誤。這是學人所共知的。

又者，語言是人的，諸凡與人相關之各種因素，也就必然與語言互相影響，而忽其各種因素之互相制約、互相影響，那也是割裂整體，那也會難免於導致失誤。這一點，時至今日，學人多能有此認識。這實在是個可喜現象。

與人有關之各種因素既然互相關聯構成一個整體，則此各種因素之科學的研究，自亦必互相影響、互相促進。於今跨學科的研究，其勢蓬勃，其原因亦在於此。綜觀今日語言研究發展之大勢，實亦未嘗例外。

解放思想是很不容易的。傳統的語言學，已以其長期的積累，建立了語言學，推進了語言學，其理論，其方法，培育了萬千後起者，其功績是得到舉世的肯定的。然而，其理論，其方法，亦或不免牢籠了後來，乃至或成為發展之滯礙。此則不免一憾，當然，其責任是在後人。予嘗致歎於「昔之哺育我者，今乃成為我之桎梏」，即是此意。志在奮發，終陷墨守，頗亦有人。解放思想之難，世之學人亦各有其會心。

李君國正創為《生態漢語學》，曾以其初稿相示。其書旨在運用當代系統生態學基本原理和研究方法來考察語言系統各元素之間、元素和系統之間，語言系統與自然環境、社會環境、文化環境、人群系統之間的種種錯綜複雜的相互關係及其相互作用的機理，進而較為深刻地揭示語言系統發展變化的運動形式和基本規律。本書提出了本門學科的基本原則、基本理論及主要研究方法，較為深入地探討了語言系統的基本生態運動方式和漢語系統的生態類型，並就語言研究的若干重要課題論述了其鑽研所得的學術意見。

竊以為，本書之主要特色是以生態學的基本原理為基礎，從語言事實出發，把現代進化論、分子生物學、系統論、控制論、信息論、協同學、突變論、耗散結構論、符號學、美學、認知科學等各種學說、各門學科的研究方法和研究成果結合起來，對語言進行跨學科、多角度的探討和研究。重視宏觀與微觀、動態與靜態、時間與空間、內容與形式的相互觀照，重新認識語言，考察語言，分析語言，解釋語言。並以漢語的研究為出發點，建立一套新的語言理論體系，其於修正和彌補現行語言理論的疏失和不足，必有裨益。此自學人之所共賞者。

予每歎一己治學之「一葉障目」，更致慨一己「解放思想」之難，得讀李君書，有「豁然開朗」之樂。若謂此作於漢語研究有「導夫先路」之功，蓋非過譽。

李君勤敏謙虛，非徒得益於明師益友，抑且博訪通人，今以此作質諸並世大方，必可抉擇精英，益臻完善。因欣然序其旨趣。

殷煥先

一九八九年春月於山東大學之居養室

目次

第一冊

序　殷煥先

引　言……1

第一章　生態語言系統……11

第一節　生態系統與生態語言系統……11

一、生態系統……13

二、物質流　能量流　信息流……19

三、生態平衡……26

四、生態語言系統……28

第二節　生態語言系統的結構與功能……38

一、結構和聯繫……39

二、穩定與調節……56

三、進化與評價……68

四、熵・閾・羡餘度……81

五、生態位與功能級……92

第二章　語言系統的生態環境……101

第一節　自然結構環境……102

一、地理因子……103

二、氣候因子……106

三、景觀因子……107

第二節　社會結構環境……110

一、經濟因子……111

二、民族因子……111

三、階級因子……113

四、宗教因子……115

五、政治因子……116

第三節　文化結構環境……119

一、物質文化因子……120

二、思惟因子……122

三、觀念因子……124

四、習俗因子……125

第四節　自為環境……128

一、意向因子……129

二、人格因子……131

三、性別因子……134

四、年齡因子 ……135
五、角色因子 ……138
六、情感因子 ……142
七、情境因子 ……144
八、心理因子 ……145
第三章　語言的生態運動 ……147
第一節　對立與互補 ……148
第二節　類化與異化 ……153
第三節　泛化與特化 ……165
第四節　強化與弱化 ……171
第五節　擴散與防禦 ……177
第六節　滲透與協同 ……185
第七節　漂變與選擇 ……192

第二冊

第四章　生態漢語系統 ……203
第一節　漢語系統的生態結構和機制 ……203
一、現代漢族共同語的生態結構 ……203
二、現代漢語方言的生態結構 ……216
三、漢語生態結構的內部聯繫和機制 ……228
第二節　漢語系統的生態環境及其作用 ……242
一、自然環境的作用 ……243
二、社會環境的作用 ……247
三、文化環境的作用 ……252
四、人群環境的作用 ……259
第三節　漢語系統的生態特徵 ……266
一、單音語素 ……267
二、結構段 ……269
三、位定與位移 ……272
第五章　漢語的生態類型 ……277
第一節　自然生態 ……277
一、語詞生態 ……278
二、短語生態 ……294
第二節　社群生態 ……303
一、性別變體 ……303

二、年齡變體 ……………………………………310
三、職業變體 ……………………………………320
四、情境變體——補充語……………………………357
第三節　文化生態 ……………………………………367
一、習俗變體 ……………………………………368
二、觀念變體——禮貌語……………………………380
第四節　羨美生態 ……………………………………387
一、語音的羨美生態…………………………………388
二、語義的羨美生態…………………………………391
三、語法的羨美生態…………………………………394
四、羨美生態的進化意義與悖論 ……………………395
第五節　模糊生態 ……………………………………398
一、音素的模糊生態…………………………………399
二、語詞的模糊生態…………………………………400
三、模糊生態的進化意義與悖論 ……………………402

第三冊

第六章　漢語的生態運動……………………………………405
第一節　語音的生態特徵與嬗變…………………………409
一、漢語音節的生態特徵與運動 ……………………409
二、上古漢語音系的生態特徵與嬗變 ………………436
三、中古漢語音系的生態特徵與嬗變 ………………448
四、近代漢語音系的生態特徵與嬗變 ………………469
五、現代漢語音系的生態運動 ………………………474
第二節　語義的生態特徵與嬗變…………………………494
一、語素與音節、字形………………………………495
二、語義的產生與消亡………………………………498
三、語義的對立與互補………………………………520
四、語義的同化與異化………………………………539
五、語義的泛化與特化………………………………547

第四冊

第三節　語法的生態特徵與嬗變…………………………563
一、甲骨文語法的生態特徵與嬗變 …………………563
二、古代漢語語法的生態特徵與嬗變 ………………579
三、現代漢語語法的生態特徵與嬗變 ………………610

第七章　生態漢字系統……………………………………637
第一節　生態環境與漢字起源………………………638
一、生態環境 ……………………………………639
二、漢字起源 ……………………………………641
第二節　生態漢字系統的結構與功能 …………643
一、結構與聯繫 …………………………………644
二、調節與進化 …………………………………647
三、生態位與功能級………………………………649
第三節　漢字的生態結構類型………………………650
一、表意型 ………………………………………653
二、表音型 ………………………………………654
三、意音兼表型 …………………………………656
四、記號型 ………………………………………659
第四節　漢字的生態運動……………………………660
一、泛化與競爭 …………………………………665
二、類化與避讓 …………………………………672
三、同化與異化 …………………………………679
四、分化與合化 …………………………………687
五、特化與美化 …………………………………690
六、繁化與簡化 …………………………………696
第八章　生態漢語學的研究方法………………………707
第一節　優化的傳統方法……………………………707
第二節　系統分析方法………………………………710
一、心理停頓 ……………………………………711
二、心理定勢 ……………………………………712
三、心理傾向 ……………………………………712
四、認知選擇 ……………………………………713
五、審美評價 ……………………………………713
第三節　實驗方法 ……………………………………715
第四節　數學方法 ……………………………………716
一、慣用語的數學解釋……………………………716
二、模糊語義研究的數學方法 ……………………718
三、數學在方言研究中的運用 ……………………721
後　記…………………………………………………725
增訂版後記 ……………………………………………727

引　言

我之所以把漢語置於生態系統之中進行研究，既沒有迎合時髦趕浪潮的興致，也沒有一成不變固守傳統的陋癖。只是因為偶然搞到研究漢語這一行，才不得不對漢語研究進行一點思考。思考從一開始，就置於洋的和土的種種理論的層層包裹之中，訓教我的各種書本又都出自方家學者，他們的嚴肅的理論把我對漢語的認識攪得一塌糊塗。因此，我對於漢語，無論從哪方面來說，都實在是一個糊塗蟲。在這樣的困惑之中，只好姑且撇開這一切，用自己的眼光來審視漢語。因為這種審視帶有很大的主觀性和狹隘保守性，這樣或那樣的紕繆幾乎俯首可拾也就不是什麼稀罕的事。就眼下而言，把漢語回歸生態系進行探索的人似乎還沒有，所以也就有必要談幾句話作為開場白，聊充「引言」。

時下對漢語的研究，一部分學者正在進行反思。有的人已經意識到漢語同其他語言，尤其是同西方語言存在著一系列的差異，主張走出一條研究漢語的新路子。但是這樣的反思，也只能建築在有上千年歷史的中國古代語文學和有上百年歷史的中國近代語言學的基礎上。正如我們沒法抓住自己的頭髮把自己拎在半空一樣，要豐富傳統，先得繼承傳統。沒有無緣無故的創新，也沒有無根無蒂的學問，一切都由我們所處的特定環境同我們之間的相互作用所限定。我們要研究漢語，首先就得弄清語言，要弄清語言，不得不盯住創造和運用語言的人群。人群從它形成的一天起就處於與它幾乎同步演進的文化氛圍之中，處於無時無刻不與它同在的社會圈之內。社會圈是人群集團的傑作和生存空間，它存在的基礎是大自然。

人類在大自然的懷抱中孕育、產生、發展、進化，終於告別了動物界，邁入人的社會，而維繫人類社會的紐帶之一便是語言。人類創造了語言，發展了語言。語言也再創造著人類，再發展著人類，同時也發展著文化，發展著社會。作為萬物之靈的人憑藉先進的手段，不斷改變著自身和社會，也改變著養育自己的母體——大自然。隨著高度工業化社會的出現，人們把生養自己的母體當作永無休止的攫取對象，而向大自然宣戰。他們忘掉了自己生存的根本，同時也忘掉了社會圈、文化圈所附麗的根本所在。至於語言，則是飄浮於半空的仙山樓閣，似乎甚麼也不附麗，甚麼也不依憑。至少，十九世紀的西方語言學家們，是把語言當作與世隔絕、自給自足的「桃花源」來思考耕耘的。

「桃花源」是一種傳統，這種傳統一直影響到當今的漢語研究。我們不少研究者、教師、學生，至今仍把語言看作是一種自給自足的封閉體系，滿足於對它進行形式的描寫和考求。深入到語言之中研究語言，是歷史的要求。我們相信在遙遠的將來，不管語言科學發展到何種高度，這種踏踏實實的微觀研究，始終是語言科學不可忽棄的基礎工作。工作必須繼續做下去，但僅僅滿足於這樣做，語言科學是無法進步的。

大約兩千年前，中國出現了《爾雅》和《方言》。《爾雅》所釋詞語，從社會圈而來，又為社會圈所用；《方言》的作者敢於拿著筆向南來北往的殊方行人求索異語，所收詞語分布地域之廣，確乎令人不能不刮目相看。這似乎也是一種傳統，而且是一種古老悠遠的傳統。這種傳統的特色是它的實用性、開放性、社會性、人文性。但是，這種傳統後來並沒有發展為現代的語言科學研究系統。這是值得我國語言工作者深長思之的。

在這兩大傳統之中，層層迭出過許許多多不同的語言學流派，它們從不同層次不同水準不同角度滋沃著語言科學，發展著語言科學。經過長期的艱難跋涉，我們看出了這樣一個移動趨勢：從語言內走到語言外，由純語言發展到泛語言，從微觀擴展到宏觀，由靜態推進到動態。但是，迄今為止，還沒有發現無論哪一個學派將自然生態系統衍生的語言系統復歸於自然生態系統來進行考察研究。而我要做的，正是這樣一個不自量力的工作。

語言對自然的復歸，不是語言同自然的簡單類比。自然語言歸根結蒂就是自然的一部分，或者說一個層面。因此，自然對語言的包容，是母系統與子系統的關係。語言不就是自然，自然卻包括語言。十九世紀中葉，德國語言學家奧古斯特・施萊赫爾（August Schleicher）曾把語言與生物相比附，並根據生物進化的原理繪成了印歐系語言發展的譜系樹。他認為語言是一種自然現象。說語言是一種自然現象，必須有特定的參照系。說語言不是自然現象，也必須在特定層面上才能這樣講。一般地孤立地下斷語是沒有任何意義的。但是，施萊赫爾將語言與生物相比附的設想，體現了一種復歸意向。這種復歸意向後面隱藏著宏觀語言學的思想火花。這猶如在微觀語言學極盛時期的高音曲譜中插進一段頗不協調的變奏。這種變奏實質上是一種異化。

施萊赫爾這種思想的產生絕非偶然，因為就在德國，與之同時代的生物學家海克爾（Ernst Haeckel）就開創了著眼於宏觀聯繫的生態學。海克爾認為生態學是研究有機體與環境相互關係的科學。生態學與現代系統思想的融合，便產生了系統的生態學。現代生態學已不再是狹義的十九世紀的生物生態學。可以說，所有與當代生態學有關的科學都在系統思想籠罩之下。

狹義的生態學以生物個體、種群、群落、生態系統等不同層次的對象為研究目標，研究元素的結構與功能以及元素同環境的複雜關係。生態學的這種層次思想、環境思想、動態思想、進化思想、全局思想，加深了人類對生物及自然世界的認識，也加深了人類對自身與環境之間關係的認識。一百多年來，生態學的一般理論和分析方法，正有力地加強著自身的發展，同時以其強大的生命力向其他學科滲透。今天，無論在自然科學領域還是社會科學領域，都不能沒有生態思想。生態學與現代系統論的結合，使得它內部的分支科學無不呈現生機，即使所謂個體生態學，也是置於特定系統的特定層次來加以考察的。生態思想的推廣，突破了僅僅以生物為主要研究對象的藩籬，而將任一研究對象都復歸自然，將其生態學化，進而以生態系的眼光來重新審視它。例如，由於工業社會的高度發展，形成了龐大的城市。城市一方面為人類的生活帶來便利，另一方面又形成對人類生存的威脅。如何來解決這一難題呢？由於城市與許多的複雜因素相關，甚至與地理、氣候等自然因素融為一體，而且城市本身呈現動態，在運動中與許許多多變動不居的因素相互作用，這樣，我們就不能再把城市視為靜止孤立的人工建築。以生態思想為指導的城市生態學也就應運而生了。

生態學這一重要原理，給人們以極大的啟示。在傳統學科的基礎上，新的交叉學科不斷湧現。例如，系統生態學、經濟生態學、地理生態學、化學生態學、物理生態學、數學生態學、景觀生態學、社會生態學、人類生態學、文化生態學、文藝生態學，就是生態學與系統工程學、經濟學、地理學、化學、物理學、數學、景觀學、社會學、人類學、文化學、文藝學的新綜合。

生態學的研究成果告訴我們，人類雖然走出了動物界，但並沒有脫離自然，人類仍然處於地球生物圈之內。它既是大自然的產物，又是自身與大自然相互作用的產物，人類是大自然的一部分或曰一個特殊的層面。因而人類的生存與行為，必然受著地球生物圈中其他要素的影響與制約，它不可能毫無羈絆，為所欲為。但人類又不同於地球上的其他生物，人類具有意識活動，它創造了另一個世界，這就是人類社會。人類不僅生活在自然界中，而且生活在自己創造的社會之中，生活在自己創造的文明之中。因此，人類、人類社會、人類文明都是建築在自然系統之上的不同層級，它們都屬一個生態巨系統。人類不但有意志，而且有情感，它不但給自己創造了一個物質文明世界，而且給自己創造了一個精神文明世界。被斯大林認為既不屬經濟基礎，也不屬上層建築的語言，也是人類的傑作。語言既然為人類所創造和運用，毫無疑義，它也是生態巨系統中的一個層級。

我們知道，自然界有自己的運動規律，人類社會、人類文明、語言、人類自身也各有自己運動發展的規律。就如人類無法改變自然規律或社會規律一樣，人類同樣不能任意改變或規定人類文明發展的規律，當然也無法改變語言變化發展的規律。儘管文明、語言也是人類自身作用以及人類與自然、社會相互作用的產物。然而，人類可以認識自然，認識社會，認識文明，認識語言，認識自身，它可以正確地順應規律，因勢利導，調節生態巨系統中各種元素、各個層級之間的物質、能量、信息的轉化關係，實現生態巨系統的動態平衡，促進各個層級的協調發展。因此，人能調節自身，也能調節語言。

什麼是語言？換句話說，語言的本質是什麼？這個最基本的概念迄今仍是個糾纏不清的難題。好些著名的語言學家和哲學家都對它下過各自不同的權威的定義，每一種定義都導致人們對語言學研究對象和研究目的的不同認識。喬姆斯基認為語言是人類的生物本能，並由此建立起他的生成轉換理論。薩丕爾則認為語言是一種文化功能，不是一種生物遺傳功能。「語言是純粹人為的，非本能的，憑藉自覺地製造出來的符號系統來傳達觀念、情緒和欲望的方法。」〔註1〕索緒爾指出，語言是由概念和音響形象相結合的一種符號系統。他嚴格地區分了語言和言語的界限。「對於海德格爾來說，語言是存在的家園，存在在語言中顯露；對於維特根斯坦來說，『想像一種語言就是想像一種完整的生活方式』；對於拉康來說，語言是為一切進入它的人設定『主體位置』的『象徵秩序』。」〔註2〕每一種定義都有它的合理性，都擁有一批支持者；但每一種定義都留下了困惑，所以都不可避免地遭到了懷疑和反對。我們需要的正確態度則是對前輩學者所作出的貢獻給予充分的肯定，從而鋪出一條後學的前進之路。

關於語言，國內學者喜歡稱引馬克思、恩格斯的這樣一句名言：「語言是思想的直接現實。」在文化革命時期，這句話甚至被利用來作為置人於死地的政治武器。中國有句古話叫做「言為心聲」，似乎證明了這個論斷是放諸四海而皆準的真理。可惜馬克思、恩格斯的本意同某些人的用意似乎還差著那麼一截。這兩位導師在《德意志意識形態》一文中批評桑喬的「辯護性的評論」，針對桑喬所謂「唯一者是完全沒有內容的詞句或範疇」這一謬論，講了下面一段話：

> 對哲學家們說來，從思想世界降到現實世界是最困難的任務之一。語言是思想的直接現實。正像哲學家們把思維變成一種獨立的力量那樣，他們也一定要把語言變成某種獨立的特殊的王國。這就是哲學語言的秘密，在哲學語言裏，思想通過詞的形式具有自己本身的內容。從思想世界降到現實世界的問題，變成了從語言降到生活中的問題。〔註3〕

在這段話的開頭，馬克思、恩格斯指出，這是「對哲學家們說來」，可見並不是在一般意義上講「語言」，更不是在語言學意義上講「語言」。「在哲學語言裏，思想通過詞的形式具有自己本身的內容」，因而不存在「完全沒有內容的詞句或範疇」。這就徹底揭開了桑喬的偽善面孔。因此，馬克思、恩格斯進而指出：「他在哲學上的無思想本來就已經是哲學的終結，正如他不能說出來的言語意

〔註1〕〔美〕愛德華．薩丕爾著，陸卓元譯《語言論》，商務印書館，1985年2月北京重排第2版，第7頁。

〔註2〕伍曉明：《表現．創造．模式》，載中國社會科學院文學研究所主編《文學評論》，1988年第1期，第60頁。

〔註3〕馬克思、恩格斯：《德意志意識形態》，載《馬克思、恩格斯全集》（第三卷）人民出版社，1960年12月第1版，第525～529頁。

味著任何言語的終結一樣。」〔註4〕語言是思想的直接現實，同時又不是思想的直接現實。正如中國人說「言為心聲」，又說「言不由衷」是同樣的道理。即使是英明的論斷，也不能割裂具體的言語環境。嚴格說來，馬克思、恩格斯這裡所謂的「語言」，實質上是「言語」。我希望一些長期存在的模糊不清的誤解以及一些似乎矛盾的言語現象，能夠在更為廣闊的背景下返本歸真，得到闡釋，從而給人以較為清晰的印象。

在我看來，語言本質上是一種存在不同層次功能水平的信息網絡系統。系統整體在特定層面上能夠充當人群傳輸轉換信息的載體。語言各個不同層次上由於結構關係的不同，其功能也存在多樣性。當語言被人用來輔助大腦進行思惟的時候，或用來描述人的思想感情和思惟成果的時候，它是人們思惟信息的載體。當人群憑藉它來溝通人際關係協調社會活動的時候，它是社會信息的載體。這些活動在特定的社會層面上發揮功能，因而這種情況下語言的本質主要體現為社會屬性。但這僅是語言多層次系統屬性的一個方面。在憑藉自然語言進行交際的時候，與社會屬性同時並存的還有自然語言的生理屬性和物理屬性。機器語言只有物理屬性，自然語言既有生理屬性又有物理屬性。如果沒有這些較低層次的自然功能屬性，也就不可能有較高層次的社會功能屬性。在自然與社會屬性並存時，社會屬性居主導地位，但不能否認自然屬性的存在。在較低層次的結構水平上，例如音節結構水平上，對漢語來說，仍然具有社會屬性，因為漢語的詞有很多單音節，在社交層次上能體現交際功能。但對於另一些語言，例如赫梯（Hittite）語，它在音節結構水平上不具有社會屬性，僅表現出其生理和物理屬性。而漢語在更低的結構層次，例如音素水平上，主要體現為語言系統的自然屬性，只有在音素自成音節的條件下才可能具有社會屬性。

由於語言系統不同層次水平的不同功能，體現出的屬性並不完全一樣，因之對不同結構層次進行研究的著眼點也就不同。不能把較低層次不具社會屬性的結構功能現象用社會因素去曲解；也不能把較高層次社會功能占主導地位情況下的語言現象，用自然屬性去抵銷社會屬性。由於語言是多層次多種屬性的有序結構，應當允許側重對某一層次某種屬性進行專門研究。我們不能因為語

〔註 4〕馬克思、恩格斯：《德意志意識形態》，載《馬克思、恩格斯全集》（第三卷）人民出版社，1960 年 12 月第 1 版，第 525～529 頁。

言在社會大環境中主要體現為社會屬性，就否認實驗語音學、生理語言學等等語言學分科的研究價值。

長期以來，國內學者將語言在語用平面上的功能屬性實際上視為語言整體的屬性，並且忽視它在其他層面上的屬性，對國外學者關於語言是生理現象，心理現象，自然現象，物理現象的種種提法採取一概否定的態度，這是有欠公允的。認為語言本質是思惟工具的看法，基於思惟與語言不可分離的論點，但國外研究成果證明思惟的存在比語言古老得多。認為語言本質是交際工具的看法，只著眼於語言功能屬性的一個方面，不能反映語言系統本質的全貌。因此，認為語言是純粹的社會現象或純粹的自然現象都只是著眼於語言系統某一特定層次的功能水平而言，不是語言系統的完整面貌。語言的本質不是某一單純因素決定的，它的本質是由若干元素有機構成的系統。從功能觀點看,語言是其系統各個不同層次的結構水平上所體現的功能整合體。

馬克思主義認為世界是多樣性與同一性的統一。同一是有條件的，相對的；多樣是無條件的，絕對的。差別無處不在，無時不在。俗話說，「沒有兩片完全相同的樹葉」。這本來是極為普通的常識。可是，只要步入語言學界就會聽到大家公認的權威論斷：語言沒有高低優劣之分。那麼，語言有沒有差別呢？差別當然是存在的。可以說，世界上沒有兩種完全相同的語言或方言。事實上，差別的存在就是優劣的存在。差別是客觀的、實在的，優劣卻是觀念的、功能的，表現形式不同而已。承認差別就等於承認優劣，但劃分優劣的具體標準卻可以有不同。在語言學界，迄至目前，學者們不願意去思考這一點，當然也就壓根兒沒打算去正視它。可能有人認為說某種語言優某種語言劣拿不出權威的劃分標準，有的人則擔心「語言優劣論」會給自己帶來不測的麻煩。因此，最穩妥最保險最有代表性的莫過於相對論觀點。譬如小學課本上的一則故事，講羊和長頸鹿在花園外邊比本領。長頸鹿能吃到樹葉，羊吃不到；羊能鑽到籬笆裏邊去吃地上的青草，長頸鹿則不能。結論是：不能說高個兒比矮個兒好，也不能說矮個兒比高個兒好，只能說高個兒矮個兒各有各的用處，大家都有本領。這個結論在語言學界的移植，就是「語言相對論」。這種相對論在各自的封閉體系中似乎是天衣無縫的，但對於開放的巨系統，則常常顯得捉襟見肘。主張「語言相對論」的學者常常援引觀念主義學派大師薩丕爾的話，作為語言無優劣的權威論據。薩丕爾在他的名著《語言論》裏寫道：

> 沒有一個民族沒有充分發展的語言。最落後的南非布須曼人（Bushman）用豐富的符號系統來說話。實質上完全可以和有教養的法國人的言語相比。不用說，在野蠻人的語言裏，較為抽象的概念出現得不那麼多，也不會有反映較高文化水平的豐富詞彙和各種色彩的精密定義。然而，語言和文化的歷史成長相平行，後來發展到和文學聯繫起來，這至多不過是浮面的事。

他還說：

> 許多原始的語言，形式豐富，有充沛的表達潛力，足以使現代文明人的語言黯然失色。單只清算一下語言的財富，就會叫外行人大吃一驚。通俗的說法以為原始語言在表達方面注定是非常貧乏的，這簡直是無稽之談。語言的多樣性也給人深刻的印象，不見得次於它的普遍性。〔註5〕

這樣精彩的敘述無疑閃爍著那個時代新思想的火花。主張尊重各民族的語言，反對種族主義和民族中心主義，反對民族歧視。進而把這種民主的進步思想引進語言研究。既然最落後的民族的語言同最先進民族的語言可以分庭抗禮，語言之間當然也就無從言優劣。應當確認，民族歧視和語言歧視即使在今天同樣必須堅決反對。但是語言研究是另一回事。不能因為承認某一種民族的語言較落後，就推導出「歧視使用該語言的民族」的結論。同理，即使「許多原始的語言」「使現代文明人的語言黯然失色」，也不能得出原始民族比現代人更進步的推論。南非布須曼人說的話可以同有教養的法國人的言語相比，這顯然指的是某一特定言語層面上的信息傳輸情況，這裡並沒有提供比較布須曼語與法語孰優孰劣的標準。至於表達抽象概念及各種色彩精密定義的詞彙豐富與否，那是語言系統內語義系統的構成特點，據此也無法判定某種語言的優劣。沒有確立判別優劣的標準，也就無從言優劣。無從言優劣不等於語言無優劣。承認語言的多樣性實質上就是承認語言之間的差別。承認語言的普遍性也就是承認各種語言有一個評判優劣的標準。薩丕爾在語言問題上的民主平等思想不能支持「語言無優劣」的相對主義觀點。但是，這種觀點至今仍然牢牢

〔註5〕〔美〕愛德華·薩丕爾著，陸卓元譯《語言論》，商務印書館，1985年2月北京重排第2版，第19、20頁。

地束縛著語言學者。至於「沒有一個民族沒有充分發展的語言」這種說法只是一種主觀的設想，並不是事實。事實是，世界上任何自然語言都不可能在發展水平上完全一致，更不用說我們這個星球上至今還存在沒有語言的民族。

1988 年第一期《語文研究》發表了李方桂先生的遺作《語言學三講》。李先生認為，「文化有高低之分」，「語言可以反映文化的一部分」，這無疑是正確的。但是，李先生雖然擯棄了「文化相對論」觀點，承認「文化有高低之分」，卻主張作為「反映文化的一部分」的語言仍然「沒有高低之分」。於此可見，「語言相對論」觀點在語言學界的根深蒂固，確乎是撼之匪易了。

我們常常處於兩難的窘境。說語言沒有高下吧，學者們研究語言必得選擇代表點。任何一個國家必得確立起碼一種語言或方言作為標準語。標準語一旦確定，會不遺餘力地為它開綠燈，讓它有更為廣大的生存空間。作為標準語的基礎方言，明顯地居於諸兄弟方言之上，兄弟方言必須為它讓路。說語言是工具吧，則理應由人來掌握運用。但語言學前輩會告誡你：語言是既定的，是約成的。創造這種工具和使用這種工具的人，無權改造工具。姑不論在我國流行數十年的「語言工具論」不過僅僅停留在言語交際的平面上。說語言只能描寫，不可預測吧，言語預測和語言預測卻事實上存在。只要使用言語進行交際，世界上所有參與言語交際的人就不得不進行言語預測。言語的羨餘度提供了言語預測的前提。一句話如果傳輸的完全是新信息，羨餘信息為零，人們無法預測，但人們仍然存在預測心理。在言語交際中毫無預測心理而思惟又正常的人是沒有的。儘管「語言不可預測」的理論至今仍然主宰著我國語言學界，但是我國政府從建國以來就重視漢語和漢字的規範化工作。推普和簡化漢字便是兩項帶預測性的語言計劃。由於語言計劃的制訂與語言預測工作緊密相連，語言預測不能僅僅依靠描寫語言學提供的現成材料，而更多地受到來自社會、政治、經濟、文化、人群集團心理等等變量的影響，因而情況複雜，難度很大，而且要冒很大的風險，所以必須廣泛佔有與語言相關的諸多材料，對語言計劃進行充分論證，審慎從事。我國從五十年代開始的簡化漢字工作，迄今已歷三十年之久，實際上推行的語言計劃缺乏多方面的嚴密論證與語言學理論的充分支持。如果我們的語言學理論不能闡釋，不能指導，不能服務於社會語言現實，那麼，這樣的語言理論不進行變革，出路何在呢？時至今日，中國語言學界是應當反思了。

語言問題叢脞駁雜，語言研究的路子並非直道通衢，我們需要勇氣和毅力。漢語的研究已經有了兩千年的歷史，語言學前輩為我們留下了許多豐碩的成果和寶貴的借鑒。年青一代的中國學者，應當開拓出一條漢語研究的宏富之路。我想，經過國內外漢語學者不懈的共同努力，這個目的是可以達到的，而且是一定能夠達到的。至於我個人所謂的「生態漢語學」，只有那麼一堆亂七八糟的譫語，寫出來是專為領受有識之士的訓教，那是連鋪路的碎石子也算不上的。

第一章　生態語言系統

第一節　生態系統與生態語言系統

我在引言裏對當前語言學理論與語言實踐的某些相互牴牾的情況提出了一些質疑。無論這些質疑是多麼的悖乎常理甚而至於荒謬，但我敢說，沒有人會以為眼下的語言研究工作盡善盡美。倒是有人為近代的漢語研究搞了幾十年，至今沒有走出一條切合漢語實際情況的路子而痛心扼腕。要劈開榛莽走自己的路，談何容易。然而因為荊榛障道就不走路，那不是中國人的性格。牛頓曾經說過，他之所以取得成功，是因為站在前人的肩上。其實，站在前人肩上未必一定會成功。成功者卻必須站在前人肩上。現在已經不是牛頓的時代，當代科學由分科細密逐漸轉向綜合發展，各種學科原理相通，相互借鑒，相互促進，學科之間沒有既定的藩籬。以系統科學為基礎的控制論、信息論、突變論、協同學、耗散結構理論的發展，以及認知科學的興起，使研究者對於研究對象實行多視角、全方位觀照成為可能。現代生態學以自然界的三大本原：物質、能量、信息為基礎，研究生物系統與環境系統的相互作用和運動規律，同時把在地球生態巨系統中處於重要地位的人群系統作為研究對象，探索人與自然的相互作用以及運動發展規律，這就奠定了用生態學原理來觀照和研究語言系統的根本基石。

窮根究底，人是自然的一部分，語言是人與自然相互作用的產物，語言也是自然的一部分。在這個意義上我們可以說語言是一種自然現象。這是從自然生態系統層次來觀照語言。同十九世紀某些西方語言學家對語言所下的定義相比，我們僅僅是提出了語言發生的最基礎最根本的環境，提出了與語言系統相比較而存在的某一層級的參照系。用「語言是一種社會現象」，是「交際工具」，是「思惟工具」的觀點，〔註 1〕來否定語言是一種自然現象，既沒有必要，也不符合事實。任何高級系統都包含著原初系統的信息，任何高層次結構都包含著低層次結構的信息。說語言是交際工具，那是因為與之相對應的參照系不同，是在較高層級上對語言的功能性評價。說語言是一種信息載體系統，那是在文化層次上下的定義。因為人與人的言語活動，是一種文化代碼的破譯，是一種文化行為。世界上所有的語言，都是屬一定文化的語言。認為「語言是交際工具，又是思惟工具。這兩方面是統一的，彼此不能分離的」觀點，〔註 2〕是目前學術界較有代表性的看法。我們無意責難持這種觀點的前輩與同行，但我們也不願繼續重彈老調，故步自封。語言研究並非孤立的學科，它的基本理論的優化，不僅靠自身而且也得靠相關學科的突破。在生物科學對人腦的研究，思惟科學對人的思想的探索未能取得重大突破之前，語言學者不可能提出更先進更符合科學的基礎理論。就目前的研究成果來看，應當指出兩點：1. 語言與思惟雖然常常聯繫在一起，但並非不能分離。馬克思曾經指出，「他們（指人類。——引者）是從生產開始的。……在進一步發展的水平上，……人們就對這些根據經驗已經同其他外界物區別開來的外界物，按照類別給以各個名稱。」「人們實際上首先是佔有外界物作為滿足自己本身需要的資料……然後人們也在語言上把它們叫做……這樣的東西。」〔註 3〕既然人類先有生產活動，然後才給事物命名，而人類在生產活動中不可能不進行思惟。可見語言是人類社會發展到一定階段的產物，也是思惟發展

〔註 1〕參見高名凱、石安石主編《語言學概論》，中華書局，1963 年 6 月第 1 版，第 16～39 頁。

〔註 2〕參見高名凱、石安石主編《語言學概論》，中華書局，1963 年 6 月第 1 版，第 221 頁。

〔註 3〕《馬克思恩格斯全集》第 19 卷，人民出版社，1963 年 12 月第 1 版，第 405～406 頁。

到一定水平的產物。遠在語言產生之前，人類就在進行原始的生產活動，人腦就已經存在思惟的功能。因為進行任何生產活動都必須預想到勞動的成果，這就是一種推理的思惟過程。因此，雖然語言常常與思惟同步，但思惟先於語言而存在。2. 國外的研究成果表明，思惟的物質外殼不僅僅是語言，思惟還有語言之外的其他外殼，包括某種特殊的神經動作系統。為此伍鐵平先生援引科赫的話說：「大腦、神經系統及其對應物的演變傾向於用生物中心說取代語言中心說，猶如物理學中日心說之取代了地心說一般。」〔註 4〕這樣看來，對於語言本質屬性的揭示，以生態系統的眼光進行全面觀照能夠比較接近語言的實際情況。語言的本質也是一個多層次的系統。

語言既然建構在處於自然、社會和特定文化環境之內的人群系統之上，這就為語言復歸自然，把語言看成生態系統中一個特殊層級來進行整體性考察提供了現實的可行途徑和科學依據。為了瞭解生態語言系統，我們必須首先瞭解生態系統。

一、生態系統

生態系統是生態學的核心問題之一。生態系統理論是英國生態學家坦斯利（A. G. Tansley）於 1935 年首先提出來的。他用這一科學概念來概括生物群落和環境共同組成的自然整體。1972 年在慶祝坦斯利誕生一百週年時，科學家們一致認為「生態系統」是具有經典意義的科學概念。坦斯利認為有機體與其共存的環境是一個不可分割的整體。有機體與環境各組成部分之間並非孤立存在、靜止不動，而是相互聯繫相互制約，處於不斷的運動變化之中。環境因子不僅本身起作用，而且相互發生作用，它既受周圍其他因子影響，又影響其他因子。一個因子的變化會使其他因子產生連鎖反應。生物因子與非生物因子密切相關，通過能量流動與物質循環，構成一個相對穩定的自然體。總之，生態系統就是在一定時空範圍內，生物的和非生物的成分之間通過不斷的能量流動和物質循環過程，相互作用，相互依存，共同構成一個生態學的功能單位。

〔註 4〕轉引自伍鐵平《語言與思維關係新探》，上海教育出版社，1986 年 7 月第 1 版，第 23 頁。

1942 年，美國動物學家林德曼（R. L. Lindeman）在美國 Minesota 州對湖沼生態系統的營養級和能量流進行了深入的研究，提出了「百分之十定律」。林德曼根據他的定量研究成果指出，自然界中進入任何群體的能量中的一小部分，可以用來維持靠它為生的群體。即每一低層次所固定的能量中，大約有 10%左右能夠轉移給高一層次的消費者。

六十年代以後，由於高度工業化，能源短缺，資源破壞，環境污染嚴重，加之人口數量激增，糧食不足，造成了世界性的社會問題。生態系統理論因此倍受人們的青睞，生態學得到進一步完善和發展。七十年代，生態學已由一般的定性描述走向比較確切的定量研究階段。利用生態系統理論對社會性重大課題進行科學論證，並且根據研究成果對若干社會問題進行預測預報，表明生態學已經從純粹的生物學研究踏上了與人文學科融會貫通的新道路。同時，將生態學原理引進人文科學的結果，便產生了一系列邊緣學科，如人類生態學、文化生態學、文藝生態學、社會生態學等等。

1970 年，聯合國教科文組織第十六屆全體會議制定了「人與生物圈（MAB）」研究計劃，開展全球性的生態系統研究。1972 年，我國參加了該計劃的國際協調理事會，並當選為理事國。但是，我國學者真正展開生態學的研究工作，並且將生態學原理與我國經濟文化建設的實際情況相結合，提出切合中國現況的生態學理論，也只是近些年的事。中國生態學會業已成立，並且生態學報和各種雜誌也廣泛宣傳生態學知識。但由於我們起步較晚，生態學者的隊伍還不夠壯大。中國學者的研究工作要能切實解決中國的實際問題，並且取得讓國際同行矚目的成果，還需要較長時間的艱苦奮鬥。將生態學的原理和方法引進其他學科探索治學的新領域，也還需要時間和實踐的考驗。

由於生態學對各門各類學科的滲透，生態系統的含義已經逐步廣義化，它不但指生物學上的自然生態系統，而且指人工生態系統，甚至包括任何一個自組織的動態開放系統。但是，生物生態學所謂的生態系統，仍然具有經典意義。一般認為生態系統主要由六種成分組成：〔註 5〕

〔註 5〕雲南大學生物系編《植物生態學》，高等教育出版社，1980 年 7 月第 1 版，第 272 頁。

　　　　　　　　　　↗ 太陽輻射能
　　　　　無生命成分 → 無機物質
　　　↗　　　　　　↘ 有機物質
生態系統
　　　↘　　　　　　↗ 生產者（綠色植物）
　　　　　生命成分　→ 消費者（動物）
　　　　　　　　　　↘ 還原者（細菌和真菌）

太陽輻射提供能源，它是自然生態系統運轉的根本動力。無機物包括水、二氧化碳、氧、氮、無機鹽等等，是製造營養物質的原料。有機物指蛋白質、碳水化合物、腐殖質等，這是自然界中已經存在的營養物質。生產者包括綠色植物和化能合成細菌，它們都是自養生物，在生態系統中進行初級生產，即通過光合作用把水、二氧化碳、無機鹽等製造成碳水化合物，將太陽能以化學能的形式固定在碳水化合物中。碳水化合物可以進一步合成脂肪和蛋白質，藉以建造自身並為消費者提供營養食物。陽光只有通過初級生產者，才能源源不斷地輸入生態系統，成為消費者和還原者唯一的能源。消費者是異養生物，即以其他生物或有機物為食的各類動物以及某些腐生或寄生菌類。總之，除生產者之外的所有有機體都是消費者，它們只能依賴生產者生產的有機物為營養來維持自身的生命活動。根據消費者的取食對象可分為草食動物和肉食動物兩大類。草食動物稱一級消費者，肉食動物之間由於「弱肉強食」關係，可以劃分為二級消費者，三級消費者甚至四級消費者。還原者也是異養生物，包括細菌、真菌、某些原生動物及腐食性動物。它們把動植物殘體的有機物分解吸收，然後轉化為無機物。還原者利用消費者沒有獲取的有機物的能量，把無機養分從有機物中釋放回大自然，然後再作為生產者進行光合作用的原料，完成了生態系統的物質循環。既然消費者與還原者都是異養生物，還原者本身也是消費者。看來，把還原者與消費者作為相對的術語比併提出，是不科學的。同理，生產者同時也是消費者，它兼有雙重功能，僅稱為生產者是不妥的。至於自然界已經存在的有機化合物，必然是歷史演變的結果。因此，我認為自然生態系統是由三大成分構成的，即：太陽能與無機物；生產—消費者；消費—還原者。陽光提供能源，光能是一種物理現象，把它與無機物歸為一大類是比較合理的。這裡不把消費者當做一種獨立的成分，是因為純粹的消費者並不存在，消費僅僅是從生產到還原的一個中間過程。無論是以植物為食的動物還是以動物為食的動物，它們只要存在生命活動，就必須新陳代謝，就必然異化。動物的汗、小便以及各種分泌物，就是代謝的產物，其中含有大量的水和無機鹽。可見動物也在不停地將有機物轉化為無機物，它既承擔著一部分還原任務，也承擔著繁殖和增長的再生產任務。但是動物的繁殖增長從本質上來說已不同於植物的繁殖增長。

自然界有許許多多的生態系統，小的生態系統組成大的生態系統，簡單的生態系統組成複雜的生態系統。生態系統本身在不斷進化發展，每一層級也可視為一個生態系統。形形色色、豐富多彩的生態系統構成生物圈。生物圈是一個巨大的生態巨系統。生物圈概念是奧地利地質學家休斯（E. Suess）於 1875 年首次提出的。蘇聯學者維爾納德斯基（B. N. Вернадский）於 1934 年明確指出生物圈是由大氣圈的對流層、水圈、岩石圈的表層這三個地理圈總合組成，是進行著生命過程的地球表層外殼。因此，它是地球上所有的生物（包括人類）及其生存環境的總體。地球是太陽系的一顆行星，它本身也受到宇宙空間諸多因素的影響，陽光、電磁波、宇宙射線、引力、隕石等等，直接或間接地與地球發生相互作用。因此，生物圈並不是一個封閉體系。地球生態巨系統同樣是一個具有自調機制的動態開放系統。

生態系統是自然界的基本功能單位，它的功能主要表現為生物生產。為了實現這一功能，生態系統的結構必須存在能量流動、物質循環和信息傳遞的渠道。能量、物質和信息在不同層級的傳輸變化特徵，體現了它們之間的結構關係。從形態學角度考察，生態系統具有空間分布的垂直結構和水平結構兩種形式。水平結構又可分為三種格局：1. 均勻分布。生物種群分布均勻，各占一定的面積；2. 團塊分布。種群在空間上間斷地成群分布，形成團塊狀；3. 隨機分布。種群在空間分布上彼此獨立，生物個體相隔一定距離，但分布不規則。從發生學的角度考察，生態系統可以分為陸地生態系統、海洋生態系統和淡水生態系統三大類型，每種類型又可根據若干標準再加以劃分。由於生態系統的基本功能與結構的一致性，從功能角度看，生態系統的營養結構是最本質最重要的結構特徵，能量流動、物質循環和信息傳遞都必須在營養結構的基礎上進行。生態系統以營養（表現為食物鏈和食物網）為紐帶，把生物和非生物緊密聯繫起來。這種結構關係可用下面的圖示來表達（順時針方向箭頭表示能量流動、物質轉化和傳遞信息）：

圖 1.1

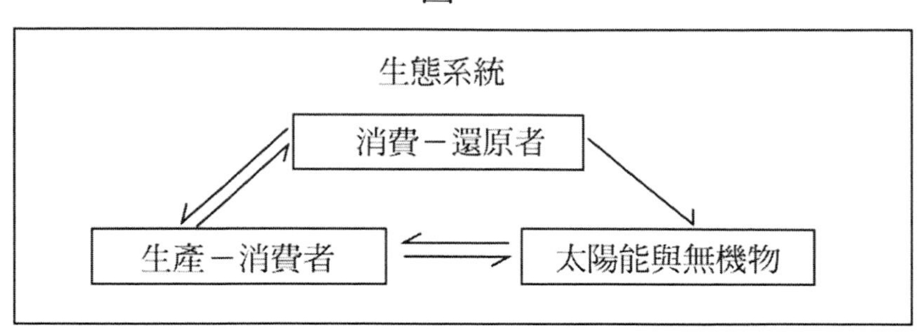

從圖示可以看出，生產—消費者在太陽光的參與下，把水、二氧化碳等無機物合成有機物，把光能轉變成化學能儲藏起來。生產—消費者一方面通過光合作用製造有機物，貯藏化學能，另一方面又通過呼吸作用、蒸騰作用分解有機物，釋放能量。因此，傳統意義的生產者，其實是以生產為主，以消費（生長和繁殖）和還原為輔的單元。為了體現消費是處於生產與還原之間的中介過程，我這裡姑且稱之為生產—消費者。由於能量的流動是一個不可逆的耗散過程，所以，圖中的逆時針方向箭頭僅表示物質的還原和信息的反饋。消費—還原者將生產—消費者製造的簡單有機物進行同化作用合成更複雜的有機物，進行第二性生產，用以增長個體，繁殖後代，同時為維持生命活動而進行異化作用，把化學能轉化為熱能釋放，並將有機物分解為無機物，給生產—消費者提供光合作用的原料。不過，消費—還原者中有兩種情況：有的動物以消費為主，還原為輔；有的則以還原為主，以消費為輔。但是動物進行的第二性生產並沒有增加自然界有機物的總量，它們生命活動所需的全部能量和有機質都來源於生產—消費者。消費—還原者本身不能直接把無機物合成有機物，從嚴格意義上說，第二性生產不能叫做生產。因此，消費—還原者處於生態系統的最高層級，太陽能和無機物處於最低層級，高層級以低層級為存在的基礎和條件。根據以上分析，可以把生態系統的結構用金字塔形表示，如圖 1.2。

系統內的每一層級中的元素，各以本層級中的其他元素為環境條件。我把與一個元素同層級的其他元素及關係，稱為這一元素的內生態環境，而把處於其他層級的元素及關係，稱為這一元素的外生態環境。如果把一個特定層級視為一個元素，則其他層級與關係也就是這一元素的環境。

圖 1.2

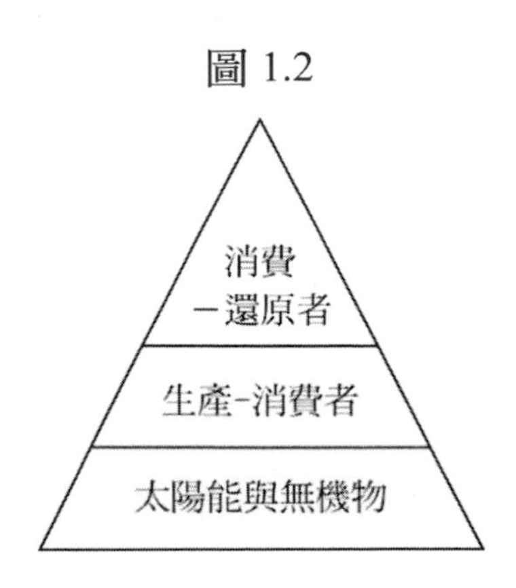

半個多世紀以來，生態學家們對生態系統的理論與實踐做出了卓越的貢獻。林德曼引用了 Birge 和 Juday 提出的營養—動力概念，開創了現代生態學。但是，生態學畢竟是一門年輕的科學，它自身還沒有形成完整的理論體系，還需要進一步充實發展。不過，生態學的一些基本原理，對不同領域的不同學科都有一定程度的啟示作用和借鑒意義。簡要歸納起來，大概有如下幾個方面：

（一）生態系統是自然界的基本功能單位。功能和功能生態位是生態系統的重要概念；

（二）生態系統的功能與通過生態系統各結構成分的物質循環、能量流動和信息傳遞相關；

（三）種群間的相互關係創造新的功能生態位。生態系統中種的數量和成熟性的增加意味著生態系統的自我增強；

（四）生態系統被開發並維持開發時，該系統的成熟性下降。環境的變化對種群具有選擇壓力，不適應環境的機體被淘汰可能降低生態系統的成熟性；

（五）生態系統是一定時空中的延續體，自組織過程是系統演化的重要機制，系統的現況與其歷史及未來相關；

（六）生態系統的穩定性，取決於它的閾值和負載能力，這一基本原理限制著對生態系統的干擾程度。

國外學者運用生態學的重要基本原理和原則，按照不同領域不同學科的特點，對某些重要課題進行了長期的探索，並且創立了一些新的交叉學科。廣義地說，自然界中任何一個自組織的開放系統，都是一個生態系統。因此，生態系統的基本原理和生態學的基本原則，是普遍適用的。人類生態學研究的人類生態系統，既指人與生存環境相互作用的自然生態結構，也包括人類與自然環境在調適過程中人類建立起來的人工生態系統。其中，人類是生態系統的中心研究對象。文藝生態學所研究的文藝生態系統，雖然包括文藝作品及作家、藝術家和人類生存的各種自然、社會、文化因素交互作用構成的生態結構，但文藝本身才是中心研究對象，作家藝術家在這個系統中只是影響文藝的一個重要變量。根據不同學科和不同的研究對象，建立適合各自特點的生態系統，這就給研究工作提供了考察問題的新視角和新方法。實踐證明生態學理論不僅具有普遍的適用性，而且有著光明的發展前景。

二、物質流　能量流　信息流

任何生態系統的存在都必須依靠系統內的物質循環、能量流動和信息傳遞。物質循環不斷更新生態系統的實體，能量是生態系統的動力泉源，信息的傳遞實現對系統的組織和控制，使系統整體趨於有序化。這三者緊密結合構成一個完整的生態系統，實現生態系統的功能。但是，三者並不處於同一層次。一般的生態學著作重視生態系統內物質流和能量流的研究，但是把物質與能量置於同一層次。至於信息傳遞則往往被忽略，有的專著甚至隻字不提。我認為，任何生態系統都存在這三種層次關係的流通渠道。愈是高級的生態系統，其高層次的傳輸功能愈精密完善。物質循環是生態系統最基礎的功能層級。能量是物質運動的一般量度，任何物質都處於永恆的運動狀態之中，能量以物質運動為條件，物質的運動形式發生轉換時，能量形式同時發生轉換，能量在物質之間的傳遞，成為系統運動發展的原始推動力。能量雖然與物質同在，但以物質運動為條件，並作為物質運動的一般量度，是一個較高的層級。信息的傳遞必須依賴於介質的運動，同時必須消耗能量。信息是物質與能量在一定時間和空間中不均勻分布的存在形式，而物質和能量只是信息傳遞的載體。因此，信息層次是最高級的層次。一般說來，信息傳輸的複雜化和靈敏化標示著生態系統的成熟化和高級化。物質、能量、信息三層次存在於生態系統實體結構的每一層級，而且相互映射，形成對應模式：

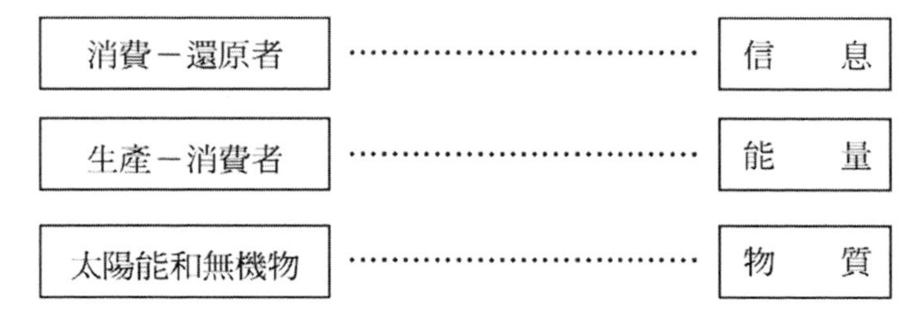

整個宇宙是由運動著的物質構成的。物質是生態系統構成的根本因素，沒有物質就無所謂生態系統。物質不但構成無機系統而且構成有機系統。無機系統與有機系統通過物質的循環交換、能量和信息的傳輸，相互聯繫，相互作用，構成具有自組織能力的生態系統。據研究，生態系統中的生物成分在生命活動中，大約需要數十種化學元素。碳、氫、氧、氮占原生質的百分之九十以上，其次，鈣鎂磷硫鉀鈉等也需要較多，銅鋅錳鈷鐵鉬等需要量很少，但不能忽缺。生態系統中的生物成分所需的這些物質，是由環境提供的。環境的這些無機物質，通過化學變化構成生物有機體。這些營養元素在各個營養級之間傳遞，構成物質流。物質從大氣、水域、土壤中通過綠色植物吸收進入食物鏈，轉移給食草動物，再轉給食肉動物，最後分解，還原，轉回環境。從而再次被植物吸收利用，重新進入食物鏈，周而復始，在生態系統中進行循環。這樣，就把環境、生產—消費者、消費—還原者聯為一個整體。在正常情況下，整個物質流環節上的各種物質「庫」的貯存數，應當保持一個常量，各個庫之間的物質流動，也保持有一定的周轉時間。地球生態巨系統中各庫物質的收支應保持相對的動態平衡，如果過分偏離正常情況，就會使系統發生故障，危及生態系統的存在。地球生態巨系統中的生物元素，在三個不同的層次上進行循環：1. 初級水平——生物個體；2. 第二級水平——生態系統；3. 高級水平——生物圈。在第二級水平上，生態系統的物質流在生產—消費者的代謝、還原基礎上再通過各級消費—還原者而回歸環境，這種循環成為營養循環或生物循環。在生物圈水平上的循環稱為生物地球化學循環。生態系統的營養循環與生物圈的生物地球化學循環密切相關，營養物質的循環是生物地球化學循環的一個環節。生態系統中的物質流具有雙重功能，它首先是生物體的實體構件及維持生命進行生物化學活動的結構基礎，其次又是能量的載體。生態系統中各種能量的轉化、貯存、發散，都須以物質流為運載工具，物質流的有序運動提供能量的定向流動，這就保證了生態系統中能量的相對穩定。

生態系統中能量的流動，必須以物質流為運載工具，而物質的流動，又需要能量作為動力，因此，它們雖然所處的層次不同，卻關係緊密，相輔相成。環境中的無機成分在太陽光的參與下，通過綠色植物的光合作用而轉入生態系統的生物成分中，這樣，光能就被轉為化學能固定下來，成為生態系統中生物生命活動的基本能源。生態系統中能量的流動和轉化，服從熱力學定律。熱力學第一定律即能量守恆定律的內容是：能量既不能創造，也不能消滅，而只能以嚴格的當量比例，由一種形式轉變為另一種形式。根據這個定律可知，生態系統生命成分能量的變化，必然伴隨著環境能量的相應變化。綠色植物光合作用生成物所貯存的能量，必定以環境中無機成分所貯存能量和太陽能的減少為補償。根據熱力學第二定律可知，在封閉系統中，一切過程都伴隨著能量的改變。在能量的傳遞和轉化過程中，除了一部分可以繼續傳遞和作功的能量之外，總有一部分不能繼續傳遞和作功，而以熱的形式消散，這部分能量使熵和無序性增加。在生態系統中，當能量通過食物鏈在生物之間流動傳遞時，一部分能量變為熱而耗散，其餘作功而合成新的組織作為勢能貯存起來。封閉系統總是趨向於使熵增加而導致無序，如果生態系統是封閉系統，必然會由於熵值的無窮增加而崩潰，為了維持系統的存在，必須與外界進行物質能量交換。因此，生態系統的生命成分實質上是靠不斷吸收環境的物質能量來抵消自身自發產生的熵。生物低熵的維持是靠不斷犧牲環境來實現的。即吃進「有序」，排掉「無序」，讓環境增加「無序」來實現自身的「有序」。根據熱力學第二定律，我們知道生態系統中能量的轉化不可能百分之百地利用，實際上，生態系統利用能量的效率很低。綠色植物的光能利用率，在自然條件下，一般約為百分之一左右。植物所獲得的能量，自身的呼吸作用和代謝過程要消耗一部分，以熱的形式回歸環境。它的根系、莖稈、果殼的堅硬部分以及枯枝落葉所含能量，不被食草動物採食，白白浪費掉。即使被食草動物採食的食物中，也有一部分不能消化而排出體外。一般地說，食草動物所利用的能量，約相當於綠色植物所含能量的十分之一左右。同理食肉動物利用的能量，也小於食草動物利用的能量。可見，能量在生態系統中的流動，是沿著生產—消費者至各級消費—還原者的順序逐級減少的。能量的流動過程是單向的不可逆過程。例如，光能進入綠色植物轉化為化學能，然後化學能轉為熱能返回環境，不可能再轉化為光能返回太陽。同理，食草動物從綠色植物獲得的能量，也不可能再返回綠色植物。

能量在生命成分中的流動，除了在各個代謝環節上不斷耗散，以熱能形式回歸自然外，它還有一條主要的流通渠道，用於生物體的生長繁衍，也就是作為生態系統存在發展的動力。這條渠道就是食物鏈和食物網。食物鏈一般由多個營養級構成。營養級本質上就是能量級。生態系統內能量的流動，靠各種有機體來轉化和傳遞，它們就是能量的轉運者。這些不同的有機體，其體內都貯存有能量，而且都處於食物鏈條上不同的位置。處於食物鏈上不同位置的有機體，都暫時扼制著生態系統中的一部分能量，當它被處於上一級的有機體採食時，它也就成為其他有機體的能源，這時被暫時扼止的這部分能量發生流動。這些能夠暫時貯留能量，同時又能不斷讓能量逐級按一定方向流動的位置，就稱為食物鏈條上的營養級。除人類之外，營養級一般可以劃為四級：綠色植物營養級、草食動物營養級、小型肉食動物營養級、大型肉食動物營養級。在這個營養序列上，每一營養級總是依賴於前一級的能量，逐級向上，每一級有機體大約按10%的比率將能量輸送給上一級。由於逐級向上可攝能量的急劇減少，決定了處於高營養級的有機體數目愈來愈少。這就自然形成了生態學上的能量金字塔。它表示營養級之間能量傳遞的有效性，即能流在順序的營養級上運動，能量損耗也從一級到另一級運動，這對於生態系統的研究具有重要意義。

食物網是食物鏈在空間關係的擴展，因而食物網是生態系統中能量運動路線的複雜化。它的實踐意義在於揭示了生態系統的開放性。生態系統並非孤立的封閉系統，生物圈中的各生態系統也相互作用，相互關聯。一個處於特定食物鏈上的有機體不但採食下一營養級的食物並被上一級有機體所食，而且可能被另一食物鏈上的高營養級有機體採食或具有採食其他食物鏈上低營養級有機體的能力。這就是說，一個生態系統中不可能每一種有機體僅出現在一條孤立的食物鏈上，而是交錯系聯，形成空間網絡。食物網中，一個種的多少的改變不僅在某個鏈條上的上下適應方面反映出來，而且也在同一食物網的其他鏈條的橫向關係中反映出來。食物網中的有機體按營養順序排列，大致相似於金字塔形。處於頂極序列的大型肉食動物，如虎、獅、鷹、鯊魚等，數量很少。這就表明能量金字塔揭示的能量流動規律是有普遍意義的。能量流與物質流的區別在於它的單向不可逆性。

生態系統中除了物質流和能量流以外，還有一個高於物質、能量的層次——信息流。信息是一個基本的概念，但目前對這個概念還沒有統一的認識，還沒有得出一個公認的定義。因此，一般的生態學著作沒有重視對生態系統信息傳輸情況的研究。但是，生態系統中，信息的傳輸是客觀存在的，而且只有通過信息的傳輸，才能實現對生態系統的組織和控制。生態系統之所以具有自組織能力，正是由於系統與環境存在信息反饋的通路。實際上，不僅生態系統中生命成分存在信息流，無機成分同樣存在信息流。無機物與有機物一樣存在著信息的發送、傳輸、接收、存貯等信息過程，這一過程是伴隨著物質能量的變化或物質結構的變化而進行的。自然界中如果兩個物體相互作用，這兩個互相作用的物體中一個物體的某種特性引起另一物體的特定變化，則另一物體就攜帶了這一物體的某種信息。而運動是物體的根本屬性，物體的運動必然伴隨著物質能量的變化，這種變化也就攜帶著運動物體的信息。物質處於永恆運動和普遍聯繫之中，處於與他物的相互作用之中，因而一切物體不僅攜帶信息，而且每時每刻都在發送信息。信息和信息流存在於一切運動物質之中，存在於一切系統之中。生態系統不但是物質信息的攜帶者、發出者、傳送者，而且是信息的需求者。正是由於信息可以被攜帶存貯，所以信息不僅可以表明系統現時的存在，還可以表明系統過去的存在和將來的演化；正是由於信息不斷發出，不斷傳輸，不斷接收，所以生態系統必然是一個存在反饋的開放系統。

信息以物質的屬性和運動狀態為內容，伴隨著物質流和能量流在地球生態巨系統的三個水平上傳遞。生物個體以與之有關的環境變化及生物自身的屬性為內容，遺傳信息以生物的性狀為內容。生態系統中的生命成分以無機環境的變化和相關層級的生物體的運動狀態為內容。生物圈內信息的傳遞則溝通大大小小的、簡單或複雜的各種生態系統，從宏觀上組織和調節整個生態巨系統，使之處於動態平衡。生態系統的每一層級都存在與環境的橫向的信息傳輸和接收。進入某一特定生態系統而處於最低層級的太陽光與無機物，它們本身與環境存在信息交換，它們同樣處於與其他物質的複雜作用之中。陽光與無機物的絕大部分不能進入綠色植物，但是陽光的強弱與無機成分的多少，直接影響綠色植物的光合作用和生長繁殖，而綠色植物的呼吸作用和死亡後的腐殖質又對無機成分的構成發生影響，因此，最低層級的陽光和無機物與上一層級的生產—消費者的信息傳遞，是通過光合作用、呼吸作用、蒸騰作用、還原作用時物質能量的交換來實現的。綠色植物即生產—消費者同樣在縱橫兩個方向與環境和上下層級發生信息傳遞。它與上一層級的信息傳遞是伴隨著物質與能量的傳輸通過食物鏈和食物網來進行的。信息在食物鏈和食物網中的傳遞，涉及多種生物個體，這些處於不同營養級的動物，各自具備自己的信息傳輸系統，這就使得信息在這一層級中的流動呈現出較下一層級更為複雜的局面。信息傳輸的複雜化要求生態系統的相應層級具備更為高級的結構成分。信息的傳遞通過環境和層級內各生命成分的相互作用，對生物體產生選擇壓力，不斷推動生物種群的進化，從而不斷更新生態系統的成分，在新的基礎上實現生態系統的動態平衡。信息傳遞網絡複雜化，信息量負載大，信息反饋敏捷，是一個生態系統成熟的標誌。

生態系統中信息的傳遞存在反饋通路，各個層級間、層級與環境間，層級內部，都存在著複雜的信息傳遞和反饋。信息在各個層級中的形態有質的區別。信息由低層級轉換到高層級，其形態就發生了新的變化，補充進新的特徵，具有了新的內容。例如，綠色植物被草食動物採食，構成植物的簡單有機物轉換為複雜有機物，由複雜有機物構成的集合體，就是比簡單有機物構成的綠色植物更高級的動物體。顯然，進入高一層次的有機物攜帶了新的信息，即採用了高一層次所特有的信息並形成自己的信道網絡，組成了比原來更高層次的系統。同理，處於較低營養級的一個動物體被更高營養級的另一動物吞食，低營養級動物體內的有機物轉化成高營養級體內的有機物，必然攜帶了新的信息，即採用了高營養級動物特有的信息，從而構成了高營養級動物的機體。後者與前者具有本質的不同，原因就在於信息的質發生了變化。猶如人吃了牛肉，在人體上長出的絕不會是牛肉同理。

信息之所以能夠傳遞和交換，一是因為它處於比物質和能量更高的層次，能夠離開信源物質而依託於其他物質載體；二是承受信息的物體必須與信源物的某一側面存在同構。沒有同構就沒有信息交換。一個系統的結構可以和多種不同系統形成同構關係，系統之間也可以由元素間的不同對應方式形成多種同構關係，這就使得信息的傳遞方式豐富多彩。傳遞信息的方式無論借助物理過程、化學過程或生理過程，對信息的內容來說都沒有差別。在生態系統中，生物種內與種間存在多種信息傳遞的表現方式。例如顏色、聲、光、電、熱等等。生物個體憑藉這類物理信息與其他個體聯絡或覓食、吸引異性，或作為種間識別、威嚇、警告的信號。

花的顏色就是吸引昆蟲的一種信息。紅三葉草花的色彩和形狀是傳遞給當地土蜂的物理信息。海豚、蝙蝠發出的超聲，也是一種信息，通過反饋能成功地捕食和躲避敵害。有的昆蟲，例如一種夜蛾，為了躲避蝙蝠捕食，進化出吸收超聲的鼓膜器。超聲作為一種信息被夜蛾接收，它會在三十米以外發現蝙蝠後立即採用螺旋飛行方式迅速躲避。有的蟲類和魚類會發光，例如螢火蟲放出的光，就是一種吸引異性的信息。有一種糠蝦，在遇到敵害時大放光明，以光來刺激對方，以便乘機逃走，這光也是一種威嚇敵害的信息。生物電現象在生態系統中普遍存在。人體本身也有生物電，人的腦、心、肌肉、皮、眼，直至細胞都帶生物電，電也是一種信息。利用心電脈衝可以繪出心電圖，心電脈衝就傳遞了心臟的有關信息。幾乎所有的生物體都帶電，只是電壓很小，易被忽略。有的生物體，例如電鰩，能夠產生 60 伏特電壓和 50 安培的電流。非洲的電鯰能產生 350 伏電壓，美洲有一種電鰻，產生的電壓高達 886 伏。生物體利用生物電傳遞信息，調節身體各構成成分，並且利用生物電在自己周圍建立具有導向、覓食等多種功能的電場，電場也是一種信息場，是生物體與環境交流信息的一種形式。許多生物散發熱能主要以紅外線輻射的方式進行，紅外線就攜帶了生物信息。一些動物，例如蝮蛇進化出接收紅外線信息的器官，它就能在黑夜按生物體發出的紅外線信息，準確地捕食。

以上是就生態系統中的生物個體與種群或種間的關係而言。生物個體本身也是一個生態系統。生物個體各構成部分除受遺傳基因規定而外，還受激素的調節控制。生物體的激素系統普遍存在，它是一種組織和控制生物體內各部分生命活動的特殊信息系統。已發現的天然植物激素有五大類：生長素、赤黴素、細胞分裂素、脫落酸、乙烯。這些激素作為一個信息系統，對植物生命活動的各個環節進行調控，維持著植物個體生態系統的動態平衡。比植物高級的昆蟲體內存在的激素超過 10 種，昆蟲個體生態系統受這個激素信息系統的組織控制，表現出更為複雜的生命活動。某些昆蟲個體不僅依靠內分泌激素實現自我控制，而且還能向外環境分泌外激素調節種內或種間關係。根據昆蟲外激素的不同功能，已發現存在性外激素、聚集外激素、告警外激素和追蹤外激素。例如，白菜粉紋夜蛾的雌蛾，在夜間向體外釋放性外激素，攜帶性交配信息的化學物質通過空氣擴散，就會招來雄蛾交配。小蠹岬蟲是松樹、榆樹上的一種寄生蟲。當某一小蠹岬蟲發現寄主植株以後，就會向體外分泌聚集外激素，把分散的小蟲召集到一起。蚜蟲發現天敵時，會立即向體外釋放告警激素，以利種群生命的延續。蜜蜂飛到數里之遙的地方採蜜，採完蜜能準確返回而不迷失方向，就因為它分泌的追蹤外激素是一種導向信息。比昆蟲更高級的哺乳動物體內，存在著更為複雜、功能分化更為細密的激素信息系統。動物個體在這個系統組織控制下，才能有條不紊地進行生命活動。在動物的細胞層次上，還存在著由酶構成的信息系統，各種酶攜帶著不同信息，調節和控制著細胞的新陳代謝。

由此可見，在生態系統的各個水平上，大至地球生態巨系統，小至細胞層次，都存在著信息流，存在著信息的傳遞和反饋。生態系統通過各種方式，多種渠道傳遞信息，實現系統的自我組織和控制，並且調節系統與環境的相互關係。系統要不斷地從外界環境吸收有效信息，不斷抵消熵，消除無序，就必須存在信息輸入渠道和信息反饋網絡。一般地說，愈是高級的生態系統，其信息系統的結構愈複雜，功能愈精密。同一生態系統中，層級愈高，信息系統也就愈趨精密化。這是生態系統進化的一般趨勢。總之，信息流貫穿於生態系統的各個層級，各個環節，把系統各層級、各成分有機地連成一個整體。信息流體現了系統存在的目的以及導致目的所進行的運動和演化。

三、生態平衡

生態平衡是對生態系統行為狀態的一種表述。力學所謂的平衡，是指給定質點系中所有質點的速度和加速度都為零的一種狀態。熱力學的平衡是指系統與環境之間沒有物質能量的非零交換，即沒有跨系統的物質與能量的淨流，溫度、壓力、濃度等處於相對恒定。〔註6〕哲學上的平衡，則指矛盾暫時的相對的統一。經典熱力學和統計物理認為，在一個孤立系統中，非平衡態總是自發地趨於平衡態。隨著熵的不斷增加，有序狀態逐步變為無序狀態。這就是說，孤立系統的無序狀態即謂之平衡。但是，真正的孤立系統是不存在的。生態系統是與外界有物質、能量、信息交換的開放系統，它的熵雖然遵守熱力學定律自發增大，但由於從外界吸收負熵，生態系統演變為無序即平衡狀態的趨勢被負熵抵消而趨於新的有序並遠離平衡態。任何現存的生態系統都是一個熱力學意義上的非平衡系統。一個生態系統如果達到平衡狀態，就等於生物體的死亡，就意味著生態系統的解體。比利時學者伊里亞·普里戈金（Ilya Prigogine）把可以通過負熵流來減少正熵，從而達到新的有序穩定狀態的非平衡系統，稱為耗散結構。生態系統顯然是耗散結構，因為生命成分必須從外界接受連續的

〔註6〕丁鴻富、虞富洋、陳平著《社會生態學》，浙江教育出版社，1987年8月第1版，第34頁。

物質流、能量流和信息流，通過轉化，耗散能量，回歸物質，反饋信息，可見生物是在遠離平衡的狀態下生存的。但是，生態系統內部的元素和子系統之間，子系統與母系統之間，母系統與環境之間存在的物資流、能量流、信息流必須建立一定的秩序，在空間、時間、數量各方面有一定的限度。在這個限度之內，生態系統就能保持一定的結構與功能，從而具備相對的穩定性。生態系統遠離平衡並在一定限度內保持穩定有序的這種狀態，稱為生態平衡。可見，生態學所謂的平衡其實質是指特定條件下開放系統與環境之間的調適程度。系統與環境處於相互依賴，相互制約，相互調節，相互適應的互動關係之中。由於系統在運動，環境在變化，系統和環境各有其運動規律，兩者只有在物質、能量、信息的交換和關係的協同上符合某一數量界定，才能維持穩定格局，任何一方的條件變化，另一方不能採取相應的步驟，都會因關係之網破裂而導致系統失穩。

生態系統的存在和發展與兩重因素有關，一是系統與環境的物質、能量交換。系統沒有物質、能量的輸入補償，將會導致無序；再是系統內部的關係與外界聯繫的數量界定。關係錯亂，調節失控，就會導致生態平衡瓦解。無論是物質、能量流通渠道受阻，還是系統各構成元素比例失當，關係失調，都會危及系統的結構與功能。一般情況下，系統局部受損，信息系統利用反饋機制進行自調恢復穩態。如果整個系統與環境的生態平衡完全破壞，也就是外力干擾超過了系統自身的調適限度，系統的崩潰就是不可避免的了。

但是，生態平衡並不是一成不變的。干擾因素也不是在任何條件下都對系統構成破壞。生態系統由於內部和外部各種複雜的原因，常常會出現一種隨機起伏的干擾因素。普里戈金稱為漲落現象。耗散結構理論認為，漲落的產生是必然的，漲落的大小則帶有偶然性。在線性非平衡區，漲落是一種破壞穩定的干擾因素，它使系統離開定態。但在這個區域，系統的自調功能具有抗干擾能力，漲落造成的偏離態不斷衰減直至消失。在熱力學分支點之前，漲落不能使系統由一個定態演化為另一個定態，而只能按回歸原理恢復原來的狀態。在遠離平衡的非線性區，在熱力學分支點之後，小漲落則通過相干效應被放大為巨漲落，通過巨漲落使系統躍遷到一個新的穩定有序狀態，即形成一個新的耗散結構。從而系統與環境之間建立了新的生態平衡。新的平衡建立之後，在其調適限度之內，系統具有抗干擾能力，以保持新系統的穩定有序結構。此時的漲落又轉化成了破壞穩定的因素。當新的分支點出現之後，系統又會通過漲落的放大而發生躍遷。這樣不斷發展，沒有窮盡。生態平衡的水平也在不斷提高，生態系統也就不斷進化。因此，生態平衡是生態系統進化鎖鏈上的一個重要環節，也是生態系統與環境互動互適、協同進化的標誌。

四、生態語言系統

生態系統的原理具有普遍的適用性。生態系統理論與現代系統論思想的融合，使生態學原則得到進一步的推廣。廣義地看，自然界任何一個自組織的開放系統，都是一個能夠應用生態學原理來進行研究的有機系統。但由於研究的具體對象不同，系統的結構成分及關係也就有了各自的特點。那種照葫蘆畫瓢，以為照抄生態學的幾條原則，套用生態系統的某些現成模式，就可以解決一切問題的想法，是不切實際的，也是無補於研究工作的。我認為生態學對於語言研究者最重要的價值在於：它提供了研究問題的一種思考方法和探討問題的一條路徑。這種方法和這條路徑，是否適用於特定研究對象，是否能夠取得成效，尚待時間和實踐去檢驗。

考慮到與語言相關的若干因素以及語言自身的性質和特點，要將語言復歸自然，首先必須瞭解自然的基本結構，確定自然和語言在大系統中各自的層次地位。同理，還必須弄清在大自然懷抱裏構建起來的並在一定時空內存在、發展的人類社會的基本結構及其與語言的基本關係；弄清人類社會在進入文明階段之後，文化結構與語言的基本關係。在明瞭它們的基本結構並把它們與語言的基本關係理出頭緒之後，語言就不難找到它在特定系統中應處的地位了。在這個基礎上，引入生態系統的基本原則，生態語言系統概念的提出就有了充分的依據。

自然界是一個物質世界，構成自然的物質千差萬別，各具特點，體現了自然界物質形態的多樣性。從生物學的觀點看，地球上的自然界可分為生物與非生物兩大類，生物界又可分為微生物、植物、動物三大類。其中僅動物物種就有一百多萬個，每一種包括難以數計的個體。從無機化學的觀點看，非生物界由單質和化合物構成，而目前所知的無機化合物有一百多萬種。從物理學的觀點看，物質形態可分為固態、液態、氣態、等離子態、高密態、中子態。物質的形態雖然如此紛紜駁雜，但任何物質形態都不是孤立的，自然界所有的物質形態都存在彼此聯繫，相互依存、相互轉化的關係。生物與非生物可以相互轉化，各種能量可以相互轉化，不同的原子可以互相轉化，不同的元素也可以互相轉化。原子核裂變將重元素轉化為輕元素；原子核聚變又將輕元素轉化為重元素。物質形態之間的聯繫和轉化的方式是多種多樣的，每一具體的轉化過程都有特定的條件，每一種聯繫都有各自的特點。自然界的物質形態，現代物理學將其概括為實物和場。實物在空間的分布具有間斷性、並列性；場在空間的存在具有連續性、疊加性。實物和場是相互依存相互作用的統一體，任何實物都不能離開有關的場而獨立存在，任何場都是實物之間的相互作用場。自然界的物質通過引力、電磁力、強相互作用力和弱相互作用力而相互聯繫、相互轉化、相互依存。現代科學已經證明，物質都處在普遍的聯繫和轉化之中，自然界是一個多樣統一的物質世界。

任何物質形態都是一個系統，每個系統都有一定的結構。系統都由元素構成，而元素又有自己的構成成分。即使是生物界最簡單的單細胞生物，它的構造其實也並不簡單。細胞是由大量的原子構成的。不言而喻，原子仍然有它的構成成分。從理論上講，物質是無限可分的，但具體的分割方式又是相對的，不能用某一種分割方式一成不變地分解某種物質，這是因為物質具有層次性。用刀可以把木條分為足夠小的木屑，但僅僅在木條可以接受分割的限度內才能採用這種方式。不能想像用刀能分解構成木條的植物細胞，更無法想像用刀能分解構成植物細胞的原子。物質的層次也是無限的。各種不同層次的分析必須借助不同的條件。不同的研究目的對物質層次的分析要求也不一樣，由於研究目的的不同，對物質層次的理解和劃分也有精粗之別。一般地說，對人類已經認識的物質世界的層次，大致可作如下劃分：

……星系團、星系、恒星、行星、物體、分子、原子、基本粒子……

……星系團、星系（宇觀世界，服從相對論力學規律）；

恒星、行星、物體（宏觀世界，服從牛頓力學規律）；

分子、原子、基本粒子……（微觀世界，服從量子力學規律）。

作為太陽系九大行星之一的地球上存在的物體，也可以粗略地分作以下層次：

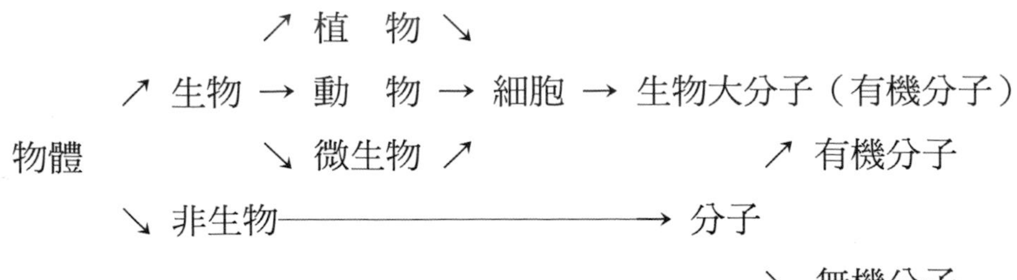

由此可見，物質世界中任何一個層次都不是孤立的，都不能絕對獨立存在。但是物質既然存在層次，那就表明每一層次有其獨特的性質，有與其他任何層次不同的東西，有它存在的相對獨立性。處於特定層次的物質成分都有一定的質量，尺度範圍，它的性質和特定層次中的地位也是一定的。每一層次也有一定的數量界定，它在高一層次中的地位也是一定的。這樣，每一層級與上下層級都有確定的關係，每一層級中的物質成分之間也有確定的關係。物質世界層次分明的嚴謹結構表明並決定了整個物質世界的秩序與和諧。

人類賴以生存的地球，從它形成伊始，就與宇宙空間其他天體相互影響相互作用，逐漸發生圈層分化，重物質聚向地心，成為地核，輕物質浮在外圍，成為地幔，表層冷卻之後形成地殼。地幔成為地核與地殼之間的中介層。此外，地球表面還形成了大氣圈和水圈，最後形成了生物圈。狹義的生物圈指大氣圈與地殼之間的生命活動層。生物圈的產生，使大氣圈與地球表層之間出現了中介層。大氣圈與地表層借助太陽能相互作用產生了生物圈，生物圈又反過來作用於大氣圈與地表層。從生態學的觀點看，大氣圈與地表層是生物產生和生存的環境，而環境與生物是密不可分的，因此，生態學意義的生物圈包括兩個主要部分：一是非生物層，由大氣、水、土壤、岩石等組成；二是生物層，由微生物、植物、動物所組成。儘管人類來自動物界，但又超越了動物界，成為地球上前所未有的具有主體意識的一個特殊層次，這個層次就是生物圈內生物層與非生物層之間的中介層，它既受制於這兩大層次，同時又作用於這兩個層次，而且這種反作用帶有明確的主體意識即目的性。這樣，即使專門研究植物或動物的生態學，也不能不重視人類的中介作用。

大氣圈與地表層的作用力是不平衡的，地球內部的運動也是不平衡的，因而大氣、水、土壤、岩石在不同的時間和空間的分布也是不均衡的，地表層的生物種群、數量，存在的時間和空間，其分布同樣是不均衡的。人類不能脫離環境，在一定條件下，環境決定著人類生息的盛衰榮枯。在人類的原始時期，正是環境壓力使得人類以群居的生態對策結成社會而得到生存發展。如果我們從生物學角度追尋一下人類為何有明顯的種族特徵，世界人種在地球上為何成不均勻狀態分布，那將使我們明白人類在自然結構中究竟處於何種地位。

由於大氣圈與地球的相互作用，地球表面形成了群山和平原，丘陵和河谷，還有沙漠和冰川。各種類型的地理環境，有的適宜人類繁衍，有的地方根本無法生存。大氣是多種氣體的混合物，其中氧、氮、二氧化碳和水蒸汽對生物界尤為重要。一切動植物都不能缺少氧氣，人類沒有氧就不能生活。氮是一切生物體的基本成分，二氧化碳是植物進行光合作用的主要原料，水蒸汽能吸收地面的輻射熱，也能阻止地面熱量散失到太空中去，還能調節地面的溫度和空氣的溫度，並能成雲致雨，滋養萬物。風雨雷電都在大氣層中發生，這些自然因素與人類的生存有密切關係。考古資料表明，人類共同祖先的發祥地在亞洲，從「北京猿人經過大荔人，發展到現在的各個人種。」〔註 7〕

既然人類出於共同的祖先，為何具有明顯的種族特徵呢？古代蒙古人種的活動範圍非常廣闊，其中數量眾多的人群生活在草原和半沙漠的環境中，為了防禦大風、灰沙、冰雪反光對眼睛的損害，蒙古人形成了發達的上眼瞼和內眥褶。膚色偏黃也與風沙地貌有關。蒙古人種的一支遷往美洲，由於環境的改變，今天的印第安人幾乎沒有內眥褶，鼻樑也比亞洲的蒙古人稍高。尼格羅人種生活在炎熱潮濕的熱帶地區，由於日光強烈而照射時間長，為了減輕日光對人體細胞的破壞殺傷，尼格羅人膚色呈黑色或深棕色，濃密的捲髮對頭部顯然有保護作用，外黏膜發達的厚嘴唇和寬大扁平的鼻腔，能作急促呼吸並適應水汽蒸發。歐羅巴人種中的主要人群生活在歐洲北部、中部地區，那裡日照微弱而氣候寒冷潮濕，人的膚色淺淡，頭髮和眼睛也不是深黑色，與地理生態環境非常協調。當然，不同種族的人，共同點是本質的和大量的。但是，從動物到原始人，是人與自然相互調適進化的結果，這兩者中，自然因素占主導作用，因此人主要是自然的產物。人類要更好地生存發展，就必須拓展生存空間，這就存在與不同地域的自然環境互動整合的關係。人類在它漫長的進化旅程中，一面順應自然，其中包括在生理結構上與自然取得協調，另一面又抗拒自然，增長著與自然鬥爭的本領。今天地球上的人類

〔註 7〕《現代人起源於亞洲》，載《人民日報》，1980 年 1 月 26 日。

已經擁有相當程度的與自然周旋的能力，以至於企圖讓自然聽命於人類。但這是一種假象。人有人的層次，人類不論進化發展到何等程度，它只是整個地球生態巨系統中生物層與非生物層之間的一個中介層次。儘管目前人類已經有著宏偉的太空計劃，但它既不能脫離生物層，也離不開非生物層，沒有這兩大基本層，也就無所謂中介層。

人類的生活受著自然條件的強有力影響，地理環境和氣候的差異，導致不同人群通過遺傳和變異產生一系列人種上的差異，人同生物界一樣接受嚴格的自然選擇。世界人種的不均勻分布表面看來是人類遷徙的結果，實際上也是自然規律的驅使，因為遷徙本質上是人類求生存的一種生態對策，是帶有強大的選擇壓力的。由於自然條件的變化，更由於近幾百年來人類社會的高度發展，地球上大規模的人口移動就不僅是自然的選擇，而且更多的是社會的選擇。人口移動打破了許多世紀以來人種在空間上的隔離狀態，形成了各種類型的混合種。從蒙古到澳大利亞，由北向南，蒙古人種特徵逐漸模糊，尼格羅人種特徵逐漸明顯，我國華南地區的居民以及東南亞各地、日本等地的人，是蒙古與尼格羅兩大人種之間的過渡性種族。南非的布須曼人和霍屯督人，他們頭髮捲曲，但又有黃皮膚和內眥褶，顯然是尼格羅與蒙古人種相融合的另一新種族。在印度南部和非洲東北部，如達羅毗荼人、埃塞俄比亞人，是歐羅巴人種與尼格羅人種的混合種族類型。歐羅巴與蒙古人種的混合類型則遍布亞洲中部西部和歐洲東部。在拉丁美洲，各類混血種人占 58%，而歐羅巴、尼格羅、蒙古三大人種也佔有一定比例，現代人類種族的複雜化，越來越體現出社會選擇對人種的影響。

單個的人組成了社會，社會反過來限定個人。一個完整的人類社會系統，並不僅僅由人構成。如前所述，人類無論在何處，都必定在自然結構中有一個特定的地位，與自然結成一定的關係。同理，人在社會系統中，也處於特定層次，與社會結成一定關係。如果說自然環境提供了人類生存延續的物質基礎，那麼社會結構則建構於這個基礎之上，對人類的一切活動無不產生影響。蒙昧時期且不必說，即使是現代社會，經濟結構的變動，生產布局的變化，生產力發展水平和生活水平的高低，對人類的生存和人口的分布仍然產生著重要影響。隨著近代的城市工業化，農業人口大幅度減少。但是，發達國家工業結構出現的新的不平衡，高度的城市人口密集，已給人們的正常生活帶來威脅，又使許多居民不得不遷往他鄉。誠然，氣候、地形、地質、水質等各種自然條件，無論什麼時候都制約著人的生理活動和社會活動，但自然環境畢竟只提供了人類生存的必要基礎條件，在人類社會生產力日益發展的時代，人們的物質生產方式和生產關係，才是影響人類生存的決定性因素。人類既是社會大廈的構建者，又是被它所限定者。人類社會從物質和精神兩個方面，決定了人的社會性高於它的生物性。

純粹在自然結構中占一定地位的人其實不成其為人。人之所以為人，不僅因為它一開始就是一定社會結構的人，而且因為它一開始就是一定文化的人。人的文化就是人化，文化了的人才是真正的人。人能製造工具，使用工具。工具的製造和使用，標誌著文化結構的最基礎層面——物質文化的發端，這也就是生物人與真正人的最後分界線。在物質文化之上派生的習慣、觀念、風俗、傳統等等，形成了精神文化和價值標準，這就構成了一個完整的文化結構。

文化伴隨社會出現，一定文化必定產生於一定的地理環境，文化又與一定社會的各個層次的人群存在著密切的聯繫。那麼文化在自然結構中，社會結構中，究竟處於何種地位呢？它與人的關係如何呢？美國學者朱利安．斯圖爾德（Julian. Steward）從生態學原則出發提出了文化生態系統概念。他認為，人類是一定環境中總生命網的一部分，並與物種群的生成體構成一個生物層的亞社會層。如果在這個總生命網中引進超有機體的文化因素，那麼，在生物層之上就建立起了一個文化層。這兩個層次之間交互影響、交互作用，在生態上有一種共存關係。這種共存關係不僅影響著人類一般的生存和發展，也影響著人類社會文化的創造活動。〔註8〕不錯，人的確是自然界總生命網的一部分，但人類與生物學意義上的物種群的界限，正是與人俱來的文化層，如果沒有文化層，把人歸於某一種群或群落是天經地義的。因此，不是在生命網中「引進」文化因素，而是人類社會本來就存在具體的人群和與之相應的一定文化層。儘管如此，文化生態學從總體的宏觀角度把握文化與生態巨系統的各種複雜關係的嘗試，無疑是有意義的。如果把人類活動看作是社會的主體，文化生態系統的結構模式如圖所示。〔註9〕

〔註8〕參見司馬雲傑著《文化社會學》，山東人民出版社，1987年3月第1版，第199～201頁。

〔註9〕參見司馬雲傑著《文化社會學》，山東人民出版社，1987年3月第1版，第199～201頁。

圖 1.3　文化生態系統結構模式

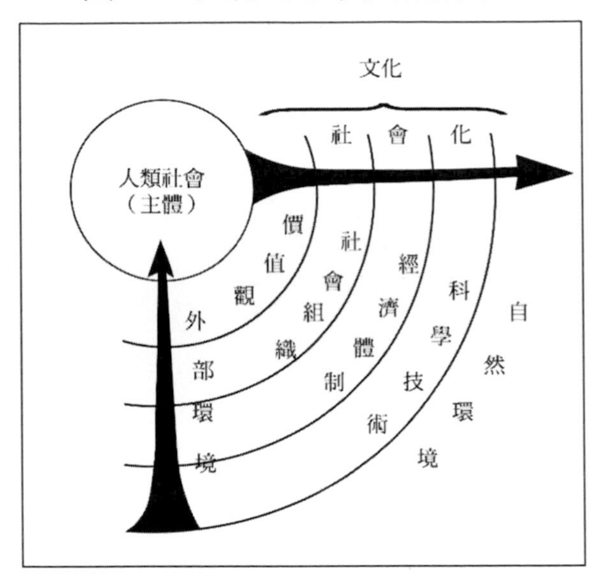

據司馬雲傑著《文化社會學》第 201 頁圖示繪製。

這個模式裏所謂的文化，顯然是大文化，即廣義的文化。由於以人為中心構築模式，所以不得不把經濟體制、社會組織等與文化有關的因素納入系統。在這個模式圖中，我們可以看出，所有層次都是以與人的關係親疏為準則來界定的。價值觀是人類心理結構的深層子系統，被排列在圈內最裏層，自然環境相對說來對人的文化狀況影響較為間接，排列在最外層。通過這個圖我們雖然能夠瞭解人群主體與價值觀、社會組織、經濟體制、科學技術、自然環境的不同強度的相關關係，但是我們還弄不清楚人類在自然結構、社會結構、文化結構中處於何種地位。作為能動者、創造者、建設者，人是主體；作為自然界的構成者、被動者、適應者，人又是客體。生態學的基本原則之一是強調整體性，人是生態系統中的一個構成因素，一個特殊層次，在結構模式的構建中，應當給人在生態系統中一個恰當的地位，人畢竟不是上帝，它不能超脫於系統之上，而應復歸於系統之中，這樣才便於科學地研究人與生態系統中各個層次、各種變量之間的關係。由於文化是一定社會的文化，文化生態系統不考慮社會結構與文化的相互作用是不可能的，然而把社會的經濟、組織作為文化來研究，勢必模糊文化與社會的關係以及它們各自在生態系統中所處的地位。模式圖向我們展現了人與各種文化變量的共時關係，但生態系統是一個動態開放系統，我們還必須把它置於不同的時空系統中去考察它的動態演化過程，只有這樣才能對文化有比較全面的認識。

語言屬於文化，這是大家公認的。但語言是一種特殊的文化現象，學者們對語言的看法各持一端，莫衷一是，以至於文化生態系統結構模式中沒有給它安排一個合適的地位。置而不論固然省事，然而問題依然存在。由於對語言本質的看法存在分歧，尤其是「語言工具論」的成見在國內學術界似成定論，因此，很有必要把它放到生態巨系統中對它所處的地位及其與其他層次的相互關係進行一番較全面的考察。

美國學者哈瓦蘭德（W. A. Haviland）說：「文化中最重要的象徵形象是語言——代表客體的言詞。斯坦利・薩爾特（Stanley Salthe）指出：『象徵——語言是文化賴以建立其上之基礎。這些文化制度（政治結構、宗教、藝術、經濟組織）沒有象徵符號就不能存在……』通過語言，人類才能把文化從一代傳到下一代。」〔註10〕

這種看法代表了相當一部分學者的觀點。流行說法把語言當成文化的基礎，似乎是因為有了語言，在它的基礎之上才產生了文化，也才能把文化傳給後代。這是一種似是而非的觀點。如同學術界爭論了半個多世紀的語言與思惟的關係一樣，近年來國外學者的研究表明，思惟的存在比語言的發生要古老得多。或許，認為語言是文化的基礎這種觀點，還有待人體生理學、人類學、考古學等多種學科的進展和突破，才能得到充分的證誤。不過，這裡摘引美國人類學家羅傑・M・基辛（Roger. M. Keesing）的一段話，也許會多少給人以啟發：〔註11〕

> 我們最近發現黑猩猩會運用象徵和使用符號構成的簡單「語法」，也曉得非人類靈長目動物、人科動物和早期人類等發音器官的限制。因此戈登（1973）提出另一種可能的說法（不一定跟上述有矛盾）：最早的語言形式可能並不是口語。早期的人類可能發展簡單的手語，起初可能是很嚴格的模仿性的，用來表達東西的名稱以及行動或關係（請注意，手語的句法聯結起來做成簡單命題時，起初可能與蘭開斯特提出的那類簡單語法有關，可能具有三類或更多的

〔註10〕引自廈門大學學生人類學社編《人類學新苑》，載〔美〕W. A. Haviland《文化的性質及其特徵》（苗潔譯自美版《人類學》第十二章）。

〔註11〕北晨編譯《當代人類學概要》，浙江人民出版社，1986 年 4 月第 1 版，第 21～59 頁。

> 手語「語法」辭類）。根據這個理論，直到相當晚期，可能到了尼安德塔人時，用嘴說話才伴隨著手語符號出現，最後終於取代了手語。口說系統的效率很可能是為什麼現代人出現以後會發生這麼急驟的演化和文化突破的原因。這種學說也能說明逐漸趨於複雜的思惟「句法」模式、其和緩的演化和局部性的遺傳程式。在晚近時期迅速的演化突破上，用嘴說出訊號以及語言的特殊結構成分也都可能是最近五萬年中才發展出來的。

戈登的這種見解不一定就是語言發生的真實軌跡的描述。但是這種探索性學說的重要意義在於讓我們明白：人類運用思惟和概念的歷程與語言的運用並不是一回事。思惟和說話，觀念和語詞，已經不能再視為一體的兩面。從思惟—觀念到說話—語詞，這中間還有相當長的艱難路程。自然語言在人類發展史上、在人類運用思惟和概念的演化史上，是一種很晚近、很精緻、很新穎而且強有力的表達概念和思惟成果的系統。而文化的起源，甚至比簡單的手語還古老。我們怎能設想讓年輕的語言系統來作為文化系統的基礎層級呢？

在南美洲玻利維亞西部叢林中，居住著克楞加—印第安族人，他們過著原始的狩獵生活。這個擁有四萬多人的部族，沒有一個人會說話。科學家們發現，該族人聲帶的自然壓縮部分不能發聲，所以他們只能用手勢交談。〔註 12〕我們知道，印第安人的一支，曾經居住在中美洲的瑪雅人，早在公元四世紀就已經創造了燦爛的文化。他們不但有發達的語言，而且創造了文字。克楞加—印第安族人沒有有聲語言，仍然創造了文化，不過這文化是較為低級的狩獵文化。這就是說，他們的文化主要還停留在文化結構的最低層級——物質文化層。事實證明沒有語言也能創造文化，語言不是文化的基礎，倒是文化發展到一定階段的產物。語言的成熟反過來極大地推動文化的發展，高度發展的文化不可能沒有語言。在我看來，語言的產生是文化發展歷程上的一個重要突破，是文化發展到一定階段的里程碑，它是建構於文化系統之上的一個系統。不能低估語言對於文化，甚至對人類社會的反作用。尼安德特人是人類進化史上的一個重要階段。約二十萬年前，尼人分布在歐亞兩洲的廣大區域。但在約七萬年前，尼人突然銷聲匿跡。尼人的失蹤成了人類學上的一個謎。近來，據美國布朗大

〔註 12〕參見《不會說話的民族》，載《解放日報》，1986 年 3 月 5 日第 3 版。

學語言學者菲利普·利伯曼和耶魯大學醫學院解剖學家埃德蒙·克里林的研究，認為尼人低級的言語能力是導致人種滅絕的原因。〔註 13〕研究結果表明，尼人聲道像黑猩猩和嬰兒一樣是單道共鳴系統，只能通過改變口腔的形狀來發音，言語能力十分有限。語言的落後影響了思想的交流和社會的發展，終於導致社會的崩潰和人種的消亡。也許事情的原因不會如此簡單，但是語言通過人的觀念與社會發生作用，語言與人類社會確實存在相關聯繫。羅傑·M·基辛認為：「社會結構或稱社會組織是實際行為和實際事件的形態，一種關係網的抽象概念；文化指觀念的體系（當然只能從行為和事件推出）。」〔註 14〕這就是說，文化是高於社會結構的層次。而語言是通過文化因素與社會相互作用的。

現在我們來討論人與語言的關係。作為自然人，即生物學意義的人，與語言沒有必然聯繫。換句話說，人的生物機體雖然具有發聲的生理構造，但是當人僅僅是自然界的產物，而不同時是社會和文化產物的時候，人沒有語言。國外學者為了探尋人類語言起源這一古老難題，對動物界，特別是對靈長目動物進行了細緻研究。他們認為，非語言與語言之間一定存在過渡階段，這個階段有可能是手勢語。而「口語」就是「非口語」溝通演化上的替代品，人類非語言溝通的許多方面都具有生物性的基礎。按照我的看法，還有更重要的一個方面，這就是文化最終提供了構建語言模式的精神基礎。那麼，應當怎樣估量生物性和文化性對構建語言模式的作用呢？基辛指出：「認為文化性比生物性更重要，或與之相反的論點，都不是重點所在。人類之所以能適應，就在於生物性加上文化性的系統（著重號是原有的——引者）。生物程序的演化是要維持人類的生存並形成人類社會。」〔註 15〕我們知道，人類的進化從宏觀看來是一個具有等級序列的連續體，高級的形式總是在揚棄的條件下包含著低級的形式。因此，人類之所以能維持生存並形成社會，並不僅僅是生物程序的演化，而一定是在生物程序演化過程中產生了特殊的新質，否則，就無法理解其他靈長目動物為什麼沒能演進為人。所以，人類並不只是適應，而是要創造。與其把原因歸結為「生物性加上文化性的系統」，毋寧說「文化性包容生物性的系統」。生物性與文化性不是二者疊加的關係，而是後者包容

〔註 13〕參見朱長超《尼安德特人為何失蹤》，載《文匯報》，1986 年 2 月 18 日第 2 版。

〔註 14〕北晨編譯《當代人類學概要》，浙江人民出版社，1986 年 4 月第 1 版，第 21～59 頁。

〔註 15〕北晨編譯《當代人類學概要》，浙江人民出版社，1986 年 4 月第 1 版，第 21～59 頁。

前者的關係。我們說語言構建於文化之上，也就承認了以生物性為前提。事實上，語言必然有一個創造、傳承、發展的實體，這就是處於特定自然結構、社會結構和文化結構中的人群結構。人的發音器官一方面為生物屬性所限定，另一方面也是人與環境互動的創造積累。人的言語能力不僅靠發音器官的進化，還得靠大腦功能的增進。

基於上文對自然、社會、文化和人的簡略分析，使我們相信世界上並不存在任何孤立的語言系統。長期以來，把語言作為一個靜態的封閉體系而進行的純語言研究，儘管在語言形式的研究方面成績卓著，但在語言現象的解釋方面卻捉襟見肘，窮於應付。對此我們沒有任何理由盲目樂觀。

把語言置於廣闊的背景之下，讓它復歸自然。運用生態學的原理和方法，從系統的生態學角度重新審視它，研究它，解釋它，是擺在語言工作者面前的重要任務。

事實上，任何語言都置於一個與它緊密聯繫，相互作用，不可須臾分離的生態環境之中。語言與它所處的環境構成了一個有機的整體。這樣，我們就可以提出生態語言系統的概念。

語言系統與特定的環境系統共同構成生態語言系統。生態語言系統是在一定時空條件下存在的語言元素，通過人群主體與周圍環境進行物質能量信息交換，相互作用，相互依存而構成的動態有機系統。系統的時間維規定了自然語言的線性不可逆性，系統的空間維限定了自然語言存在的歷史地域性，系統的動態性質則揭示了自然語言的可變性。自然語言是主體和客體相互作用而產生於特定生態環境中的一種時空結構，是人群主體對環境的創造，也是人際信息傳輸的主要載體系統。

第二節　生態語言系統的結構與功能

生態語言系統既然是語言系統與環境系統相結合的有機整體，這就意味著語言現象的生滅、嬗變直至語言結構的發展、更新，絕不只是傳統意義的「語言的發展規律」或「語言內部的發展規律」所能完全左右劃一的。靠語言本身不能闡明的疑難，在與之相關的層次定然包含著解決問題的契機。由於生態語言系統各層次之間的複雜作用，有時某一語言問題會牽涉到整個宏觀結構。蘇軾《題西林壁》詩曰：「不識廬山真面目，只緣身在此山中。」深陷在語言中研究語言與跳出語言審察語言，由於所處的層次不同，眼光有別，研究的結果會大不一樣。生態學的一個重要概念就是「環境」。用「環境」尺度「丈量」語言，為語言研究拓展了更為深廣的空間，這就有可能促成生態學原理與語言學原則相融合的一門新學科，我稱它為生態語言學。

簡言之，生態語言學就是研究語言與環境相互關係的科學。但是我們所謂的環境，不只是通常提談的「語言環境」，通常的「語言環境」一般指特定語句的上下文，這至多只能算「言語環境」或「書面言語環境」。生態語言學的「環境」是指「環境系統」。環境系統與語言系統所構成的生態語言系統，是生態語言學研究的核心課題。下面，我們準備對系統的結構和功能試作初步探討。

一、結構和聯繫

上文已經粗略地討論過自然系統、社會系統、文化系統、人群系統、語言系統的大致關係。現在，我們進一步考察當其作為特定生態系統的構成元素時它們的結構和相互關係。

自然界存在著許多生態語言系統。但是一定的環境未必產生與之相應的語言系統，對一定的語言系統來說，必有一定的環境系統與之相對應。我把與語言系統相對應的環境系統叫做語言的外生態環境系統。對任一語言單位而言，語言系統內的其他單位和關係都是這一語言單位的內生態環境。內、外生態環境簡稱生態環境。語言的外生態環境系統包括自然系統、社會系統、文化系統以及人群系統。前三者合稱為自在環境系統，後者又稱為自為環境系統。這兒的「自在」和「自為」只是用來區分環境系統中的兩種不同類型，並不具有嚴格的哲學意義。生態語言系統的基本結構關係如圖所示。

圖 1.4

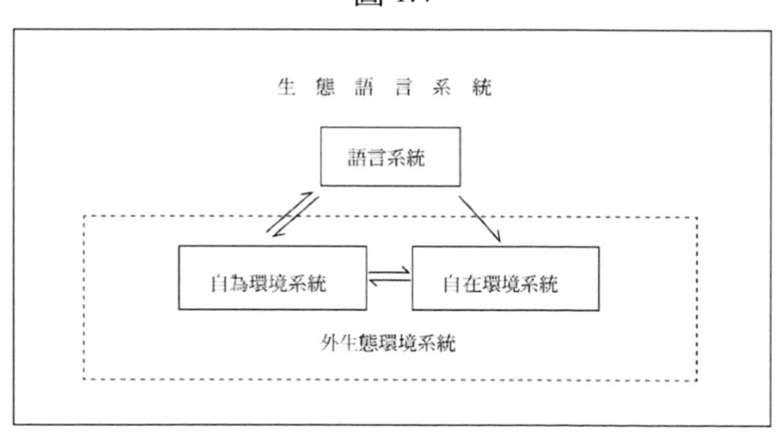

圖 1.4 中的箭頭表示物質能量信息的流動方向。從這個示意圖可以看到構成生態語言系統的三要素之間的內在聯繫：自為環境系統從自在環境系統取得物質能量信息，以維持自身的生命活動和社會活動，這些活動反過來又作用於自在環境，促進自在環境系統的有序化。另一方面，自為環境系統還直接供給語言系統維持動態有序結構的物質能量信息。語言系統除了接受物質能量信息以保證自身的運動有序以及不斷自我更新而外，並在自為環境中傳播信息，反作用於自為環境，同時在信息傳播過程中不斷向自在環境耗散能量。自然語言是一個高層次的建構於人群之上的系統，它不能直接從自在環境獲得物質能量和信息，而必須靠自為環境系統充當物質能量和信息傳輸的中介。因而語言系統對自在環境的反作用也是通過自為環境來實現的。語言系統、自為環境、自在環境之間物質能量信息的流動傳輸，把三者聯結成為一個相對完整的生態信息系統。去掉了其中任何一個環節，這個系統就會解體。傳統的語言研究工作由於侷限在語言系統這一個孤立的環節上，忽視了語言的外生態環境系統，特別是沒有把自為環境的能動的中介作用提到應有的地位，所以研究工作必然受到嚴重束縛。

自在環境系統的三個子系統：自然系統、社會系統、文化系統在特定條件下都具有相對獨立性，它們與語言系統既存在整合關係，又存在選擇關係。這些關係雖然都是通過自為環境間接發生的，但由於這三者在自在環境系統中各居於不同的層次，它們與語言系統在關係的強弱親疏方面顯然不是整齊劃一的。為了便於瞭解和研究它們各自與語言系統的相互關係和相互作用，可以借助圖 1.5 的金字塔形來表示生態語言系統的基本結構層次。

圖 1.5

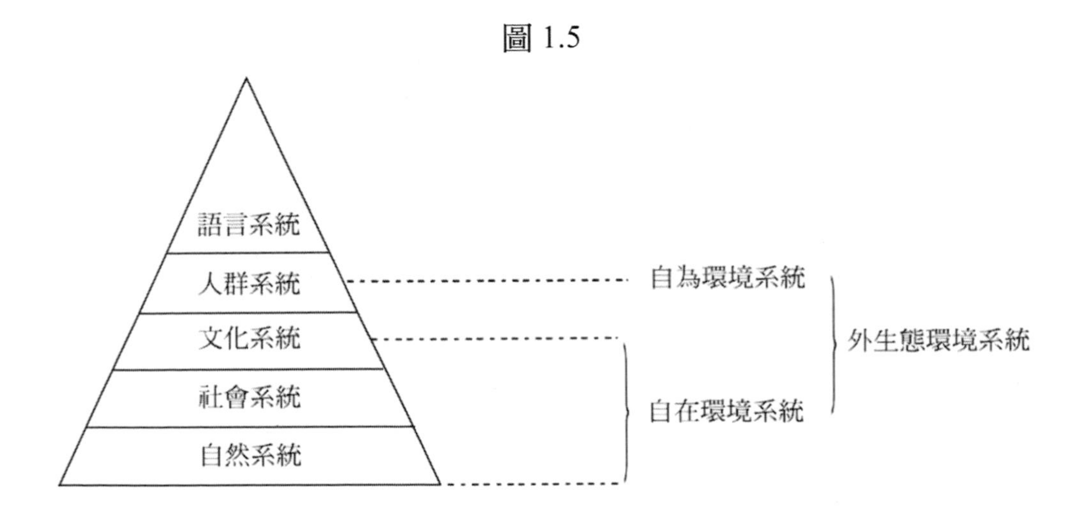

語言系統是由語音結構、規則結構、語義結構三個子系統構成的。自為環境即人群系統是由人群的軀體結構、生命結構、心理結構三個層次所構成的。這樣，我們可以用圖 1.6 進一步標明圖 1.4 中各系統的內部結構（圖中箭頭表示物質能量信息的流動方向）。

圖 1.6

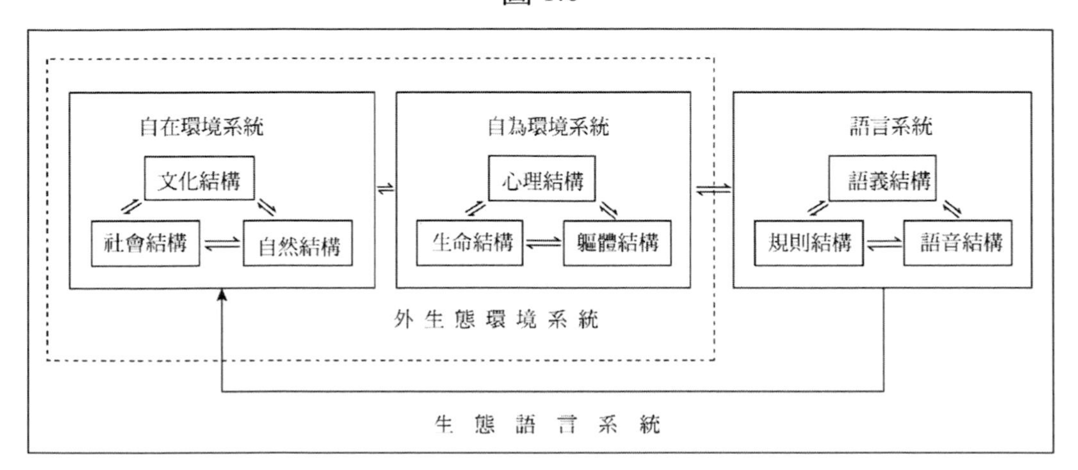

一般認為語音系統、詞彙系統、語法系統共同構成了語言系統。這種理論的最大缺陷是將不同層次的元素作為系統的平等構成因素看待。很明顯，詞彙是特定語言系統的詞語總匯，而詞或詞語總是由一定的語音成分和語義成分結合而成的。語音是比詞彙低一層次的元素，不能與詞彙平起平坐，分庭抗禮。因此，目前流行的語言系統結構模式不能反映語言系統的實際情況。鑒於對詞彙的看法存在分歧，語言系統的建構碰到了不少障礙。近年來有人提出了解決問題的新方案：「詞彙是語言體系賴以建立的基礎。詞彙和語法相互聯繫，相互制約，共同構成了語言體系。」詞彙和語法同一平面，老模式的矛盾解決了。可是語音系統和語音結合規則跑到哪兒去了呢？回答是：「語音系統中的音位系統、聲母系統、韻母系統、音節系統等包含在詞彙系統之中，而語音系統中的語音規則系統則包含在語法系統之中。」〔註 16〕語音規則包含在語法系統之中似乎還能理解，要說詞彙系統包含音位系統，聲、韻系統，音節系統，這從常識上講很難接受，從理論上看邏輯欠嚴密，科學性較差。因為音位系統、音節系統既是純語音系統，它們在音義結合的詞彙系統中居於何種地位就很難弄清楚。另一方面，詞彙是一種靜態的言語構成單位的總

〔註 16〕陳慶祜、周國光《詞彙的性質、地位及其構成》，載《安徽師範大學學報》（哲社版），1987 年第 3 期，第 94～101 頁。

匯，是活的言語的材料貯備庫。它之所以成為言語材料實體，正是由於語音系統的物質性所決定的。語音一旦與語義相結合，就表明它們已經進入了語用平面，不再屬抽象的語言系統，而成為具體的言語系統的構成成分了。詞語、詞彙既是語用單位或語用單位的集合，用它來構建語言系統顯然是不合適的。

另有一種相反意見認為詞彙既是詞語的集合，它本身不成體系。因而得出這樣的結論：「語言體系觀念的確立，本是把語音體系和語法體系綜合起來的結果。」〔註17〕詞彙固然不是語言系統的構成成分，而語言體系也並不是抽掉語義結構的語音與語法的綜合體。語言系統是以語音結構為物質基礎，以規則結構為紐帶和中介，以語義結構為核心內容，由低層到高層組成的有機系統。

自然語言的語音結構是由音素、音節、音群以及元素的配合關係所構成的。音素處於結構的最低層級，它是構成音節結構的基本元素。各種不同語言的音節結構各有特色，音節結構的特點，從語言的物質方面體現了該語言的某些生態特徵。音節與語義相結合而形成的特色，甚至在一定程度上決定著該語言的基本面貌。例如，現代漢語普通話音節一般是由元音音素和輔音音素結合而成的。如果用 C 表示輔音，V 表示元音，則漢語音節的結構形式有 V（[a] 阿）、C＋V（[ma] 媽）、C＋V＋V（[kua] 瓜）、C＋V＋V＋V（[piau] 標）、C＋V＋V＋C（[tian] 顛）、C＋V＋C（[tsoŋ] 中）等六種，如果不計音節中元音的具體數目，可以用 C＋V＋C 作為一般模式。元音前或後的輔音在某些音節中可以沒有，但不能沒有元音。漢語的絕大多數單個音節都可以與一定的語義結合成詞語，儘管這些單音節詞語在現代漢語中已經越來越多地構成了複合詞語。因此，現代漢語仍然建立在單音詞語的基礎之上。有的學者忌諱稱漢語為單音節語，單音節語並不意味著比複音節語糟糕，相反，它是漢語長期進化的成果，體現著漢語的一種生態優勢。現代日語除掉拗音、促音、撥音之外，從か行到わ行五十音圖的所有音節幾乎全是 C＋V 型。現代俄語音節也主要是 C＋V 型，但它允許元音並列，也允許輔音並列。漢語音節允許元音並列。漢語和日語音節都沒有輔音並列。而現代英語的音節結構一般

〔註17〕劉叔新《論詞彙體系問題》，載《詞彙學與詞典學問題研究》（論文集），天津人民出版社，1984 年 6 月第 1 版，第 70 頁。

為 C＋V＋C 型，它允許多個輔音並列。如：C＋C＋V＋C＋C＋C（［twelfθ］twelfth）、C＋C＋C＋V＋C＋C＋C（［strɛŋθs］strengths）。可見，各種語言的音素組合的差異，體現了該語言音節結構的不同特點。而特定的音節作為上一層次的結構單元時，便構成了音群。純粹的音群只是一串物質能量流，而不是語言意義上的信息流。實際上，言語系統中的音群，一定負載著信息。因為音節必須與語義相結合，才能進一步構成隨時間線性延展的音義結合的群，這個群是音群與義群的結合體。因此，言語系統中不存在純粹的音群。

語音結構是語言系統的最低層級。語義結構雖然在語義成分進入言語流時與語音成分平等結合處於同一語用平面，但在整個語言系統中，語義系統處於核心地位，它作為比物質基礎的語音層次更為高級的層次，起著主導作用。語義成分沒有語音成分作為物質基礎，就成了無法交流、感知和理解的東西；語音成分不與語義成分結合就不再是語音，只是一些毫無意義的物理聲音。語義結構從低層到高層是由義素、義節和義群以及它們的配合關係構成的。義素是構成義節的基本元素，是語義中表現區別性特徵的要素。它不能獨立地與語音成分結合，而總是作為整體的義節之不可分割的組成部分與語音發生聯繫。它是整個語義結構存在的基礎。義節是義素按一定規則的組合體，它是能夠獨立地跟一定語音成分結合而構成詞語的最小單位，任何詞語都是一定的語音成分與義節的結合體。義節由義素構成，但在特定生態環境中，某一義節能夠降格為「準義素」充當其他義節的構成部分。實際上，義節與語音成分的結合並不是由語言系統自身的規律或規則決定的，而且音義一旦結合成詞語也不由語言系統更改或解除。生態環境的這種強制力幾乎剝奪了義節與語音成分在進入言語流之際的任何選擇自由，這樣，就產生了從語言系統到言語系統的一個滯留區，這個滯留區貯存著豐富的靜態言語材料——「詞語」。嚴格地說，這種沒有進入言語流的靜態單位不能算詞語。在我看來，只要生態環境中出現音義結合的單位，就意味著言語的出現。我們這裡只好人為地抽掉環境——其實沒有環境的詞語是不存在的。那麼，怎樣理解這種現象呢？這種靜態「詞語」是語言系統與自為環境以及自在環境相互作用過程中的歷史積累。音與義的臨時結合，很難達成言語功能的圓滿實現，對音義的結合施加環境壓力，迫使它們締結相對穩固的盟約，將會極大地提高言語功能實現率。而功能是整個生態語言系統運動的目的。當語言系統本身自調節機制不能滿足這一目的時，生態環境系統中的其他層次——主要是自為環境系統，會協同運動，人的大腦機制進行強迫記憶，把社會認同的音義聯繫加以貯存，藉以提高言語功能實現率。或許，語言產生的初級階段，正是經過了一個時期的音義臨時組合過程，在不停的言語生態活動中，音義相對穩定的組合顯示了生態優勢，從而擴大為社會化的認同。人們言語交流活動是否順暢成功，同參與者記憶的音義穩定聯繫條目多少有很大關係。為了提高言語能力，可以借助文字把社會認同的音義聯繫以書面形式記載貯存備用。儘管字典或詞典收集了成千上萬的詞條，儘管這些「詞語」可以根據不同的標準分列為各種「體系」，但這些體系原則上是一堆抽掉生態環境的排列物，不是我們所講的系統。

語義結構的各層次是呈動態發展的，義節也在發展變化。它既可分化繁衍，義節之間也會交叉滲透，漢語義節受書面字形的反作用還會產生裂變。我國西漢時期出現的《爾雅》和《方言》，是對漢語義節關係進行專門研究的劃時代著作。書中收集的靜態「詞語」既不屬語言系統，也未進入言語流，說這些「詞語」構成詞彙系統是缺乏堅實的理論基礎的，但是，說它們大致保留了那一時期漢語義節關係的基本面貌是一點也不過分的。猶如音節是語音結構的重要層級一樣，義節是語義結構的核心層級。多個義節的組合構成義群。任何言語流都是義群與音群結合體的線性排列。這種結合體屬言語系統。能夠單獨表達一個完整意思的義群與音群的結合體，稱為語句。由語句可以組成更大的結合體——語段。

規則結構是處於語音結構與語義結構之間的中介層次，它既是這兩大層次的黏合劑，也受上下層次影響而不斷運動變化。規則結構由語法規則、邏輯規則和意向規則以及它們之間的相互關係共同組成。語法規則處於規則結構的最低層次，目前普遍把它作為唯一的準則。意向規則處於最高層次，但常常被人忽視。邏輯規則體現思惟的規律性，主要表現為概念之間的聯繫規則和判斷、推理的規則。規則的三個層次對語言成分的作用又顯出不平衡。通常情況下，語法規則制約力最強，邏輯規則次之，意向規則受到抑制。特定條件下，意向規則具有強大的制約力。正是由於意向規則的潛在作用，整個規則系統才有一定的進化方向。三者之中語法規則比較穩固，變化緩慢。邏輯規則有著深刻的人類思惟發展水平為背景，而思惟的進化水平需要很長的時間為尺度來衡量，因而它也是相對穩定的。各種不同民族的語言無論怎樣的千姿萬態，正是邏輯規則的功能，體現了具有不同語法特色的語言的共性。意向規則相對活躍，它受環境系統尤其是自為環境的影響較大，人群系統的意向既有其共同的趨勢，又有個人、集團、民族的獨特性。人群系統的心理結構作用於語言的規則系統，在意向規則層次首先發生作用，意向規則對語法規則層次的長期影響能夠促進語法規則的新陳代謝。對言語系統的語詞、語句、語段等各個功能級來說，規則結構的三個層級的制約力也不一樣。從語詞最低層級到語段最高層級，語法制約力逐漸減弱，邏輯制約力、意向制約力逐漸增強，大語段（如長篇報告，長時間的演說等等）的宏觀效果，受意向制約的因素尤為明顯。從高層級到低層級，語法制約力逐漸強化，而邏輯、意向制約力相對減弱。言語單位在這些規則的編排下，匯成溝通自為環境中人際關係的信息流，實現言語的多種功能。

語言學界長期固守語音、詞彙、語法的模式，這個模式本身存在的缺陷以及由此引起的誤解和偏見，給認識語言，分析語言，解釋語言帶來很多困難。把語法規則視作唯一規則的結果，使我們在好些平常的言語現象面前瞠目結舌，無法解釋。因此必須強調對語言成分產生影響的規則，不僅是語法，還有邏輯和意向。尤其是意向對整個規則系統的潛在作用，給語法規則的演變造成了動因，同時也給那些不遵從語法規律的言語現象，提供了解釋的可能性。人們去醫院請大夫診病，常常說「看醫生」。從語法關係看，動詞後接名詞賓語符合漢語句法規則。從語義邏輯看，「看醫生」沒有邏輯矛盾。如果僅從言語的形式結構著眼，完全可以認為表達的語義是「看望醫生」。但是熟悉現代漢語普通話的人都不會這麼理解，原因何在呢？有人或許以為用喬姆斯基的轉換生成語法理論，可以把「看望醫生」視為「看醫生」的表層結構，而把「請醫生看病」視為深層語義結構。但是轉換生成的「標準理論認為深層結構含有一切語義信息，不會因轉換而有所改變。」〔註18〕無論通過怎樣的句式轉換，「請醫生看病」不可能與「看望醫生」有任何相同的語義信息。漢語是一種重意會、少語法形態的語言。由意會產生而經自為環境自在環境加固的言語結構，不是用模式變換所能完全解釋的。諸如「吃海碗」、「救火」、「養病」等符合語法規則卻違反語義邏輯的言語現象，也不是轉換生成理論所能說清楚的。即使「一匹馬騎兩個人」在語義上確實與「兩個人騎一匹馬」完全一致，也不

〔註18〕王德春《現代語言學研究》，福建人民出版社，1983年6月第1版，第50頁。

能簡單歸結為語法上的主賓易位。漢語中出現這類言語現象，自有它的深刻背景和特殊原因。明明是去看病，幹麼要說是看醫生呢？從語用平面上看，是意會規則起作用。從語言的生態觀來看，還有值得進一步探究的問題。

語言系統、文化系統、社會系統都直接與自為環境即人群系統有關。就連自然系統，人群也同樣與它存在直接的聯繫，一分鐘不呼吸空氣，一天不吃食物，人群的生存就會受到威脅。但是這些與人群相關的系統，在更大的系統中所處的層次是不一樣的。自然系統一般只提供人群生存的物質基礎，處於最低的層次；社會系統表征人際的關係和地位，處於高一級的層次；文化系統本是社會系統中的一個層次，由於文化本身的性質決定了它是屬精神領域中比較特化的方面，也因為語言與文化的關係較之語言與社會系統的其他方面更為直接更為密切，所以，在生態語言系統中，可以把文化系統作為比社會系統更高的層級來加以研究。至於語言系統，它一方面在一定社會中萌發，一方面又在一定文化中產生，它的創造者是人群，使用者也是人群。人群是主體，語言是人群主體與環境相互作用的產物。但是，在生態語言系統中，由於語言系統成為研究的中心對象，人群系統實際上只是影響語言系統的一個環境變量，另外語言系統與文化系統、社會系統、自然系統的相互作用，也都是通過人群系統來實現的。這樣，人群系統就不僅作為自為環境系統而存在，而且作為自在環境與語言系統相互聯繫的中介結構而存在。

人群系統是由軀體結構、生命結構和心理結構這三個層次組成的。軀體結構是人體構成的基本物質結構。人體由近六百萬億個細胞構成，細胞構成組織，組織構成器官，器官構成特化的子系統，子系統再構成一個高度協調統一的有機整體。人群系統的一切機能，首先必須建立在人群的軀體結構的存在、建設、發展、延續的基礎之上。喪失了這個基礎，人群就不可能進行任何高層次的精神活動。自然語言是以人發出的聲音作為物質基礎的，沒有人體也就沒有語音。因此，離開了人群，無所謂語言。生命結構是建構於軀體結構之上的層次。這一層次的功能是對人體的生命活動進行指令調控，它是由調控子系統、經絡子系統和超經絡子系統所構成的。調控子系統包括細胞水平、組織水平、器官水平三個層次上的調控結構。人體細胞中成千上萬的化學反應是怎樣協調進行呢？那就是具有催化調節功能的各種酶在起作用。各種不同的酶對不同的化學反應進行調控，保證了人體細胞的有序活動。分子生物學的研究成果表明，酶的這種調節功能是細胞中染色體攜帶的遺傳基因決定的。一個基因以一個蛋白質的物質形式存在，一個基因決定一種酶的性質。各種性質的酶組合成調控結構調節著人體細胞層次上的生命活動。人體組織層次上的生命活動主要通過體液和激素進行調節。人體中的血漿、淋巴液、組織液以及內分泌腺分泌的激素，對人體各種組織的增長發育影響很大。例如，甲狀腺素分泌過少，就會使人體組織新陳代謝減緩，甚至智力減退；生長素分泌過多或過少，都會在宏觀上影響人的軀體高度和肌體素質。人身體上各部位器官的協調配合，主要受神經系統的控制。人的中樞神經有一千億個神經細胞，每一細胞平均又有幾百個連結處，遍布人體的神經網絡是一個龐大的調控結構，維持著人體生命的宏觀活動。從分子水平上看，神經脈衝在神經細胞中的傳播，實際上是鈉離子沿著細胞膜通過通透性的變化快速移動的結果。鈉離子進入細胞，使細胞內外帶有相反的電荷，信息在神經細胞中的傳播實質是一種生物電的定向移動。因此，宏觀生命活動與微觀生命活動是相互聯繫相互作用的。經絡子系統是高於神經層次的生命調控結構。我國醫學對人體經絡穴位的研究以及臨床效果都證明經絡系統對人體的調控功能是確實存在的。傳統氣功和特異功能等現象的存在，說明人體存在著比神經系統更為高級的生命調節系統。但是，我們至今未能從微觀上揭示這種結構的內容和機理。而且，研究表明，人體不但存在經絡結構，而且存在好些用經絡原理不能解釋的複雜生命現象。有人認為，人體具有一種比經絡結構的功能更高級的調控能力。我把這種最高層次的調控結構稱為超經絡結構。任何學科的發展都依賴於科學總體水平的進步，人們對自身奧秘的探索還僅僅是開始。希望在不久的將來，這種至今無法描述的結構能夠被醫學界的研究成果所揭示和證實。

人群系統的心理結構處於最高層面。心理結構以軀體結構和生命結構為存在條件，而心理結構的功能無論怎樣細微複雜，歸根結蒂是為人群總體存在發展的目的而運動的。心理結構由微觀到宏觀可以劃分為個人心理、小團體心理、大團體心理三個層次。大團體心理是人群心理的一個宏觀層次。這個層次由低到高可分為地域心理、社群心理和民族心理。地域心理是受地理環境因素制約的歷史形成的心理結構，由根深蒂固的地域觀念形成的心理特質。一般情況下受社群心理和民族心理抑制，但在特定條件下它可以超階級超民族。社群心理是受經濟地位、階級觀念、團體傳統等等因素制約的集團心理。通常情況下它是超地域的，特定條件下它可以超越民族心理。民族心理是由民族在社會大系統中所處的地位、歷史形成的民族傳統、以及民族觀念等制約的心理結構。它通常是超地域、超階級的。地域、社群和民族這三個層次的心理結構既矛盾又統一，調劑著複雜的人際關係，維繫著團體在人群系統中的有序結構。對具體的研究對象，還可以根據特定人群年齡、職業、知識結構的不同，劃分為更細的層次。小團體心理結構是大團體心理結構與個人心理結構之間的中介結構。這個結構的運動變化遠比上下兩個層次生動活躍，因此它是生態語言學研究的重點層次。大團體心理結構相對保守、穩定，小團體心理結構則處於經常的建構之中，它包括個人之外，低於大團體結構的一切人群的心理結構。小到夫妻、朋友、同事、路人……，任兩人長期或臨時構建的團體心理結構；大到十幾人、幾十人構成的長期作業班組、生產隊、家庭、家族，或成百上千的人召開會議臨時構成的心理結構。在小團體結構中，人主要以個人直接接觸的形式發生關係，這就構築了探索個人心理與大團體心理相互聯繫的橋樑。所謂語言系統通過人群系統為中介與自在環境發生關係，實際上是以人群的心理結構為過濾器。因為並不是自然、社會、文化的任何信息都能不加選擇地傳輸給語言系統。語言系統對自然、社會和文化的反作用也只能依靠人群來實現。這一切統統都要經過特定人群的心理結構進行過濾、篩選、加工、放大，然後再付諸實施。心理結構的這些複雜功能，是因地域、社群或民族的不同而各異的，同時也是依這些人群的生理素質，所處的自然、社會環境，歷史文化背景等不同條件而各具特色的。人群的心理結構是一個一個具體的人的心理結構的合力（並不是每個人心理狀態的代數和），它體現為特定人群在意識、觀念、價值、情感和審美等各個水平上的社會認同，這些認同成為驅動人們社會行為取向的準則，從而構成人群系統的心理結構中最高級的層面。個人心理結構是人群心理結構的微觀層次，它是由潛意識結構、認知結構和評價結構三個層次所組成。潛意識結構是認知結構的動力和泉源，是心理結構最基礎的層面。潛意識表現為本能衝動，它作為一種潛在的動力支配意識，而意識反作用於潛意識，使之處於受抑制狀態。認知結構包括非理性認知和理性認知。非理性認知指直覺、靈感和頓悟。理性認知指感知、印象、判斷。非理性認知實質上是大量理性認知在潛意識作用下的結晶與昇華，它的表現形式的特點是不連續的跳躍性。理性認知對環境信息不僅有分析加工綜合處理的功能，而且有定向選擇的功能。評價結構是個人心理結構的最高層面，它包括價值評價、情感評價和審美評價。大團體結構和小團體結構中同樣存在潛意識、認知、評價三個層面，但是，由於團體結構涉及人際心理的相互作用，研究起來情況就複雜得多。潛意識在團體結構中的表現形式，團體認知以及評價取向，都對語言系統和自在環境有著重要影響。

對人群系統心理結構功能的研究，有助於探索語言系統發生的一些微妙變化。語言既然自成體系，當然有它自身不依人的意志而發展變化的規律。另一方面，既然自在環境與語言系統都必須以人群系統為中介，那麼語言變化的規律就不是神秘的。好些所謂「客觀」規律實際上是人群與環境相互作用的結果。長期以來我們過分強調語言的客觀性，這就造成了一種錯覺：似乎作為主體的人在語言面前只能俯首順應，一無可為。其實世界上並沒有絕對客觀或絕對主觀的事物，所謂客觀只不過是主客雙方的隨機選擇和融合。生態語言學重視和強調特定條件下人這一主體的能動作用對語言系統和語言元素的影響，辯證地看待語言系統的宏觀相對穩定性和言語系統的微觀絕對變動性。語言系統的宏觀相對穩定是遠離平衡的動態穩定，它本身也在運動變化。用時間尺度來衡量，整個語言系統的變化是漸進的，語言發展的規律受時空制約，也只能是相對的。語言現象千變萬化，五彩繽紛，沒有任何一條規律能完全管住它。我們既要能把握語言變化發展的主流，又要能認識它的特殊之處。語言工作者不應當只滿足於描述現象和規律，還應致力於解釋現象和規律，尤其是那些比較複雜、比較特殊的現象和規律。

人群系統一方面作為語言系統建構的直接物質基礎，另一方面它又建構於自然結構、社會結構和文化結構等共同組成的自在環境之上。人群子系統在生態語言系統中的這種特殊地位，決定了無論是對語言的研究，還是對自然、社會和文化的研究，都無法迴避人的因素。正是由於人的能動作用，自然、社會、文化的大量信息才會源源不斷輸入語言，同樣因為人的能動作用，語言攜帶的新信息才會反作用於自為環境，增進自然、社會、文化的有序。

自然結構作為自在環境的一個子系統，處於最低層級。它包括一切自然景觀、生物與非生物客體及其相互聯繫的規則。自然結構可以劃分為非生物、微生物、一般生物三個層次。非生物層次指地球表層的岩石圈、水土圈和大氣圈，以及在這些圈中發生的各種自然現象及相互關係。非生物層次奠定了一切生物產生的物質基礎。微生物的物種數雖遠不及其他生物，但其個體數目比植物和動物的總數還要多。它包括病毒、細菌以及酵母和黴菌等。微生物一方面作為動物和植物的養料，另一方面又作為動物和植物的天敵而存在。它既能改善無機環境，使之有利於動植物的生存，又能使動植物數目減少，使有機物分解還原為無機物。微生物實際上充當了自然結構中非生物與生物物質轉換的中介層次。自從生物界分化出了具有獨立意識的人類，人類的主體認識就在更高的層次上溝通了非生物界與生物界信息傳輸的渠道，這就使得自然結構向著更加有序的方向發展。一般生物指植物和動物。植物大致可分為藻類植物、苔蕨植物和種子植物。藻類包括綠藻、紅藻、褐藻、藍藻等十多個門以及地衣等。苔蕨植物包括苔蘚和蕨類兩大門。種子植物包括裸子植物和被子植物，被子植物約佔地球上植物總數的一半。綠色植物利用大氣圈中的二氧化碳和水土圈中的水和無機鹽，吸收太陽能，製造有機物，給動物和人類提供生命活動必需的物質和能量。自然結構中如果沒有動物和人，它的結構還能維持在中級水平。一旦喪失了植物，整個自然就會退到初始水平去。動物的門類繁多，既可以從生物進化角度劃分，也可根據形態特徵進行分類。從生態學的觀點看，可以根據營養關係把複雜的動物門類分為三個層次，即食草動物、小型食肉動物和大型食肉動物。這種捕食關係溝通了動物層次之間物質能量傳輸的渠道。自然結構形成的廣闊背景，給語言系統提供了無限豐富的信息寶庫。可以說，地球上無論什麼語言，都是植根於特定的自然結構之中，並且以信息的傳輸和反饋為紐帶，調節著人與自然的關係，同時也調節著語言自身與人的關係。自然結構的大量信息都必須經過人群系統篩選加工，才能進入言語流或語言系統，如果沒有自然結構的存在，語言系統便斷絕了一切信息來源，人類社會不復存在，語言自身也就湮滅了。

正是由於自然結構的不斷進化，才產生了人類。人類從一開始便結成了社會，因此，社會本來就是在自然結構的基礎上形成和發展起來的。人類社會不斷特化的結果，逐步形成了一個相對獨立的體系，這個體系，便是表征人與自然之間、人與人之間相互關係和相互作用的組合模式，即所謂社會結構。社會結構是由三個層次組成的。最基礎的層次，是社會的經濟結構。馬克思在《資本論》第三卷中認為：「生產的承擔者對自然的關係以及他們互相之間的關係，它們藉以進行生產的各種關係的總和，就是從社會經濟結構方面來看社會的。」〔註19〕根據馬克思的這一見解，可見社會經濟結構由三個要素構成：生產力、生產過程和生產關係。生產力涉及到勞動本身和勞動對象，還有勞動資料。在相當長的歷史時期內，勞動的主要對象是大自然。這就表明它體現著人與自然結構的相互作用和相互關係。勞動資料特別是勞動工具的水平，意味著人們對自然客體作用能力的強弱，也標示著經濟結構的進化動力。生產過程是生產力與生產關係結合發生作用的現實過程。生產的社會條件結合起來一同進入生產過程，決定了生產過程中生產、交換和分配所採取的社會形式，決定了生產過程的社會性質。生產過程是生產力與生產關係之間的中介層次。生產關係是各種不同的社會集團在生產過程中所處的地位和相互關係。生產關係包括社會生產資料所有制的形式、交換的社會形式和產品的分配形式。生產資料所有制決定著結構的基本性質。生產力與生產關係總是相互適應又相互矛盾的，兩者之間的相互作用，成為社會結構進化發展的基本動因。

社會結構的第二層次是社會組織結構。組織結構由低到高又可以分為三個層次。它的基礎層次是血緣結構。血緣結構是指以血緣為基礎和紐帶構成的氏族、胞族部落的組合模式或組織方式。在這樣的組合模式中，每個社會成員按照血緣處於一定的地位，享有一定的權限，承受規定份額的財產，擁有共同的墓地、語言和觀念、文化。由部落聯盟發展為打破血緣關係的新的社會組織模式，這就是建構在血緣組織之上的民族結構。斯大林在《馬克思主義與民族問題》中認為，所謂民族，就是「人們在歷史上形成的一個有共同語言、共同地域、共同經濟生活以及表現於共同文化上的共同心理素質的穩定的共同體」。〔註20〕在這樣的模式中，血緣聯繫讓位於區域性質的地緣聯繫。種族關係也就為民族關係所取代。社會結構元素由單質構成進化為異質構成。各個民族區域由於生態環境不同，經濟生活和產品分配方式、文化的積累和傳播也就存在差異。不同民族的文化差異表現為不同的民族性。隨著生產資料私有制的形成，出現了超血緣超地域的社會組織模式——階級結構，它是迄今為止社會組織結構的最高層次。這一層次按其等級可分為家庭、階級、國家。家庭是社會的細胞。它本是以婚姻和血緣關係為紐帶而構成的一種社會組織形式。但家庭的

〔註19〕《馬克思恩格斯全集》第25卷，人民出版社，1974年11月第1版，第925頁。
〔註20〕《斯大林全集》第2卷，人民出版社，1953年12月第1版，第294頁。

性質、結構、功能、以及和它相聯繫的道德觀念，都隨著社會生產方式的變化而變化。因此，在階級結構中，家庭成員之間的階級關係占主導地位。例如，私有制社會家庭關係的特點，是男性支配女性。其實質就是男女在階級結構中所處地位不同，而與這樣的階級地位相對應的便是男尊女卑的觀念。階級是高於家庭的社會集團，階級社會中居於統治地位的社會集團與被統治集團之間存在支配與被支配、剝削與被剝削的關係。社會成員的階級地位歸根結蒂是由經濟地位決定的。列寧說：「所謂階級，就是這樣一些大的集團，這些集團在歷史上一定社會生產體系中所處的地位不同，對生產資料的關係（這種關係大部分是在法律上明文規定了的）不同，在社會勞動組織中所起的作用不同，因而領得自己所支配的那份社會財富的方式和多寡也不同。所謂階級，就是這樣一些集團，由於它們在一定社會經濟結構中所處的地位不同，其中一個集團能夠佔有另一個集團的勞動。」〔註21〕在社會經濟結構中處於統治地位的階級為了維護其所得利益，需要有專門壓迫被統治階級的機關，這就是國家。國家是階級矛盾不可調和的表現，也是社會經濟發展到一定歷史階段的必然產物，它主要由軍隊、警察、法庭、監獄組成，並且通過強制力量實現對階級結構的維護。要改變階級結構關係就必須打破舊的國家機器，破壞原來的格局，才能建立新結構。

社會結構的最高層次是上層結構。它主要包括三個方面：政治法律、宗教、哲學。經濟結構決定上層結構的性質。一定的上層結構適應一定的經濟結構。先進的上層結構對經濟基礎起著鞏固和促進作用。舊的上層建築維護舊的經濟結構，成為新的經濟結構產生的障礙。新的經濟結構一旦與舊的上層結構矛盾尖銳化，就會迫使舊的上層結構解體，從而導致整個社會結構的重建。政治法律一方面表現為用強制力量維護特定的經濟結構，維護特定階級的經濟利益，另一方面表現為對國際關係、民族關係、階級關係和其他社會組織關係的控制和調節。政治包括政治活動和方針政策，它是經濟的集中表現。法律包括律令、行政制度和各種細則，它體現統治階級的意志，維護特定的經濟基礎並鞏固發展對統治階級有利的行為準則和社會關係。宗教從原始的迷信觀念發展而來，它實質上是一種社會意識形態。在階級社會中，宗教作為一定階級的工具，是為著鞏固一定的經濟結構模式，調節有利於一

〔註21〕《列寧選集》第4卷，人民出版社，1972年10月第2版，第10頁。

定社會結構的行為模式和人際關係的目的而存在的。代表統治階級利益的宗教觀念，在社會結構中處於思想上的統治地位，因而對經濟結構具有較大的反作用力。哲學是關於世界觀的學問，它建構在一定歷史階段的經濟基礎和科學發展水平上。在階級社會中，一切哲學觀念都具有階級性，代表著一定階級的利益，作為階級鬥爭的工具而存在。哲學觀念一方面受經濟發展水平的制約；另一方面又反過來對經濟活動發生影響。每個階級都儘量宣揚有利於本階級利益的哲學思想，以便於鞏固對本階級有利的經濟結構和社會行為模式。政治法律宗教哲學主要作為社會結構的高級層次而與經濟結構、組織結構發生相互作用，這並不意味著它們與文化結構無關。實際上，它們與文化結構的聯繫比社會結構中其他層次與文化的關係密切得多。這是因為社會意識形態與特化了的文化都是人類社會的精神產品。文化結構內各種元素的作用是結構的內部運動，政治法律宗教哲學等對文化元素的作用則是通過社會組織關係間接發生作用，是兩種不同結構的相互作用。社會上層結構對文化結構的作用有時帶有外在強制力，某些文化因為得到政治關係或法律的庇護能夠得以迅速發展，而另一些被認為非法的文化則會遭到排斥甚至毀滅。宗教起源於人類的原始蒙昧時期，是缺乏科學思想的觀念體系，在不同的歷史階段的不同社會結構中，統治者可以通過社會權力借用來對文化結構施加影響。我國著名的敦煌壁畫和造像，就是從東晉至元代的封建統治者提倡佛教造成的文化產物。中國美術的線描和工筆重彩人物畫，以及浮雕、彩塑技術，佛經故事等等，都在這一時期有了不同程度的進展。佛教作為中國封建社會結構的上層建築在這一時期無疑促進了中國整個文化結構的發展。

人類出於生物本能為覓食而勞作，為便於勞作而創造工具，原始工具的出現標誌著物質文化的開端。僅僅是原始的物質文化階段，人類就已經過漫長的歲月。但是這種物質文化還未能從社會結構中獨立出來自成系統。只有當社會生產力的發展給一部分人提供了專門進行文化創造的可能，這種可能變為有傳承性的現實，這些人的文化產品供一定社會的精神需要，而且形成了精神文化和價值衡量標準的時候，文化才作為一個獨立系統而存在。

物質文化是文化結構的基礎層次。它本身由三個層次構成。初級層次是工具體系。工具不是自然物，而是人的創造物，也就是人的意識的定向物化。工具從零星的出現到成為系列，標示著物質文化基礎的形成。例如北京猿人使用的打磨石器，不但有石鑿，還有石刀、石斧、石針等。靠捕魚為生的人，就不會只有釣竿，往往魚網、魚叉、捕魚船會形成系列。工具系列是人群進行物質生產和文化生產最起碼的條件。「工欲善其事，必先利其器」，工具是創造高層次文化的基礎。第二個層次是科學技術產品。科技產品的出現，建築在工具系列的進步，生產力有所發展的基礎上。我國古代四大發明，都是在一定生產力水平上產生的。科技產品反過來促進生產力的發展，為創造高層文化提供了更為優越的條件。工藝產品處於物質文化的最高層次。這一層次的文化產品已經逐漸抽掉了物質的實用性而增加了精神意向。它的主要功用已經不是為了滿足社會的物質生產要求而主要是提供精神層次的享受。但是工藝產品本身也依靠工具系列和技術的進步。中國傳統的象牙、玉石多層鏤空藝術品，如果沒有特殊的工具和歷史積累的精湛技術，是不可能產生的。

文化的第二個層次是精神文化。按照廣義的看法，一般把政治、法律、哲學、宗教作為精神文化的主要內容，這是合理的，因為它們與社會的經濟結構、組織結構有著較為直接的聯繫，其中政治法律甚至直接干預和調控經濟結構與組織結構，表現為高級層次與基礎層次的強相關關係。不過，政治法律雖然屬精神文化範疇，但它們是帶有明顯社會性的精神元素，它們對其他文化活動和文化現象的影響，常常是借助社會權力而產生作用。像這類文化可以說是精神文化的社會特化，也就是說，它們不是特化了的文化。政治法律等是處於社會結構高級層次的意識形態，它們作為社會結構的上層結構與特化了的文化結構發生作用。因此，這裡所謂的精神文化指的是特化了的這樣三個層次：1. 工具系列製造的方法原理、科技產品的設計程序、工藝品的技能技巧、新方法、新設計、新技巧的發明；2. 自然科學和社會科學的理論或構想、公理、定理、定律、科學發現、社會發現以及創造性思惟；3. 科技成果的累積，文學藝術創作的累積。第一個層次是精神文化的基礎層次，它是直接以物質文化的進步為條件的初級精神產品。除了社會經濟結構的制約而外，這類產品對物質文化的反作用是物質文化水平不斷提高的重要因素。第二個層次是非物化的純精神產品。它雖然也受社會總體結構的限定，但它在文化結構中不直接依賴某一方面的物質文化進步，而是在整個物質文化格局優化的條件下，建構於初級精神產品的層次之上。這個層次反過來又促進基礎層次的結構優化。最高層次的精神產品是非物化的科技成果的積累，文學藝術創作成果的積累以及非物質形式而對象化的文化教育等制度。這一層次的文化積澱是精神文化具有穩定性、傳承性和擴展性的原因所在。第一層次是與物質聯繫的層次，這個層次是比較容易把握的外層結構，它最為活躍，處於經常的運動之中。第二層次是思惟聯繫層次，它不像第一層次那樣是從具體的物質生產中引發的精神反映，而是一種較為深刻的理性思考，是比第一層次更高級的思惟成果。這個理論層次是精神文化結構的核心層次。哲學雖然是對自然科學和社會科學的概括和總結，但本質上是一門關於世界觀的學問，哲學並不就是自然科學也並不是某一門被概括的社會科學。對整個社會系統而言，它處於上層結構，對文化結構而言，它是一種泛化。這裡所說的精神文化的核心層次，是由具體的自然科學與社會科學的理論和思惟成果構成的體系。這個層次決定著文化結構的基本性質。第三層次是心理聯繫層次。文化的選擇、加工、積澱，是文化與心理結構的相互作用。文化積澱一方面為思惟層次提供了創造新文化的素材和養料，另一方面文化積澱愈深厚，系統格局愈穩定保守，新文化的萌芽和發展也就愈困難。

文化價值體系是文化結構的最高層次。它又由三個層次構成：倫理道德、習慣風俗、文學藝術。倫理、道德是帶有強制性的價值標尺。這種文化在性質上與社會結構上層的政治法律利用行政手段對人們行為樣式的直接干預不同，它是通過對人群心理結構的外力作用積澱而形成的一種自覺規範。同一社會結構的人群有共同的倫理道德，它以非行政手段的強制力對人們的物質文化和精神文化生產起制約作用。第二層次是不自覺價值導向層次，表現為一種受地域條件和時間條件限制的價值標準，習慣和風俗由於歷史的累積，已經積澱在一定社會結構人群的深層心理結構中，成為人格的一部分。因此它對物質文化精神文化的創造起著潛在的導向作用。不遵從習慣風俗的文化生產雖不遭受社會的干預，但會遭到社會的冷遇，原因即在此。一定的習慣風俗只與一定的地域對應，超出這個地域，這個價值體系就失掉作用。風俗和習慣雖有歷史的連續性，但也有變異性，因此不同歷史時期的價值標準只適用於特定時期。總的說來，習慣風俗價值標準對文化生產的制約是有時空侷限而不是漫無邊際的。文學藝術是價值標準的最高層次，它從宏觀上制約著處於特定文化氛圍中的人們的思考、創造和行為方式，同時也制約著人們對外來文化的選擇、吸收、運用。文學藝術本身並不強制人們去做什麼，不做什麼，但它從理性高度以高超的藝術手段，潛移默化，引導人們追求人本身的價值，人與物的價值，物對人的價值。文學藝術本身不但凝聚著社會結構現時狀態的價值取向，而且預示著社會結構進化發展的未來價值取向，這是價值體系其他層次所不具備的功能。文學藝術不可避免地受到地域和時域限制，但是它是比其他層次更為開放的高層價值導向系統。因此，這一層次具有打破時空限制的潛在動力。它本身也受倫理道德、習慣風俗的影響，同時又對倫理道德、風俗習慣施加反作用力。整個文化價值結構是三個層次互相協調互相作用的自組織結構，它制約著整個物質文化和精神文化的生產。

把生態語言系統的各個子系統逐層加以考察並不意味著割裂系統進行孤立分析，相反，從它們的相互聯繫中使我們體察到語言系統的運動變化，遠非僅靠對語言自身的研究所能洞察和把握。生態語言系統是一個動態系統，它的每個子系統每個層次都處於永恆的相互聯繫相互作用之中，它們每時每刻都在運動變化。此生態語言系統與彼生態語言系統同樣存在相互作用。環境、系統、層次、元素之間的聯繫縱橫交錯，它們之間的複雜作用和變化都不是僅僅靠對語言進行單純的形式化研究所能解決問題的。語言研究的實踐告訴我們，在從事微觀研究的同時，應當提高到宏觀層次認識語言，著手開展對語言的全局性整體性研究，語言與語言的比較研究，以及跨語言、跨生態語言系統的綜合性研究，以期達到對語言系統更為全面、更為科學、更為深刻的瞭解，使之為現代化建設作出應有的貢獻。

二、穩定與調節

一切系統都是運動變化的，但一切系統又都有一種穩定化的趨勢。生態學上所謂的動態平衡，就是指系統與環境之間物質能量信息的輸入與輸出保持衡量，此時系統處於動態穩定。所謂穩定化趨勢，即系統保持現存的結構與功能的慣性。我們知道，生態系統的動態平衡，在於系統與環境之間的物質流、能量流、信息流有一定的數量界定和秩序，在這個限度內，系統才得以保持一定的結構與功能，從而具備相對的穩定性。對生態語言系統來說，由於它不但包括自然結構，有機體結構，還包括了超有機體的社會結構和文化結構，而且這些結構各有複雜的多重層次，它是如何在宏觀上實現整體穩定的呢？

美國學者朱利安·斯圖爾德提出的文化生態學，把人類看作是社會的主體。按照人類文化與自然環境關係的疏密程度建構文化生態系統的結構模式，可以看出各種變量與文化的共存關係，但沒能揭示各種變量之間的內在聯繫。實際上，各種元素之所以能夠構成一個有機的系統，必然是因為它們之間存在某種合乎目的的，有選擇性的聯繫。生態語言系統的各個子系統如果不是簡單的湊合，必然有某種關係能使各個集合體相互協調而組織為有序的整體。根據生態學的原理，任何生態系統都不可能缺少物質流、能量流和信息傳遞，那麼，生態語言系統內部是否存在這樣的運動過程呢？回答是肯定的。但是，具體情況與自然生態系統有差別。

自然生態系統中的物質流即生物地球化學循環有一個周而復始的閉合回路。生態語言系統的物質流，存在於它的每個子系統的物質基礎層次之中。具體說來，就是自在環境系統的自然結構、自為環境系統的軀體結構以及語言系統的語音結構這三個基礎的層面。自在環境系統的自然結構，即一定時空條件下受地域因素制約的狹義的自然生態系統，或曰自然生態系統的具體地域化。在這個結構中，物質的流動循環自成一個封閉性體系。非生物層中大氣圈內的二氧化碳經植物光合作用產生氧氣，供自身以及動物呼吸消耗，然後還原為二氧化碳重返大氣，完成碳循環。生物體所需的多種元素包括水、氮、磷、鉀、鈉、鈣、鐵、鎂、矽等等物質，也作為生物體的營養成分，完成循環運動。這種循環是在水、大氣、土壤與生物成分之間進行的。動物體所需的各種營養成分，極少部分由自身從非生物層直接獲得，而主要是從綠色植物攝取。綠色植物處於營養金字塔的底層，它供給整個動物界以維持生命活動的營養物質。食草動物吃掉綠色植物，小型食肉動物吃掉食草動物，大型食肉動物又吃掉食草動物和小型食肉動物。營養物質順著這樣的食物鏈傳遞，既維持著結構的平衡，又推動著有機體的進化。植物和動物死亡，營養物質由細菌分解而回歸自然。這樣就完成了營養物質的循環。自為環境即人群系統產生伊始就同自在環境系統的自然結構結下了不解之緣。人群必須在自然界生存，自然結構提供的非生物和生物環境，是人群的軀體結構得以維持有序運動的必要條件。人群的生物性軀體結構本來就是自然結構的動物層次進化的最高成果，既然如此，按照生態學營養金字塔的原理，人類位於金字塔的頂極地位，應當只以大型動物為食。而事實並非如此。人類具有意識，具有遠非動物界所能比擬的開發能力，自然界幾乎所有可食的生物，都可以轉化為人群軀體結構的營養成分。可見人類營養物質的取得，不遵從營養金字塔逐級流動的規律，而是任何層級上的生物，都可以直接與人群發生營養關係。但是人群軀體與動物一樣會死亡腐朽，並且由細菌分解還原為各種天然元素。服從自然生態系統物質周而復始循環流動的規律。人群軀體結構所需營養物質不能由人群結構本身獲得解決，而必須從自然結構取得同時又還歸自然結構，這就是人群結構與自然結構之間的物質聯繫。換句話說，自然結構是人群軀體結構存在的物質基礎，人群軀體結構是自然結構的高級表現形式。人不僅在一定的自然結構中生存，而且在一定的社會結構和文化結構中生存，人與自然、社會和文化的相互作用產生了語言。人類發出語音的過程也是一個物質運動的過程。發音時，人的肺部、喉部、口腔、鼻腔部位所有相關的肌肉和器官都處於緊張而協調的運動狀態。肌肉和各部分器官是由細胞構成的，而組成細胞的營養成分完全是人從自然結構中獲得的。自然界的無機成分通過綠色植物轉變為有機成分，動物採食植物把簡單的有機物轉化成複雜的有機物。人吃掉植物和動物把營養成分作為構成軀體細胞的物質基礎。發音器官運動，將貯存在細胞中的生物化學能轉化為機械能作功，細胞分解為水和無機鹽排出體外，回歸自然界。發音過程不斷進行，人體就必須不斷從自然結構攝取食物吸收營養以維持發音器官細胞的新陳代謝。可見語言系統的語音層次是以人群系統的軀體結構作為物質基礎的，而人群軀體的全部物質來源於自然結構。因此，歸根結蒂，自然結構是語音結構的物質基礎，人群軀體結構充當了物質傳遞和運動的中介。這樣看來，在生態語言系統中，物質運動的過程也存在一個相對封閉的回路。自然結構中的水、氧氣、無機鹽以及其他多種元素，通過綠色植物改變了存在形式，又經過動物層次的加工具備更為高級的存在形式，最後經過人體運動作功分解還原為初始存在形式，完成物質循環。自然結構中的原初物質以一定的數量界定與綠色植物發生關係，綠色植物、食草動物、食肉動物以食物鏈和食物網的營養順序建立一定的數量關係和秩序，人群軀體結構與植物界動物界也存在一定的秩序和數量界定。物質的運動按一定的通道和秩序進行，這就從物質基礎上保持著自然結構、人群軀體結構、語音結構三者之間的秩序和穩定。

能量是物質運動的一般量度，物質的運動形式發生轉換，能量形式也同時發生轉換。在生態語言系統的上述三個基礎層次中，伴隨著物質的往復循環，能量形式也在發生轉換。太陽能是自然界一切能量的總來源，太陽光照射到地球上，產生兩種能量形式：熱能和光化學能。散佈在自然結構中的一部分光化學能，被綠色植物固定為生物化學能，然後通過食物鏈進行傳遞。熱能不可能被綠色植物利用，因而能量的流動是一個單向過程。在傳遞過程中，生物利用能量有一定的數量界定，只有很小一部分被儲存參加傳遞，其餘大部分以熱能形式回歸自然。人群從生物界獲得的能量，一部分儲存在軀體結構中，一部分用來維持生命活動，還有一部分用來創造高於物質世界的精神世界。人群系統的生命結構是一個擁有潛能的微妙結構，至今我們對它知之甚少。就調控層的神經結構來看，神經對生命活動的調控是電脈衝通過神經細胞進行傳遞的，這是一個很複雜的物質運動過程，這個過程中存在著能量形式的複雜變化。神經中樞大腦的一切活動，也是腦細胞的物質運動，同時伴隨著能量的消耗。經絡結構和超經絡結構對人體生命活動的調控，是一種超微粒子的高速運動，伴隨這種運動的是一種有特殊功能的能量流。人群為了延續群體生命，必須結成一定的關係，這就不可避免地形成了社會結構，這個結構是若干關係的有機構成，也就是人群活動的規則結構。這些規則是人與環境、人與人相互作用的產物，也就是能量的分配形式。規則結構是一個動態層次，人群相互作用的過程也就是能量再分配的過程，每個人都根據自己在社會結構中的地位與關係決定能量的使用和分配，每個社會群體也根據自己在結構中所處的地位與關係決定群體總能量的使用和分配。社會結構各個層次上的各種關係、規則，它們本身實質上就是能量的轉換物，它們都具有潛能。一旦人群依這些關係和準則進行社會活動，潛能就轉化為動能作功。社會結構聚集的潛能愈大，作功的本領就愈大。社會結構愈精密，構造愈複雜，就能積聚更多的潛能，結構要維持自身的有序，必須不停地輸入外界的能量。結構走向高度組織化的過程，就是更大規模、更加有效地獲取、儲存、利用環境能量的過程。社會結構是由人群結成的關係網，它的能量流有兩個來源：一是人群生命結構自身運動釋放的能量；再是人從自然結構直接獲取的能量。生命結構所釋放的能量是軀體結構從自然結構中攝取的食物轉化而來，因此生命結構通過軀體結構與自然結構保持能量流通渠道。人群從自然結構直接獲取的能量，指非食物性自然資源。例如，人能把水的潛能轉化為電能，把煤、石油、樹木的潛能轉化為化學能、熱能、和電能，人還能把原子核的潛能轉化為強大的動能。這一點是自然生態系統所不具備的。正因為社會結構中存在著人群的主觀能動作用，而人群能夠以動物界所不具備的自覺能力開發自然結構中存在的大量潛能，這就使得人類社會結構得以不斷進化發展。人類歷史上幾次重大進步，都是人類攝取自然潛能的突破。火的利用；磨製石器和燒製陶器的出現；蒸汽機和電的發明；原子能的利用。這些劃時代的發明和發現，每一次都極大地提高了社會生產力，揚棄了舊的生產方式和生活方式，使社會結構不斷優化。因此，社會結構一方面通過能量流與人的生命結構發生聯繫；另一方面，而且是更重要的方面，社會結構通過人群對自然結構潛能的開發與利用而建構於自然結構之上。大規模開發利用自然潛能固然給社會結構引進了「負熵」，但是無止境的開發必然會破壞自然結構中各成分的數量界定，最終會打破自然生態的動態平衡而造成失穩。自然結構一旦失穩，必然危及建構於其上的社會結構。因此，人群對自然結構潛能的索取，也應有一定的數量界定，這樣才能維持整個大系統的穩定。語言系統的規則結構，是人群進行生命活動的成果，更是人群進行社會活動、文化活動的成果。人們說話發音，是線性不可逆運動過程。發出的音節有先有後，要表達一定的語義就必須有聽說雙方共同約定的規則。語言系統的規則結構並不是某幾個人約定的，而是在長期的社會活動中，在一定的文化發展水平上，一定人群約定的。這就是說，規則結構是社會成員相互作用的產物，是一定社會群體活動的一定能量的轉換物。規則結構包括語法、邏輯、意向等層次，這些層次都是大腦與環境作用的結果。大腦細胞運動思考，將食物轉化的化學能轉變為動能，這些動能一部分作功傳遞到規則結構成為潛能貯存起來，一部分轉化為熱能消耗在自然結構中。當人群運用這些規則講話發音時，規則貯存的潛能轉化為動能作功，編排言語秩序。言語流傳播所消耗的能量，主要是軀體結構的發音器官運動提供的動能，但如沒有規則系統的駕馭，發出的聲音就只是物理學意義的聲波而不是語音。由此可見，規則結構一方面通過社會群體的能量流動與社會結構相聯繫，另一方面又通過編排語音的能量流與人的生命結構相聯繫。規則結構處在不停的運動中，它的各個層次的運動發展必須依靠環境能量的輸入。人的生命結構、社會結構與語言系統的規則結構之間的能量轉換關係必須保持一定的數量界定。生態語言系統的各個子系統之間的這種一定的能量轉換關係，是系統具有整體穩定性的本質原因。當我們側重分析這三個層次的能量轉換關係時，並不意味著這幾個層次中不存在物質的流動。因為只有物質運動才能將潛能轉化為其他形式的能。能量的轉換必然伴隨著物質的運動。但是，能量流是生態語言系統進化過程中最本質的東西，也是進化程度的衡量標尺。

顯然，自在環境的文化結構、自為環境的心理結構、語言系統的語義結構之間也存在物質流和能量流。在文化結構中，物質文化固然是物質存在的一種運動狀態，它同時也是能量的轉換物和承載物。精神文化表面上看來似乎與物質文化相對而存在，實質上它是物質文化的昇華，是物質存在的特殊形式，因為精神文化是人腦與社會文化環境相互作用的產物。而人腦是特殊的物質，所謂精神其實就是觀念，就是人腦這種特殊物質的運動過程。精神同時也是能量的轉換物和承載物。社會的精神文化是人群共同創造的能量凝聚物，當它運動作功時，就將自己儲存的社會潛能轉化為動能。哲學上講的物質變精神，精神變物質，從物理學觀點看，就是隨物質運動形式的不同而發生的能量形式的轉換。文化的價值標尺體系倫理、道德、風俗、習慣、文學、藝術等，是社會人群文化活動的共同產物，它們顯然也是社會能量的轉換物。自為環境系統的心理結構儘管存在於不同的社會群體、不同的個人之中，其實質都是人腦進行的物質運動，也就是存在於不同層次不同個人的能量流。文化結構一方面通過人腦的思惟運動與自為環境的心理結構互相溝通；另一方面又通過社會群體與社會結構發生關聯。這樣，文化結構能量的來源，一部分是心理結構中大腦化學能的轉化物，另一部分是通過社會結構向自然結構索取的自然潛能。一種文化結構要演化成高級結構，就必須廣開能源之路，它所攝取的能量愈多，則文化潛能愈大，結構愈複雜，功能愈精密。「以自然狀態轉入文化狀態的總能量，一旦同轉換過程中（熵減少）提高了的等級結合起來，便可以代表一種衡量文化的一般水平，亦即衡量文化成就的尺度。」〔註22〕語義結構是社會人群思惟活動的集體成果，是人腦與環境相互作用的結果。人群的思惟與動物的思惟在本質上的分野，就是人群思惟是有一定文化背景的。語義結構不是單個人的活動結果，而是社會產物，顯然它是具有社會潛能的。人們說話時，語義與語音結合由規則編成話語，將潛能轉變為動能作功，發揮其社會功能。語義結構本身也需要能量輸入，它所需的能量一部分來自人腦作功釋放的能量，另一部分通

〔註22〕〔美〕托馬斯·哈定等著，韓建軍、商戈令譯《文化與進化》，浙江人民出版社，1987年9月第1版，第17～78頁。

過心理結構與文化結構相聯繫，把文化結構通過社會結構向自然結構攝取的能量取出一部分更新自身。無論是人體運動提供給各結構層次的能量，還是各結構層次向自然結構索取的能量，都是以自然結構為能量的總來源。

運動是物質的基本屬性，物質的運動必然伴隨能量的變化，而這種變化也就攜帶著物體的信息。正如自然生態系統一樣，生態語言系統不僅存在物質流、能量流，而且存在信息流。把生態語言系統諸要素協調起來組成有機整體的東西，除了物質流、能量流之外，還有處於更高層次的信息流。生態語言系統內部諸要素相互聯繫的過程，首先是物質流動過程，物質流實現系統各要素組成材料的相互界定和關係；伴隨物質流的能量流則實現各要素之間運動動力的相互界定和聯繫。其次，在這些物質能量流動過程中，還存在更高層次的過程——信息傳遞反饋過程，它實現各要素之間的相互映現和相互創造、規定。這樣，生態語言系統之所以是一個穩定的有機整體，是由於各要素之間存在三種不同層次的過程，每一層次各司其職，又相互協同，共同實現其對系統要素的聯繫功能。信息必須以物質能量為載體，當它通過載體之際，也就形成了對物質能量的組織和控制，使物質能量以特定方式分布排列，使無序的物質能量被組織成按特定方式排列的有序流程。如果說，從物理學觀點看，系統擁有潛能的多少，是進化程度的衡量標尺，那麼，從信息角度看，系統的信息負載量及有序度、信息傳遞網的複雜度、反饋機制的靈敏度，則是系統成熟與否的標誌。

信息在傳輸過程中，可以擺脫原來的載體而通過另外的載體繼續存在，這一點對於生態語言系統是有特殊意義的。因為生態語言系統是由無機要素、有機要素（包括人群）、超有機要素構成的整體，在各種類型的要素中，物質、能量的運動和傳遞方式不斷改變，情況比較複雜。如果從信息觀點來看，這些複雜的關係就顯得比較清楚明晰。在生態語言系統中，自為環境從自在環境獲取信息，然後進行篩選、過濾、儲存，並加工生產新信息，一方面它供給語言系統以信息，另一方面它又以反饋信息作用於自在環境。語言系統吸收自為環境傳輸的自在環境信息以及人群創造的新信息，同時它又在自為環境之中傳播，調節自為環境自身以及自為環境與自在環境的相互關係。由於語言系統總是被一定的社會群體運用傳播，它本身不可能直接從自在環境獲取信息，而必須以自為環境作為信息傳遞的中介，因此它對自在環境的反作用也是通過自為環境實施的。人群發音器官的協同運動，將空氣媒質的某個局部區域激起振動，媒質中質點產生「多米諾」效應，相鄰質點將發音運動過程由近及遠在空氣中傳播，這就造成聲波。由於傳播過程中能量消耗作功，傳播距離愈遠，能量消耗愈大，則聲音愈小終至消失。這樣一個過程，既是信息傳播過程，也是由生物化學能轉變為機械動能而機械動能轉化為熱能回歸自在環境的過程。

生態語言系統中各子系統各層級的信息有質的區別，各個層級由具有該層級特點的信息和信息過程構成。信息由低層級轉換到高層級，其形態就發生了新的變化，補充進新的特徵，具有了新的內容，在質上產生了轉變。例如自然結構的動植物有機養分被人吸收，這些信息輸入人體，就補充了新結構的特點，從而構成人體系統。人體系統的各個結構協同運動，將信息輸入語言系統，這些信息補充進語言的特徵，又有了質的變化。信息把諸要素協同起來組織成有機系統，是一種功能的屬性而不是實體的屬性。現代科學不是依據客體在實體上的同質性而是依據功能上的同構性作為系統構成的規範。事物或物質之間信息的傳遞與交換的唯一方式是同構，沒有同構就沒有信息交換。同構應滿足兩個條件：兩個系統之間的元素一一形成對應；兩個系統中元素間的關係網一一形成對應。系統之間的信息傳遞，總是由作為信源系統某一側面的特徵和聯繫通過一系列同構變化複製到信宿中去，被傳遞的是特徵而不是實體。系統通過同構傳遞信息，由於同構是對事物某一側面特徵的複製，因此同構本身存在比較和選擇。信息在選擇中積累和重新整合，這就為系統的信息異構提供了條件。同構和異構反映了信息過程相互矛盾的兩個方面。信息的新形態和高層次結構正是同構和異構相互矛盾發展的產物。系統通過同構獲取環境信息，進行積累。通過選擇進行重組，發生異構，使之再能和外界的新信息同構。同構造成信息量的積累和結構的穩定，異構造成信息質的飛躍和新結構的產生。生態語言系統各元素以信息過程實現它們之間的相互映現、相互規定和相互創造，並且以同構實現系統的整體穩定。生態語言系統的三個子系統相互存在層次上的同構關係（如圖 1.7，圖中虛線表示同構層次對應關係），這三個子系統還分別與母系統形成同構（如圖 1.8），由於信息的同構複製，高層級包容著低層級的信息，低層級也映現高層級的信息。

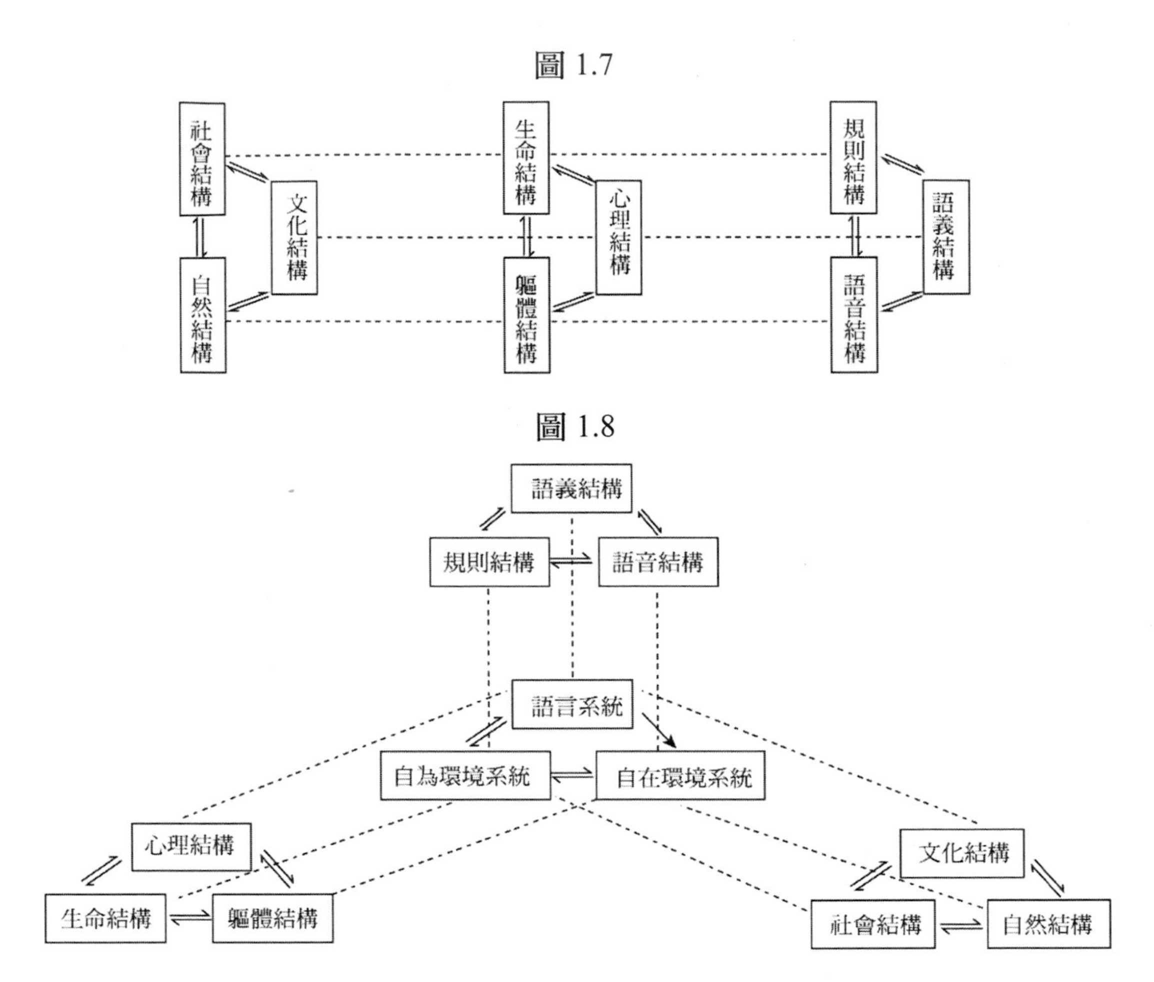

圖 1.7

圖 1.8

這樣，如果系統一旦解體，任一系統元素能夠在特定條件下通過信息過程將物質能量組織起來，放大原有信息，產生出和原來的母系統一樣的有序結構。在生態語言系統中，我們看到語言系統的三個層次與自為環境、自在環境的三個層次分別存在同構關係，由此可知，世界上所有的自然語言系統都具有一定的穩定性和排它性，是有其內部結構方面的深刻原因的。

應當指出，生態語言系統內部存在的同構，不是決定性的同構，而是相互選擇關係的同構。一定的自然結構能夠承受人類社會的開發，但不決定性地歸結為某一種社會結構。也就是說，特定的自然結構之上可以建構無論什麼模式的社會結構。同理，特定的社會結構要求產生與之適應的文化結構，但不能決定性地歸結為某一文化結構並絕對地排除產生另一種文化的可能性。不能認為一種特定的文化背景之下只能容納某種或某幾種語言而不能容納另外的語言，語言與文化雖然聯繫密切，相互影響，但並不存在相互決定關係。這好像一定的人群系統，它固然要求與之適應的最優社會結構，但並非改換為另外的社會結構，人群就不能生存。生態語言系統之中各元素之間的同構模式和結合關係，不是決定論的僵死的關係，而是互動的選擇關係。不要以為某種語言的語音與語義一旦結合，約定俗成，就一萬年也不變，沒有那回事。語言元素與語言結構，生態語言系統中的各子系統，各層次，都處於永恆的互動選擇之中。如果用靜態觀點看語言，必然導致否認混合語存在的論點。但是混合語是事實存在的。漢語與俄語可以混合形成東干語，藏語與漢語可以混合形成青海五屯話。這就是語言層次、語言元素選擇的結果。語音結構、規則結構、語義結構，都可以互動選擇。不過，這類選擇需要特殊的條件，由於語言系統常常被生態語言系統所制約，跨系統、跨層次的語言元素的選擇重組，不是經常發生的。當這種制約力微弱，或者各種因子的作用相互抵消的時候，特別有利於語言結構的選擇與重組。根據選擇的原則，低級的社會結構可能擁有燦爛的文化，也可能擁有高級的語言；優良的社會結構未必存在登峰造極的文化，也未必就存在高級的語言。生態語言系統理論承認宏觀上系統的整體進化潛勢，同時也不否認某些系統的退化衰變。現在世界上存在的語言，未必都是進化的優秀成果，有的或許正是原始語言的延續，有的正在衰微或消亡，沒有一種現存語言完全適應它所存在的社會、文化和人群，也不可能所有的語言一律優良，毫無高低之別。語言與自然，語言與社會，語言與文化，語言與人群，確實存在相互影響，但不存在相互決定。尤其是語言更不能決定自然、社會、文化和人群，無論它對它們有著多麼重要的影響。

系統的穩定並不意味著靜止不變，隨機的漲落會在某個環節上破壞系統的有序性。但系統在一定限度內能夠通過自我調節，克服漲落重新恢復穩定。系統具備自調能力的根源在於有目的性的選擇。因為系統與元素，系統與環境之間存在的有機的聯繫並不是指全面的聯繫，這種有機聯繫正是一種合乎目的的、有選擇的聯繫。選擇是複雜系統自身固有的行為，系統具有選擇能力的前提是系統的組織化，這種能力是自然界長期進化的結果。無機界已存在尋求穩定性這種最初級的定向選擇，隨著進化層次的提高，逐漸能夠明確區分出環境選擇和自我選擇，自我選擇又區分出對結構的選擇和對行為的選擇。系統的自我選擇是系統能動性的集中表現，是系統內部非線性相互作用的過程。系統在與環境的相互作用中，協調內部各元素的關係，使自身的結構和功能不斷複雜化。現代科學著重從功能角度把握對象，系統自我保持的必要性提供了系統選擇的目的和方向，這就是系統具備自調能力的內在原因。

生態語言系統是一個具有自調能力的開放系統，同時又是一個耗散結構。在線性非平衡區，系統內部元素相互作用的不平衡以及系統與環境相互作用的不平衡，必然對系統的有序形成干擾，使生態語言系統在一定程度上偏離穩定態。但在這區域內，系統具有抗干擾能力，隨機漲落造成的偏差會不斷衰減直至消失，最後系統回歸到穩定態。在遠離平衡的非線性區，微漲落由於相干效應會被放大為巨漲落，巨漲落的作用一旦超過系統回歸作用，就會使系統躍遷到一個新的穩定態，形成新結構。在系統演化的分支點附近，隨機的漲落提供系統演化的多個方向，而進化方向是由系統和環境的相互選擇決定的。漲落可以產生多個宏觀有序結構，在特定環境下，選擇結果能夠保留下一種結構或出現多種結構並存的局面。語言系統是一個開放系統，因而它也是一個耗散結構。語言系統內部的語音結構、規則結構、語義結構同樣是在特定環境下的耗散結構，每種結構都存在多個進化方向。對於語言系統來說，漲落機會存在於言語運動之中。因此語言系統是通過人群主體在不斷的言語運動中與環境相互選擇，自調進化的。語言與環境相互選擇，協同進化的機制，是信息的反饋。信息的反饋是系統自我調節的前提。語言是一個有目的的系統，系統的功能目的決定著系統的行為選擇。當語言系統的信息輸出與預定目的出現偏差時，通過負反饋調節系統內部行為，使信息輸出與預定目的相一致，從而使系統恢復穩定態。信息的反饋同時又是系統自我選擇的前提，當環境的變化或系統內部不平衡運動引起的變化有利於系統功能的提高亦即有利於系統向高級階段進化時，正反饋的自催化和放大功能能夠使任何環節上發生的變化得到加強，把微觀漲落放大到宏觀數量級，使系統突變為新結構，從而進入新的穩定態。這樣看來，調節有兩種功能，在演化的分支點以內，調節使系統排除干擾，維持穩定格局，提高系統對環境的適應性，而系統高度特化的結果，適應性就成為一種對系統本身的限定，成為系統進一步發展的阻礙。因此，通過負反饋的自我調節，實質上是力圖維持原結構模式的保守的穩定化機制。如果環境因素突然大幅度變化，外力干擾超過自調能力，以至於系統與環境不可能產生新的平衡，那麼系統的崩潰就不可避免了。超過分支點以後，系統通過正反饋以隨機的漲落探索和發現新的穩定態，把微漲落放大為巨漲落，使系統實現結構的創新。因此，通過正反饋的自我調節，其實質是打破原結構模式並產生新結構的進化機制。系統調節能力的大小，有賴於成分的多樣性、結構的複雜性以及系統能量的儲存量與流通量的大小。成分多樣、結構複雜、能量流通量大的系統在宏觀上較易保持整體穩定，因為系統某個環節發生機能障礙或擾動，可以被不同部分的調節所補償。例如語義結構中某個環節在實現其交際功能時受到環境干擾，可以由特定文化結構的特定環節予以補償，使其能發揮正常功能，也可以由參加交際的特定人群的心理結構的某個環節達成交際默契。正常情況下，一個人講話，語音與語義的結合體按規則編排。異常情況下，如神經失常，或遇到突發事件，有時語無倫次，不按規則組織言語。高明的心理學家和專業人員能夠依據斷續零亂的言語，破譯說話者所要表達的意義。這就是心理結構、社會結構、文化結構等多個環節協同運動的結果。

生態語言系統與大環境相互適應的選擇必然造成的兩種結果：創造與保持，對於語言系統來說毫無二致。語言是不斷變化的，這在當今語言學界是盡人皆知的事實。語言是不斷發展的，這一點似乎也沒有太多的人反對。語言是逐漸進化的，這裡的「進化」，僅僅被人理解為「發展」的同義語。如果語言沒有進化，也就沒有進化等級的高低之分。沒有高低優劣之分實際上也就否定了語言的發展。沒有發展也就無所謂變化，這就是「語言無優劣」所必然導致的結論。顯然，這種結論既不符合事實，也不符合歷史。

我們知道，大約三百萬年前就出現了人類。人類的出現標誌著物質文明的起源和思惟的存在。而人類大腦語言中心區的形成只有三萬年左右的歷史。〔註 23〕研究成果表明，語言本身就是人類進化的成果，或者說是文化與思惟發展到一定水平的產物。與傳統看法正相反：一定人群不可能沒有思惟，不可能沒有文化——哪怕是極原始的思惟和文化，卻可能沒有語言。人類不是由於有了語言才產生社會和文化，而是由於有了人類社會和文化才產生了語言。正如生物不是因為有了眼睛才感受到光，而是因為有光的存在才進化出眼睛一樣。語言的產生和進化，極大地促進了社會和文化的發展與進化；社會和文化的發展與進化，同人類本身的進化織成一張網，制約著語言的進化。語言的變化發展異彩紛呈，令人眼花繚亂。世界上數千種語言走著各自不同的道路。語言的起源離開我們的時代是那樣的遙遠，以至於要真正揭開它的

〔註23〕胡明揚《現代語言學的發展趨勢》，載《語言研究》1981 年第 1 期（創刊號）第 4 頁。

神秘面紗似乎根本辦不到。而語言存在的歷史軌跡，幾乎完全依賴於文字的記錄。文字的創造，不過幾千年的歷史。憑著這樣一段非常晚近年代的資料，雖然能夠瞭解到語言的一些變化情況，但誰能斷定古代的語言就一定落後，現代語言就一定先進？同樣是現代的語言，有的是單音節語素作為詞根，有的以複音節作為詞根；有的有聲調，有的無聲調；有的無形態變化，有的有形態變化。同是單音節語，有的詞語豐富，有的詞語精幹；有的語法簡明，有的規則細密。究竟孰優孰劣？標準何在？這是一件纏不完說不清的事兒。

世界上最省力的事兒莫過於「一刀切」。認為語言沒有先進落後之分的看法雖然明顯地悖於常理，但它在國內語言學界似乎已形成一致的意見。意見的一致不等於科學和真理，這種省力的一致太容易造成了。而能振興學術的唯有科學和真理。

三、進化與評價

馬克思主義認為世界上一切事物都是運動變化的，僅僅因為這一點，持唯物辯證觀點的語言學家就不能不承認語言確實是在變化發展的。既然變化發展，總不能沒有幼稚與成熟、低級與高級之分吧！但事實竟然如此：至少在國內，學者們都認為語言無所謂高低，無所謂優劣！我曾經在一篇文章裏對這種大一統觀點提出質疑：「語言系統無所謂優劣的流行說法是值得斟酌的。應該指出，所有現存語言並不都是與社會、文化結構完全適應的。如果語言系統盡善盡美，語言也就不存在進化問題……最保守的看法，語言起碼存在低級和高級之分。」但是，我又接著說，「語言系統的『級』，體現於生態語言系統之中。性質完全不同的語言系統之間由於參照系不同，不能牽強比附。」〔註24〕這樣，邁出一步再倒退兩步，承認了語言的個性和差別，又否認了語言的共性和統一，跌進了「語言相對論」的泥坑。性質完全不同的語言系統是否真的不能比較高低優劣呢？如果進行比較，標準何在呢？這是一個非常棘手的難題。在解答這個問題之前，我想簡單提一提眾所周知的生物進化事實。這裡沒有借助類推牽強附會地來解決問題的企圖，倒是希望通過對進化史的回顧，使某些貫穿於有機界與超有機界的原理能對問題的解答有所幫助。

〔註24〕李國正《生態語言系統說略》，載《語文導報》1987年第10期，第56頁。

生物的進化朝著兩個方向運動。一方面與環境的相互調適導致多元的發展，即從舊種分化出新種；另一方面發生等級進步，即高等種類生成並且超過低等種類。我把第一類進化稱為適應進化，第二類進化稱為等級進化。生物與環境的相互調適導致物種多元發展的事實不勝枚舉。太平洋上有個加拉巴戈斯群島，該群島 70 種鳥類中，除 42 種是美洲大陸所見的鳥而外，其餘全是該群島特產的新種。這些鳥類的祖先本是由美洲大陸遷入，但它們的子孫在這新環境中產生了許多新物種。該群島軟體動物一共有 340 種，其中有 174 種為該地特產的品種。達爾文在考察該群島時，便聯想到每個小島上都可能產生新的形狀新的物種。由此可以揣想，整個地球表面由於環境的千差萬別，生物體與環境的相互作用必然各有特點，從舊種分化出新種的進化機會必然大量存在。但是，一般地說，只要進化水平還侷限在原有的等級範圍內，產生的新種並未超過原有的等級水平進入高一等級。這樣的進化就是適應進化。適應進化在生物界是大量存在的，而且是相對於各不相同的特殊環境而言的，或者是在相同環境中以完全不同的方式進行調整適應的。等級進化是指生物體的生命以更高形式出現，它是按照進化過程中全面進步的總體水平來劃分的。適應進化是物種分化的產物，等級進化是物種向更高形式發展的產物。美國學者馬歇爾．D．薩赫林斯（Marshall. D. Sahlins）以動物主要世系的分化和進化圖表（見圖 1.9）形象地揭示了適應進化（即分化）與等級進化的相互聯繫與區別，而且，他還進一步提出了衡量生物體等級進化的一般標準。他指出:「有機體總是不斷捕捉能量並將其轉換為一種更高級的物質狀態，即細胞質和維持物。這種捕捉的數量通過物種的活動空間來確定及其向高級狀態發展的程度，才似乎是生物的進化標準；才似乎是衡量螃蟹高於變形蟲、金魚高於螃蟹、鼠高於金魚、人高於鼠的標準」〔註 25〕

薩赫林斯提出的這個標準有三個要點。第一，高級與低級生物體的差別不在於能量的有效利用率，而在於能量利用的數量。因此，低級的物種完全可能比高級物種對能量的利用更有效率，但它在整體進化水平高度上不及高級物種。第二，高級物種比低級物種佔用更多的能源，並用以達到更高組織的結構。能量聚集越多，組織結構就越龐大複雜，結構越複雜也就具有攝取更

〔註 25〕〔美〕托馬斯．哈定等著，韓建軍、商戈令譯《文化與進化》，浙江人民出版社，1987 年 9 月第 1 版，第 17～78 頁。

多能量的能力。組織結構的複雜化是生物體整體進化水平高的一個標誌。這個水平意味著生物體具有更多的組成部分和次部分；這些部分更為特化；而且它們能夠有效地協調整合具有更高的綜合水平。第三，高級物種比低級物種具有更大的環境活動空間和更複雜的運動形態。高級物種較少被束縛於有限的小環境而更多地適應於各種特定環境。

圖 1.9　動物主要世系的分化和進化圖表

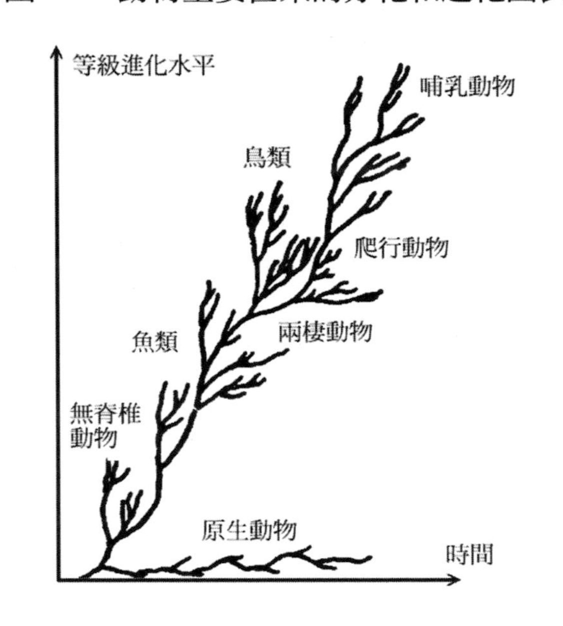

薩赫林斯將這一標準應用於超有機體的文化研究，指出文化除了適應性進化，重要的是還存在著一般進化（即等級進化）。「文化一般進化是能量轉換由少到多，綜合水平由低到高，全面適應由弱到強的過程。」〔註 26〕由於梅．赫斯科維茨（M. Herskovits）的文化相對論和朱．斯圖爾德的多元進化論影響，他雖然提出了等級進化水平的衡量標準，但又認為「在不同歷史狀況下發生的適應變異是不可比的」，「當我們著眼於文化進化的特殊方面時，我們是文化相對論者。」〔註 27〕處於同一等級水平但因環境的特點而走著各自不同發展道路的文化看來好像是多元並行，毋庸論優劣高低的現象。其實，處於同級進化水平的文化，因環境的不同特點，相互作用力的大小必定不一致，絕不可能平行發展。假如它們真的絕對同步，沒有水平上的差別，那高

〔註 26〕〔美〕托馬斯．哈定等著，韓建軍、商戈令譯《文化與進化》，浙江人民出版社，1987 年 9 月第 1 版，第 17～78 頁。

〔註 27〕〔美〕托馬斯．哈定等著，韓建軍、商戈令譯《文化與進化》，浙江人民出版社，1987 年 9 月第 1 版，第 17～78 頁。

一級的文化也就無從產生。文化相對論者雖然看到了由於環境因素而造成的不可比的一面，卻忽視了文化演進規律內在一致的可比的一面。這樣，薩赫林斯的理論確實給出了一個衡量螃蟹高於變形蟲，金魚高於螃蟹、鼠高於金魚、人高於鼠的標準，但卻沒能給出同屬鳥類的度度鳥、弱翅雞、貓頭鵡、秧雞科的好些物種與其他飛鳥相比較的標準。甚至沒能給出一個比較自然界的雞鴨與馴養的雞鴨在進化水平上孰優孰劣的標準。度度鳥屬鳩鴿類，產 Maurice 島，到 17 世紀末期滅絕。弱翅鳥產新西蘭，共有五種，現已滅絕。貓頭鵡屬鸚鵡類，產新西蘭，於森林中夜出覓食，接近滅絕。這些鳥類龍骨扁平翅膀極短不善飛翔。至於秧雞科中的物種慣於步行藏匿不善飛翔避敵，在特定環境內，有的物種已被鼠類消滅。顯然，龍骨由突出到扁平，羽翅由長大到短小，是不同環境與生物體相互作用的結果。對於這類現象，有的學者稱為退化，有的學者卻稱為直道進化。無論退化還是進化，總是體現了同等級進化水平中的不一致。既然適應進化中仍然存在水平的差異，就應該有一個衡量水平差異的標準，而不應該以環境的差別作為抹煞適應性進化水平差異的遁辭。

語言系統是超有機體系統，它當然不能與生物系統作簡單的類比。但自然界的無機體、有機體和超有機體都一無例外地存在進化過程。語言系統是一個具有自組織自調節機制的開放系統，系統自我保持的必要性——價值要求導致系統的合目的性運動。系統的進化過程是價值導引的合目的性和合規律性相統一的過程。因此，衡量語言系統的進化水平理所當然地應從功能角度出發。對語言系統來說，只有揭示出它的合目的性特徵，描繪出它的合目的性行為，才能對其規律作出恰如其分的說明。

在生物界，高級物種比低級物種佔用更多的能源，而且具有更大的環境活動空間。這一點對語言系統是適用的。語言系統進化水平的高低絕不能撇開能源以及信息資源而另立標準。能源概念對超有機體不但適用而且能量負載的信息對超有機體尤為重要。這是因為語言系統是建構於生命系統之上的層級，它不僅是能量的需求者，而且是比能量處於更高層次的信息的需求者。能量來源的豐富與環境活動空間的廣袤標誌著系統信息儲存與轉換量的宏大，同樣也就代表著系統的功能級的升高。但是，語言系統不可能象生物體那樣以更多的能量信息來使自身的結構組織變得日益龐大複雜，更不可能以大量能量象生物那樣去繁殖後代。當然，特定環境下，擁有大量能量資源的特定語言系統可能耗費能量分裂為若干擁有較少能源的方言，這些方言在組織結構水平上不可能高於母系統。總之，語言系統的進化水平不能象生物那樣以結構的龐雜作為進化水平標誌。作為與系統功能緊密聯繫的結構，在經濟性原則作用下，要求以有限的部件整合為高精度的結構。即最精練簡潔的結構和最完善的功能的統一。事實上，在生物界，雖然高級生物體各部分特化程度高，但也貫穿著經濟性原則，即以儘量少的部件構成功能最完善的生物體。無論對生物體還是對超生物體的語言來說，環境活動空間的廣狹都是至關緊要的。對環境具有廣泛適應能力的物種，則表現出高級化趨向。在廣大的環境空間活動的語言，同樣是一種高級水平的語言。在狹窄的空間偏安一隅的語言，無論其結構是多麼地科學與完善，它必定停留在原來的等級水平上徘徊不前。這就如同在一個小生境中達到頂級狀態的系統，系統的結構與環境的調適已經相對穩定，結構的完善反過來成為對系統的限定，系統的進化已就到終點了。對廣闊的環境都具有全面適應能力的高級語言，未必就比處於某一狹隘環境的低級語言更好地適應那一特定環境。特定語言對特定環境具有特化了的適應能力，該語言在那樣的環境中是充分發展的優勝者。世界上無數高級語言與低級語言共存，就像原生動物與人類同在一樣，是完全正常的現象。但從與環境調適空間的深廣度來說，兩者顯然不屬同一檔次。

一般說來，高級物種比低級物種具有更高的綜合水平和更複雜的運動形態。對語言來說，功能水平就體現著整體水平。那麼具有複雜運動形態的語言是否體現著高級水平呢？對「運動形態」又如何理解呢？生物體的運動形態，是指生物體對複雜環境所作出的調適運動。因此，不能把生物體的運動形態與語言形態學所謂的形態混為一談。但是，具有複雜運動形態的語言同樣體現著語言的等級水平。語言的運動形態，在我看來，就是它的生存形態。語言的生態本質上就是它與環境相互調適的產物。生態運動複雜，生態形式多樣化的語言，具有較高的綜合水平。這樣的語言較之生態運動簡單，生態形式單純的語言，具有更多的高級化趨向。

語言系統由自為環境系統運用傳播，自為環境系統本身是一個高級有機體構成的系統。自為環境即人群系統的榮枯，直接關係到語言系統的生存。人群為生存而結成社會，為鞏固社會聯盟而發展社會結構和文化結構，為加強人際聯絡紐帶和傳播文化而創造語言。人群為自身開拓生存空間的同時也就為語言開拓了生存空間。一定民族控制環境的廣袤度，就為該民族語言提供了廣闊的能源，使該民族語言能夠比其他語言在攝取更多的能量信息方面居於有利地位，從而具備向高級階段進化的必要條件。傳統看法認為人類有了語言才靠它組成社會，這是一種不符合人類進化史和語言史的誤會。人類大約在三百萬年前就已出現，人腦語言中心區的形成僅有三萬年的歷史，從人類出現到語言的形成，中間相距數百萬年。人類沒有語言，仍然以社會形式存在，雖然是極為原始的社會形態。儘管從現有的進化高度看來人類社會沒有語言簡直不可思議，但我們必須承認這種事實，而且應當明白，語言確實是人類社會發展到一定階段才能出現的現象，並非一切人群社會都必須有語言，正如並非一切語言必須有它的形式系統——文字一樣。在南美洲玻利維亞西部叢林中居住的克楞加—印第安族人是一個擁有四萬多人的部族，他們之中沒有一個人會說話，但是他們仍然以社會形式而存在。我想，在人類進化史和語言史上，這種情況恐怕不會是絕無僅有的。人類語言的起源，也不可能在某一天的某個時候，突然在地球的各個人群社會裏同時出現。語言的產生根據社會進化和文化進化的差異，必然存在起步早遲的分別。認為現存語言一律平等（指進化等級）、一律優秀的觀點，既與現實情況不符，又與語言發生發展的進程相悖。人類社會不是必然地擁有語言系統，自然語言卻必然地存在於人類社會。近年來對動物研究的成果表明，動物界廣泛地存在信息傳輸手段，這些方式或手段被形象地稱為「動物語言」。可惜這樣的「動物語言」在進化的道路上只能終止於動物的進化等級。它們始終只能是動物機體與環境作用的一種生存方式，一種沒有自我意識的生物運動形態。離開了人類社會，無所謂語言。自然語言在進化等級上固然遠遠高於所謂動物語言，在本質上與動物語言也是兩回事，但作為一種生存方式，作為人類的一種運動形態，它同動物語言一樣是生物有機體為維持生存和發展而攝取更多能量信息的手段。也就是說，語言是人類在朝著更深更廣地利用自然資源即更多地利用能量信息的進化過程中的產物。語言對能量利用的能力同樣處於逐步增長的進化過程之中。語言系統對能量利用的能力，除本身的結構功能而外，與自為環境的人口數目有關。使用某一語言的人數越多，對能量利用的能力愈大。不能想像只有幾個人運用的語言系統會有多大的進化潛力。語言的進化潛力與下列因素有關：1. 把特定語言作為母語使用的人數；2. 使用特定語言的人口分布的廣狹與疏密；3. 與特定語言組成生態語言系統的社會結構，尤其是社會結構中的組織結構；4. 特定的生態語言系統中的文化結構。我認為，這些因素完全可以轉化為具體的標準，這種標準對於共時的語言系統應當是適用的。

我之所以離開語言系統本身從語言之外卻與生態語言系統相關照提出語言的評價標準，不只是因為目前尚無可能支持從語言內部提出判定語言等級標準的構想，而且因為生態語言系統中各子系統各層級的相互聯繫和作用為語言系統整體功能的評價提供了參照系。不同生態語言系統中的社會組織結構、文化結構、自為環境和自在環境結構也各有其一致的評價標準，儘管這些標準目前還不能以量化形式精確地表示出來。由於不同的語言系統基於不同的能量分布的參照系，擁有較多能量的參照系的語言系統，其攝取能量的活動空間相對比擁有較少能量的參照系的語言系統寬宏深廣。語言系統的攝能空間既表現為橫向的地域寬廣度，又表現為縱向的時間長度，更表現為社會組織結構中從上至下擁有不同能量層次的社會集團和群體的覆蓋率。這種關係可以用簡圖表示。

圖 1.10　語言系統的攝能空間示意圖

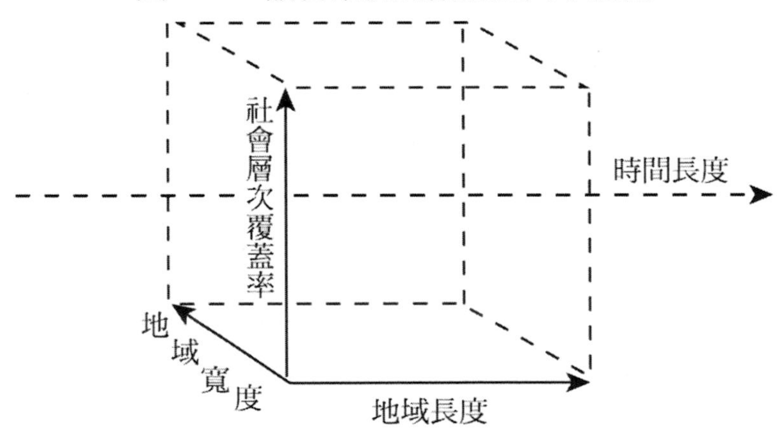

考慮到時間長度，圖 1.10 這個四維模型照顧到了歷史。這樣，在不同的歷史時期，不同地域產生的語言，都可以在共時環境下進行比較。我們把這個四維模型具體化為三要素五特徵。三要素是指語言分布地域的寬廣度；語言的歷時長度；使用語言的人口數。最後一個要素可以分析為三個方面的內容。第一，把特定語言作為母語使用的人口率。這一點表徵著語言的生命力。一種語言作為母語使用的人口數與使用該語言總人口數的比率越大，則該語言愈具有充足穩固的能量來源。這就從根本上奠定了語言生存和發展的基礎。在惡劣條件下，儘管該語言使用人口數劇減，但作為母語使用的人口數卻能保持穩定。第二，特定語言在生態語言系統內相應的社會組織結構中的使用覆蓋率。覆蓋率高的，攝取的能量數目大，覆蓋率低的，攝能數量少。一個國家或地區的標準語一般覆蓋率較大，因而攝能機會較多。社會組織結構中各群體對語言的使用頻率，受社會價值觀念支配。信息傳輸量大的語言被社會各層次群體使用的頻率高。上層社會組織使用率高的語言，擁有更多的能源。第三，使用特定語言的總人口數的空間分布。總人口數的多少，受不同的價值觀念導引，而人口的密集或分散，受生態語言系統整體水平制約。處於不同生態語言系統中的人群系統，一旦使用其他語言，哪怕並不放棄母語的使用，已經預示著該生態語言系統的弱化。因為使用其他語言的結果耗損了能量。總能量的減少不可避免地降低了系統的組織程度亦即削弱了系統的生命力。一個語言系統能夠吸引眾多的社會群體學習運用，很大程度上並非語言系統本身結構精良，功能顯著或易學易用等等原因，而主要取決於該語言系統所在的生態語言系統的高級化程度以及生命力的強弱。比較高級的生態語言系統，其社會經濟結構、組織結構和上層結構必定能儲存和傳輸大量能量和新信息，其文化結構亦復如是。倘若一種語言系統沒有高度優化的社會結構、文化結構為背景，則使用該語言的總人口數會被抑制在一個較低的水平之下。第一、二兩個要素再加上這三個方面的內容，就成為評價共時語言系統的標尺。如果把方言當作語言，同樣可以用這五個特徵排成矩陣，比較出它們的高低優劣。當然，這只是語言系統攝取能量的能力的一般評估，攝能愈多的系統作功能力愈強，因此，這個評價標準顯然是功能標準。所謂高低優劣即指系統蘊含潛能的多少及作功能力的大小。

表 1.1　語言功能評價矩陣示意圖

語言	特徵					功能系數
	①	②	③	④	⑤	
A	+	+	+	+	+	5
B	−	+	+	+	+	4
C	−	+	+	+	−	3
D	+	+	−	−	−	2
E	−	+	−	−	−	1
F	−	+	+	−	+	3
G	+	−	−	+	−	2

要取得某種語言有關特徵的可靠數據，需要可信的歷史資料和進行切實的社會調查。調查特定語言在各個社會集團和群體內的使用情況，並在此基礎上確定其覆蓋率。首先要大致區分出處於不同層次的集團和群體，然後在確定範圍內進行抽樣調查。一般可以按階級、地緣、血緣劃分出三大層次，在各個層次中各取代表點進行調查。還可以對一些特殊團體進行選擇調查，例如宗教團體、職業團體、技術團體、文化團體、藝術團體分別選點調查。最後將調查結果綜合，求其統計平均數。這個數字大致可以體現某種語言在社會各層次中的使用情況。

掌握了幾種語言在這五個方面的數據之後，就可以利用矩陣求出功能系數。所謂功能系數這裡指語言系統蘊含潛能或作功能力強弱的理論標讀數，並不確指系統的實際功能的大小。功能系數大的標示系統作功能力相對較強，功能系數小的標示系統作功能力相對較弱。矩陣格式見表 1.1 所示。每一特徵下究竟畫＋還是畫－號，以參加比較的各語言的平均數據為衡量水平。例如，第一項特徵指語言分布地域的寬廣度，設語言 A、B、C、D、E、F、G 的地域分布面積依次為 50000、12000、500、360000、7000、9400、98000km^2，則 A、D、G 三種語言的第一項特徵可畫＋，其餘畫－。根據對研究對象的不同要求，可以進一步確定更細緻的比較項目。一次進行比較的語言不宜太多，一般以五種左右為宜。一次性參加比較的語言太多，容易忽略某種語言的主要特徵，難以看清該語言發展的主要趨勢。

我提出的這樣一個相對標準，旨在對共時狀態下具有不同歷史來源，活動在不同地域，有著不同社會人文背景的語言進行功能比較。功能強弱的相對差別決定著語言相對級別的高低。語言功能級概念的提出，有助於我們把握語言運動的合目的性特徵。在揭示出語言系統的合目的性特徵並且描寫出系統的合目的性行為的基礎上，我們才能對其運動規律作出恰如其分的認識，進而為語言工作的開展，語言計劃的決策，充分發揮人群系統在生態語言系統中的能動作用，提供理論上的依據。

有的學者認為，語言的發展是循環的，大體上五千年可經歷一次循環。〔註 28〕可是我們現在還不能指出世界上哪一種語言已經歷了一次完整的循環。假如真

〔註 28〕參見 Hodge, C. T. The linguistic Cycle，Language Sciencet, 13, 1~17，1970。

像這樣，那地球上的語言從產生到現在應當經歷了六次循環。就漢語而論，五千年前的黃帝時期就已經有了非常接近殷墟甲骨卜辭的文字，這是有 1985 年西安市長安縣花園村的出土文物為證的。按這種理論，黃帝時期的漢語正好與現代漢語處於循環圈的同一點上。那時的漢語是否真的與現代漢語一個樣兒，我們無法知道。誠然，語音演變過程中產生局部循環現象不難發現。即使是某一語言的語音系統整個地隨時間長度有規律地重現，也很難證明語言在宏觀上是循環發展的，因為它與語義系統、規則系統的聯繫內容和作用方式業已完全改變，更不用說它賴以立足的社會系統、文化系統和人群系統早已面目全非了。人類自身和人類社會的發展是一個不可逆過程，微觀的退化和停滯是局部的。從生態語言學的觀點看，語言進化的總趨勢也是一個不可逆過程，這同樣不排除某些語言停滯甚而退化的情況。語言發生發展的歷史依附於人類社會發生發展的歷史。地球上有文字記載的歷史還沒有給我們提供任何語言循環發展的證據。或許有人會舉出希伯來語「復活」的例子，藉以說明語言存在循環發展的可能。希伯來口語大約在公元前二百五十年消亡並被阿拉米語取代。19 世紀埃利澤・本・耶胡達通過引進現代詞語的辦法，使它成為以色列的主要語言。像這種已消亡的語言，不存在發展的問題，因而也就談不上發展方向是循環還是進化的問題。這種現象除了證明自為環境系統在生態語言系統中的能動作用之外，不能說明其他問題。嚴格說來，希伯來語離開它本來的生態語言系統，被移植到另外的生態系中，與新的生態系中的社會結構、文化結構和自為環境構成了新的生態語言系統，可以認為是一種借用舊的語言軀殼而產生的新語言。這種語言已不再是希伯來語了。這就好像語言學者對西夏党項語言的破譯，即使恢復了這種語言的形式結構和語音密碼、規則密碼，由於這種語言早就喪失了它賴以生存的生態語言系統，「復活」的語言充其量不過是名義上的語言，而非真正的語言。

以相對論觀點來看，語言在進化過程中是各自相對於環境分頭發展、多元進化，不能比較高低優劣的。從生態語言系統的整體觀念出發，以功能觀點來看，具有不同歷史來源，各有特定生態環境的不同語言，儘管結構殊異，表現形式變化多端，但功能目標是一致的。它們在各自的生態語言系統中，都朝著共同的目標——更深更廣地利用環境資源而進化發展。進化，實質上就是使能量和信息最大化地通過系統的運動過程。因此，功能尺度就理所當然地成為衡量語言系統進化水平的標準。

既然人類社會的發展在特定條件下難免停滯甚至倒退，既然偉大的文明有時也會衰落，在肯定語言進化的總趨勢是一個不可逆過程的同時，應當充分估計到某些語言在特定條件下攝能能力的衰退會導致功能退化。譬如，由於整個生態語言系統的弱化，會導致語言系統長期停滯不前甚至功能衰退。語言系統結構與功能的不協調，系統與環境相扞格，同樣會成為語言進化的障礙。環境與系統長期地相互作用，嚴格地選擇著相互作用的雙方。一方面是語言通過中介作用選擇環境；另一方面是環境通過中介作用選擇語言。人類社會不斷產生和發展著語言，環境與語言的相互作用又不斷地淘汰著生命力弱的語言。現代社會環境的巨變，強烈地改變著生態語言系統的成分，生態語言系統間的競爭日趨激烈。語言系統功能級的降低，不僅意味著退化，而且預示著消亡。好些長期處於相對封閉環境的語言，在現代的開放條件下，不是加快了進化的步伐，便是趨於消亡。據預測，有二百多種澳大利亞語言、一百多種北美印第安語言正處於消亡的過程中。〔註 29〕

語言的進化存在兩個方面。一個方面是適應進化。適應進化是指在系統總能量大致保持穩定的情況下，與環境相互作用而發生的運動變化。這種進化的實質是保證系統在多變的不同環境中處於動態穩定地位。進化的結果是改善了系統與環境的相互關係，使系統在特定環境中取得優勝地位。相互作用的結果也可能影響到語言的內部結構的變動和能量在系統內的再分配，從而引起系統生態形式以及功能的變化。適應進化可以使特定語言相對於特定環境具備得天獨厚的適應力，即使在高級語言的外來衝擊下，它也能保持自己在特定環境中的生態優勢。適應進化一方面使系統發展到某種特定環境內的「頂極狀態」，使系統達到穩定態；另一方面又限定系統向更高等級的發展，因為系統愈穩定則慣性愈大，創新能力愈低。適應進化的特徵是適應於某種特定的小生境。講同一種母語的人群如果長期處在不同的生態環境中，會分化出各具特色的語言系統，但這些多元發展的系統在一定時間尺度內儲存與作功的總能量都不可能超過母語，因而語言在一定時間尺度內的分化結果，很難導致語言向更高的級別進化。

〔註 29〕 參見戚雨村主編《語言學引論》，上海外語教育出版社，1985 年 5 月第 1 版，第 288 頁。

語言進化的另一個方面是等級進化。等級進化是指語言系統不斷提高自身儲存能量和作功能力的運動過程。特定語言系統分布的地域愈廣，使用的人口總數愈多，則表明該系統佔有廣泛而豐富的能源，具有向高一等級進化的潛力。但是低一級語言進化為高一級語言，受自身所在的生態語言系統的多種條件制約，而且還與不同生態語言系統的相互作用有關。使用人口多，分布地域廣，只是表明系統進化具有潛能，並不能預定進化的必然結果。世界上多次出現幅員遼闊的大帝國，這些強大帝國的統治者憑藉武力強制推行他們的文化和語言，但是這些語言有的歸於消亡了，有的雖然幸存下來，卻並沒能進化為高一級的語言。尋根究底，實在不能不從這些語言所在的生態語言系統內部以及不同生態系的相互關係方面去找原因。語言的等級標示著語言的攝能能力和作功能力。能力愈大，等級愈高。這種等級不是人為的，是語言系統之間存在的客觀差別。這種差別也主要不是人為的（當然不能說與人群系統的能動作用毫不相關），而是語言系統與其所在的生態系統長期相互作用，互動進化的結果。語言的等級進化與生物進化的等級制不一樣。生物進化的每一點成果，都通過遺傳基因保持下來並且以這種手段一代一代地不斷積累而得到鞏固。所以已取得鳥類進化成果的個體或種群，絕不會倒退為魚類或爬行類（個別的返祖現象又當別論）。而語言卻不然，在某一時間尺度內存在於某一地域的語言，或許它相對於其他語言是高一等級的，但在另一時間尺度內或處於另外的地域，它可能是低一等級的語言。作為不與某一具體語言發生必然聯繫的抽象的進化等級來說，它是不可逆的由低級向高級的運動程序。例如，原始社會時期，語言的等級在進化水平上是很低的。這類語言只在有血緣關係的氏族或部落社會裏使用，流行範圍狹小而使用人數很少，系統的攝能能力低而能源不充足。語言所處的生態語言系統結構成分簡單，功能非常有限。語言功能的低下決定了進化水平的低下。資本主義社會時期，社會生產力高度發展，生態語言系統開放程度高。語言攝能的地域範圍甚至超越國界，語言系統能源充足，使用的人口數迅速提高，某些語言被不同民族、不同國度的人廣泛使用。語言作功能力的增強表明進化等級的提高。從歷時角度看，語言的等級在宏觀上確實是隨時間的推移由較低的層次進化到較高的層次。從共時角度看，並不因為較高等級語言的出現較低等級的語言就完全消亡，較低與較高等級的語言在相當長的時期內還會共同存在。這一點與自然生態系統很相似。某些生物種群就進化等級來說並不高，但它們已在特定地域獲得了特殊的適應能力。各種小生態環境以及滿足不同等級生物生存條件的方式是如此之多，從而不可能讓某些較高級的新物種的成長和蔓延而以其他低級物種的滅絕為代價。低級物種完全可憑自己在特殊環境中的特化優勢而與高級物種共存。所謂語言進化的總趨勢是一個不可逆過程，主要就是針對語言等級的進化而言。因為只有等級進化，才意味著語言系統功能的提高，生命力的增強。適應進化的實質雖然主要是維持系統的穩定性，對系統功能的提高沒有直接的推動力，但是適應進化同時也是語言系統與不同的環境相互試探的一種手段。對不同類型環境的試探催動語言的分化。語言的分化為語言的等級進化提供了多個選擇方向，適應進化實際上是通向等級進化的橋樑。

語言從低級向高級的不可逆進化趨勢，是宏觀的等級運動方向。這並不排除微觀上某些具體的語言等級的變動或退化。國際上通行的語言或許有一天會降到只有某個地區或某個民族才使用它。某個不起眼的方言會一下確立為某個國家或區域的標準語。這些情形的出現，都會直接影響到這些語言的能量來源，而能量和信息輸入的多少直接關係到語言作功能力的大小，從而造成語言功能級的升降，同時引起進化等級的變動。這一點顯然是生物體不能類比的，一隻猴子不會因為能量來源的枯竭而降級變為青蛙，一種語言卻會因為能源的充足與否而引起等級的變動。生物的進化有著嚴格的進化秩序，原生動物不會突變為魚或蛇。而語言卻不然，一種低級的語言，它可以因為所處的整個生態語言系統向高級系統直接借鑒而引起突變，在短時期內獲得豐富的能源，從而躐等躍進為高級語言。語言與語言相互作用的結果，可以產生所謂「混合語」，語言學界過去一直否認「混合語」的存在。其實，語言是無法混合的，混合的東西是不能發揮整體功能的。在我看來，「混合」的實質就是「融合」，而且是有機的融合，不是簡單湊合。嚴格說來，世界上沒有哪一種語言是真正純粹的語言。一切語言都是異質語言不同程度融合的結果。但是，這種融合是有一定成分比例的，是有一定歷史層次的。在現代語言中，有的融合可謂天衣無縫，有的融合則界限分明，把天衣無縫的稱為純語言，界限分明的稱為混合語，這種提法是不恰當的。語言的交融，是相關的語言系統之間出於功能的需要而進行的相互探索和重新整合，是語言生態運動的一種形式，它屬語言系統適應進化的範疇。適應進化的結果既可能引起結構成分的調整，也可能整合產生新的語言，儘管這種新語言在功能上並不一定更高級。因此，語言之間的融合不僅指語言成分的相互吸收，而且指語言系統之間的相互整合。

四、熵・閾・羨餘度

生態語言系統如同自然界的一切系統那樣，會自發地產生無序，這就是所謂封閉的物理系統中熵（entropy）自發增加的過程。為了消除無序，開放系統必須從環境獲取信息，處於穩定態的系統吸取的信息量等於被消除的熵。熵本來是由希臘文的能量（ενερνεια）和轉變（τροπή）兩個詞語合成，1865 年德國物理學家克勞修斯（Roudolf Clausius）使用這個概念來表示物質系統運動狀況的量度。後來，信息論借用熱力學的這個名詞來描寫不肯定性大小的量，也就是系統無序程度的度量。本世紀三十年代，我國物理學家李仙洲創製了「熵」這個字來翻譯英文 entropy。〔註 30〕

生態語言系統與大環境之間，生態語言系統之間，存在著信息交換，也就同時存在正熵的遞增和負熵的引進。在生態語言系統內部，語言系統、自為環境系統、自在環境系統之間，同樣存在有序與無序相互消長的矛盾過程。與封閉系統不同的是，開放系統的熵除了具有自發遞增性而外，還具有耗散性。熵的遞增使系統趨於無序，熵的耗散又使系統趨於有序，而熵的耗散是必須以環境的能量和信息為補償的。

自在環境系統與一般的開放系統一樣，這裡不準備討論。作為自為環境的人群系統是一個有生命的有機系統。這個系統從總體上看，熵是一個自發遞增的過程。生物體內熵的遞增速率，稱為熵產生率，以$\frac{dis}{dt}$表示。這個產生率指單位時間內熵的產生，亦即系統內熵變化對時間的微分。熵產生率是「流」（如生化反應率、熱擴散等）與「力」（如輸出與輸入物質之間的自由能梯度、克分子內能梯度、溫度梯度等）的雙線性形式。以 J_i 表示「流」，以 X_i 表示「力」，則〔註 31〕

$$\frac{dis}{dt} = X_1J_1 + X_2J_2 + \cdots + X_nJ_n = \sum_{i=1}^{n} X_iJ_i \geq 0$$

〔註 30〕參見曹聰孫《齊夫定律和語言的熵》，載《天津師範大學學報》（哲社版），1987 年第 4 期，第 84 頁。

〔註 31〕參見陸恒《生物熵》，載《自然信息》，1985 年第 3 期，第 17～20 頁。

由此可見，人群機體的熵產生率是一個正值，隨著機體的衰老而不斷增大，直至死亡而達到極大值。所謂熵的耗散性，是指系統從環境獲取負熵同時向環境支付正熵的運動過程。人群為了維持機體的正常功能，必須吸進氧氣，飲水和進食。水、氧氣、食物負載著能量和信息，吃進它們就等於為系統輸入了能量信息，也就是吃進了負熵。人體通過生命活動耗散能量，一部分通過作功而耗散，例如說話，勞動，寫文章，進行藝術活動等等，這些耗散的能量有的以熱能形式回歸自然，有的以信息形式儲存在勞動產品中。另外一部分用於維持軀體本身的存在而參加新陳代謝，以代謝的廢物的形式（如呼出的二氧化碳，排泄物等）向環境支付正熵。人群機體熵的總趨勢符合熱力學第二定律。但人在不同生長發育階段熵的變化不一樣。人群系統熵的變化，反映了群體的生長健康狀況，亦即反映了人群作功的能力大小。人群系統熵的變化速率，是單位時間內熵的變化，以$\frac{ds}{dt}$表示。熵的耗散率，以$\frac{des}{dt}$表示。熵變化率由熵產生率和熵耗散率決定，即〔註 32〕

$$\frac{ds}{dt}=\frac{dis}{dt}+\frac{des}{dt}$$

當人體內的熵產生率小於熵耗散率時：$\frac{dis}{dt}<\frac{des}{dt}$，則熵變化率$\frac{ds}{dt}$為負值，這時機體健康，作功能力強。當熵產生率等於熵耗散率時，即：$\frac{dis}{dt}=\frac{des}{dt}$，則熵變化率為零，機體停止生長，作功能力變弱。當熵產生率大於熵耗散率時：$\frac{dis}{dt}>\frac{des}{dt}$，則熵變化率為正值，機體衰老或發生疾病，作功能力顯著降低。這種狀況如果持續下去，待機體內的剩餘負熵被耗散盡，則熵變化率達到極大正值，人體死亡，系統崩潰。人群系統為了維持它的正常功能，在$\frac{dis}{dt}<\frac{des}{dt}$這一階段，它必須挪用相當一部分能量來作為自身更新的資本，這就是繁殖後代，並把自身積累的信息傳輸給下一代。人群系統的興衰，直接關係到語言系統的存亡。

$\frac{dis}{dt}<\frac{des}{dt}$這一階段對生態語言系統是至關重要的。實踐經驗表明，人群機體在生長發育期，語言從習得到成熟，發生著微妙的變化。對兒童、少年、青年、壯年和老年人言語調查的材料同樣表明，語言的發展變化恰恰發生在不同年齡層次的交接區域。在熵處於負值的條件下，作功能力強大的人群系統，不但把系統信息縱向傳給下一代，而且橫向傳輸給其他生態語言系統，這就為語言系

〔註 32〕參見陸恒《生物熵》，載《自然信息》，1985 年第 3 期，第 17～20 頁。

統攝取更多的能量開闢了更為深廣的空間。

生態系統都具有一定的自調能力。人群系統為使熵變化率保持負值，必須自我調節，以加大熵耗散率。人體宏觀調節的手段主要是勞逸結合，堅持鍛鍊，生活有一定規律。我國傳統的氣功就是一種宏觀的調節方法。氣功通過加大人體內的漲落和提高人體自組織能力來增加熵的耗散率。資料表明，練站式靜功平均每分心輸出量為 2.6 升／分（站式常態為 5.2 升／分），練站式動功則上升為 12.9 升／分，練坐式靜功降到 1.6 升／分（坐式常態為 5.5 升／分）。練功使心輸出量漲落明顯增大。〔註 33〕同練功的「意守」相似的沉思，也能使人的腦電和心臟的低頻機械波有序化程度提高。醫學信息論認為，人體中自組織過程所產生的新信息量可以補償結構性意向信息量的衰減。但是人的機體以及一切自組織系統的自調節能力是有一定限度的。這個限度，生態學上稱為閾值（threshold）。

閾值的大小取決於系統結構功能的成熟性。所謂成熟，包括兩方面的內容。一是結構方面，系統結構複雜，構成成分多樣，各組成成分特化程度高。能量和信息傳輸渠道多樣，系統成分關係之網複雜，使系統調節手段多樣化，容易消除局部功能障礙，保持系統的動態穩定。再是功能方面，系統功能精密，適應面廣，作功能力強，則系統的應變能力強，對外界的干擾和衝擊的抵禦能力也就愈大，則閾值較高。反之，處於低級狀態的系統，構成成分單純，結構簡單，系統各成分之間關係鬆散，與環境交換能量信息的方式貧乏，對環境的應變能力就比較差，抗干擾的抵禦能力也就小。這類系統作功能力低下，適應面狹窄，因而自調節能力較弱，故閾值較低。

一定的人群系統具有對環境選擇的一定承受力，亦即對外界干擾具有一定限度的抵禦能力。人群系統建構於自在環境系統之上，自然界必須提供足夠的食品和其他消耗物，如果能源緊缺，就會在數量上將人群系統抑制在一個較低水平內。社會結構、文化結構提供人群以生產方式和生活方式，生產方式和生活方式的劇變也能衝擊人群系統的構成成分。人群雖然具有主體意識，具有多方面的自調節能力，但是人群系統本身也存在一個閾值。人群的興盛固然在空間和時間上替語言的興盛開闢了發展前景，不過，人群數量的劇增實質上是熵

〔註 33〕熊占等撰《氣功態中的心輸出量變化初探》，載《自然雜誌》，1984 年第 2 期，第 109～111 頁。

的遞增，熵的增加使得系統必須從環境吸取更多的能量信息加以補償。但是特定生態語言系統內自在環境系統提供的能量是有限的，一旦輸入的負熵不能抵償正熵的增長率，就會給人群系統以災難性的打擊。這種衝擊的結果，會導致大量個體的消亡，甚至系統的崩潰。人群系統解體了，相應的語言系統也就湮滅了。為了維持生態語言系統的生存，人群系統能夠運用自身特有的意識作用，限制自身的數量膨脹而提高系統成分的質量，降低熵的增長率，從而與環境輸入的能量形成正常關係。對於數量偏低的人群系統來說，由於攝取能量的能力低下，有必要使數量增長到一定水平，使系統內部構成成分複雜化，從而提高系統的攝能能力和作功能力，維持系統的生存。否則，由於個體的逐漸消亡，獲取環境能量信息的能力日益降低，熵不斷增長，系統也就歸於消滅。建構於該人群系統的語言系統也就不復存在了。目前世界上有不少語言就是因為使用該語言的人群系統個體銳減而面臨絕滅的威脅。

就整個地球生態巨系統來看，與這個生態系統相對應的語言系統，在理論上應當只有一個，而事實並非如此。語言起源時期以及後來的兩萬多年的時間，我們不清楚人類語言的真實面貌，所以無法進行描述。如果允許進行合理猜想，只要地球上的人類出於同一的始祖，那麼最初就有同一的語言，如果地球上人類發祥的地區不止一個，那麼，從一開始就不止一種語言。這些猜想缺乏考古成果為證，自然不能作為立論的依據。但根據現已瞭解到的事實，我們可以認為，地球上的語言系統，宏觀上同樣存在熵自發遞增的過程。世界上現存的人種除去混合類型而外，只有蒙古、尼格羅、歐羅巴三大種，可是現存語言卻有三～五千種，還不包括無法統計的方言和次方言。語言這種紛然雜陳現象，從宏觀看來，就如熱分子的自發運動，語言和方言種類的繁多，證明語言總體在歷史長河中不斷增長著它的無序和混亂程度，即語言在宏觀上是沿著熵遞增的方向發展的。如果語言總體的熵不斷淨增，即宏觀上老是不停地分化，而又沒有任何東西可以遏制它，那麼局面是不堪設想的。但是語言是開放系統，它必須不斷地從環境吸取負熵，以抵消正熵淨增的勢頭。社會的統一，文化的繁榮，語言的融合，標準語的確立，使得分化的語言逐漸集中，數量減少。語言的分化與統一這一相互矛盾鬥爭的過程，就是宏觀上熵的增長與負熵引進的過程。從世界現存的語言數量之多，可以認為在一個相當長的時期內人類語言在宏觀上是無序的增長超過了有序整合。人類社會在進入資本主義社會以後，這一趨勢發生了轉機，方言的分化勢頭基本上得到遏止，有數百種語言已逐漸趨於消亡。

就具體的語言系統而言，熵的自發遞增同樣存在，但獲取負熵的多少，各語言系統並不一致。由於我們只能粗略地瞭解近幾千年來語言的某些情況，而且對世界上各種語言的歷史研究也並非面面俱到，因此，只能就一般情況看，語言的熵與負熵大體上總在一個區間來回波動。由於人群系統作同量的功時總會儘量省力，這表現為言語單位的簡化趨勢。在印歐語系的語言中，輔音的減少與輔音組合的簡化，某些元音音位的消失，都是長期的言語活動造成的結果。古拉丁語有十九個輔音，民間拉丁語只有十四個輔音。法語的塞音體系比拉丁語簡單。印歐語系某些語言的詞形和詞的長度也有縮短的趨勢。近幾十年，由於科技文化的發展，社會生活更加豐富多彩，各種語言中的詞語為適應這種變化，普遍產生比較短的詞形表示複雜概念的縮略語。例如《英語縮略語詞典》、《法漢縮略語詞典》、《俄漢縮略語詞典》收詞都有三～四萬條。言語的縮減遵循力學中的最小作用原理，表述於語言就是著名的齊普夫（Zipf）定律，亦即用力最小原理。這個定律指出，語言中使用頻率最高的詞就是那些最短的詞。因此人群交際總是傾向於用最省力的方式來表達意義。不過，這僅是問題的一個方面。事實上，要清楚地準確表達意義，必須有相應長度的語詞作為基本保證。對某些重要而細緻的內容，還需要不厭其煩地詳細闡述。在一些特殊的交際場合，甚至將同一內容作多次重複。在這些情況下，人們為了準確表意而不惜耗費較多的能量。各種語言在各自的生態語言系統中，被擁有不同社會文化背景的人群運用傳播，語言在不斷的使用過程中增長著無序和混亂程度。表達相同概念的語詞由短變長，是言語單位熵增長的一個信號。古代漢語以單音詞為主，現代漢語以雙音詞為主，這種繁化趨勢正與印歐系語言的情況相反。語言中簡化與繁化兩種現象並存，從熵的性質看，可以認為是熵的耗散性與遞增性之間的矛盾運動。耗散性要求系統獲取負熵，向環境耗散正熵；遞增性卻使系統增長正熵。簡化使語言以最經濟的手段耗費最少的能量作較大的功；繁化卻耗費大量的能量作較少的功。既然如此，是否可以認為語言系統、言語成分、表達手段愈簡愈好呢？語言系統是矛盾的統一體。熵的增長和熵的耗散是構成事物的兩個方面。這兩方面既互相矛盾，又互相補充，缺少任何一方都不能維持系統的存在，語言系統在熵的消長過程中進化發展。因此，沒有理由認為印歐系語言的詞形長度存在縮短趨勢，就是先進的；漢語詞形長度存在增長趨勢，就是落後的。同理，也不能認為印歐語系的語言存在繁複的形態變化，就是落後的；漢語喪失了形態變化，以意合手段組織語句，就是進步的。英語語音既有由長變短趨勢，而有的元音也有由短變長的情況，而且有一部分中古的長元音變成了現代的復元音，音素比過去增加了。法語的塞音體系雖然簡化，而擦音體系卻增長了。英語、俄語、德語等語言格的變化從古到今逐漸簡化，詞形變化越來越少。這些變化都是熵的消長運動在語言局部範圍的體現，不能成為語言等級的宏觀衡量標準。

過去有人以為漢語是單音節語，比印歐的多音節語落後；現在又有人以為漢語無形態變化較印歐語有形態變化更為先進。這樣根據語言內部微觀的某種特徵作出宏觀估計，恐怕是不大切合語言實際情況的。從生態實質看，各種語言結構的不同特徵的消長演化，是各個語言所處的生態語言系統的大環境所限定的，是相對於不同環境的適應進化。這種適應進化作為等級進化的探索階段，必然面貌各異。什麼語言的什麼特徵具有進化前景，受到許多複雜條件的制約。可以認為，語言系統的各種特徵是熵增長與熵消耗這一對矛盾的外化。而在言語活動中的體現，則是表達要求明確而表達者希望省力的矛盾，也就是社會要求言語的可懂度與個人表達的簡練度的矛盾。為了提高可懂度，不得不增大語詞、語句的羨餘信息量；為了節省能量，提高功效，不能不壓縮語句長度，儘量減少羨餘信息量。增多與減少羨餘信息的矛盾長期作用的結果，會引起語言系統內部結構的調整。例如漢語，古漢語單音節詞在現代漢語中大部分已變為複音詞。尹斌庸先生對古代漢語散文的抽樣統計結果表明，漢語單詞各個時代的平均長度，先秦 1.05 個音節，漢代 1.07 個音節，唐宋 1.08 個音節，明清 1.10 個音節。〔註 34〕陳明遠先生統計現代漢語單詞平均長度為 1.48 個音節。〔註 35〕兩千年來，漢語詞語的平均長度增長不到半個音節。這個數值固然可以說明語言系統某個方面熵的增長極其緩慢，同樣可以令人揣想一定有其他的條件抑制熵的增長。比如，漢語韻母系統的大幅度簡化就是漢語系統內部提高自身有序化抑制熵增長的有力手段。同樣可以理解，漢語從原始的漢藏語中分化出來，

〔註 34〕尹斌庸《「多餘度」與文字優劣》，載《文字改革》，1984 年第 1 期，第 17～23 頁。
〔註 35〕陳明遠《數理統計在漢語研究中的應用》，載《中國語文》，1981 年第 6 期，第 469 頁。

逐漸丟掉了形態變化，似乎簡化了，但它又產生了聲調，從而使語音系統複雜化。這樣，熵與負熵總是在一個區間彼此消長，相互作用，共同維護著語言的可懂度。無論多麼簡練的句子，只要它無法聽懂，就必須拉長；無論多麼冗長的句子，只要它還能聽懂，就得儘量壓縮。拉長和縮短都以社會可懂度為極限。根據可懂度這個極限原理，亦即熵變化原理，可知一切語言系統各部分的簡化或繁化都是有其行為目的的，都是有其變化極限的，因而也都是有規律可循的。同樣根據這個原理，我們不難看出，語言系統的適應進化與等級進化本質上就是語言熵宏觀增長和耗散在能量等級上的外在表現形式。適應進化導致語言系統的分化和穩定慣性的加強，限制了系統獲取負熵能力的增長，這就是宏觀上的無序化；等級進化產生高級形式，表明語言系統獲取負熵能力的增長，高級形式的產生必然以犧牲低級形式為代價，這表現為小語言和方言的消亡，語言的統一和標準語的確立，這就是宏觀上的有序化。開放系統熵變化原理可以推廣並適合於整個自然界。這可以援引美國學者塞維斯（Service）的如下精彩論述作為證明：

> 物種進化的發展是由於適應；而生命整體系統進化的發生卻並不依賴於適應。
>
> 這也同樣能導致兩相背反的陳述。特殊進化是一個由同質向異質、由少數種類向多種類變異的過程；而進化最通常的結果之一，卻是由異質走向同質的相反運動，因為高級優勢種（例如人類）是必然要以改變低級物種為進化代價的。

塞維斯由此提出「進化潛勢法則」：「特殊的進化過程與一般的進化潛勢是一種逆反的關係。」〔註 36〕這就是熵增長與熵耗散的逆反運動在宏觀的生物進化過程中的體現。因此，進化潛勢法則的物理學依據就是熵變化原理。

語言系統格局變化緩慢，而且任何成熟的語言系統都具有較強的排它性和再生能力，這是因為語言系統與所在的生態語言系統形成同構，而且語言系統的各個子系統還與自為環境、自在環境相應的各個子系統形成同構。由於信息的同構轉錄，使得語言系統一旦解體各子系統具有再生修復功能。由於在宏觀

〔註 36〕〔美〕托馬斯・哈定等著，韓建軍、商戈令譯《文化與進化》，浙江人民出版社，1987 年 9 月第 1 版，第 17～78 頁。

上語言系統熵的增長與耗散長期處於拉鋸狀態，負熵的獲取要突破一定的時空限制非常困難。適應進化是一個長期的過程，產生等級進化更屬不易，因此語言格局變化緩慢。一種古老的語言，如果沒有被環境淘汰掉，那它不是對特定環境具有特殊的適應能力，就一定是對更為廣闊的環境具備了廣泛的開發能力。無論在適應能力方面特化或泛化的語言系統，對環境和自身造成的無序運動——漲落，都有一個自我調節能力的極限。愈是高級愈是成熟的語言系統，其結構愈科學，功能愈精密，穩定性愈佳，對外界的干擾和衝擊抵禦能力就愈大，對環境的應變能力也就愈強，該語言的閾值就較高。熵值高的語言系統對其他較低級的語言系統具有較強的同化能力，而對來自其他語言的同化，具有較強的排斥作用。可見語言的排它性來自系統結構的穩定性。一個處於低級狀態的語言，從語言本身來看，結構關係脆弱，結構成分較單純，結構格局不夠穩固，與環境能量信息交流渠道不夠複雜、通暢。從語言外部環境看，語言系統賴以生存的生態語言系統較低級，或者是自然結構不利於人群系統的生存繁衍，或者是社會結構由於生產方式低下而處於低級狀態，或者是文化結構簡單，人群系統的數量太少或者太分散，所有這些因素，都會使該語言系統的功能水平長期停滯不前而處於低級狀態。這樣的語言系統對自身產生的無序和來自外界的干擾，調節能力都非常有限，即閾值較低，而較易被其他語言系統所同化。外來力量對系統的衝擊一旦超過其閾值，就會使該語言受到嚴重破壞，直至崩潰。

對於人類社會來說，任何一種具體的語言，它既非從來就有，也不一定永世長存。從生態語言學的觀點看，語言系統能否長期存在不僅僅取決於語言自身。我們只要看看整個生態語言系統的構架就會知道，作為語言系統底層結構的人群結構、文化結構、社會結構、自然結構之中，只要任一結構發生故障都會形成對語言系統的威脅。固然，語言不會因為社會革命（社會結構模式的改換或進化）而產生革命，但社會革命必然對語言系統發生重要影響。社會語言學的研究表明，社會革命首先帶來語言詞語成分的變化，然後會進一步影響到語音音素和某些語法習慣的微妙變化。假如社會結構不是改換而是徹底瓦解，那後果將會怎樣呢？我國兩晉南北朝時期，鮮卑人曾先後在華北和西北地區建立政權。公元十一世紀到十三世紀，党項人在西北地區建立過西夏王朝。但由於王朝崩潰，社會結構解體，鮮卑民族和党項族被他族逐漸同化，鮮卑語和党項語也就失去了生存環境，終於消亡。由於生態語言系統各子系統之間的同構關係是互動選擇的，社會崩潰當然不可能決定語言一定滅亡，但對語言的生存顯然是一個嚴重的威脅。

假如改變文化結構，能否導致語言系統的興衰呢？回答是肯定的。現代文化結構的構建，必然要求在全國推廣普通話。但是，文化結構的改變，絕不是一個小的時間尺度。因此，指望推普、簡化漢字在一個短期內取得成效是不切實際的。漢語各方言也不會因為推普而自行消亡，因為方言並非孤立存在的系統，它們也同樣處於特定的複雜的生態語言系統之中。就語言系統本身的因素而言，與普通話較接近的方言較易接受同化而向共同語靠攏，與普通話差異較大的方言雖然多少會受到一些影響，但要求方言區人群放棄母語顯然是極不容易的事。在相當長的時期內，方言與共同語將會共存，但方言的分化將受到抑止。除了語言本身的因素而外，促進方言同化於共同語的根本途徑在於調節和改善方言區域的社會結構、文化結構以及方言區人群的心理結構。

通常情況下，處於穩定態的成熟的語言系統的熵值與它從環境獲取的負熵大致相當；處於向高級階段躍遷的語言系統，其熵值一般低於負熵，因為它必須獲取更多的能量信息以實現系統結構成分和關係的更新；正熵值大大超過負熵的語言系統，是瀕於消亡的語言。因此，熵的大小是語言生命力強弱的一個標誌。但是，目前我們還沒有找到一種比較理想的方法來計算出語言系統的熵。近年來，由於通訊編碼的需要，各國的語言工作者陸續測出了一些語言的字母的熵（見表1.2）。但是這些語言的字母的熵與語言系統的熵是兩回事，不能混為一談。

表 1.2　語言符號的熵

語　種	符 號 數	符號名稱	不等概率獨立鏈的熵
法語	27 個（包括空白）	拉丁字母	3.98
意大利語	22 個（包括空白）	拉丁字母	4.00
西班牙語	27 個（包括空白）	拉丁字母	4.01
英語	27 個（包括空白）	拉丁字母	4.03
德語	27 個（包括空白）	拉丁字母	4.10
羅馬尼亞語	27 個（包括空白）	拉丁字母	4.12
俄語	32 個（包括空白）	斯拉夫字母	4.35
漢語	12370 個	漢字	9.65

據馮志偉《數理語言學》知識出版社，1985 年 8 月第 1 版，第 173 頁表 3-11 繪製。

我們曾經考察過世界語言的宏觀趨勢，並且指出在人類社會進入資本主義社會以後，方言分化的勢頭基本上得到遏止，有相當數量的語言和方言正在逐漸消亡。這就是說，近代世界的語言在宏觀上增強了獲取負熵的能力，熵的自發增長受到抑制，這與整個地球生態巨系統內社會結構、文化結構、人群結構的進化水平有關。有的學者根據某些語言的詞語的平均長度存在拉長的趨勢，就認為這些語言的熵在向增加方向變化。其實詞語的最小平均長度儘管拉長，最多也只能說明言語成分熵的增長，而其他方面未必就是如此。按照語言進化的觀點看，微觀上具體的語言熵的總量應當是負熵大於正熵，否則語言不會進化，而是走向消亡。就漢語而論，雖然它在兩千年間詞的平均長度增長了將近半個音節，但是漢語的語音系統是比較地簡化了，規則系統也有了新的調整，雖然目前尚無可靠手段測定漢語的熵在兩千年間的變化情況，但是根據古今漢語流行的區域廣狹，使用人口總數的多少以及其他一些相關項目的評估，可以認為漢語的熵從古到今不是增加，而是減少。也就是說，漢語在不斷提高獲取負熵能力的過程中進化了。

一切語言的任何言語流都存在有效信息與羨餘信息的矛盾運動。具有相等幾何長度的語句如果負載的有效信息多則在正常語境中作功能力強，而在非常語境中作功能力弱；如果羨餘信息多，則在正常語境中作功能力弱，在非常語境中卻作功能力強。而人群的交際場景是千變萬化的，在通常的交際條件下，人們偏好使用有效信息度高的語句，以求用較少的力作較多的功。在特殊的交際條件下，人們不得不使用羨餘信息度高的語句，花費較多的力作較少的功。但是，即使在最理想的交際環境裏，語句的羨餘信息也不是能夠完全避免的。語言的結構原則和特點，對口語尤其是書面語存在一定的約束力，一個語句中按照結構特點必須出現的字符和發音，儘管並不負載有效信息也不能省去。在語言的羨美生態中，人們甚至使用高度形式化的語句和裝飾性發音，儘管它們不負載交際的有效信息，但它們體現了人的思想境界，內在情感和審美評價。這些並不直接產生交際功能的羨餘信息，正是言語形式高級化的標誌。為什麼言語的結構性容許羨餘信息存在呢？因為言語的結構性要求表達功能精密化，語句羨餘信息越多，表意就越明確細緻，也就更利於識別分辨，這就提高了言語傳輸的可靠性和可懂度。可見，言語中多餘成分的存在是必要的，是語言精密化發展的必然抉擇，也是維持言語傳輸可靠性和可懂度的必要手段。但羨餘信息多，必然拉長語句，費力費時，降低功效，違反了最小作用原理，與言語表達者希望省力與簡練的要求發生了矛盾，因此，語言的經濟性原理總是把言語的多餘成分控制在一個交際允許的適當範圍內。剛夠得上讓人聽懂的言語，如果羨餘信息量為零，則極易發生差錯訛誤。一般正常的交際語言都有不同程度的抗誤能力，它們都包含有多少不一的羨餘言語成分。各種語言的羨餘成分都存在一個數量界定，這個數量界定可以用羨餘度來表示。羨餘度（Redundancy）就是語言中羨餘成分所佔的百分比。在言語通訊編碼工作中，羨餘度是一個重要數值，它可以根據語言符號的熵求出。用 R 表示羨餘度，則計算公式為 $R=1-\frac{H_\infty}{H_0}$。其中 H_0 表示每個符號以相等概率不相關出現時的熵，叫做最大熵。由於符號的信息量等於被消除的熵，因此 H_0 就等於理論上一個符號可能的最大信息量。H_∞ 表示每個符號以不等概率相關出現時的極限熵，它等於實際上一個符號所包含的信息量。但是 H_∞ 很難求出。一般對於具體文句的羨餘度的估算，採用近似辦法，即儘量塗去現存文句中的某些符號，如果憑藉剩下的符號能猜出全句的意思，那麼被塗掉的符號數目除以全句總的符號數目所得的百分比，就是這個文句羨餘度的近似值。例如這段對話：

甲：「是到中山公園去嗎？」

乙：「是的。」

甲：「公園沒什麼意思，不如到動物園玩玩。」

乙：「那我們一塊兒去吧？」

這段對話算是比較簡練的了，但仍然可以劃去一些字，如果不考慮標點，第一句可劃掉「是」、「去」、「嗎」三字；第二句可劃掉「的」字；第三句可劃掉「公園」、「什麼」、「不如」、「玩玩」八字；第四句可劃掉「那」、「一塊兒」、「吧」五字。這樣，很容易估算出它們的羨餘度分別是 37.5%、50%、53.3%、62.5%。目前，已計算出幾種語言比較精確的羨餘度。英語在 67%～80%之間，德語約為 70%〔註 37〕，俄語為 80%〔註 38〕，漢語在 56%～74%之間。〔註 39〕比

〔註 37〕尹斌庸《「多餘度」與文字優劣》，載《文字改革》，1984 年第 1 期，第 17～23 頁。

〔註 38〕馮志偉《數理語言學》，知識出版社，1985 年 8 月第 1 版，第 172 頁。

〔註 39〕林聯合《關於漢字統計特徵的幾個問題》，載《語文現代化》，1980 年第 1 輯，第 135 頁。

較而言，漢語的羡餘度顯得低些，則同等幾何長度的符號中漢字負載的信息量較大，這同漢民族以意合特點造句的習慣有關。漢語語句簡短精練，而語義信息豐富，決定了漢語的宏觀面貌。單位符號中語義的豐富含蓄，提供了聽話者不同方向的意向耦合機會。這樣，一方面易於導致歧解發生，另方面又為言語羡美生態的產生發展準備了條件。

五、生態位與功能級

生態位（Niche）是生態學的重要概念。它包括三個方面的內容：1. 生物體佔有的物理空間，即所謂空間生態位；2. 生物體在群落中的功能作用，主要指其營養位置，即所謂營養生態位；3. 生物體在溫度、濕度、酸鹼度、土壤和其他生存條件的環境變化梯度中的位置，即所謂多維生態位或超體積生態位。約瑟夫・格林內爾（Joseph Grinnell）於 1917 年首先使用生態位這個術語來代替最小分布單位的概念。在這個分布單位內，每個種因其構造上和本能上的界限而得以保持。在共同的物理空間中，沒有兩個種能夠長久佔有同一個生態位。英國學者查爾斯・埃爾頓（Charles Elton）是第一個從功能角度看待生態位的學者。他把生物體所處的營養位置看作是獲取能量的階級。這就使生態位這個概念不同於單純的物理空間或棲息地，而是作為生物體的基本功能單位而存在。30 年之後，哈欽森（G. E. Hutchinson）於 1957 年提出應把生態位看成是多維空間或超體積生態位，從而引進了影響生物體的多種環境因素。生態位理論的一個中心問題是生物體對資源的利用，生態位廣度就是用來標示被生物體所利用的各種不同資源的總和，對不同資源的利用程度體現了生態位之間的差別，當資源可利用性減小時生態位廣度一般擴大，廣闊的生態位促進生物體的泛化。當資源極為豐富時，導致生物體獲取能量方式的選擇以及生態位廣度的縮小，從而產生特化。生態位概念不但在本學科範圍內用於考察同一棲息地中相近的種或個體是卓有成效的，而且，它還具有向其他學科滲透引發的潛力。我認為，這一概念為語言變異的功能研究，提供了可資借鑒的內容。因為生態位概念的三個主要方面，與人類在社會中的活動，有至為密切的相似性。語言作為建構於社會群體之上的自調系統，它的空間分布，功能狀態，與它密切相關的多向複雜聯繫網，及其活動模式，借用生態位概念來加以描寫和考察，會變得簡捷便利。美國學者E·P·奧德姆(Eugene. P. Odum)將棲息地比作生物的「住址」，把生態位比作生物的「職業」。他說：〔註40〕

> 如果我們想和人類社會上的某個人相識，我們首先要知道他的地址，就可在那裡找到他。但若要真正瞭解他，我們就要比他的鄰居或同事瞭解更多。我們要瞭解他的職業、興趣、社會關係和他在社會生活中所起的作用。我們對生物的研究亦如此，瞭解棲息地只不過是開始，要確定生物在自然群落中的狀態，我們就必需瞭解它的活動性，特別是它的營養和能量的來源，以及它的代謝率和生長率，它對所接觸到的其他生物的影響，它在生態系統中對主要功能的影響或者能夠影響的程度如何。

同理，研究一種語言，瞭解它的時空分布，這是最初步的工作。在這一步可以劃定研究的時段。比如我們要研究現代漢語，可以先確定一個時間標準。如果認為從「五·四」運動算起至建國前曾經存在過的漢民族共同語叫做現代漢語，這就等於劃定了研究的時段。空間分布分作兩個方面考察。從水平方向看，確定地域範圍。例如，現代漢語可以限定在中華人民共和國版圖之內。如果這樣確定，則海外漢語的種種情況就不包括在所確立的研究範圍之內。如果認為這樣的地域範圍不盡合理，可以作出另外的修訂。實際上，研究的對象、時段和地域基本上由研究者根據自己的研究課題和重點來決定，也可以適當考慮劃分標準的科學性和合理程度。垂直方向建立在水平方向之上，也就是先確定了地域界限，然後考察現代漢語共同語在特定地域內的不同社會結構中從上層到基層的各種活動情況。第二步是考察特定語言在特定時空條件下的功能狀態。功能觀念是生態語言學的根本觀念。對特定語言在各種不同層次不同場合不同地域不同人群等等不同條件下的功能狀態的考察，是對語言結構、語言規律進行本質認識的依據。功能狀態的不同，表明語言與環境的作用方式和作用力強弱的差異，並且表現為生態形式的差別。不同環境與語言實體的相互界定，規定了語言的生態，千變萬化的環境與語言實體的相互作用，造成了語言的多種生態形式。以特定生態形式存在的語言成分，在具體的言語活動中，隨機產生了不同的言語變異，言語變異的程式化和凝固，形成語言變體。不同的語言變體

〔註40〕〔美〕E·P·奧德姆著，孫儒泳等譯《生態學基礎》，人民教育出版社，1981年7月第1版，第229頁。

有著不同的功能。第三步深入考察特定時空條件下特定語言的各種變體與環境的多維聯繫與作用，考察這些語言變體在與多種因素的作用中實現自身功能的途徑、手段、目的，進而探索其運動發展的規律。

一定語言或語言成分與一定環境因素相互作用形成不同的功能整合體，這樣的功能整合體稱為語言變體。基於這樣的考慮，可以把語言的生態位定義為：具有一定時空分布的語言變體與一定環境因素，共同構成具有一定等級或取向的生態位。語言生態位與生物生態位有這樣一些不同點：

1. 語言生態位的考察對象是語言變體和環境，是超有機體的動態單位與環境的相互關係；生物生態位的考察對象則是生物種或個體，是自然界的生命有機體。

2. 生物生態位只是作為生物的「職業」而存在，即生物種或個體本身與生態位之間只是「任職者」與「職業」之間的關係，「任職者」有選擇和離棄「職業」的自由。而語言變體與環境因素卻是相互限定的，一定的語言變體離開了一定的環境因素就不能生存，沒有一定的環境因素作用也就不會產生一定的語言變體，語言變體與環境因素同在，既成的語言變體一般不能選擇另外的環境類型。

3. 在資源充足的條件下，生物生態位的重疊不會導致競爭，但在通常條件下，生活在一起的不同種必須具有自己獨特的生態位。語言生態位在通常條件下可以互相滲透互相包容，這是環境因素的多維作用所致。語言生態位是共性與個性的統一體，生態位之內與生態位之間既存在競爭分化，也存在協同融合。

4. 語言生態位由於與功能狀態相聯繫，因而存在等級水平的差別，語言或語言成分在不同層次環境內，功能強弱的差別等級，稱為功能級。功能級表示特定語言變體與特定環境相互作用的做功水平，而不標示其實際做功的大小。生物生態位則沒有明確指出功能級問題。語言生態位有其運動的取向，這是由於語言使用者的意向作用於言語活動過程所致。生物生態位是一種無意識的自然範疇，不存在主動的價值取向。語言的生態位與功能級有密切關係，但並不一定一一對應。

世界上所有的語言或語言成分，都可與特定環境整合為一定的生態位。生態位概念在生物生態學中被視為「小生境」，而語言的生態位卻不等於語言小生境。語言生態位與生態語言系統的區別在於：只有語言系統才能與環境構成生態語言系統。任何語言或語言成分與有關因素均可構成功能整合體。這種整合體本身既可以有複雜的層次結構，也可以不具備或不考慮層次結構。一個音素與特定條件相整合，可以構成生態位，一種地域方言與特定條件相整合，也可以構成生態位。衡量生態位的標準不在於系統性而在於語言或語言成分在一定環境條件作用下的時空分布狀況。具有共同時空分布的語言或語言成分，則為同一的生態位。具有相同生態位的語言或語言成分，既存在競爭分化，也可能長期共存，還可能協同融合。

從宏觀來看，有的語言，它與一定的國際環境條件相聯繫。某些重要的條件，我在「進化與評價」中已提出來作為衡量語言高低的相對標準。但是，這些條件顯然是一般性的，既不全面，也不甚具體細緻。生態位概念的提出，可以使比較的條件相對細緻而切合實際。因為生態位不但包括時空條件，而且考慮到與功能狀態相關的具體層次上的多維或超體積因素。比如英語，它在國際上的流行範圍，涉及的國家面相當廣。有的國家使用英語歷史悠久時段長，有的則時段短；有的國家作為標準語，有的則不是；有的國家只限於某階層某社群的人使用，有的則社會各層都在使用；有的文化偏高者使用多，文化偏低者使用少；有的某種性別者使用多，有的某種性別者使用少；有的某一年齡層次的人多用，有的某一年齡層次的人則少用或不用。即使普遍使用的國家，具體場合也存在差異。有的在機關和公眾場合多用，在家庭或非正式場合少用；有的口頭上和書面上並用，有的僅限於口頭或書面使用；有的作為雙語或多語之一併用，有的作為唯一合法語使用。由於多維因素的複雜作用，有的國家或地區甚至將英語詞語與本民族詞語混用而成為「洋涇浜」。黑人英語有自己的語法規則、標點、句式，語音也跟標準英語不同，跟標準英語相比就如兩個語言系統。它實際上是非洲黑人語言與英語的融合物。凡此等等，情況異常複雜。根據生態位理論，凡與英語的功能狀態無關或關係較疏遠的因素一概略去，而將與功能密切相關的因素分類統計，列成矩陣，與同類語言比較其功能系數。這種比較，實際上已經不只是英國本土的英語，而更多的是不同環境制約下的英語變體參加比較。每一種變體都是英語與特定環境相互整合形成的功能單位。從生態位的觀點看，具有不同時空分布的語言變體與各自的環境條件共同構成不同等級不同取向的生態位。英語變體佔據的生態位越多，表明英語適應環境的能力及生命力愈強，相應的作功能力也就愈強。如果大多數英語變體都居於較高等級的生態位，則表明英語處於較高的功能級。但這種功能級顯然是相對的，而且嚴格地相對於語言系統。我們不能比較一種語言與一種語言成分功能級孰高孰低，這是因為比較對象不屬同一層次。但是我們能夠比較同類性質的語言成分功能級的高低。例如，一個語詞，在一定時段內，它不僅在本語言活動的地區流行，而且在他語言活動的地區流行；它不僅在社會底層通用，而且在上層通用；它不僅男人使用，女人也使用；不僅有文化的人使用，文盲也在使用；老人在用，兒童也在用，如此等等。與這個語詞發生作用的生態維，表明它與不同環境整合為語言變體的機會也多，佔據的生態位也多，因而作功能力強。相對於一個與較少生態維聯繫的同類語詞，該語詞顯然居於較高的功能級。

我們通常所說的某某語言，實際上是被視為規範的這種語言的變體中的一種。每一種語言變體與它所處的特定條件都形成一定的生態位。如前所舉的英語，它不僅在不同的國際條件下形成不同變體，在國內的不同條件下也有不同的變體。任何語言都有不同的應用環境和制約條件，因而存在不同的變體並佔據一定的生態位，由此可以確定它的功能級。就宏觀條件而論，國際通用語擁有眾多的生態位，這樣的語言為世界上絕大多數國家的人民所接受，無論從流行地域的廣度，社會各層的滲透度，使用的總人口數等各項功能標準衡量，都可以看出其生態位的級與語言功能級的基本一致關係。城際通用語言指某些地域存在的少數國家認可的語言，但還未獲得世界性的流通。如東南亞的馬來語，非洲的斯瓦希俚語和豪薩語等。這些介於國際通行語與國家法定標準語之間的語言，其生態位僅次於國際通語。這些語言的生態位等級比較高，但從功能潛力看，未必都有很大的發展前景。因為它們不但受到流行地域和使用的總人口數的限制，而且從使用這些語言的國家的社會經濟、文化情況看，生態語言系統的結構成分和總體功能如果未達到高級水平，則它們的生態位等級與語言功能級就不能持久穩定。如果某些發達國家之間流行某種域際通用語，由於這種語言所處的生態語言系統功能的高級化，那就很可能為更多的國家所樂於運用，從而大幅度提高其作功能力，作功能力的提高，有利於爭取獲得更多更高的生態位。進而有可能上升為國際通用語。相反，如果不能提高作功水平，則由於佔據的生態位日漸減少，從而會由域際通語降級為國家通語。因此，語言之間的競爭，就是該語言的多種變體維持既有生態位並佔據更多生態位的發展過程。

就生態位的一般宏觀等級而言，國際通語居於最高級，域際通語次之，國家標準通語再次之。就一個國家內部的情況看，國家通語居於最高等級，國內民族之間的通語次之，民族語再次之，其下是民族方言，再下是民族社會語。這是根據共時既成現狀確定的理論上的生態位梯度。與這種理論生態位相聯繫的生態維主要是共時行政梯度，因而只能作為參考等級。語言生態位提供了特定語言或語言成分與特定環境因素的某種或某些相互限定關係，它本身可以由不同的語言、語言成分與不同的生態維構成各種類型，因此生態位之間不可避免地存在包容、滲透、交叉甚至重疊等各種情況。例如現代漢語普通話，它既被聯合國規定為主要使用的語種而具有國際通語性質，它同時又是中華人民共和國的國家法定標準語，並且還是漢族與回族、滿族、畲族的族際通語，當然又是漢民族內部使用的民族語，這就是生態位的包容，處於較高等級的生態位包容了較低等級的生態位。又如民族方言，按照傳統意見，方言「是全民語言的地方變體」。〔註 41〕這種說法缺乏嚴格的時段限定。事實上，共時存在的各方言，包括共同語的基礎方言在內，都是歷史發展的結果，或者說都是語言適應進化或等級進化的產物。不排除現今存在的某些方言在遙遠的年代可能出於同一的祖語，但是一經生成自成系統的語言，就不是什麼變體的問題，而是佔據有自己的一定生態位，具有自身特殊功能的新系統。這種系統與共時的全民語言，不存在原型與變體的關係。即是說，方言並非由共時的全民語言所派生，更不是全民語言的地方變體。即使按照傳統的譜系分類，也只能說現代的民族的某方言源於古代某語言。拿現代漢語普通話與粵語、閩語、吳語的關係來看，我們可以說今普通話與今粵語閩語吳語源於古代漢語，不能說粵語閩語吳語是現代漢語普通話的地方變體。要說普通話在粵地、閩地、吳地的地方變體，倒是當地人講的普通話，即按照粵語閩語吳語的某些特點方言化了的普通話。粵語、閩語、吳語可以稱為漢民族的方言，也就是漢族語言的一些自然生態形式。晉語、湘語、粵語、閩語、吳語都稱為漢語，它們都是漢民族內使用的語言，但是這些語言不像普通話那樣不受漢族人居住地域的限制，恰恰相反，正是狹隘的地域因素制約著它們獲取更多生態位的能力。從這一點來

〔註 41〕參見高名凱、石安石主編《語言學概論》，中華書局，1963 年 6 月第 1 版，第 221 頁。

看，它們沒能成為族際通語，更沒能成為國家通語，不過，其生態位顯然與普通話存在重疊之處，不但在時間維、地域維、社會層次維、使用人口維等等方面有重疊，而且它們內部的構成成分的生態位也存在著廣泛的重疊現象。例如相當數量的詞語，儘管發音不同，卻在意義、用法、使用場合、使用範圍等等方面存在重疊。各種語言在理論生態位中所處級別的高低，映像著它們可能具備的功能級。這裡所說的語言，不止包括傳統所指的具有語音、語義、規則結構的語言系統，不具備傳統結構體系的言語實體或語言變體，也廣義地稱為語言，如社會語、兒童語、女人語、幫會語、藝術語、忌諱語等等。這些言語實體，其實是某些語言成分的特殊變體，這些變體同各自的特定環境條件一起同樣構成各自的生態位。這些生態位的理論等級低於民族方言是顯而易見的，它們的相對功能級同樣可以根據某些標準利用矩陣求出。

言語系統在各個層次上的成分，同樣具有生態位和功能級。言語系統的最低層次是語素層次。語素是音義結合的最小單位，它與不同的條件一起構成若干生態位，這些生態位的理論等級是較低的。與這種理論等級相聯繫的生態維主要是言語成分的結構層次梯度。處於同一理論生態位等級的不同言語成分由於佔有生態位多少的不同，它們在功能上是有差別的。一個語素如果能夠與眾多的其他語素在不同的環境條件下生成多個語詞，則這一語素作功的能力較強，相對於其他語素功能級較高。當然，還可以確定一些更細的衡量標準，用矩陣比較幾個語素功能的大小。有的語素本身就是一個語詞，它既可以與其他語素結合構成語詞，又可以直接與不同的語詞結合，佔據較高等級的生態位。這種既在語素層次佔據生態位，又在語詞層次佔據生態位的言語成分，一般說來作功能力較強，與純粹的語素或語詞相較，它的功能級一般較高。由語詞與不同環境條件相互作用生成的言語流，是以語句的形式連續出現的。語句居於言語系統中最高的理論生態位，不同的語句由語詞與環境隨機生成，同一語句一般很少重複出現，而語句的數目在理論上是無限的，隨人群活動的變動不居以及環境的千變萬化，語句也是變化萬端的。語句雖然長短不一，意義各別，但它們在結構方式上受一定的規則系統制約，按照不同的標準，可以將語句劃歸各種不同類型，不同的類型就是在不同環境條件下的不同生態形式。不同生態形式的語句功能類型不一樣，同一生態形式的幾個語句功能大小也不一樣。因此，同一意義的語句，在不同環境條件下以不同的結構方式出現，其功能大小是不同的。根據研究目的的不同，可以確定某些特徵列成矩陣，比較語句功能的大小。言語中經常出現一群群意義非常接近的語詞，也經常出現一個個意義非常接近的語句，而人們總不能按照最小用力原則除去大部分而保留一種。其中的深刻原因並非人們不願省力，而是功能目的導引的必然結果。功能目的導引是產生語言變體的根本原因，導引的結果無疑提供了言語類型多向進化的選擇機會，這無論對於增強言語的生命力還是促進語言系統的有序化都是非此不可的。在言語活動過程中，齊普夫定律也不是沒有影響，大量繁複的語詞組成表達一個概念的長段時，必然會產生縮略現象，這就是在保持功能不減弱的條件下的省力辦法。在語詞層次，常常會發現為數不少的成語、慣用語作為一個意義單位與其他語詞進行組合而進入語句層次，這類語句同樣在功能不減弱條件下變得既省力又可靠。從結構看，成語、慣用語是由一定數量的語詞構成的，它們本身在語句層次佔據了一定生態位。由於齊普夫定律的作用，成語、慣用語與特定環境條件的相對關係穩固化，功能作用漸趨衡定，結構也就逐漸凝固，成為一個意義的整體單位。在生成語句時可以不必拆散重組，而直接把它們與語詞相聯繫，事實上它們也就不再作為語句而是作準語詞在言語活動中起作用。也就是說，成語、慣用語從語句層次的生態位降格到語詞平面佔據一定的生態位。它們通常不再發揮語句的功能而作為語詞發揮功能，這就使語句包含了更多的信息，在表意功能上得到加強。

每一種語言以及語言成分在功能目的導引下的運動，都是維持既得生態位和爭奪更多生態位的活動。在這樣有目的的行為活動中，不斷地更新著自身並尋找和試探著進化方向。語言成分在微觀層次上的多向活動，推動著語言系統的發展變化。語言系統的發展變化反過來給語言成分的活動以深刻影響。而對語言和語言成分進化水平的估價，不能不以功能級作為理論基礎。

第二章　語言系統的生態環境

語言系統是生態語言系統的一個層次，或者說是一個子系統。生態語言系統的其他子系統都是語言系統的生態環境。與語言系統直接相關的是自為環境系統，與語言系統間接相關的是文化結構、社會結構和自然結構。自在環境的這三個層次，與語言系統關係的密切程度是不同的。文化結構最為密切，社會結構稍遜，而自然結構就顯得較為疏遠。這些結構對語言系統的作用，都只能通過人群而體現出來。人群借助語言，語言通過人群，這樣來實現語言系統對於自在環境的反作用。一般地說，每一個語言系統都由與它相應的自為和自在環境系統共同構成一個整體。這樣的整體除了在它內部存在元素之間的永恆的相互作用和運動變化而外，任一整體與其他整體也存在多方向多層次的相互作用。一般情況是，每一種語言首先並且經常地與之地域鄰近甚至同一地域的其他語言發生作用，隨著地域在空間的推移，作用力愈來愈微弱。但近代以來，由於科技生產力的高度發展，地域相隔遙遠的語言，聯繫漸趨密切，相互作用也就變得明顯起來。語言間的相互作用以生態語言系統的相互作用為背景。兩種文化，兩種社會，兩種自然結構之間如果相互隔絕，也就談不上語言的影響。不過，應當注意到，並不是所有的生態環境系統只與一種語言系統對應。就地球巨系統來說，它擁有五千多種語言，儘管這些語言各有其相應的局部生態環境，但從宏觀看，都是以地球巨系統為背景的。一種生態環境對應一種語言，這是理想的理論格局，卻不是實際格局。兩種文化，兩種社會，在同一種自然結構基礎上可以形成融合，當這種融合的格局還不太成熟時，語言系統就明顯地表現出融合的痕跡，即所謂「混合語」。狹義的「混合語」往往對應著兩種文化結構。當一種語言與另一種語言融合得天衣無縫時，就形成語言與環境一對一的理想格局。從廣義來看，幾乎世界上現存的所有語言，都不是純粹的，都是不同程度的融合物。有的語言除了本來佔有的生態環境，還可以移植到另外的生態環境中，甚至造成好幾種語言在同一個社會結構中並存的格局。這種格局由於社會結構的特殊性而得以存在，但不一定能長期維持。語言系統尋求合適的生態環境的競爭，總會淘汰掉競爭能力差的語言，而最終形成某一種語言控制局面的情形。一種語言也可以在兩種甚至更多的社會格局中存在，在不同社會格局中存在的同一語言，要麼與生態環境逐漸相互適應構成新的生態語言系統，要麼被環境淘汰。例如美國英語，它實際上是以英國的移民在新大陸上建構的社會格局為生存環境，因此能夠比較迅速地與新的生態環境構成一個融洽的整體。這個生態語言系統除自然結構與英國本土有異之外，在人群系統、社會結構和文化結構方面，都不存在本質的差異。因此，不妨把美國英語看成是由英語的地域變體發展而成的語言系統。但是，英語越過重洋在中國的領土香港卻難以生根。儘管近百年來，英語作為官方規定的標準語在語言的生存發展各方面都佔有明顯的優勢地位，但它碰到的對手卻是一種具有穩固生態環境為背景的粵語。除了粵語在語言性質方面與英語迥異而外，香港地區的社群主要由漢人構成，而這些漢人擁有數千年積累的深厚文化傳統，英國當局如果僅僅調整一下社會結構而不能從根本上改變文化結構，那麼英語在這塊土地上是不可能構成新的生態語言系統的。語言系統的演化與環境因子的作用和作用力方向大有關係。因此，分析生態環境中與語言演化相關的因子，是探索語言生態運動形式與規律的第一步。

第一節　自然結構環境

語言系統的自在環境包括自然結構、社會結構和文化結構。每一種結構都包含著無限多的因子，而每種因子都以不同的方式影響著語言。不過，並不是每種因子對語言都有同樣的作用力，也不是任何時空條件下作用力的大小都能保持恒定。實際上，雖然每種因子對語言都有影響，但各種因子在不同條件下有的作用非常微弱，對語言系統的變化沒有明顯的干預，而有的因子對語言系統卻有著經常的持續的作用。在不同的時段，起主要影響作用的因子不一定相同。在共時環境內，由於各種因子交相複雜的關係，起主要影響作用的因子也不是一成不變的。在特殊條件下，某些不起眼的因子，或許正決定著語言運動的方向。語言系統的變化不能不考慮這些因子的干預。在自在環境中，首先需要考察的是自然結構中的地理環境因子。

一、地理因子

自然結構中的環境因子對語言系統的影響，在地理分布上似乎有著一定的規律性。就單獨的語言系統與地理因子的相互關係看，索緒爾認為地理因子不是造成語言差別的原因。他說：「空間本身是不能對語言起什麼作用的。殖民者離開 G 在 G′ 登陸的第二天所說的語言跟前一天晚上所說的完全一樣。人們很容易忘記時間的因素，因為它沒有空間那麼具體。但是實際上，語言的分化正是由時間因素引起的。地理差異應該叫做時間差異。」〔註 1〕但我們知道，語言是一種時空結構。對語言系統的影響，必然是時空兩個方面各種複雜因子的交互作用。這種影響，既可能於同一時間在不同的空間展開，也可能在同一或不同的空間按時間的推移而展開。具體研究時可以容許各有側重，但事實上時空同時對語言起作用，把地理差異等同於時間差異是不妥當的。日本學者橋本萬太郎君正是著眼於宏觀的地理環境，從共時地理環境中語言的類型分布而發現語言發展的歷時差異，可見語言差異確是時間和空間共同作用的結果。因此，避開時間因子不論，應當承認地理因子是持續影響語言系統的主要因子之一。

從宏觀來看，世界現存的各種語系都在地理分布上成一定秩序。表面上似乎語言的擴展僅與人群的移動相聯繫，這固然不錯。但人群的遷移必得由地理因子間接制約。橋本君甚至更深刻地從社會生產方式的性質發現語言地理分布類型形成的原因。社會生產方式也好，人群的移動也好，這些因素都比地理因子與語言的關係更直接，更具有實質性。儘管地理因子不是語言變化的決定性條件，但仍是一種必要條件。拿世界上使用人數最多而性質迥異的兩大語系：印歐語系和漢藏語系來看，印歐人從遠古以來就居住在不靠近水的寒冷的北國森林中，他們飼養牛馬。歐洲平原既提供了印歐人廣泛遷移的地理條件又提供

〔註 1〕〔瑞士〕費爾迪南·德·索緒爾著，高名凱譯《普通語言學教程》，商務印書館，1980 年 11 月第 1 版，第 277 頁。

了大片草地飼養牲畜的生存條件。大約公元前三千年，原始的印歐文明在歐洲東部發展起來。約公元前二千五百年，文明分裂，人群向許多不同方向遷移。有些人遷移到希臘，一些人進入意大利，還有些人到達英倫諸島。另一支向北進入俄國。還有一支越過伊朗南下印度。是什麼原因造成這樣大規模的區域遷移呢？橋本君認為，「主要原因應該說是有史以來說這些話的人以畜牧為主要生產方式。在乾燥地帶放牧，必須有大片草地才能展開，不像東方靠耕種小塊土地就能生活。」〔註 2〕撇開社會和文化的因素不談，印歐語系的運動發展，顯然是以大片草原為生存傳播的最基礎條件。假使古印歐語一開始不是處於北國原野開闊的地理環境，而是在重山峻嶺的層層封鎖之下，很難設想它能有今天在地球上的如此廣泛的分布。與此相反，在亞洲大陸上，西面和西南有世界上最大的高原和山脈，東面和東南則是汪洋大海，北面是嚴寒的蒙古高原。這樣的地理環境相對顯得封閉，漢藏語系諸語言在這樣的地理因子制約下，不可能像印歐語系語言那樣縱橫自如。一方面，固然如橋本君所說，這兒的人們從事農耕之後，生產方式限制了人群的遷徙規模；而更為重要的方面是地理環境的險峻，劃定了語言發展的範圍。雖然商周時代有了銅器和馬車，而駕駛馬車的人們卻沒有向世界各地開放的遼闊平原。即使在現代生產方式條件下，亞洲大陸的特殊地理因子仍然是限定漢藏語系語言在空間擴展的重要條件。任何一種語言，都是一種地域性語言。世界上迄今為止還沒有一種自然語言完全不受地域因子侷限。語言不僅隨時間而變異，同時也隨空間而變異。地理因子在一定程度上規定著語言系統的宏觀類型。

但是，利用方言地圖來研究語言的學者，看到一叢叢的同語線不是偏向於受地理自然因子的擺佈，而更多地是受社會條件或文化因素的制約，於是他們對地理因子與語言的關聯採取了否定態度。誠然，社會和文化因子確實起著相當大的作用，在這些因子作用下，地理因子的影響被遮蔽起來了。不過，社會因子和文化因子不是在任何地方任何時間都顯示強作用力的。有時候，某種語言的重要的同語線跟文化界線相符，如德國北部，語言特點的分布恰好跟農村房屋結構的差別分布相應。有的語言特點的分布跟河流山脈等地理障礙相一致，

〔註 2〕〔日〕橋本萬太郎著，余志鴻譯《語言地理類型學》，北京大學出版社，1985 年 2 月第 1 版，第 12～13 頁。

這種符合拿布龍菲爾德的話來說就是「碰巧」。〔註3〕介於西班牙、法蘭西之間的庇里尼斯山脈，也「碰巧」成為兩國語言的分野，而瑞士的阿爾卑斯山脈並不與語言的界線相符合。這種情況不能證明地理因子對語言毫無影響，只是說明了政治區域或文化習俗的力量往往勝過地理因子的作用。長江天塹可以把南北區域隔絕而發展成兩種方言，這時地理條件的影響是明顯的。如果在它上邊搭橋，讓南北區域同屬一個行政區，那方言的分歧就會小得多，甚至凝聚為一個方言。這時社會因子的作用顯然超過了地理因子的影響，但並不等於地理因子沒有影響。就漢語所處的地理環境而論，長江以北，大塊的平原地區流行的漢語與長江以南丘陵山地流行的漢語，面貌的差異不啻異類語言。無論社會和文化有多麼重要的作用，地理的差異對應著語言的差異是明擺著的，為什麼一定要否認地理因子這一制約力量呢？地理因子包括平原、山地、丘陵、高原、高山、河流、湖泊、盆地、沙漠、綠洲、島嶼等等，這些空間因素在一定程度上規定著人群的生活方式。平原便於人群的移動，河流也提供人群移動的交通線。在高山丘陵居住的人群，交際總不如平川那麼便利。島嶼之間如果航行器具缺乏，完全可能相對封閉。群山環抱之中的人群，與外界的交際相對困難。盆地中生活的人群，也可能形成一個自足體系。一個自成格局的地理環境有利於建立一個相應的政權或一個自具特色的文化，也易於形成自成格局的語言。儘管處在更大環境之內的小環境不可避免地要受大環境的條件制約，而它仍然可以保有特色。不要以為政治權力和文化驅動力可以横掃一切。「天高皇帝遠」的小環境內的語言由於有獨特的地理環境庇護，完全可能按照自己的運行步驟發展。不同的地理環境以及相同的地理環境都可以形成不同的語言，這並不能歸咎於地理因子的「無能」，也不能歸因於純粹的時間差異，因為這種局面的造成是多種因子共同作用的結果。目前四川盆地內流行的漢語，除極少數客家話外，全屬北方話系統。明顯的界限是，川西、川中平原的廣大地區入聲已消失，而川西南和南部丘陵地區除重慶市之外還保留入聲調類。比較可信的解釋是，丘陵和山區的人群限於地理條件，與外界的交際頻率低於平原地區，語音的變化來得緩慢。重慶市地處丘陵，照理應當比較保守，但地理因子敵不過社會文

〔註3〕〔美〕布龍菲爾德著，袁家驊等譯《語言論》，商務印書館，1980年4月第1版，第428頁。

化因子的作用。重慶不僅是四川的政治經濟樞紐，而且是國家劃定的經濟改革試點區，它與外界的政治經濟接觸使語言的變化節奏加快。在這裡，中古入聲字已歸入陽平，並且有力地催動它周圍地區入聲的消亡。

每個人都可以從自己的母語中舉出一批本方言特有的東西，這些東西極容易與社會或文化相聯繫。就拿詞語來說吧，沿海地區缺少與山林有關的詞語，山區沒有一大批關於海產的語彙。語言成分的差異既可以認為是地理因子的限定，同樣可以認為是不同文化所造成。照生態語言系統的理論，社會、文化都是建構於自然結構的系統，因此，社會和文化因子必然包孕地理因子的潛作用。我無意將地理因子的作用強調到極端，但也不能無視它對語言系統的潛在的間接的影響。在我看來，隨著社會生產力的發展，地理因子對語言的制約力將一天比一天弱化。這就如同回顧荒古歲月，越是古老的時代地理因子對語言的作用力越是強大一樣。人類社會的進步和文明的積累，構成了強有力的社會因子和文化因子，這些因子正在無孔不入地將地理因子的影響削弱到若有若無的地步。

二、氣候因子

氣候因子能不能對語言發生影響？這個問題的答案似乎比對地理因子的評價更令人沮喪。索緒爾著的《普通語言學教程》裏有這麼一段話：「往往有人把語音變化看作對土壤和氣候情況的適應。某些北方的語言堆積著許多輔音，某些南方的語言更廣泛地利用元音，因此它們的聲音很和諧。氣候和人們的生活條件可能對語言有影響，但是仔細研究起來，問題卻很複雜：例如斯堪的納維亞的語言充滿著輔音，而毗鄰的拉普人和芬蘭人的語言，元音卻比意大利語還要多。我們還可以注意到，現代德語輔音的堆積，在許多情況下都是晚近由於重音後元音的脫落而產生的；法國南部的某些方言沒有北部的法語那麼厭惡輔音群，而塞爾維亞語和莫斯科的俄語卻有一樣多的輔音群，如此等等。」一種語言裏元音和輔音的多少，恐怕不是某種因子單純作用的結果，人們發音的習慣，說話的心理，以及另外一些複雜原因的共同作用，造成了語音的特色。我們沒有辦法驗證一種語言裏元音和輔音的多少是由氣候因子起決定作用的結果，但我們也不能斷然肯定氣候因子對語言毫無影響。氣候因子對語言的影響，就微觀來說，比地理因子的作用還要不那麼起眼。按照經驗，我們如果在經常有大風雪的北國，講話會感吃力；在炎熱的南方，口腔過頻運動會使人很快口乾舌燥。根據齊普夫定律，這種自然條件必定會潛在地支配人們的語音搭配。但這種支配力究竟有多大，是否大到能影響語言的語音系統的宏觀格局，這就不是氣候因子的單純作用所能及。倘使氣候因子驅使人們採取某種發音方式，而社會審美心理和語言習慣又支持這種發音方式，那麼各種因子的合力完全可能使語音系統的宏觀面貌發生變化。因此，同樣在北方，當某些語言堆積著許多輔音時，某些語言卻正在丟掉輔音；同樣在南方，某些語言廣泛利用元音時，某些語言正在增加輔音。這種現象企圖用氣候因子的單純決定作用來解釋，顯然是無能為力的，應當分別就每一語言所在的生態語言系統內各種關聯因素的相互作用之中去找原因。儘管氣候因子常常對語言的變化沒能產生主要作用，而它卻持續地通過人群系統影響著語言。

如同地理因子對語義系統的作用一樣，氣候因子通過人群系統的思惟層面造成不同氣候區的語言在語義系統方面的特色。居住在海濱的人們，在他們的語言的語義系統中，存在若干有關海洋氣候和海產品的概念網絡系統。這些系統相對於內地的人們來說，是一種非常希罕的新東西。這正如居住在熱帶地區的人們，對於與冰、雪相關的語義系統十分陌生一樣。在北方，一年之中一大半時間與冰雪打交道，人們在這種氣候條件下加深了對氣候因子的認識，在語義網絡中，不斷創造著與之相關的概念系統。假如氣候沒有寒冷到一定程度，便沒有雪，也就不可能產生與雪有關的雪球、雪人、雪橇、雪花、雪糕、雪片、雪地、雪山、雪原、雪水等等詞語。生活在北極圈裏的愛斯基摩人，他們的語言中就有區別種種不同雪的語義成分。在地球上生活的人們，由於居住的氣候區不同，其語言中的語義網絡的構成成分就會發生差別，其中的原因之一就是由於氣候因子間接地影響著語言成分。由於人群必須在一定氣候條件下才能生存，因此氣候因子也間接地限定著地球上語言的分布。在亞熱帶和溫帶地區，適宜人群生長繁殖，這些地區就分布著許多種語言。在極其嚴寒的極地，人們很難在那兒生活，語言也就沒有多少生存之地。

三、景觀因子

除了地理和氣候因子而外，地球上不同地區的景觀也影響著語言成分。這裡的景觀，指地球表面的自然物象，包括非生物體、生物體以及自然現象。嚴格說來，地理因子和氣候因子也是造成自然景觀的條件，這裡把它們作為特殊的因子來考慮。自然物象與人群思惟的相互作用產生了概念系統，概念的豐富與否直接影響到詞語的意義系統。對同樣的自然物象不同人群的意識加工的結果會不一樣。例如，漢族人對日光譜進行意識加工的結果，形成了「紅、橙、黃、綠、青、靛、紫」七個概念，而英語中只有六個相應的詞語。非洲羅得西亞（Rhodesia）的朔納語（Shona）把日光譜分析為三個概念，並且把光譜兩端視為同色。而利比西亞（Liberia）的巴薩語（Bassa）則作為兩個顏色概念。它們的比較如表 2.1 所示。這裡固然是人的意識起主要作用，但自然景觀是第一性的引發因子，沒有景觀便沒有由此產生的概念，也就沒有表達光譜顏色的詞語意義系統。由於景觀分布的不均衡性，各個地區的景觀不完全一樣，在各地區流行的語言的語義系統成分就有各自的特色。畜牧區盛產牛馬，這些地區的語言在語義方面有比較精細的表達牲畜的概念系統。農業區也有豐富的表達農產品概念的系統。在森林中生活的人群，對野獸和林區植物也有較豐富的概念系統。

表 2.1　相同自然物象的不同概念表達

語　言	同一光譜的劃分及其稱謂						
漢　語	紅	橙	黃	綠	青	靛	紫
英　語	red	orange	yellow	green	blue		purple
朔納語	cipsuka		cicena		citema		cipsuke
巴薩語	zĩza			hui			

引自楊茂勳著《普通語言學》（廈門大學 1988 年油印本）第 164 頁。

各種語言中的地名，也廣泛地表現出景觀因子的作用。古代腓尼基人稱地中海以東的大陸為「Asu」，即亞細亞洲，意為「東方日出處」；稱地中海以西的陸地為「Ereb」，即歐羅巴洲，意為「西方日落處」。這就是以典型的景觀給地域命名的著名例子，這樣的例子在世界各國幾乎都可以找到。馬來西亞的首都吉隆坡，馬來語是 Kuala Lumpur，意為「泥濘的河口」。斯里蘭卡的首都科倫坡，葡萄牙人拼寫為 Colombo，意為「克拉尼河的渡口」。尼日利亞的首都拉各斯，葡萄牙人稱它為「Lago de Curamo」，意為「湖」。位於莫桑比克海峽北端的一個國家科摩羅，阿拉伯人十五世紀到這個群島時稱它為 Kamar，英語拼成 Comoro，阿拉伯語意為「月亮國」。西非的加納，葡萄牙人把它命名為 Mina，意為「金礦」，因而加納被稱為黃金海岸。毛里塔尼亞首都努瓦克肖特，地處撒哈拉沙漠，風沙很大，當地哈薩尼亞語意為「風口」。剛果有一個重要港口叫「黑角」，那個地方有黑色的瀝青岩像一隻巨角，人們便把它取為城市的名稱。南斯拉夫首都貝爾格萊德，意為「白色之城」。西班牙國名 Espana 從腓尼基語 Shapha 演變而來，公元前九世紀左右，腓尼基人進入伊比利亞半島時，發現當地很多野兔，即以此命名，所以西班牙 Shapha 意思是「野兔」。瑞士首都伯爾尼，十二世紀建城時那裡荒無人煙，有很多熊，於是取名為 Bern，意為「熊」。意大利的旅遊勝地喀普里島上曾發現許多野豬化石，於是命名為 Capri。該詞語源於希臘文 Kapros，意為野豬。我國有許多城市的名稱和別稱，也明顯受到景觀因子的影響。以浙江省為例，可以隨手舉出一些縣市：平湖、海鹽、海寧、桐鄉、桐廬、寧波、慈谿、蘭溪、麗水，縉雲、青田、臨海、蕭山、鎮海、定海、岱山、象山、三門、浦江、椒江、江山、常山、平陽、洞頭、溫嶺、湖州，這些地名都與當地的景觀有關聯。我國的村鎮以當地的景物來命名的更多不勝數。有的城市名稱與景觀關係不大，可別稱或美稱與景觀密切相關。如福州稱榕城，成都稱蓉城，昆明稱春城，哈爾濱稱冰城，廣州稱花城，南京稱石頭城，自貢稱鹽都。靠山的城市稱山城，臨江的城市稱江城。還有的以當地特產給城市取美稱。雲南傈僳語甚至以自然景觀來指稱方向，東方叫「日出洞」，西方叫「日落洞」，北方叫「水頭」，南方叫「水尾」。

由於景觀因子的作用，我們有時能據此揣測語義系統的歷時成分，有時也能從歷時語言材料瞭解當時的景觀分布情況。古代漢語中有幾十個詞語表達不同特徵的馬，可以想見遠古時期黃河流域存在適於馬群生長的自然環境。生活在斯堪的納維亞半島北部的拉普人的語言中有許多關於鹿的詞語；澳大利亞某些土著語言中有許多詞語指稱不同的沙；阿拉伯人對不同的駱駝有不同的詞語來表示。我們完全有理由認為這是文化因子的作用，關於「馬」的詞語，其背景是馬文化，「鹿」的詞語其背景是鹿文化，如此等等。但是，文化結構本身建構在自然結構之上，在人類社會中，一切現象都可以視為廣義的文化現象。自然界的物象，在人的眼中已是文化了的物象。文化的物象必須以自然物象為基礎，因此，自然的景觀因子作為文化因子的基礎而共同對語言發生影響。

自然結構中的地理因子、氣候因子、景觀因子在一定程度上潛在地影響著語言。它們既不是那樣無足輕重，也不可能主宰語言。即使是單純地影響語言的機會也幾乎不存在，而總是同其他因子一起發揮作用。總之，自然因子可能影響語言，但不是必定影響每種語言。同樣的自然因子能對此語言發生影響，未必就能對彼語言有什麼影響。因為事實上創造和使用語言的人群並不是任自然搏弄的泥土，倒是自然的任何因子都必須通過一定的人群作為中介才能對語言發生作用。

第二節　社會結構環境

比自然結構更高一層的是以之為基礎建構起來的社會結構。一定的社會因子制約著一定的語言。社會結構的變革雖然不會立即引起語言變革，但對語言系統必定產生深刻影響，有好些語言現象表面上看來是純語言問題，但只要進一步探究，就會發現實際上是社會問題或文化問題在語言方面的折光。如果窮根究底，都可以歸結為語言的功能問題。語言的功能各家劃分的標準和看法不一。我認為語言的功能大致可以概括為三個方面，即表達功能，交際功能和審美功能。表達功能是語言的原初功能。出於這種功能的需要，人類都有本能的表達的驅動力，這種驅動力以人腦進化和思惟能力的增進為基礎，它應當是語言產生的內部原因或曰生理學原因。交際是人類從事社會聯繫的必要手段。交際可以有很多的不同表達方式和方法，其中最成熟最高級的方式莫過於借助語言。語言是一種迄今為止運用最廣的交際手段，但不是唯一的交際手段。選擇並且創造了語言來作為人類社會的主要交際工具並非輕而易舉的小事。從人類的出現到語言的產生，其中經歷了兩百多萬年，語言的產生是人類進化的一個里程碑。可以說，社會交際的選擇壓力是語言產生的主要外部原因，人類自身自我表達的驅動力是語言產生的內部原因。交際的壓力通過表達的驅動力而起作用。當然，還必須有其他一些條件的配合，例如，以直立行動而具備發音的生理系統，以勞動的積累而造成社交的頻繁等等。因此，語言從一產生，就擔負著兩大功能：表達功能和交際功能。至於審美功能，是比較高的層次，是在表達與交際兩種功能之上衍生出的新功能。它與社會的進步程度，人類的智慧化程度，以及文明的高級化程度都有密切關係。一般地說，社會因子對語言的作用，往往推動或阻礙語言功能的進化。而文化因子對語言的作用，除了功能目的而外，往往帶有審美評價的趨向。

社會結構因子大致可以分為五個主要的方面，這就是經濟因子、民族因子、階級因子、宗教因子、政治因子。由於社會結構的複雜性和不同社會結構的特殊性，實際上影響語言變化的因子絕不止於這幾個方面，這裡只是一般地考察社會因子在不同方面與語言的聯繫和作用，並不能代替具體的研究工作。

一、經濟因子

經濟因子對語言成分的變化有一定的影響。例如，在中國青銅器時代，漢語裏增加了許多與銅有關的詞語，表現在漢字裏出現了好些以「金」為意符的文字。馬車和人力車發明以後，漢語裏又增添了一大群跟車有關的詞語。近代工業的興起，各種語言中都出現了一大批與新的生產力有關的詞語。例如，電的發現，蒸汽機的發明，原子能和激光的利用，都使語言成分主要是詞語有了新的補充。不過，這種影響雖然是由於生產力的進步所引起，但卻表現為物質文明的進步而影響語言。完全可以認為是青銅文化或車文化使漢語詞語有了新的變化。因此，經濟因子對語言只是有一定程度的間接影響，不能指望生產力的迅速發展會引起語言的突變，也不能完全無視經濟因子的潛在作用。

由於生產力的進步會使社會結構不斷優化，同時文化也不斷進步，社會交際關係複雜化，人的智慧逐步進化，所有這些因素的共同作用，在宏觀上慢慢影響著語言。例如，在奴隸社會生產力水平上能夠與社會交際適應的先秦漢語，隨著社會生產力的發展和社會交際內容的深廣度的增進，逐漸改變著自己的面貌。在今天，任何人也不會認為像甲骨卜辭或金文辭那樣簡略的語言能夠勝任現代社會的交際任務。固然，語言的變化常常是各種因子共同作用的結果。但在不同情況下起主導作用的因子不一定相同，而經濟因子的潛在作用並不是無足輕重的。

二、民族因子

民族因子是影響語言的一個重要因子，民族的分化往往引起語言的分化，民族的凝聚融合也往往導致語言的統一。不同的民族以不同的語音與表達同類事物的意義相結合構成不同的語詞，這是民族因子對形成語言面貌多樣性的明顯作用。由於各民族反映現實世界的角度和側重點不完全一致，在不同的語言中指稱同類事物的詞語在義域的廣狹方面也各具特點。例如漢語的「兄」、「弟」、「姐」、「妹」概念界限分明，英語的 brother、sister 卻分別指兄弟、姐妹，俄語的 брат、сестра 也分別指兄弟、姐妹。如果指兄、姐，則在詞前加形容詞定語 старший（-ая），如果指弟、妹，則加 младший（-ая），這就如同英語用 elder 和 younger 作定語來區分年長與年幼一樣。美國中北部的美諾米尼語（Menomini），不但有兄、姐、弟、妹的區分，而且還有男人指稱自己兄弟的說法，女人指稱自己姐妹的說法，同一詞語男人說時指姐妹，女人說時指兄弟，還有概指兄弟姐妹的說法。〔註 4〕印第安塞米諾語（Seminole）甚至可以用同一個詞語指稱下列七種人：1. 父親；2. 父親的兄弟（即伯伯或叔叔）；3. 父親的姊妹的兒子（即姑表兄弟）；4. 父親的母親的姊妹的兒子（即奶奶的姊妹的兒子，也即表舅）；5. 父親的姊妹的女兒的兒子（即姑表姊妹的兒子，也即表侄）；6. 父親的父親的兄弟的兒子的兒子（即同爺爺的堂兄弟）；7. 父親的父親的姊妹的兒子的兒子（即姑奶奶的孫子，也即表兄弟）。〔註 5〕

但民族因子對語言的作用也往往是在與其他因子的相互聯繫中發生的。例如民族心理的強弱，民族文化特質的多少，以及民族分布地域的恒變，民族成員的聚散等等條件，都凝成合力共同作用於語言。一般說來，民族成員的集聚，能使民族語言相對穩定。但有時成員比較流動分散也能夠從民族心理的強化得到補償，而使語言系統保持下來。猶太民族在以色列建國之前散居在世界各地，他們使用的意第緒語（Yiddish）一直保留著。由於民族因子的強化作用，同一民族即使居留地域相隔遙遠，語言系統的宏觀格局還能基本保持。例如，散居在菲律賓、新加坡等南洋一帶的漢人，他們所操漢語儘管與中國大陸上的漢語在某些語言成分上有差異，但基本格局還是一致的。居住在紅河流域與瀾滄江流域的哈尼族人，儘管地理環境不同，相隔也較遠，但他們使用的仍是同一語言。生活在雲南省德宏的傣族人，在本世紀五十年代以前就建立了封建經濟制

〔註 4〕參見楊茂勳《普通語言學》，廈門大學中文系語言教研室，1988 年油印本，第 162 頁。

〔註 5〕參見陳松岑《社會語言學導論》，北京大學出版社，1985 年 10 月第 1 版，第 40～58 頁。本章另有幾處使用的材料也根據此書，不再一一注明。

度，而居住在西雙版納的傣族人仍保留著奴隸制。這兩部分傣族人所處的社會經濟結構條件大不一樣，可語言作為民族的一種社會識別標誌，在民族因子的強化作用下，這些地域相隔的傣人仍舊使用同一種語言。

另一方面，民族因子對語言的影響也是有限的，特別是多種生態語言系統雜處，多種社會因子和文化因子進行複雜作用的時候，民族因子的作用退居次要地位，甚至隱而不彰。實際情況並非像理論上一種民族對一種語言那樣地配合整齊，由於生態語言系統間的複雜作用，有的民族會放棄自己的語言而使用其他民族的語言，有的民族既使用本民族語，也同時使用其他民族的語言，有的民族甚至同時使用多種語言。這些複雜現象的出現，遠非語言系統自身的運動規律所能解釋，也不是某一種因子的單純作用所能造成。不過我們可以斷言，這些現象發生的本質原因，不完全是語言自身的因素，更多地倒是該語言系統所處的生態語言系統與其他生態語言系統作用的結果。在我國，瑤族的一部分人使用瑤勉支的勉話，一部分人使用苗語支的布努話，另一部分人則使用壯侗語族的拉珈話。裕固族一部分人使用蒙古語族的思格爾語，另一部分人使用突厥語族的堯乎爾語。這種局面顯然不是單純的民族因子所能造成的。

三、階級因子

階級因子與語言的相互作用是社會語言學關心的問題。社會語言學者認為社會方言的形成，與階級因子關係極大。他們從語言原型和語言變體的觀念出發，把自然語言看成是「原型」的地域變體，把階級慣用語、行話等視為「原型」的社會變體。這樣，被傳統語言學以沒有獨立的語音、語法體系而認定不成為語言的社會習慣語，在社會語言學領域內卻與自然語言並駕齊驅，分庭抗禮。從生態語言學的角度看，把自然語言視為地域變體是不恰當的。如前所述，地理因子不像某些學者認為的那樣微不足道，但也不能單獨限定語言。所謂地域變體，必定是多種因子複雜作用的結果，其形成原因的複雜程度，遠甚於社會變體的形成。傳統語言學視方言為共同語的地方變體，已經容易使人誤會。實際上，社會變體是自然語言成分在一定條件下的生存形態，離開了特定的條件，它就會以另外的面目出現。社會語言學構想的原型理論，只是心造的模式，現實世界中根本不存在所謂原型語言。如果要說有，那就是自然語言，或者說語言的自然生態形式。因此，社會習慣語是由自然語言派生的一種形式變體。

由於生態環境的制約和功能要求，社會習慣語無須具備獨立的語音語法體系就能實現其功能目的，可見它確實是自然語言的一種派生形式。當然，它也不可能自成生態語言系統。實質上，社會習慣語是自然語言佔據更多更廣的生態位的一種手段。每種發展到相當階段的語言，幾乎都在社會各階級中佔有相當的生存空間，並且依各階級或階層的具體條件建構著自己的體系。

並非每一個階級或階層都能有相應的慣用語體系，但每一種慣用語體系必定在相當程度上受制於階級或階層因子。按照西方社會學者的分層理論，所謂階級實際上成了職業地位的等級。這種等級雖然與列寧對階級所下的定義有距離，不過，由於職業地位往往與經濟地位對應，人們因經濟利益關係而分層分群，相互交際的言語必然形成一定的層次特色，這就有利於對語言社會變體的分層研究。同時，我們也可以發現，階級因子的後面，經濟因子的潛作用也是存在的。階級是社會生產力發展到一定階段，經濟成果積累到一定程度的產物，人類社會分化出階級，每個階級的成員的言語活動，除了具有社會通語的共同特徵之外，多少帶有本階級色彩以及個人特點，階級因子不僅影響語詞成分的變化，同樣影響語法、語音成分的變異。但一般地說，不能全面地從格局上影響語言的發展變化，即使是手握重權的階級也很難隨心所欲地規定語言的運動方向。在階級等次森嚴的封閉性較強的社會結構中，不同階級的人相互溝通的機會少，專門的階級用語有其生長的沃土；在階級等次不明顯，開放性大的社會結構中，各階級的成員之間廣泛接觸，很難形成特有的階級習慣語。階級習慣語本身是自然語言與階級因子相互作用產生的語言變體，它一方面溝通和維繫整個階級同盟體，另一方面又成為階級同盟體自我封閉和抵禦社會大環境的工具。因此，從根本上看，它是語言適應性進化的產物。由於階級或階層因子的影響，人們在主觀上也有表明階級身份的意向，上層人士總是拿腔調，有意表明他們的與眾不同。為了與不同階級地位的人打交道，就得採用不同的階級習慣語，以增強交際功能。這樣，某些語詞或語言特點就會在語言中擴散，成為自然語言發展的一個推動力。由於階級慣用語本身就意味著封閉和抵禦，因此它同時又是語言發展的一個阻礙因素。階級因子對語言的影響，除了表現在階級慣用語這個方面而外，它有時會對語言發展的某個進程進行調節，比如法國資產階級大革命時期的語言，我國五四時期的漢語，文化大革命時期的漢語，其中都有階級因子的調節作用。毋庸諱言，這種調節作用往往是通過政治因子來實現的。因此，階級因子對語言的影響，也只是在某個限度內才起作用。而且，即使是這種調節作用，對語言系統基本格局的變化也不可能產生主導性影響。

四、宗教因子

宗教處於社會結構的高級層次。宗教因子作為一種社會意識形態主要在語言心理和語義方面產生影響。比較成熟的宗教形式是階級社會產生之後的事。在長期的原始部落時期，由於社會生產力的低下和人們的迷信觀念，產生了對圖騰、祖先、鬼神的崇拜，這就是原始宗教的萌芽。在我國殷墟甲骨文中，有相當數量的以「示」為符號單位構成的漢字，這些漢字對應著上古漢語中一大群與鬼神有關的語詞。佛教從印度傳入我國後，一些佛經的術語也逐漸進入漢語。「佛」一詞源於吐火羅語，與之同義的浮陀、浮屠、浮圖、休屠等詞語則源於古印度的一種方言，其意義為覺者或智者。因此，徹底覺悟而獲極大智慧者即為佛。在佛經譯成漢語之前，古籍中常用來表時態的一般是單音詞語「曩、曏、往、昔、今、即、現、將、來、明」等等。「過去」、「現在」、「未來」三個複音詞語尚未發現。現代漢語中這三個詞語使用頻率很大，追本溯源，不能認為與「三世佛」毫無關係。佛經中兩個表時間的概念「世」和「劫」，也被廣泛運用。「世」，梵語稱「路迦」，意為時間的流動。與「世」相關的是「界」，合稱「世界」。《楞嚴經》說：「東西南北為界，過去未來現在為世」，可見「世」是時間概念，「界」是空間概念。「世界」一詞，源出於佛經。日語讀せかい，其音類於上海方言。「劫」是梵語「劫波」的簡稱，意為無法以年月計的長遠時間。所謂「萬劫不復」也顯見是佛經語言的口語化。宗教加強了人們對某些事物的尊崇、敬畏和避諱的心態，這對於言語交際中語詞的多樣化發展是有積極意義的。

宗教因子的滲透作用，還表現在某些人名的取義上。例如，我國元朝著名文學家薩都剌，其名是由阿拉伯語 sa'd（吉祥）和 allah（上帝）合成的。元代戴良著《九靈山房集》說：「鶴年西域人也。曾祖阿老丁，祖苫思丁，父職馬祿丁，又有從兄吉雅謨丁。」「阿老丁」阿拉伯語是 Ala-ud-Din，意為宗教的尊榮。苫思丁是 Shams-ud-Din，意為宗教的太陽。職馬祿丁是 Jamal-ud-Din，意為宗教的完美。吉雅謨丁是 Diyam-ud-Din，意為宗教的典型。〔註 6〕公元 6 世紀左

〔註 6〕參見陳松岑《社會語言學導論》，北京大學出版社，1985 年 10 月第 1 版，第 40～58 頁。本章另有幾處使用的材料也根據此書，不再一一注明。

右，羅馬傳教士通過傳播基督教把一批與宗教有關的拉丁語詞帶入了英語，如monk（修道士）、priest（牧師）、altar（祭壇）、creed（信條）、angel（天使）等等。佛教自東漢傳入中國，一些佛家語詞，如「舍利、伽藍、涅槃、金剛、羅漢、法寶、偈句、頓悟、覺悟、大徹大悟、方便、淨土、出世、歸西、寺、剎、清規戒律、苦海無邊、三千大千世界、十八層地獄」等等，逐漸進入全民語言。漢人用「靜、淨、空、悟、修、法、僧、釋」之類的字眼兒命名，也可以窺見宗教因子對語詞的影響作用。呂叔湘先生曾寫過一篇文章專論佛經與人名的關係，宗教因子在我國歷史上確實對漢語有過持續影響，除了梵漢對音而外，從語言學角度研究彼此聯繫的文章並不多見，有待於作進一步的探討。

五、政治因子

在所有的社會因子中，政治是對語言發展起著重要作用的因子。眾所周知的事實是，公元十一世紀諾曼第人入侵並征服英格蘭之後，古英語深受法語的影響而演變為中古英語。由於諾曼第貴族掌握著政權機構，他們憑藉政治權力在不同的領域全面推行本族語，被借入英語的詞語竟多達數千條。斯堪的納維亞人侵入英國後，英語增添了不少入侵者語言的詞語，甚至還借入了 they、their、them 這個複數人稱代詞的不同格的形式。由於受到北歐斯堪的納維亞語言的影響，英語名詞、形容詞的變格形式幾乎歸於消亡。另一個典型的例子是，羅馬帝國崩潰之後，法蘭克人佔據了原帝國的部分領土，這些法蘭克人雖然放棄了日耳曼語改說拉丁語，卻將本族語的大量成分融入拉丁語從而形成現代法語。正是人們意識到政治因子對語言的重要作用，因而維護本族語言的鬥爭，實質是政治鬥爭的表現。據 1987 年 10 月 22 日《人民日報》刊登的《比利時語言再度導致內閣更迭》一文報導，內閣更迭的導火線是所謂「富洪問題」。富洪是弗拉芒大區的一個區，原歸瓦隆大區的列日省。1963 年由於人為原因被劃到弗拉芒大區的林堡省，當地居民操法語，從此一直在爭取返回瓦隆區，為此還成立了「回歸列日運動」組織。1983 年該運動領導人被選為區長，但弗拉芒區拒絕任命。原因之一是此人不懂荷語，但中央政府又支持此人作區長。最後導致首相和內政大臣辭職。弗拉芒人處於北部經濟發達區，要求提高荷語地位，因此不能容忍不懂荷語的人作區長。富洪處於南部經濟落後區，他們為了回歸列日省，當然要擁護操法語的人當區長。語言分歧的背後，反映了地區之間政治經濟利益之爭。政治權力可以利用來作為壓制或推動語言發展的工具。明顯的事實是，殖民政府對土著居民採取的政策之一，就是規定殖民者的語言為一切公共場合、政府機關、學校教育的官方用語，這就搶佔了土著語言的大量生存空間，土著語言只能在家庭內部以及非正式場合使用。長期雙語並用最終過渡到只使用殖民者的語言。像拉丁美洲的印第安語很多就是這樣消亡而被西班牙語、葡萄牙語取代的。與此相反的做法是，南非白人政府限制土著居民學習英語、荷語而鼓勵他們使用本族語，這樣，當地居民不能進入社會上層參與公共事務，長期在政治、經濟上處於落後地位。由於土著語言的生存空間有限，功能系數很低，語言自身也處於落後的停滯狀態。在國際上，由於英語曾經是很多殖民地國家的官方用語，這就為英語提供了廣闊的生存活動空間和眾多的使用人口，使得英語的功能級保持較高水平。一些殖民國家獨立後，為了消除殖民文化的影響，維護國家的統一，往往重新確立本族語言為官方用語，這樣，本族語得以在正式場合流通，功能系數有所提高，對語言的發展顯然是有利的。在使用多種語言的國家，如果政府確定其中某一種語言為官方語言，則這種語言發展的條件顯然比其他語言優越。一種跨國界而存在的語言，不同國家的政府對語言的政策不同，則語言發展的進程也不一樣。希臘政府禁止與南斯拉夫毗鄰的人民講馬其頓語，而馬其頓語是南斯拉夫規定正式通用的國語之一。在國界兩邊，同一種語言的發展前景就會不同。

政治因子除了體現為對語言的發展進行人為干預而外，還可能直接影響語詞成分的變化。就漢語語詞的情況來看，從 50 年代初到 70 年代中期，一些語詞的產生和消亡受政治因子影響變化都比較迅速。例如：鎮反、土改、三反五反、打老虎、減租退押、一化三改造、公私合營、私方代表、公方代表、整風反右、極右、中右、內控右派、大躍進、放衛星、雙千斤、三面紅旗、公社化、初級社、高級社、互助組、一幫一、一對紅、四個第一、三老四嚴、四個一樣、大寨田、四清、專案組、一打三反、小爬蟲、清隊、走資派、知青、上山下鄉、五七幹校、共產主義勞動大學、知青分辦、憶苦飯、倒苦水、紅五類、五類分子、臭老九、紅衛兵、紅袖章、紅寶書、紅司令、紅海洋、鬥批改、文攻武衛、老三篇、老三段、新三段、揪鬥、遊鬥、軟鬥、硬鬥、大民主、大字報、大辯論、大串聯、大鳴大放、文革、牛鬼蛇神、最高指示、工宣隊、軍宣隊、三支兩軍、革委會、大聯合、三結合等等，都是一些受政治因子作用，出現和隱退都較迅速的語詞。政治因子對語詞的影響，見效快，但穩定性較差。非常時興的詞語在政治環境改變之後便很快銷聲匿跡，很少被人提起。但也有少數詞語或詞綴，會長期保留在全民語言中。文革中一度流行的以「黑」為前綴的構詞方式，至今仍有生命力。它不但能構成黑材料、黑名單、黑檔案、黑爪牙、黑窩窩、黑干將、黑高參、黑後臺、黑夫妻、黑陰謀、黑組織、黑主意、黑幫、黑狀、黑會、黑旗、黑線、黑帽（強加的反黨反社會主義罪名）、黑牌（掛在身體上表明反黨反社會主義身份的牌子）、黑老婆、黑九類、黑五類、黑六論、黑八論、黑標語、黑電話、黑報（非法小報）、黑電臺、黑據點、黑秀才、黑班子、黑交易、黑尖子、黑報告、黑標兵、黑綱領、黑修養、黑文件、黑畫家、黑筆桿、黑指示、黑同夥、黑計劃、黑電影、黑劇本、黑子女、黑標本、黑樣板、黑工廠、黑司令、黑串聯、黑文章、黑講話、黑同盟、黑記錄、黑筆記、黑日記、黑機構、黑主子、黑書、黑詩、黑畫、黑風（指不對勁的政治風向）、黑靠山等政治氣味和時段性都比較強而壽命一般較短的詞語，也能構成黑心、黑手、黑帳、黑吃、黑鍋、黑店，黑貨、黑市、黑幕、黑話、黑道、黑信、黑錢（來路不明的錢、昧心錢）、黑戶（沒有在政府部門註冊的人家）、黑人（沒有登記在戶籍證件上的人）、黑整、黑社會、黑金庫等使用頻率較大，適應面較廣，穩定性較強的詞語。

18 世紀法國大革命前後，貴族的宮廷語言為了政治鬥爭需要而大量採用通俗口語，而資產階級進行革命鬥爭也從大眾語言中吸收了大量的詞、短語和語句。革命的政治因子使得語言成分菁蕪雜陳，既出現了低級粗鄙的詞語，也湧現了清新話潑的文風。保爾・拉法格（Paul Lafargue）寫的《革命前後的法國語言》一書，以豐富的語言材料證實了政治因子對法語的影響。但是，無論是貴族還是資產階級，他們對法語所施加的政治影響僅限於詞和短語的增減，而且詞語的增減並未觸及法語的基本詞彙和語法結構。因此，政治因子僅僅是有限地影響語言而不能決定語言。

由於中國所處的特殊地理環境，再加上兩千年來變化不大的封建府縣制度，造成了一個重要的人文地理特色。這個特色就是通過行政制度和區劃這一政治因子影響漢語方言的時空分布。我曾經指出，地理因子並非可有可無，由於地理條件制約人口的分布，實際上也就從宏觀劃定了語言的基本走向，但是人的活動仍有相當的自由度。沒有哪一個西方國家像中國這樣典型，中國人至少從秦代就被戶籍關係束縛在一定的行政區域，再加上土地契約，生計也即吃飯問題基本上剝奪了人群活動的自由度，沒有大的災荒或兵燹，就沒有大的人口流動。新舊朝代的更替，除了地名的變易，許多地方行政建制和轄區卻遞相沿襲，這些方言也就逐漸形成以行政要點為核心的方言區。在幾種語言或方言同時存在的地區，當地政府明確規定的標準用語或上層社會流行的語言，憑藉政治優勢能佔據更多的生態位，能得到較好的發展機會。反之，長期受到政治力量壓制的語言或方言，由於使用它們的人數越來越少，運用它們的社會空間非常狹小，也就不可能有優越的生存和發展條件，甚至有的語言會逐步消亡。由於政治軍事的原因，社會崩潰，語言滅亡，這在世界史和中國歷史上不乏其例。當然，相反的例子也是存在的。日本人佔領臺灣後強制推行日語，而漢語並未消亡。其中的原因是複雜的，不只是政治因子的作用。

第三節　文化結構環境

廣義地講，幾乎一切影響語言的因子，都可以認為是文化因子。即使自然因子，也是人化了的自然，同樣可以視為文化因子。這樣看，固然能夠明白沒有一種因子對語言的作用是單純的，但這對於考察每種因子對語言究竟有什麼作用，有多大作用並不方便。因此，有時為考察的便利，難免會人為地劃定一些框框。就文化來說，對它下的定義就不止一百種，各家定義的文化包含的具體內容也各有不同。按照我的理解，雖然人類生存的世界都是人化的世界，但這世界上的各種因子都有其一定的特殊性。按照特化程度的不同，可以劃定各自所屬的範疇。比如，習慣上把政治、法律、宗教、哲學等作為精神文化的主要內容，這固然無可非議，而我認為它們跟社會結構的關係更密切一些，甚至由它們構成了社會結構的高級層次。這裡不把它們當作文化因子處理，想來也沒有什麼不可以。即使如此，文化因子仍然包含了相當豐富的內容，沒辦法一一考求眾多的文化因子如何地影響語言。因此，這裡只好簡略地談談物質文化因子、人的思惟因子、觀念因子、社會習俗因子的作用。我之所以沒有把思惟因子、觀念因子劃入自為環境因子系列，沒有把習俗因子劃入社會因子系列，正是考慮到它們是相當特化的文化因子。思惟因子是一種精神文化的累積成果，觀念因子和習俗因子是特定文化的價值評價尺度。它們對語言的影響，自然有其獨到之處。正如社會因子對語言存在影響一樣，文化因子對語言的影響也並不存在決定的作用，文化模式的改變不一定引起語言模式的改變，但必然對語言產生程度不同的影響。同樣的文化因子對此語言能產生影響，對彼語言未必有什麼作用；對同一語言的某些成分能有所影響，對另一些成分未必起作用。傳統看法認為語音和語法是語言的核心，語義動態鎖鏈上的語詞似乎對語言無足輕重，但是，很多事實證明語音的變化正是通過語詞的運動過程逐步擴散的，而語音的變化關聯到語詞的結構形式，這又和語法糾纏在一起。文化因子比較明顯地對語詞結構和語句聯接方式發生影響，其次是大批語詞因文化的流動開放而借入。由於文化價值觀念的差異，不同生態語言系統的語言，表層意義看來相同的語句其表達形式和深層語義都存在不同點，從而導致不同的文化背景的人群對同一語句的理解有時相差甚遠。

一、物質文化因子

我在討論社會結構因子對語言的作用時，曾將經濟因子與文化因子捆綁在一起，這是因為物質文化產品首先是生產力發展的結果，同時也就標誌著文明的進步程度。不過物質文化因子與經濟因子也有區別，物質文化因子是比較特化的因子，它提供的物質實體是系列化的或成系統成等級的人為物質產品，它們有時和由此派生的精神因子，例如產品生產的工藝水平、規律、經驗累積、理論、構想等相聯繫而起作用。與單純的經濟因子相比較，經濟因子的作用是潛在的，而文化的作用更直接更明顯。前文提到我國青銅器時代由於生產力的發展，發明了冶煉技術，漢語裏出現了一批與銅有關的語詞，這是由於經濟因子影響。由於冶煉技術的發展，青銅器包括了好幾個系列，兵器系列，用品系列，藝術品系列。這些系列產品單純歸結為經濟因子的作用就不大妥當了。漢語中出現的有關青銅兵器、青銅用品及藝術品的一大群語詞，直接體現了物質文化因子的作用，其中有關藝術品的語詞，還反映了人們觀念中審美價值因子的作用。

在討論景觀因子對語言的影响作用時，我曾經提到，因為自然界存在馬這一事物，所以古代漢語中就有反映這一景觀的語詞。但景觀因子的這種作用，還遠不是有關馬的語詞形成的主要原因。《詩・魯頌・駉》列舉了十七種馬的名稱，其中以「馬」為義符的單音詞有十二個（不包括「駉」字。《說文》：駉，牧馬苑也）。這些單音詞都是以馬的外部特徵來命名的，完全可以認為是景觀因子的作用，像這類根據馬的外部特徵造成的單音詞語，《說文解字》中還有相當一部分。但是，同樣「馬」為義符的另一些詞，情況就不一樣了。例如，「騎，跨馬也。」「駕，馬在軛中。」「騑，驂旁馬。」「駢，駕二馬也。」「驂，駕三馬也。」「駟，一乘也。」「駙，副馬也。」「馽，絆馬也。」「駘，馬銜脫也。」「騶，廄御也。」「驛，置騎也。」「馹，驛傳也。」等等，這類詞是以馬為中心發展起來的馬文化直接作用下造出來的，這當中既有物質文化因子作用，也有馴養和駕馭馬的技術之類精神因子的共同作用。《說文解字》車部收從車之字98 個，其中絕大多數都是與車文化相關的單音詞，這顯然是物質文化因子的主要影響。一般說來，各種語言裏受物質文化因子影響而造出來的語詞佔了名詞總數的大部分。即使借詞裏也有相當部分是這類詞語。例如英語中借入的拉丁語詞：wine（vinum）酒、dish（discum）碟子、mill（mo1ina）磨坊、kitchen（coquina）廚房、street（strata via）街道。漢語中借入的英語詞：安瓿 ampul（一種玻璃容器）、奧非斯 office（辦公室）、德律風 telephone（電話）、道林紙 Dow1ing paper（一種精製的印刷用紙）、敵百蟲 dipterex（一種有機磷殺蟲劑）、的確良 dacron（一種化學合成纖維）、的士 taxi（出租汽車）、巴士 bus（公共汽車）、蘇打 soda（碳酸鈉）、可卡因 cocaine（一種麻醉劑）、可口可樂 Coca-Cola（一種清涼飲料）等等。人類社會每出現一種物質生產品系列，都會在語言中創造出反映這些成果的語詞。漢語中表示色彩的詞語與絲織品的豐富、陶瓷產品工藝水平的提高有直接的關係。〔註 7〕甲文中單純表色彩的詞有幽、白、赤、黃四個，到東漢《說文解字》收與絲織品有關的色彩詞二十四個：絹（麥稈色，麥莖青色）、綠（青黃色）、縹（白青色）、綪（帛青經縹緯）、絑（純赤）、纁（淺絳）、絀（絳色）、絳（大赤）、綰（絳色）、縉（赤色）、綪（赤繒，茜染謂之綪）、緹（丹黃）、縓（赤黃）、紫（青赤）、紅（赤白）、繱（青色）、紺（深青揚赤）、綥（蒼艾）、繰（如紺色）、緇（黑色）、纔（微黑）、繳（騅色，即蒼黑色）、綟（莀草染，黑黃色）、緋（赤色）。由於物質系列產品水平的提高，色彩由單色向複色演進，色彩詞從單音節向複音節發展。到明清兩代，景德鎮製的「永樂鮮紅」又稱祭紅、霽紅、積紅。紅色又分鐵紅、銅紅、郎窯紅、缸豆紅、胭脂水、珊瑚紅。

〔註 7〕劉雲泉《色彩、色彩詞與社會文化心理》（上），載《語文導報》，1987 年第 6 期，第 47～50 頁。

藍色有霽藍、孔雀藍、灑藍、天藍、東青、蟹殼青。綠有瓜皮綠、孔雀綠、秋葵綠、蘋果綠。白有豬油白、甜白。黃有老黃、鐵銹花等釉色名。

另外，我們從年歲名稱的變化，也可以發現以生產力發展為基礎的物質文化因子對語詞的影響。《爾雅・釋天》說：「載，歲也。夏曰歲，商曰祀，周曰年，唐虞曰載。」為什麼不同的時代對年歲的稱呼不一樣呢？原來，「載」是「才」的通假字。《說文》認為「才」像草木初生之形，這是一年初始的景象。唐虞時代以畜牧業為主，每年草木初生與牧業關係密切，所以用「載」（才）來指代一個勞動週期的開始，進而借指時間概念。這個概念事實上是當時物質文化水平的一個投影。而「年」《說文》訓為穀熟。甲文「年」字頭上的「禾」確像低垂的穀穗。周代農業生產有了一定的發展，用「穀熟」來指代收穫季節，進而借用為時間名詞，這是周代物質生產水平的反映。「祀」，《爾雅・釋詁》訓為「祭也」。《說文》釋為「祭無已也」。古代凡從「示」之字均與鬼神有關，這表明商代巫祝文化的發展。祭祀必有供品，供品有賴於畜牧業、農業的發展。畜牧業提供牲畜，農業提供釀酒的原料。商人釀酒水平很高，這從出土的大量精美青銅酒器可以得到證明。商人重祭祀，以祀為時間名詞，同樣反映了當時的物質文化水平。「歲」字從甲文字形看，很像以武器砍斷足，這恐怕是奴隸社會殺人祭祀在文字上的反映。以殺人祭祀為祭名，再藉以紀年。這是原始生產水平的一線折光，從中透露了這樣的信息，即殺人武器的製造也達到一定水平。有的學者認為「歲」是青銅斧，如果真是如此，那夏代的金屬冶煉水平已發展到相當高度。不過迄至目前還未能有出土文物加以印證。

二、思惟因子

思惟是生物進化的結果，一定人群的集體思惟的共性很大程度上是共同的精神文化累積的成果。從生物進化論的觀點看，整個人類不分人種、民族，一般思惟方式應當是基本一致的，但不同的民族由於社會文化背景不同，各種因素長期作用的結果在思惟方面會形成不同的特點。不僅民族如此，即使是具體的個人、各個人的思惟特點也不完全一樣，有的人長於邏輯思惟，有的人長於形象思惟。同樣對邏輯思惟比較習慣的人，有的偏好數理邏輯，有的偏好語言邏輯，有的長於具象邏輯，有的則慣於抽象邏輯。有的學者不承認這種差別，他們認為語言的差異跟思惟方式沒有因果聯繫，這種看法本來是針對洪保特、薩丕爾、沃爾夫等人關於語言與思惟的決定論觀點提出的，但是走過了頭。語言與思惟是兩回事，思惟早在語言產生之前就已存在，國外學者在這方面的研究成果遲早會使國內認為語言與思惟同時存在不可分離的看法成為歷史。語言與思惟彼此獨立而又相互影響，語言的產生大大促進了人類思惟的發展，而思惟方式的不同又使語言在一定範圍內各呈特色。語言與思惟之間的相互影響客觀存在，不可否認，同時，兩者之間也並不存在什麼決定作用。思惟方式不能決定語言，語言也不能決定思惟方式，但思惟方式必定會影響語言。語言之間的差異是各種因子共同作用的結果，其間思惟方式的不同也是原因之一。客觀世界的一切信息都需要人的大腦加工篩選才能傳輸給語言，從這個意義上講，思惟因子對語言的影響可謂無孔不入，無時不在。這裡不打算討論思惟的這種作用，而只是談談一定人群的集體思惟方式或思惟習慣對語言面貌的影響。因此，所謂思惟因子，其實指的是一定群體的思惟方式因子。

思惟方式因子對語言的影響是通過長期的歷史過程而發生的社會習慣性作用。漢語與印歐語系諸語言的不同面貌固然是多種原因所造成，而其中思惟方式的特色，對語言不能說沒有影響。當然，這種影響具有廣闊的社會背景和文化背景。從思惟特點來看，漢語是重意會，重辯證邏輯的語言。印歐語的特色則是重形態、重形式邏輯。漢語缺乏形態變化，是長期的進化成果，形態的消亡代之以意念的強化，以意念關係代替了相當部分的形態聯繫。與西方語言的嚴格細密的形式化體系相較，漢語是一種比較鬆散、靈活度大、包含多向信息的語言。它不強調理性和形式論證，而注重意念的流動和言語內容的生動可感。聯繫到中國古代哲學的辯證務虛，中國古代自然科學的疏理重用，中國古代散文的縱橫瀟灑，中國古典詩詞的微言宏旨，中國傳統戲劇的重意輕景，中國繪畫的遺形取神，中國書法的以意成體，中國人社交的重義輕物，不能不承認思惟方式帶有社會普遍性，在社會上流通的語言不受思惟方式影響是不可能的。

思惟因子不僅在宏觀上對語言面貌發生影響，從微觀上也可以發現思惟的不同特色對同一事情在語言表達方式上的差異。在美國或英國，人們相遇習慣以「早安」、「晚安」之類的話表示禮貌；漢人見面則說「到哪裏去？」如果臨近用餐時間，就用「吃了嗎」表示友好。西方好些國家在主人送客人時，常常主人和客人互道「再見」；而在中國，主人會說「走好」或「慢走」，客人會說「不要送了」或「請留步」。於此可見，操英語的人是直接從態度上作出反應，漢人則拐了個彎，態度隱藏在言語後面。一個漢人問人家是否吃飯或上哪兒去，問話的人其實並不想瞭解問題的答案，而只是通過問話表示對被問者的關心或友好。假如提這樣一個問題：你去過廬山嗎？操英語的人會說：Yes, I have.或者：No, I have not.操漢語的人會說：去過。或者：沒去過。操英語的人的回答顯然是表示自己的態度，而操漢語的人則是對提問作出反應，但無法從回答測知其態度。這種情況不僅與言語習慣有關，與思惟因子也有一定關係。漢語常用「遠古」、「近代」、「深夜」指時間，而「遠」、「近」、「深」是表示空間關係的詞語。向人問路，常得到這樣的回答：「吃頓飯工夫就到了」。人們慨歎時間的流逝，孔子用江水作比，今人常說「一輩子就這麼一眨眼就過了一大半」。「吃頓飯」、「江水流動」、「一眨眼」都是空間行為，卻用來表示時間長度。漢語中這些現象表明漢人存在借用空間形式表示時間長度的思惟方式。

三、觀念因子

觀念因子這裡主要指倫理、道德等社會觀念，它們都是文化價值系統的構成部分。價值系統制約著人們的思考、創造以及行為模式，也制約著人們對外來知識的選擇、吸收和闡釋。它們也不可避免地影響著語言。中國封建社會以「三綱」即君為臣綱，父為子綱，夫為妻綱和君臣、父子、夫妻、兄弟、朋友「五常」為道德準繩，強調人與人之間的社會等級差別。這種等級觀念影響到漢語詞語結構的語素次序。「君臣」、「父子」、「夫妻」絕不能說成「臣君」、「子父」、「妻夫」。尊卑等級觀念成為詞語結構的一個支配因素，例如現代漢語中的一些語詞和短語就是如此：上下、高低、深淺、長短、貴賤、老少、長幼、男女、父母、子女、姐妹、寬窄、美丑、肥瘦、師生、官兵、升降、大小、天地、山水、乾坤、主僕、幹群、指戰員、上下級、上調下放、內查外調、上訪、上告、黨政軍民、工農兵學商等等。由於社會等級高低不同，同一種意義按身份以不同的語詞稱述。例如《禮記．曲禮》說：「天子死曰崩，諸侯曰薨，大夫曰卒，士曰不祿，庶人曰死。」如果加上褒貶色彩和婉曲避諱等不同說法，漢語中「死」的別稱不下數百種。封建宗法是封建家族倫理關係的制度化，它實質上是按血緣來決定等級的封建倫理秩序。中國封建宗法的特點是親屬名稱和親疏關係分得特別詳細，這就使得關於親屬稱謂的語詞特別多。例如，子之子為孫，孫之子為曾孫，以下依次還有玄孫，來孫、昆孫、仍孫、雲孫的稱呼。又如古代漢語中父之伯叔稱為從祖祖父，其妻稱為從祖祖母，其子稱為從祖父，其妻稱為從祖母，堂伯叔之子稱為從祖昆弟，又稱為再從兄弟。由血緣遠近而決定親疏關係，親疏關係不同，喪服和居喪的期限也各有不同，古代封建社會喪服分為五個等級，謂之五服。由這些細密的區分而產生相應的語詞。宗法觀念強調父慈、妻賢、兄友、弟恭，同一意義的語句，由不同身份的人說出來，措辭不一樣，有的語法結構也不同。觀念因子是語言功能的一個導向因素。人們在特定場合對特定的人說什麼樣的話最適當，則此時此語句的言語功能達到最佳值，言語效果最好。只要語言一天不停止它追求功能最佳值的運動，觀念因子就不可能不對語言發生影響。

四、習俗因子

習俗因子指一定社會的風俗習慣，它們也是構成文化價值系統的重要成素。習俗因地域、民族、社會模式等等條件的不同而有異。即使同一民族由於地域的隔離，習俗也會產生變化而影響語言。例如，婚嫁習俗，各地的程序不完全一致，同一程序各地也有不同習慣，這就在語詞方面反映出來。臺灣婚嫁常用語詞如：送日頭（請期親迎）、送訂（訂盟）、棉爛（有耐性）、強（積極出手）、胚孔（硬要）、字仔（又稱小年庚，寫有籍貫、排行等內容）、比手指辦（量定戒指尺寸）、掛手指（將戒指套在手指上）、辦盤（將聘禮盛在抬盤中）、打盤（將禮物改為現金）、轎前盤（男方贈送豬腳和麵線）、提日（男方擇日）、食旬湯（蜜茶、四果湯、雞蛋湯、腰子湯）、拖竹蓑、透腳青（均指拖青竹取吉兆）、轎斗圓（用一斗二升米制的湯圓材料）、放扇、換花、報包（報婚夜訊息）等。有的語詞閩南方言也有，但其他方言就很少見到這類語詞。我國北方給小孩起名多是丫頭、妞子、狗子、虎子、阿毛、鐵蛋、石頭之類，而貴州的小孩有的叫玀玀、苗子、蠻子。我們現行的禮節最普遍的是握手，其次是點頭，也有舉手禮和鞠躬禮。但古代漢人重視禮節，禮節的繁多表現在古漢語中就有較豐富的表禮節的語詞。除通常的「跪」與「長跪」，周禮有所謂九拜，稽首、頓首、空首、振動、凶拜、吉拜、奇拜、褒拜、肅拜，「空首」又稱「拜手」，「肅拜」又稱「手拜」。另有正拜、一拜、再拜、三拜、三叩九拜之類的語詞，後代還有「點頭哈腰」、「欠身」、「打千」、「打拱」、「拱手」、「作揖」等有關禮儀的語詞。中國古代漢人重男輕女的陋習表現在言語中常常把一些不良的東西與婦女相聯繫。如「嫉、妒、媢、妖、佞、奸、嫖、妨、娞、姘、婪、妄、媟、婚、妎、嫌、嫚、婄、嬉、嫪、嫸、婬」等，並非女性獨有的東西，在文字符號中硬加上「女」。「媯、妘、嬿、孜、娸、姜、姚、姬、姒、嬴、婁、姞」這些姓氏用字，又可以窺見女權社會的遺跡。有的詞語表面上看似乎以「性」劃界，其實體現了特定的價值取向。英語 marry，漢語則男稱「娶」，女稱「嫁」。古代男稱外子、丈夫、良人，女稱內子、內助、內人、拙荊、夫人。不同社會等級的女子還有不同的稱呼，皇帝的配偶除皇后外，還有妃、嬪、媵、嬙。已婚婦女自稱奴、奴家、妾。男子正妻而外，副妻尚有妾、如夫人、外室、側室、副室、小星等稱呼。男的再婚稱「續弦」、女的再婚稱「再醮」，用詞的不同，是價值標準的不同。漢語中這些詞語實際上反映了社會陋習的影響。在封建社會，男子可以對妻子以「七出」的罪名隨便「休」、「棄」，而女子卻只能充當節婦貞女。

男尊女卑這種陋習似乎並非中國特產。在英美等國，這種習氣同樣影響到語言。晚會上，婦女常會被人詢問她的丈夫是幹什麼的，而一般不會問一個男人的妻子是幹什麼的。介紹一位參加社會活動的已婚女性，往往會形容她的容貌，介紹她丈夫的職業、社會身份，對她本人稱以夫人，但對男子則往往直稱其名。因此，表面上看來平等的「Mr.」和「Mrs.」，意義有實際上的差別，「Mrs.」是從與男子的特定關係上指稱婦女的。在英語中，某些指稱婦女的語詞含有「瑣碎、不重要」之類的貶義。如 lady（女士）含有貶義，與 woman（女人）常常不能互換，而與 lady 相對的 gentleman 卻可以同 man（男人）互換，不含貶義。可以說「That woman is a dean at Berkeley」（那個女人是伯克力大學的教務長），不可以說「That lady is a dean at Berkeley」（那位女士是伯克力大學的教務長）。這就是因為 lady 一詞含有貶義，不能用來指稱受人尊敬的職位。同理，可以說 saleclady（女售貨員）、cleaninglady（女清潔工），卻不可以說 salesgentleman 和 cleaninggentleman。事實上「man」與「woman」也存在差別。可以用「woman doctor」和「woman engineer」來指稱女醫生和女工程師，而指稱男醫生或男工程師則不必在 doctor 和 engineer 前面加上「man」。fireman、policeman、chairman 一類含有男性語素「-man」的語詞，同樣可以用來指稱女性。同舊中國出嫁婦女冠以夫姓的陋習相仿，在美國，一個叫 Helen Keller 的女子嫁給一個叫 John

Ford 的男子之後，這對夫婦就被稱為 the John Fords 或 Mr. and Mrs John Ford，Helen Keller 的名和姓全被取消，這個女子從此被稱為 Mrs Joha Ford。以男性為規範的習俗，把女性視為附屬物。wife、woman 雖不具有「財產」含義，但在言語運用中卻將「妻子」與「家畜」，「女人」與「權力」、「地位」相提並論。如：

The brave pioneers crossed the plains with their wives,their children,and their cattle.

Our people are the best gamblers in the galaxy. We compete for power,fame,woman.

英語中很多與女性有關的名詞都含貶義。bachelor（未婚男子）與 spinster（未婚女子）本來是相對應的一組語詞，可 bechelor 又指「單身漢」，是悠閒快活的人；spinster 又指「老處女」，是被人憐憫的對象。master（主人）與 mistress（主婦）也是一組相對應的語詞，而 mistress 也用來指「情婦」。lady 也可指「情婦」，madam 又指「鴇母」，woman 竟可用作 prostitude（妓女）的同義詞。tart 原指「一種小糕餅」，後借用來作為對年輕女子的昵稱，再引申為「富於性感的女子」，現在竟可以指「在街上拉客的女子」。與此相反的情況是，king、lord、master、father 只要起首字母大寫，就可用來指「上帝」、「基督」或「主」、「神」。據研究，英語中表示「性生活上亂七八糟的女子」這類語詞多達 320 個，這顯然是男權社會的傳統偏見對語詞作用的結果。〔註 8〕

居住在我國雲南麗江地區的納西族人的語言中，有些語詞卻反映了母權社會女尊男卑的習俗。例如納西語「夫妻」［n̩invəkæ］直譯為漢語是「妻子丈夫」，「男女」［mizo］直譯則是「女男」。「母」與「大」是同義詞，「男」與「小」也是同義詞。「大樹」直譯為漢語是「樹母」，「小樹」直譯則是「樹男」。寧蒗縣水寧鄉的納西語方言有幾個特殊的語詞，母親的阿注（配偶）、自己的生父和舅父都用同一個詞語［e^2v^2］來表示。母親、母親的直系和旁系姐妹都用［e^2mi^2］這個詞語表示。［zo^2］指稱自己的兒子及兄弟的所有兒子。［my̩^{1}］指稱自己的女兒及兄弟的所有女兒。這些親屬稱謂詞語的特色明顯是當地習

〔註 8〕參見嚴筠《語言中的性別歧視》，載《江西師範大學學報》（哲社版），1987 年第 4 期第 145～152 頁。

俗因子作用的結果。永寧的納西族人實行一種稱為阿注關係的對偶婚制。男女雙方都有一個主要的阿注和幾個次要的阿注，他們並不組成家庭，女阿注生的兒女留在母系家庭中，子女不知道父親是誰。這種關係反映在語詞方面就是缺乏區分細密的親屬稱謂語詞，尤其是缺乏獨立的男性親屬稱謂語詞。貴州東南部凱棻鄉的苗語方言對「父母」、「夫妻」的稱呼與麗江納西語在詞序上一致。如「父母」［mi^6 pa^3］，直譯為漢語是「母父」，「夫妻」［$vie^3ʑo^6$］直譯為漢語是「妻夫」。〔註 9〕

第四節　自為環境

自為環境即人群系統是創造語言的主體，也是運用語言的主體。但在生態語言系統中，它實際上是語言系統與自在環境系統的中介。這種中介作用不是機械的僵死的，而是能動的積極的。它不但能把自在環境的各種信息經過篩選加工之後傳輸給語言系統，而且還能通過言語運動反作用於自在環境，同時自身也參與同語言系統的相互作用。傳統觀念不考慮人群的這種能動作用和與語言的相互影響，把許多靠語言自身無法解決的語言問題歸之於「約定俗成」，這種狀況是不利於對語言進行深入研究的。任何語言現象，既然存在，就一定有它產生和發展的內因和外因。語言現象的產生和發展，必定有一個萌芽→選擇→穩定→擴展的過程；某些語言現象的消亡，也必定有一個從穩定到失穩，從失穩到衰微的過程。所謂「約定俗成謂之宜」顯然指的是特定語言現象在特定社交情境中的穩定態。研究語言不能止於某種語言現象的穩定階段，而一定要弄清它產生的原因和達到穩定的演變過程。生態語言學強調人群系統在生態語言系統中的能動作用，並不意味著人能隨心所欲地改變語言自身的發展規律。但是人群能夠給予語言以重大影響這是不容迴避的事實。自為環境對語言的影響，大致可以從八個方面來進行探索。這就是人的意向因子、人格因子、性別因子、年齡因子、角色因子、情感因子、情境因子、心理因子。

〔註 9〕參見周振鶴、游汝傑著《方言與中國文化》，上海人民出版社，1986 年 10 月第 1 版，第 200～201 頁。

一、意向因子

一定的人群在言語活動中都各自有著一定的意向，很多意向只是隨機觸發的，短暫的，轉瞬即逝；有的意向則是固執的，人們千方百計想用言語去描述，去表達，如果辭不達意，就會產生改變言語組織方式和表達方式的意向。這種企圖改變言語組織方式或表達方式的意向，是環境客體與人群主體矛盾作用的表現。這種促使言語模式變異的意向，成為語言變化的一種潛在的推動力。人們生活的千變萬化，使得語言的表現能力與社會現實的急劇多變存在永恆的矛盾，因而語言也處於永恆的變化中。在語言與社會現實之間，促成這種變化的多種因子中，首先是人們的意向因子。每一個人都有各自不同的意向，當這些意向在不同的時空環境內呈不均勻分布時，它們的作用力相互抵消，對語言系統沒有明顯影響，當相當一部分人的意向在言語活動中形成合力，並長時間有規律地作用於語言時，就會使某些語言成分發生變化。語音系統中某些音位自由變體的出現，某些語詞等義、近義以及別稱、美稱、鄙稱的出現和擴展，某些同義語法形式的產生，其觸發點往往就是意向因子。相當多的語言學者不承認人群的意向因子會對語言有什麼作用，他們認為人們對語言的干預注定是徒勞的。如果人為努力徒勞無功，那是因為個別人或少數人的意向未能形成足以影響語言變異的力量。人的意向因子覆蓋面的廣狹和作用時間的長短，對語言的影響強弱是不同的。意向因子未能使語言發生變化並不等於它沒有作用於語言。有一種比較普遍的看法是：語音與語義的結合一開始就是任意的，偶然的，沒有什麼必須如此的原因。如果請問「樹」這個詞語它的意義「木本植物的總稱」在現代漢語普通話裏為什麼與［ʂu^{51}］相結合，而在廈門話裏則是［tɕ‘iu^{33}］，溫州話裏是［zʅ^{11}］，日語則是［ki］，英語是［tri:］，或許可以分別從上古來源講講為何有這麼些讀音，至於「木本植物的總稱」為何與那樣的上古音結合而沒有與另外的上古音結合，仍然講不出所以然。其實，在造詞之初，正是意向因子起了決定性作用。不同民族不同社會文化背景的人群處於不同地域不同時代，在不同情境下意向的產生存在多種誘發因素。著眼點不同，意向不同，表示相同意義的語詞就有了不同的語音外殼。人的意向受多種條件的制約，條件的多變使意向具有測不准特徵，但並非毫無規律。我們可以看看居住地域不同的漢人對同一事物起名的差異，就可以瞭解到意向的產生與外界事物本身並不是完全沒有關係的。例如，有一種味甜的薯類，學名甘薯。之所以這樣命名，著眼點就在於強調「甜味」。北京人稱做「白薯」，這是著重薯的塊根內部的顏色了，或者著重它的皮色吧，而甘薯的塊根內部顏色和皮色有白、紅、黃三種。四川地區以紅心的「南瑞苕」為多，因而四川人稱「甘薯」為「紅苕」。四川南部瀘縣鄉下的農民有的稱它為「黃苕」。顯然，四川人意念中把薯類認為是苕類，然後據皮色或塊根內部顏色命名，川南人把「南瑞苕」稱為「紅心苕」，因其內部色紅，又把內部色白的紅皮薯稱為「花生苕」或「板栗苕」，因其內部色白如花生仁或栗子果肉，看來命名時人們的意念並不著重「紅皮」這一特徵。但瀘縣人稱「甘薯」為「黃苕」，卻正是著眼於皮色而不計較內部顏色，因為那一帶出產的甘薯絕大多數是赭黃的皮。福建南平的人稱「甘薯」為「蕃芋」，其取名意念有兩個特點，一是把薯類看作芋類，二是強調它的來源。對同一意義的事物人們意向不同，他們選擇與這一意義相結合的語音形式也就很難一樣。音義的結合固然有一個約定俗成的過程，但約定俗成是過程而不是原因，音義的結合在一定程度上受到意向因子影響。從宏觀看來，一切語言的語音與語義的結合，都是偶然的，一定的語義既可以與這樣的語音外殼結合，也可能與那樣的語音外殼結合。可是從微觀來看，每一種語義與某種語音形式的結合，都是一定人群的意向因子產生觸發作用，都帶有人的主觀取向。拿鴨子的叫聲來說，恐怕世界各地都不會有太大的差異，可是不同的語言中的擬聲詞的語音並不相同，英語 quack 讀作［kwæk］，俄語 кряканье 讀作［krjakanje］，現代漢語普通話讀作［ɕia^{55}］，上古音擬作［kap］。語音形式雖有異，造詞的意向——模仿鴨叫，這卻是必然存在的。意向一致而語音外殼不同，這體現了不同語言各自的語音特色和語音拼讀規則。世界語言的差別是由多方面因子的作用造成的。中國傳統語言學重視語詞得名之由的研究，所謂得名之由就是指某一語音形式表達某一意義的理由或根據。這就是說，一定語音與一定語義構成具體的語詞並非純屬偶然。而促成語音語義結合的各種因素中，人的意向因子的作用是不容忽視的。當一群不同語詞都表達同一概念時，語詞的消長競爭也有意向因子的作用。比如英語叫做 cemen 的東西，漢語過去有許多叫法，塞門德土、水門汀、士敏土、膠灰、洋灰、水泥等，現在叫水泥或洋灰，而且叫水泥的更為普遍。這是人群的意向選擇影響到語詞的存亡。一般說來，意向對語言的作用可說是無孔不入，無論是語音、語義以及規則的演化，都與人的意向有關。在詩歌裏，比較突出人的意向作用，那裡是產生新語詞、新語法以及音位自由變體的溫床。

人的意向在宏觀上對語言的存在能夠造成人工環境。例如，一個人除了自己的母語而外，由於價值驅動，他的主觀意向致力於學習第二種語言。如果每一個人的這種意念彙集成社會性的意向，那就會造成雙語社會，甚至出現多種語言共存於一個社會的局面，這就會加深語言之間的相互作用程度，形成比較複雜的語言生態。有的國家出於特殊原因，由政府規定幾種官方語言，這實際上是借用政治權力實施人的意向，從而也會造成語言間的相互影響。人的意向作用還表現在對語言的規範化方面。規範實質上就是使自然語言符合人為的既定框架。標準語無論在語義、語音和造句規則方面都是人為加工取捨的模板。真正的自然語言都與標準語存在一定的距離，但標準語既經確立，它就會對語言的自然形態施加影響，這種影響，就是人們意向的作用，也即規範作用。人們已經愈來愈清醒地認識到人群的意念作用對語言系統宏觀面貌的變化絕非無足輕重。由於現代社會政治、經濟、科技文化各方面的高度發展，社會交際的各個層次對語言的要求愈來愈高，必須制定與社會發展相諧調的語言計劃。語言計劃是語言變化規律、社會運動規律和人群意向三者的綜合。由於語言的每一點運動變化都是在一定的社會文化環境中發生的，因此必須全面地考慮到與語言相關的主要社會文化變量，包括經濟變量與效益，社會變量與效益，文化變量與效益，政治變量與結果，以及地域因素、人口因素、人群心理變量，語言自身的變量和積累的語言事實。應當把語言計劃放到社會環境之中，將其作為社會改革的一個有機組成部分來考慮。只有充分考慮到語言計劃作為社會改革中的一環在一定階段能夠取得何種社會效益，才能夠使語言研究工作與社會進步密切聯繫，科學地確立近期目標和長期目標，從而走出語言學重形式輕內容，重自身輕社會的象牙之塔，在更廣闊的背景中創造更大的社會價值。語言計劃是人對語言發展的一種人為引導，也即人的意向的科學化。這種科學化就是在尊重語言和社會的運動規律前提下，盡可能使語言的變化符合人們期望的目標，從而給社會帶來更多的效益。語言計劃涉及一系列複雜的研究課題，在當今世界上還沒有廣泛地引起人們的重視，相信在不太遙遠的將來，語言計劃能以其取得的成果證明人群在語言面前絕不是一無可為的。

二、人格因子

人的氣質、性格、教養等構成的人格因子，也是影響語言的一個方面。人是兩種基本屬性，共性與個性、生物性與社會性的統一體。人在社會上生活，各個方面都受社會制約，每個人的言語都具有社會共性；另一方面，人各有不同的氣質、性格、文化教養，因而言語特點也不一樣。人們交際的時候，在語言上是互相影響的。性格固執或自信心很強的人，比較傾向於保持個人的言語特色，不輕易學習別人的言語結構特點以及風格特點，甚至偏好堅持自造的語詞和與眾不同的言語表達方式。在偏向保守和固執的人群中，語言比較少變化，語言模式比較穩固，外來語言很難在這樣的人群中取得生存空間。地球上的語言宏觀上變化的路線和速度參差不齊，其中影響語言宏觀變化的人群因素中，語言集團整體表現的人格因子是一個重要原因。社會語言學家早就注意到人格因子對言語活動的影響，但迄今為止還沒有人把它提到語言的宏觀層次來加以認真考察。方言學家認為地域的分隔是造成多種語言和多種方言的主要原因，但在解釋某些語言的宏觀變化上遇到了困難。在北美洲沿北冰洋一帶，東起格陵蘭的大西洋沿岸，西到阿拉斯加的白令海峽沿岸，在大約五千公里這樣漫長的地帶，儘管冰天雪地交通不便，居住在這一地帶的人很難互相往來，但人們如果相遇居然能用愛斯基摩語進行交際。照某些語言學者的理論，愛斯基摩語因地域分布遼遠阻隔，早該分化得面目全非了，哪裏還能各自保持著通話水平的語言特點呢？還有一個大家都感到迷惘的現象是，拉丁美洲的印第安語言有一千種以上，僅南美洲就有近一千種，美國和加拿大有一百多種。使用這些語言的人比較分散，語言集團的人數也較少，甚至一個不足千人的部族也使用一種別人不懂的印第安語。目前比較一致的看法是：印第安人在兩萬五千年以前就從亞洲小股分散地遷移到美洲。每股在美洲定居下來的印第安人都有自己的文化、習俗和語言，有的從事原始的採集、狩獵，而有的創造了舉世聞名的瑪雅文化。雖然印第安人的祖先是亞洲人，但印第安語言與亞洲諸語言實在說不上有多少相似之處，愛斯基摩語和印第安語都佔據了廣大的生存空間，一種非常穩定，一種變化多端，要說是地域因子起主要作用很難令人信服。會不會與語言集團整體的氣質有關呢？至少不能完全排除這一因素。假如語言集團有一種共同的氣質和意志，地域的分隔對語言的分化影響較小。相反，語言集團零散孤立，各有其特化的氣質和文化，地域的分隔就可能促進語言的分化。有的語言學者花了極大的力量探尋印第安語與亞洲語言的傳承關係，這種努力可能是徒勞的。人類大腦語言中樞出現的歷史不過三萬年左右，印第安人遷移到美洲的時候，很可能還沒有創造出有聲語言，他們到達美洲之後才逐漸創造並發展了自己的語言體系，這種語言體系和亞洲諸語言在發生學上可謂風馬牛不相及。因此，沒有必要挖空心思硬要去考求它們之間的什麼內部聯繫。

閩語在菲律賓、新加坡、海南島、臺灣，由於地域阻隔以及其他語言影響而難免產生變異，如果要保持住通話水平，使用該語言的人群就得有一種共同的意志維護閩語的基本特徵不變，人群的共同意志對語言的穩定究竟能維持多久？恐怕也是有限的，尤其是當人群比較分散的時候。常常聽到從海外回來的同胞講學，一口流利的英語令人稱羨，可講起普通話來吞吞吐吐，讓人難受。中國人的民族意識不可謂不強，人格氣質也不見得低下，但是在語言的生態競爭中，也難以抵禦功能級高的語言的同化力量。愛斯基摩語能在不同自然、社會、文化條件的五千公里長的地域通行，確是人類語言的奇蹟。這一現象實在有深入研究的必要。我以為，語言集團的人格因子是不容忽視的變量。

如果某一語言集團的成員大多數性格開朗，易於接受新事物，很少懷舊，那這一集團的語言受到人格因子影響變化會比較快一些。在文化發達，政治昌明的社會結構中，人群的整體氣質較少保守，較多求新意識，則語言相對變化較大。在過去的幾萬年中，人類的語言固然經歷了很大變化，但與近代相比，節奏還是緩慢的。人類社會進入資本主義階段以後，社會政治經濟文化科技的空前發展，對語言提出了很高的要求，事實上，西歐很多國家的語言，近百年來變化節奏正在加快。我國近半個世紀以來，漢語共同語和各方言的變化節奏也加快了。語言集團的人格因素是與社會其他因素相聯繫的。例如，社會成員文化教養水平的高低，就直接與社會進步水平相關。而語言集團成員的整體文化水平的提高，對語言功能級的提高具有積極作用。對語言計劃的推行，標準語的確立和推廣，方言的消亡，都有明顯的效果。中國傳統文化強調人際關係，強調溫良恭儉讓，因而中國人的氣質中有很濃的人情味。表現在非正式場合的禮貌語方面，很少問「你好」、「早安」、「晚安」之類的話，而喜歡以切身的話題寒暄。半路邂逅一般問「上哪兒去？」「吃過沒有？」分別時則是「有空來玩兒！」「什麼時候來我家坐坐？」有人來拜訪，主人會說「什麼風把你吹來啦」，「快請屋裏坐」。長時間不見面的朋友碰頭，北方人常常會說「好久不見啦，身子骨還這麼硬朗」，四川人會說「好稀罕啦，你還這麼仙健」。中年人見面，會故意把對方說得年輕些：「多大年紀啦？不到四十吧」，婦女見面常說：「老大姐，好福氣！幾個孩子啦？」這與西方人不隨便詢問對方私事的禮貌語不一樣。人的性格溫柔，講話風格平和委婉；人的脾氣暴躁，言語急促簡短；性格樂觀，說話爽朗大方；性格多疑，說話閃爍其辭；膽小怕事的人說話羨餘成分較多，瞻前顧後，唯恐得咎；性格堅定的人，措辭明確肯定，言語精悍；機敏的人言談技巧性強，表現手法多樣；質樸的人說話自然敦厚，修飾成分較少。總之，人的性格必然影響言語風格。由此可以比較性格各異的人在表達相同意思時，語法、用詞、發音各方面的差異。為研究語言變體在言語活動中的變化發展，理出一條路子。

三、性別因子

性別因子對語言宏觀上主要起著分化的作用，呈現為不同條件下的功能變體。但是這種分化主要停留在言語交際平面上，至今還沒有發現哪一種語言因為性別關係而分裂成兩個不同的語言系統。語言受說話主體性別的影響能夠在語音、語法上造成差異，而且使語詞運用帶上性別色彩。美國英語中，婦女發的元音比較極端化，高元音比男子舌位更高，低元音比男子舌位更低，如果是前元音或後元音，也會比男子的舌位更前或更後。英國英語中婦女說某些有輔音群的語詞時，常在輔音中增加一個喉塞音。蒙語喀爾喀方言的達爾哈特土語中，男子與婦女在元音上存在對應關係：u—ʉ，o—ə，ʉ—y，ə—ɸ。西伯利亞楚克奇語的一些方言中，婦女發音常在兩個元音中插入 n、t 之類的輔音。在現代英語中，有些語詞是婦女專用的。例如：beige（米色）、ecru（淡褐色）、aquamarine（藍綠色）、lavender（淡紫色）、mauve（紫紅色）、adorable（極可愛的）、charming（有魅力的）、sweet（甜蜜的）、lovely（可愛的）、divine（好透了）。婦女常用的感歎語如 Good-ness gracious!（天啊）、shit（討厭）、Oh dear（哎呀）、Oh fudge（胡說）、Dear me!（唷）。美洲加勒比印第安語裏甚至男女對同一事物有不同的名稱和說法。有的學者指出英語附加問句的語法格式婦女用得更多一些，她們一般說「John is here, isen't he?」（約翰在這兒，不是嗎？）而不大喜歡採用直接的肯定句式。對於詢問，婦女的回答經常使用一種猶豫不定的特殊語調。如果有人問「飯什麼時候作好」，很可能回答「Oh... around six o'clock!」（啊，大約是六點鐘吧！）這裡不用下降語調表陳述，卻使用在疑問句中出現的那種升調。婦女在表示祈請的語句中，喜歡使用禮貌性強的語法格式。如果請人關上門，一般會使用「Will you please close the door.」或「Won't you close the door」，而不會用「Close the door」。由於社會因子的影響，許多國家存在重男輕女的觀念和陋習，通過性別因子對語詞發生作用。英語中表男性的語詞可以用來泛指男女兩性的總體，而表女性的語詞則不能用來表總體。而且這種社會偏見還在繼續對語詞的使用產生影響。例如，英語中不少以-er 或-or 結尾的施事名詞本是中性詞，卻往往被看成是表示男性的，如果是女性，則須在前面加上 woman，如 woman doctor（女醫生）。蘇聯學者薩莫伊洛維奇（A. Самойлович）指出阿爾泰地區突厥婦女日常生活方面的語詞與男子用的語詞平行使用。例如：улуны—поро（狼）、уран—бала（小孩）、учар—куш（母雞）、азу—тиш（牙齒）、унаа—ат（馬）。〔註 10〕美國加利福尼亞州北部雅那印第安語裏，婦女與男子使用的語詞也存在這種區別。如：'auh—'auna（火）、'au'nich'—'aunija（我的火）、ba'—bana（鹿）、t'et'—t'en'nu（灰熊）。〔註 11〕英國學者彼得·特魯傑（Peter Trudgill）對諾里奇市英國英語的調查表明，walking、laughing 等詞的後綴-ing 的讀音，婦女比男子更多地使用標準語音形式。〔註 12〕特魯傑認為，造成這種情況的原因是婦女社會地位低下，因而她們更重視從語言和其他方面來表明和保障她們的社會地位。事實上，很多表面上看來是性別因子引起的語言變異，有著更為深刻的社會背景，但也不能否認性別因子確是某些語言現象產生的直接原由。

四、年齡因子

一般地說，婦女比較樂於保持標準的發音，而男子喜歡有意無意地講離開標準音的自由變體。這跟人的心理結構有關。從年齡層次來看，年輕人比成年人易於求新，而老年人相對保守。拿女人來說，年輕女人較成年女人開放，現代漢語北京話裏的所謂「女國音」，也只在一定年齡層次且有一定文化的女青

〔註 10〕〔蘇〕茲維金采夫著，伍鐵平等譯《普通語言學綱要》，商務印書館，1981 年 5 月第 1 版，第 286～287 頁。

〔註 11〕〔美〕布龍菲爾德著，袁家驊等譯《語言論》，商務印書館，1980 年 4 月第 1 版，第 428 頁。

〔註 12〕〔英〕彼得·特魯傑《性別、潛在聲望和諾里奇市英國英語的變化》，載祝畹瑾編《社會語言學譯文集》，北京大學出版社，1985 年 6 月第 1 版，第 150～169 頁。

年中流行。特魯傑對諾里奇市的調查結果也證實了這種趨勢。即語音的變化與年齡有關，變化首先在年齡較輕的人群中發生。諾里奇市英語裏 tell、bell、hell 等詞語中的元音 e 的讀音共有三個主要變體，標準的是［ε］，另外還有［ɜ］和［ʌ］。從表 2.2 可以看出，三十歲以下，尤其是二十歲以下的年輕人比其餘年齡組的人計分要高，在關鍵的 CS 語體中尤其如此。不同年齡組的人的得分差別表明了諾里奇市英語 tell 一類詞語中 e 的讀音央元音化的現象正在不斷擴展。年齡層次的不同，代表了語音創新的不同階段。

表 2.2　不同年齡在不同語體中 e 變素的計分

語體／分數／年齡	WLS（念詞表）	RPS（讀短文）	FS（正式說話）	CS（隨便說話）
10～19	059	070	139	173
20～29	021	034	071	100
30～39	025	031	059	067
40～49	015	026	055	088
50～59	006	013	035	046
60～69	005	018	055	058
70 以上	005	031	050	081

根據祝畹瑾編《社會語言學譯文集》第 164 頁表十三繪製。

年齡因子並不是能經常單獨地影響語音的變化。當其他社會因子的影響大於年齡因子的作用時，僅從年齡層次就無法看出語音演變的趨勢。美國學者威廉・拉波夫（William Labov）對紐約市三家公司職員的調查，表明了年齡因子和社會功利因子並存時，語音的變化情況。這三家分別是高級公司薩克司（Saks），中級公司梅西斯（Macy's），低級公司克拉恩斯（Kleins）。調查內容是瞭解在 car、card、four、fourth 等詞語中元音後的輔音 r 在不同年齡層次的人中發不發音。〔註 13〕具體情況如圖 2.1 所示。

〔註 13〕［美］威廉・拉波夫《紐約市百貨公司（r）的社會分層》，載祝畹瑾編《社會語言學譯文集》，第 120～149 頁。

圖 2.1　各公司不同年齡組的 r 分層

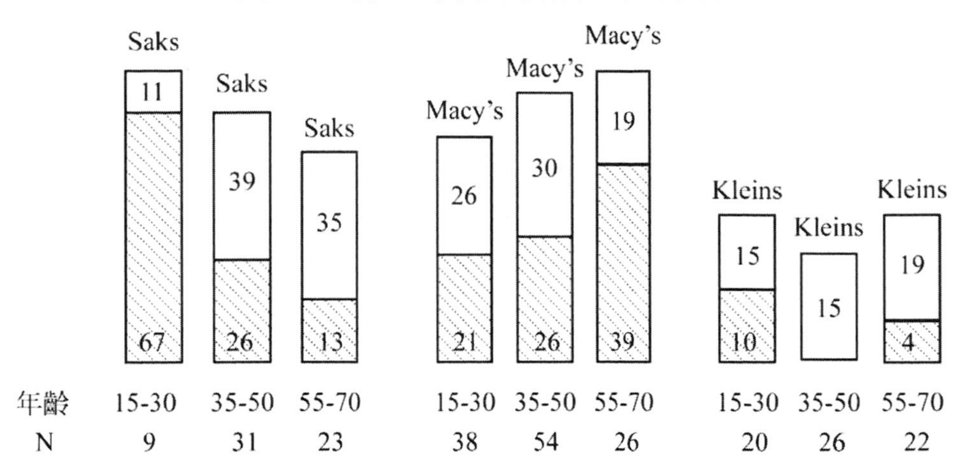

根據祝畹瑾編《社會語言學譯文集》第 136 頁圖 2.5 繪製。

圖中斜線部分表示全部發 r 音的百分數，空白部分表示部分發 r 音的百分數，全部不發 r 音的百分數未列在圖內。N 是實例總數。在高級公司裏，最有希望晉陞的是中青年職員，他們言語反應敏捷，善於適應社會各階層顧客並且使用新流行的語音形式。資歷太淺的和臨近退休的人員，對新的語音形式不關心的原因，很大程度上是因為掌握它與晉陞沒有必然聯繫。在中級公司裏，職員們要想上陞到較高的階層去要花很大力氣和相當長的時間。有一定資歷和經驗的老年職員比青年職員到高檔商店工作的可能性要大些，因此老年職員為適應各種類型顧客甚至比青年職員更積極地採用新的語音形式。而在低級公司裏，所有的職員都明白社會地位提高的機會極少，即使賣力工作對自身的處境也沒什麼改善，因此無論老年還是青年職員對新的語音形式都沒有什麼熱情，他們按照舊的習慣很少發 r 音。

在社會功利因子作用下，對語音感受比較遲鈍比較守舊的老年人也會對新的語音形式感興趣。反過來，在無利可圖的情況下，即使青年人對新的語音形式也缺乏熱情。這樣，對年齡因子的考察，應該重視具體環境，考慮到隱藏在言語功能後面的社會功利目的。例如，年輕人的語言求新意識，可能也有多種情況。十歲左右的小孩，比較單純地對新的語言成分感興趣，易學易擴散，而十五歲以上的青少年恐怕就不會那麼單純，學習並運用新成分的目的或許有個人主體意識的作用，比如個人身份感、吸引異性等各方面原因。二十到三十歲左右的青年人恐怕更多的是出於社會功利目的，為了爭取更好的社會地位，為了在某些場合交際的需要，學習和運用新的語言成分就不是簡單的年齡問題，而是一個多種因子共同複雜作用的結果。當然，這並不意味著抹煞年齡因子對語言的影響。據迪拉德（J. L. Dillard）的觀察，雙言現象的通用情況跟居民的年齡結構有直接的依存關係。學齡前兒童的方言特點最為明顯，兒童的年齡越大，受主要文化的影響，其中包括受標準語的影響就愈深。〔註 14〕由於年齡關係而在語言上形成的新派和老派，實際是共時態表現的歷時差距。這表明年齡因子是影響語言宏觀面貌的因素之一。

五、角色因子

在言語活動過程中，每個人都要扮演數量不等的社會角色，並處於各種不同的角色關係之中，如父子、夫妻、敵友、官兵、師生等等，這就不能不導致人們對言語手段的選擇，其中包括語言變體和語種的選擇。角色涉及到個人的社會地位、身份、職業等一系列因素，而這些因素在不同的生態語言系統中對語言的影響是不同的。有的地位因子可能為一定的生態語言系統所特有，例如種姓係屬。有的地位因子各生態語言系統都有，但能否起作用及作用力大小則分布不平衡。例如英國英語裏有只在上層階級言語裏起作用的地位因子，由此產生具有社會標記的單位 U：non-U 的對立。U 指上層階級具有的特徵，non-U 指非上層階級具有的特徵。如 lunch（U），dinner（non-U）（午餐）；dinner（U），supper（non-U）（晚餐）。〔註 15〕在其他生態系中，上層階級這一屬性未必能造成這樣的語言現象。不同社會地位的人在發音方面選擇的音位變體具有穩定性，thin，thick 或 then，there 等語詞的開首輔音有各種變體，上層集團的人多使用所謂「有威望的變體」。在挪威北部，本地居民傳統上與商人、地主、官吏等社會上層人物格格不入，原因之一是後者使用標準語。語言的使用與不平等的社會地位聯繫在一起。在他們看來，誰使用標準語不使用當地方言，就故意強調了跟本地人的區別，就意味著比本地人高一等。拉波夫對紐約市百貨公司職員的調查表明，地位高的職員與地位低的職員對新的語音形式的掌握是不同的，地位不同的人之間的言語活動影響到語體的變化。美國學者蘇珊・歐文—特立普（Susan Ervin-Tripp）注意到語體變化往往發生在一個男子對他的上級而不是

〔註 14〕〔蘇〕А・Д・什維策爾著，衛志強譯《現代社會語言學》，北京大學出版社，1987 年 11 月第 1 版，第 148～176 頁。

〔註 15〕A. S. Ross. Linguistic class indicators in present-day English. “Neuphilologische Mitteilungen”, 55, 1954。

對同等地位的人的言談中，這同女子對男子，而不是女子對女子說話時發生的語體變化相似。成人對成人說話和成人對幼兒說話與中性言語和帶深情的言語變化相似。〔註 16〕地位因子對言語的影響有一定的心理基礎為背景。在 11 世紀到 13 世紀的英國，貴族都操法語，而社會地位卑微的人還保持英語。社會地位高的爪哇人對社會地位低的本族人用鳥柯語（Hboko），而後者必須用克羅莫語（Kpomo）來回答。爪哇社會裏有三個不同的等級，上層是貴族，中層是市民，下層是農民。每一層次的人都有一套不同的言語風格。上等言語風格用於貴族之間的交談和市民對政府官吏的談話；中等言語風格用於市民之間的交談和農民對官吏的言語；下等言語風格在農民之間使用，也可用於各層次內親密者之間的談話。〔註 17〕在古印度戲劇語言中，男人只能說梵語，女人只能說普拉克利特語，這種區別是社會等級的劃分。因為梵語是神、國王、大公、婆羅門、國務要人、宮廷貴族、舞蹈大師及其他地位高的男人使用的語言，而普拉克利特語只有社會地位低下的男人，如商人、小官僚、工人、漁民、警察以及女人才說它。〔註 18〕

一個人由於身份的不同，選擇使用不同的語言變體，在言語上就會表現出不同的特點。一個婦女在作為妻子與丈夫說話或作為母親與孩子交談，與她作為秘書同經理講話或作為顧客與售貨員講話，顯然不可能使用相同的言語風格和語法，在選用語詞時也得細加斟酌。我國傳統習慣聚族而居，封建時代一族之人都住在一起，一個家族多達數百人。近半個世紀以來，聚族而居的情況已很少了，但幾代同堂的家庭目前還很普遍。祖孫三代住在一起，每一個人同時承擔著好幾種角色，這必然形成一定的言語特色。由於近代社會生活比較開放，一個家庭中各個成員可能來自不同地域，各有自己的母語方言。各種方言混雜的家庭，對語言的選擇與角色聯繫在一起。我國學者已經注意到這種複雜的語言現象，並且開始了這方面的調查研究工作。通過對福建順昌縣埔上閩南方言島中陳延年一家的家庭用語的調查，瞭解到這樣的情況：陳家四代，陳延年的

〔註 16〕〔美〕蘇珊·歐文-特里普《語言、話題和聽話人之間相互作用的分析》，載祝畹瑾編《社會語言學譯文集》，第 239～263 頁。

〔註 17〕〔美〕簡·艾奇遜著，方文惠等譯注《現代語言學導論》，福建人民出版社，1986 年 8 月第 1 版，第 182～183 頁。

〔註 18〕〔蘇〕茲維金采夫著，伍鐵平等譯《普通語言學綱要》，商務印書館，1981 年 5 月第 1 版，第 286～287 頁。

父親說地道的閩南話，母親是當地人說順昌話，嫁到陳家後也會說閩南話。陳延年本人說閩南話，也會順昌話和普通話。其妻福州人，主要說福州話，也學說閩南話和普通話。三個兒子都會閩南話和普通話，大兒子還會說福州話和順昌話。大兒媳是江西人，對公公說閩南話，對丈夫和子女說普通話和贛方言。二兒媳是順昌人，三兒媳是邵武人，對公公說閩南話，對丈夫和子女說普通話和順昌話。孫子孫女一般說普通話和閩南話、順昌話，有的還會說母親的家鄉話。第三代和第四代語言混雜得厲害，說什麼話都很不純正了。〔註 19〕從這份調查材料可以發現：1. 身份因子的影響。陳延年父親在家庭中的身份應當是閩南話被各代晚輩接受的主要原因；2. 方言駁雜的家庭可能運用地方普通話作為家庭通語；3. 家庭內部方言複雜化導致每一種方言都不能純正。如果形成社會潮流，勢必產生新的發展方向，應當引起重視。

在同一交際行為範圍內，由於角色關係的變化，有時會引起所用語言的變換。蘇聯學者 A · Д · 什維策爾在他所著的《現代社會語言學》裏對下面一段情節作了分析。〔註 20〕

——Bien faite et la beauté du diable（身材很好，而且正當她的妙齡）——他正在說，但是一看見勞斯托夫，他就半路打住，皺起眉頭來。

——Что вам угодно? Просьба?（那是什麼？請願書？）

——Qu'est ce que c'est?（什麼？）——隔壁的那個人問道。

——Encore un petitionnaire.（又一個請願者）——掛弔帶的人說道。

——Скажите ему, что после. Сейчас выйдет，надо ехать.（教他以後來。他就要出來了，我們得走了。）

——После, после, завтра. поздно.（以後，以後！明天。太晚了。）

第一句話是亞歷山大一世時代兩名值日官私下談論的內容，用的是法語，

〔註 19〕陳建民、陳章太《從我國語言實際出發研究社會語言學》，載《中國語文》1988 年第 2 期，第 113～120 頁。

〔註 20〕〔蘇〕A · Д · 什維策爾著，衛志強譯《現代社會語言學》，北京大學出版社，1987 年 11 月第 1 版，第 148～176 頁。

這顯示了兩者之間的角色關係和社會地位。他們可能是朋友，而且均屬上層社會，當時上層社會的貴族討論話題時通常用法語。勞斯托夫進來打斷了他們的談話，於是換用俄語發問，表明他們和勞斯托夫之間完全是另一種關係（官員和請願者之間的關係），同時也是對來者的社會地位不清楚的反應。然後兩名值日官又用法語交談，這時換用法語則強調了值日官與來者的社會隔閡。「Скажите ему…」這句話不僅是對自己的男友——值日官說的。而且也是說給請願者聽的，所以又換用俄語。

特魯吉爾（Peter Trudgill）在《社會語言學導論》（Sociolinguistics: An introduction, 1976）第五章「語言和環境」中舉了這樣一個例子說明角色關係變化引起所用語言的變換：一個原來講班圖語的肯尼亞人會見他的一位鄰居，此人雖然在種族上和他本人同樣是個班圖人，但是個烏干達人而且有相當高的職位。那位肯尼亞人希望這位烏干達人幫他找個工作。由於這個原因，前者用盧干達語跟後者談話，因為這是一種用來表示尊敬的最適當的語言。實際上那位肯尼亞人的盧干達語說得並不很好，於是又換用英語講話。然而，當他要把請求幫忙的話說出來的時候，這個肯尼亞人又重新換說盧干達語。這樣做除了恰如其分地表示尊敬而外，說盧干達語還有強調作用。因為盧干達語是一種班圖語，表示他們種族上的密切關係，儘管他們的國籍不同。

職業不僅影響個人言語風格，職業社會集團還會形成所謂職業語言。這種語言有一套專門的職業語詞。茲維金采夫在他的《普通語言學綱要》（中譯本）第 299 頁列舉了像 реглет，бабашка，шпон，шпация，тенкаль，реал，кегль，гранка，цицеро，корпус 等印刷工人使用的外行人不懂的語詞。職業語詞不僅包括行話、科技術語，還包括社會黑話和特殊隱語。我國學者近年來的研究頗有創獲。調查表明，山西省夏縣東滸村一帶從明代起流行一種隱語，這種隱語與地理和職業有關，它是一種在使用人口、流行範圍和時間長度方面都有特點的特殊隱語。運用生態學理論可望對它的存在發展作出比較合理的解釋。對這類與生態環境廣泛聯繫的語言現象進行研究，有助於拓展語言學研究的深度和廣度。侯精一先生對山西理髮社群行話提出了比較詳盡的研究報告，這是近年來國內在這方面有代表性的研究成果。值得注意的是，地處我國東南的閩北建甌和位於西南邊陲貴陽地區的商販計數的說法，竟與山西理髮行話的計數說法基本一致，這種現象應當在深入研究的基礎上提出合理的解釋。

六、情感因子

情感因子對語言的影響是顯而易見的，幾乎任何語言裏都有表達感情色彩的語詞：褒義與貶義的。情感因子長期作用的結果，沉澱為一種文化模式，那就是幾乎一切語言裏都存在的禁忌語和吉祥語。情感在言語交際中的自然體現就是交際雙方的態度。表層意義完全一樣的語句，由於情感從語調和音色中的流露，會起到截然不同的效果。語調平淡的語句，可以從說話者的面部表情和體態動作感知其情感信息，從而作出相應的反應。什維策爾舉出澤姆斯卡婭提出的三種情境成分：關係、態度和環境。澤姆斯卡婭認為，關係是情境的主要成分，態度是比較次要的成分，環境是最次要的參數。〔註 21〕在通常情況下，這種分析也許是正確的。正是角色關係的確定，才能決定交際雙方所應採取的態度。但是，某些情況下，說話者的態度可能優化或惡化角色關係，這時態度亦即情感因子可能控制交際的結局。在角色關係和說話環境相對穩定的條件下，態度表達是否得體，亦即情感語句運用是否恰當是言語風格構成的主要因子。

情感因子在宏觀上表現為對語言的態度。個人或集團對某種語言的態度關係到該語言的榮枯存亡。但是我們知道，人們對語言的態度絕不是無緣無故的。根據生態學觀點，語言作為生態語言系統的一個層次，與之相關的必然是人們對該語言所處的社會、文化背景以及使用集團的態度。美國學者華萊士・蘭伯特（Wallace E. Lambert）對蒙特利爾市雙語現象的長期研究證明：人們對語言的態度常常反映出對待語言使用者或語言集團的態度。調查結果清楚地說明了當其中一個語言集團在政治、經濟、文化和人口數量上佔優勢時，兩個語言集團內部和兩個語言集團之間存在的各種態度類型。語言多數集團對沒有權力沒有威望的語言集團的否定態度，被這個集團部分或全部地接受。甚至語言少數集團成員對自己的貶低超過語言多數集團成員對他們的貶低。〔註 22〕這種態度顯然是從社會權勢角度出發的。蘭伯特對新英格蘭的法裔美國人少數集團的調查還表明，人們對語言的態度同對該語言相聯繫的文化傳統的態度有關。那些表現出喜愛美國文化甚於法國文化的人和否定瞭解法國文化價

〔註 21〕〔蘇〕A・Д・什維策爾著，衛志強譯《現代社會語言學》，北京大學出版社，1987 年 11 月第 1 版，第 148～176 頁。

〔註 22〕參見〔美〕F・格勞斯金《論對待語言集團和語言的態度》，載《民族譯叢》，1987 年第 3 期，第 14～19 頁。

值的人，說英語比說法語熟練。那些樂於承認自己是法裔的人，法語比英語高明得多，特別在理解法語口語方面更是如此。另一部分人面臨忠實於哪一種文化的抉擇，他們既喜愛法國文化的一些特點，又對美國文化有興趣，由於他們沒能解決這個衝突，在兩種語言的掌握上都遇到了障礙。〔註 23〕

語言集團，尤其是上層集團對語言的態度，有時能影響語言的發展前景。例如，巴拉圭通行西班牙語和瓜拉尼語，60 年代末，西班牙語易於受到尊重，而瓜拉尼語常被上層集團排斥。80 年代初，瓜拉尼語被官方宣布為巴拉圭國語後，有 78%的人認為該語應作為教育用語；82%的人認為讓後代子孫學會瓜拉尼語非常重要；63%的人認為只有講瓜拉尼語的人才是真正的巴拉圭人。〔註 24〕上輩人鼓勵下輩人學習何種語言，意味著同該語言相聯繫的文化傳統接近。在美國的外國移民鼓勵子女學習英語，實際上孕育著這樣的後果：脫離本民族的文化系統，加入新的文化集團。

對少數人集團使用的語言的歧視也能產生相反的結果，即增強了該語言集團成員的團結和對自己語言的忠誠。例如，法裔加拿大人與英裔加拿大人交談時拒絕使用英語。亞利桑那州帕斯庫阿的雅基印第安人堅持在社交場合講雅基語（Yaqui）。美裔墨西哥知識分子除使用英語和西班牙語外，還使用墨西哥美語。

情感因子對語言的統一存在一定的反作用。一般說來，每個人都對自己的母語有一定感情，很少有人認為自己的母語是一種低級語言。相反，相當多的人認為很難有其他語言能與自己的母語媲美。這種母語強化意識在我國的各方言區，特別是南方方言區尤為明顯。在上海、廈門等沿海城市，操普通話的人在百貨公司和其他場合是頗為尷尬的。儘管工作場所和公共汽車上貼著「工作時間請講普通話」的標語，但售貨員或售票員仍然操當地方言，並以講方言為榮，對講普通話的「外地佬」不屑一顧。廣州一些高等院校，某些教員居然用當地方言授課。在廣州舉辦全國運動會，竟然用粵語發布運動項目的成績，電視臺也用粵語播送運動會新聞。這使不懂粵語的報社記者大傷腦筋。在重慶某院校舉辦的全國性漢語學術會議，用重慶話宣讀的學術論文

〔註 23〕參見〔美〕華萊士・蘭伯特《雙語現象的社會心理》，載祝畹瑾編《社會語言學譯文集》，第 264～287 頁。

〔註 24〕參見〔美〕F・格勞斯金《論對待語言集團和語言的態度》，載《民族譯叢》，1987 年第 3 期，第 14～19 頁。

使外地學者不知所云。情感因子一方面豐富著語言的表現力，另一方面又削弱著語言的生命力。推廣普通話的工作必須有步驟分階段地進行，同時配合對方言區文化系統的逐步改造，使之與更高層次的文化系統相適應。方言區語言集團的情感有待於昇華為對整個祖國共同語的情感。從生態學的系統原則著眼擬定語言計劃，推普才能取得積極穩妥的進展。

七、情境因子

情境因子是人與人進行言語交際時諸多條件構成的對言語過程進行制約或影響的因子。諸多條件之中，交際者之間的關係、態度和環境是比較重要的因素。我們已經討論過角色關係和情感態度對語言的影響作用，現在進一步考察環境對言語的作用。大家知道，環境條件提供了言語成分省略的可能性，言談中許多沒有出現的言語成分，是由環境來說明的，某些指代性和修辭性較強的言語，也必須有足夠的環境因子加以補充，否則交際雙方就不能達成默契。有的言語抽掉環境之後，簡直就無法理解，這已是眾所周知的常識。此外，言語環境同交際雙方之間的交互作用影響到言語類型的選擇。顯然，某些場合鼓勵某種類型的交談而阻礙另一些類型的交談。比如粗俗的言辭不宜在莊嚴的會場或課堂使用，而在文化很低的體力勞動者中採用文縐縐的措辭未必有好效果。任何人都掌握不同的語體，使用何種語體除了看對象，更多地取決於場合。一般人都會本地方言和標準語，有的人還會好幾種方言，方言的選擇首先看交際對象。在可能使用多種語言的場合，採用什麼語種有時還須考慮到交際場合以外的隱性因素，比如社會規範和交談者的眼前或長遠目的。語碼轉換對於人是一種交際技能和策略變化，對於語言是一種類型變換，對於言語則是一種風格的變化。研究情境因子對言語的作用，早就為社會語言學家們所注意。美國學者卡羅爾．司珂騰（Carol M. Scotton）把言語情境分為對等場景、事務場景、權勢場景三種類型，把言語交談中擔任的角色建立起來的間距定義為社會距離，社會距離由交談雙方 A 與 B 同對話 X 的共同關係決定。他用三角形表示社會距離，用三個圓圈表示交談的三種場景。

圖 2.2　言語情境的三種類型

對等場景　　事務場景　　權勢場景

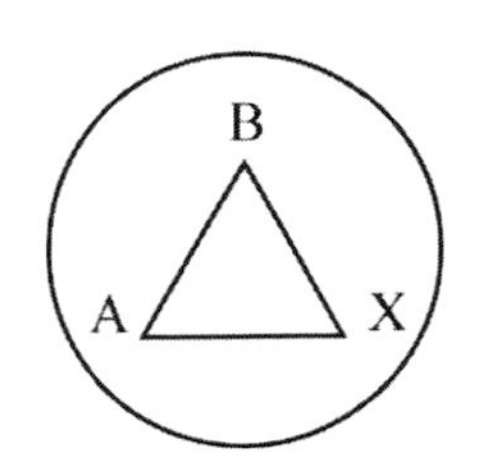

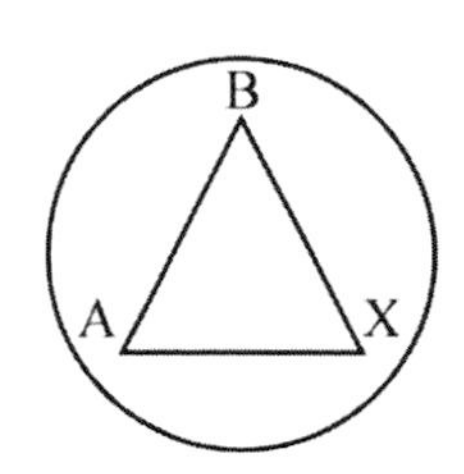

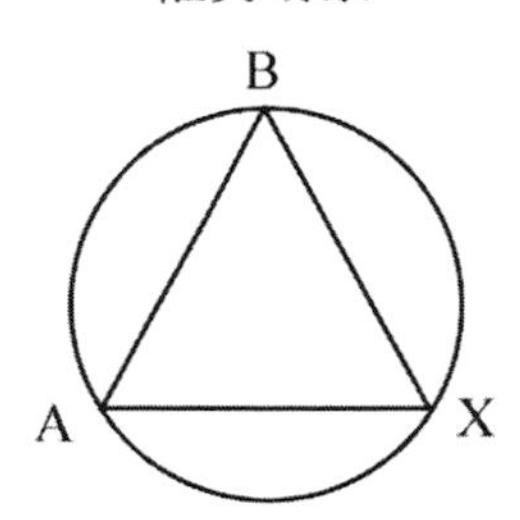

根據祝畹瑾編《社會語言學譯文集》第 207 頁圖 1 繪製。

如圖 2.2 所示，社會距離在權勢場景中最大，事務場景稍小，對等場景中最小。但每一類場景中社會距離在每次交談中可能有所不同，情形依交談者、話題、場所、目的等等而定。交談的任何時刻，任何一方都可以轉換語碼，改用與場景相稱的語體。說話人一旦轉換語體，便確立了另一種場景，社會距離也隨之發生變化。〔註 25〕司珂騰用他的這個模式來研究語碼轉換對言語交談性質的影響，實際上也不妨用來考察由情境因子引起的語言變異情況。通常見到的例子是事務場景變為權勢場景，語體和言語風格隨之發生變化。司珂騰舉的一個例子是內羅畢一位乘客與公共汽車售票員的對話。開始雙方都用斯瓦希利語，即事務場景的用語。由於售票員找零錢不夠，乘客擔心下車前拿不到錢，就用英語表示快到站了，這就改換成了權勢場景，售票員也用英語回答：「你以為我會拿著你的找頭逃跑嗎？」我們注意到，隨著場景的變換，不但語種發生了轉換，而且言語也由禮貌變得粗俗。

某些情境與言語成分在相互作用過程中逐漸結成較穩固的對應關係，就為言語變體的產生創造了條件。

八、心理因子

人類的自我表達心理和創造心理是造成語言不斷變化的一個動因。所有的社會因素都是作為外因通過人的心理對語言產生作用。如前所述，人的情感好惡賦予語詞褒貶色彩，自然語言中的禁忌語或吉祥語最初出於一種情感，然後由心理作用凝成習俗等文化模式。國外心理語言學者把注意力集中在語言習得和語言教學方面，而人的心理對語言變異的作用則重視不夠。實際上人類心理

〔註 25〕〔美〕卡羅爾．司珂騰、威廉．尤利《雙語策略：語碼轉換的社會功能》，載祝畹瑾編《社會語言學譯文集》，第 199～217 頁。

對語言的作用是多方面、分層次的。處於一定社會結構和文化結構的人具有特定的社會心理和文化心理，不同社會集團和社會階層的人也各具心理特色。民族心理、地域心理、階級心理、文化心理、職業心理、年齡心理、性心理、超常心理等等，都會對語言產生不同的影響。功利心理促使言語以最精練的形式達到最佳交際目的。羨美心理對言語的明顯作用是音色的悅耳，言語長度的規律化，言語變體的多樣化和語詞的豐富多彩。模糊心理使言語具有較大的涵蓋包容功能，在表意方面能夠應付裕如，與多變的社會因素不斷締結新的聯繫。自尊心理使言語獨具風格，從眾心理則易於言語模式的擴散和推廣。舉凡一切語言的變化，離開了人群系統的心理因子，就無法理解。目前學術界對禁忌語與心理因子的關係研究較多，對心理因子與言語生成的關係也在開始探究，在其他方面的研究則很薄弱，有的環節尚無人過問。

在這一章裏，為敘述的方便，對生態環境裏影響語言的各種因子分別進行討論，並不意味著環境因子各行其是，各不相干，相反，它們總是交互形成合力而對語言發生作用的。在特定時空條件下，不是每種因子都對語言有著重要影響，但總有一種因子起著主要作用，而其他因子或者隱而不彰，或者只有微弱影響。語言變化和言語運動都是各種因子矛盾鬥爭的結果。語言本身的因素，自在環境的因素，人群系統的因素等相互影響、相互作用，推動了語言的發展進化，反過來也促進了人類和社會的進化。把語言、自然、人類、人類社會看作整體的觀點，有助於認識和發現它們的共同規律、內在聯繫和發展趨勢。同理，用層次眼光審視它們，則易於發現它們各自的特殊性和各自的運動特點以及相互聯繫。在下一章裏，我們將在一般意義上考察語言或語言成分的各種生態運動類型。

第三章　語言的生態運動

生物體要維持生命過程就必須運動，運動的停止就等於生命的終結。語言也是如此，只要存在，就處於不停的運動之中。每一種語言都在一定的生態語言系統中，與多種因子相互作用，運動變化。語言成分也是一樣，新的語言成分產生，舊的語言成分消亡，都與多種因子的相互作用有關。語言和語言成分的運動變化不是孤立的，而是廣泛聯繫，相互影響的。這種運動變化，有的是語言自身的內在因子起主要作用，有的是外在因子起主要作用，無論何種情況，都是有目的性的運動。這種廣泛聯繫的有目的性運動，稱之為生態運動。有的語言現象很容易誤以為是單純的自然現象或生理現象，比如由於發音的省力趨向而產生的音變或語音的弱化消亡，而實際上如果不是出於功能的需要和對進化方向的試探，即使難發的音也不會衰變，易發的音也不會無緣無故產生。一種語言的生態運動，與自身所在的生態語言系統以及其他語言系統的相互作用有關。一種語言成分的生態運動，與它所處的生態位和其他語言成分的相互影響有關。各種不同生態環境與語言或語言成分的相互選擇，相互作用，導致千差萬別的語言生態運動。語言的生態運動的產生，既是隨機的，又是有條件有目的的，因而從宏觀看是有規律性的，是可以把握的。研究語言的生態運動，就是對語言運動規律的探索和對語言運動目的的揭示。常見的生態運動形式，可以歸納為七種類型。

第一節　對立與互補

對立是一切事物存在的基本形式。每種事物都以自己的特殊性而與其他事物相區別而存在。世界上有許許多多不同的生態語言系統，也有許多不同的語言，各種語言以其獨特的面貌在地球生態巨系統中共存。這種共存就是並立，亦即廣義的對立。實際上，同一生態語言系統中，往往有好幾種語言或方言共同存在，這些語言或方言即使有著共同的社會文化背景，如果它們不是相互補充而生存，那就處於對立關係之中。在同一社會結構中，有著不同文化背景的語言共同存在，它們的關係也主要是對立的。例如在柬埔寨，有百分之八十五的人講高棉語，還有一部分人講漢語、越南語，而法語和高棉語是官方規定的標準語。漢語、越南語、高棉語、法語顯然是有著不同文化背景卻共處於同一社會結構中的語言。老撾有百分之八十的人講老撾語，另外還有苗語、瑤語、越南語、漢語，官方使用法語。這些同處於一個社會結構的語言，文化背景也不一樣。一些雙語和多語國家，語言事實上處於對立狀態。如阿扎尼亞的英語和阿非利堪斯語都是官方語言，瑞士有英、法、德、意四種官方語言，它們都處於對立關係之中。

好些印歐語系的語言，其語法範疇存在對立。數的語法範疇一般都有單數和複數語法意義的對立。有的語言還有雙數的語法意義，如古希臘語和梵語。我國景頗語人稱代詞有單數、雙數和複數的並立。名詞的格是一個選擇範疇，它可以提供表達各種不同意義的手段。世界上有格這一語法範疇的語言很多，但格的數目不完全一樣。現代英語只有屬格與非屬格的對立，現代德語有四個格並立，現代俄語和拉丁語有六個格並立，梵語有八個格，蘇聯境內的阿瓦爾語竟有二十幾個格。語言的語音系統也存在對立。首先是元音系統與輔音系統的對立。元音系統內部一般都有舌位高低的對立。阿第蓋語有高、中、低三個元音的對立，這是比較罕見的。常見的是二維類型的元音系統，例如克俚語有三個元音，兩高一低，前者構成不圓唇前和圓唇後的對立。福克斯語有四個元音，構成二高二低，二前二後的對立。西班牙語除有高、中、低的對立外，在前兩種高度上還存在前與後的對立。還有一種三維類型的元音系統，例如土耳其語的八個元音裏，四高四低，四前四後，四不圓唇與四圓唇構成對立。見圖 3.1。

圖 3.1　土耳其語的三維型元音系統

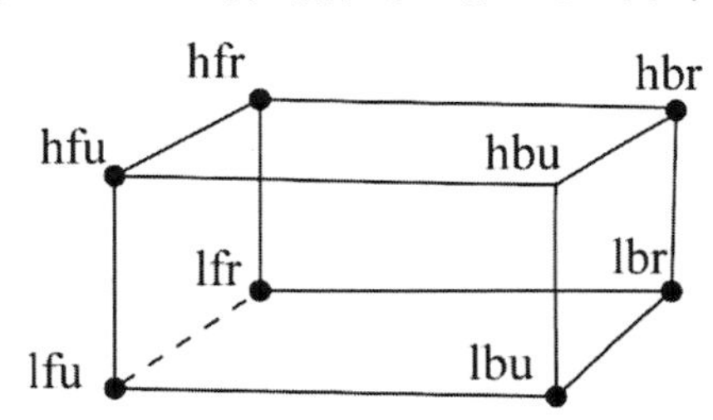

圖中符號代表的意義是：h 舌位高；l 舌位低；f 舌位前；b 舌位後；r 圓唇；u 不圓唇

根據〔美〕霍凱特著，索振羽等譯《現代語言學教程》（上冊）北京大學出版社 1986 年 10 月第 1 版第 112 頁圖 11.1 繪製。

輔音一般存在發音部位和發音方法的對立。阻塞音在發音部位上的對立夏威夷語最少，只有雙唇音 / P / 和舌音 / k / 的對立。發音方法的對立如格魯吉亞語有不送氣清塞、送氣清塞、濁塞、清擦和濁擦五種方法的對立。語義系統普遍存在對立關係。不同語言的同一種語義類型在具體的對立關係方面有差別。例如現代漢語裏「兄」與「弟」、「姐」與「妹」相並立，而現代英語 brother 與 sister 對立。對於顏色類型的區分，有的語言中只有黑白意義的對立，有的語言則有十多種顏色意義並立。舉例列表如下。〔註 1〕

表 3.1　不同語言的語義系統中顏色意義的對立

語　　言	顏　色　名　稱	對立意義數目
Jalé 語（新幾內亞高地）	白、黑	2
Tiv 語（尼日利亞）	白、黑、紅	3
Hanunóo 語（菲律賓）	白、黑、紅、綠	4
Ibo 語（尼日利亞）	白、黑、紅、黃	4
Tzeltal 語（墨西哥）	白、黑、紅、綠、黃	5
Plains Tami 語（印度）	白、黑、紅、綠、黃、藍	6
Nez Perce 語（北美印第安）	白、黑、紅、綠、黃、藍、棕	7
英語	白、黑、紅、綠、黃、藍、棕、紫（和 / 或）粉紅（和 / 或）橙（和 / 或）灰	8～11

無論語言還是語言成分的對立，都是一種動態的發展的關係，都或多或少受各種因素的影響，因為這種對立是在特定環境特定系統或特定層次上的對立，這就不可能孤立與封閉。就語言的宏觀而論，對立是永恆的，同一是暫

〔註 1〕賈彥德著《語義學導論》，北京大學出版社，1986 年 7 月第 1 版，第 163～164 頁。

時的。有的學者致力於創造和推廣世界統一的用語，讓地球上所有的人都只操一種語言，這恐怕只能算是一種良好的願望。假定有一天真的實現了全球共用一種語言的理想，我斷定這種語言一定會分化，出現新的語言的對立。眼下對立的語言，或許在遠古的年代正是由同一種語言分化的結果。比如現代的英語、德語、荷蘭語、瑞典語都是古日耳曼語言的後裔。而現代俄語、波蘭語、捷克語都是古斯拉夫語分化的結果。這些對立關係的出現，都有著極為複雜的社會歷史因素、經濟因素、文化因素等等的作用。如果認為僅僅是人口的遷移，地理的隔離就產生了自然的分化，那是比較簡單的臆想。愛斯基摩語分布在東從格陵蘭島的大西洋沿岸西至阿拉斯加的白令海峽一帶約五千公里遠的地方，那兒冰天雪地交通困難，東部、中部、西部各地的人口很難互相往來，可是他們還能互相聽懂對方的話。人口分布的疏散和地理條件的阻隔何以沒有使這個語種分化為更多的語言呢？用自然分化的說法是不能令人信服的。語言的分化必然有強有力的各種社會因素的作用。各種社會的、文化的、人為的因子能夠在一定程度上拉長或縮短語言變化的時間長度。在一個共同的社會格局裏，語言的對立也處在變化之中。在巴拉圭通行兩種語言：西班牙語和瓜拉尼語。西班牙語是官方用語，而瓜拉尼語一般在社會底層和農村流行，在這兩種語言的關係中，西班牙語處於明顯的優勢地位。可是 80 年代初巴拉圭官方把瓜拉尼語定為國語後，絕大多數人開始重視並使用這種語言，這就使得兩者對立關係的重心產生偏移。這種微妙的變化，除了社會政治因素，國際國內環境因素，官方政治人物的決策因素而外，人群系統中兩種思潮的鬥爭消長，也是引起對立關係重心變化的原因。在 60 年代以前，上層階級認為瓜拉尼語沒有構詞能力，沒有書面語法，不能表達抽象概念，甚至認為操瓜拉尼語的人智力欠缺，文化低劣。但是維護瓜拉尼語的人則認為它有豐富的詞彙，語言和諧優美，完全適合表達抽象思惟成果。顯然，前者對語言的態度是有偏見的，後者的態度帶有民族自豪感。兩種態度，兩種思潮，態度的變化和思潮的消長對語言的相互關係勢必產生影響。如果以為對立關係僵死不變，不受語言之外的環境影響，那是不符合實際情況的。

語法意義的對立也是變化的。古英語和德語只有現在時和簡單過去時的對立，將來時是用描寫法或現在時形式表示。但後來產生了表示將來時的形式，從而時間體系構成了現在、過去、將來三者的並立。上古漢語人稱代詞只有單數第一人稱和第二人稱的對立，到唐代就發展為單數一、二、三稱的並立，宋代更產生了複數一、二、三稱的並立。語音系統內部的對立關係也是變化的。中古漢語輔音系統存在清塞音、清塞擦音與濁塞音、濁塞擦的對立，現代漢語普通話中已沒有這種對立了。我國商代甲文中表顏色的詞語有「幽」、「白」、「赤」、「黃」四個，這反映了當時漢語語義系統中顏色類型存在四種意義的並立。隨著社會生產力的發展和人們對客觀事物色彩分辨能力的細密化，《禮記·禮運》提出了五種正色：青、赤、黃、白、黑。東漢許慎《說文解字》中出現了「綠」與「紫」，而且僅表示與紅色有關的絲織品，就收集了「絑」、「絳」、「纁」、「絀」、「綰」、「縉」、「綪」、「紅」、「緋」等語詞，可見在同一種顏色層次上，還存在更細密的程度不同的意義並立關係。這表明社會和人群因子的影響是語義系統中意義對立關係變化的重要原因。如果不是社會經濟有了長足的發展進步，自在環境的多種因素也不可能與自為環境相互激發，從而促進語義系統中顏色意義對立關係的調整和同種顏色內部按色次程度產生的新並立。

就某些語言或語言成分的具體特徵看來是相互區別相互對立的，但由於它們各自不在同一環境出現，實際上避免了對立競爭的矛盾。分布環境的不同，是語言或語言成分內部作用的結果，同時也是環境條件的制約或引發的作用。如果有兩種或兩種以上的語言或語言成分，它們都不出現在其中任何一個單位出現的環境之中，而在功能上互相補充，這就是所謂互補分布。有時，語言宏觀上對立與互補這兩種生態形式會交織在一起。在布隆迪，居民們使用隆迪語、法語和斯瓦希俚語，前兩者都是官方用語，它們處於對立關係之中。而斯瓦希俚語只作為貿易語言使用。這樣，斯語的出現場合與前兩者形成互補。剛果人使用三種語言，其中法語是官方語言，林加拉語只在剛果北部使用，南部使用基圖巴語。基圖巴是以剛果語為基礎的一種簡化的克里奧耳語言。林加拉與基圖巴分布的地域正好形成互補關係，但南部和北部都在官方場合使用法語，這樣，林加拉和基圖巴又分別與法語在使用層次上形成互補。

互補關係也處於變化之中。在中古《切韻》音系中，群母在三等出現，而匣母在一、二、四等出現，形成互補格局。但這種局面並非從來如此，而是從上古的匣母分化形成的。從社會方面看，由於經濟文化的發展，雙音語詞逐步增多，要求語音的辨義功能趨於細密。從漢語的音節結構看，聲母與韻母之間的矛盾運動引起彼此的強弱變化，上古匣母在洪音強聲弱韻成為中古一、四等的匣母，弱聲強韻演變為中古二等匣母。在細音強聲弱韻則為中古三等的群母，弱聲強韻演變為三等云母。這樣，群母與云母在開合口的分布上也基本上形成互補格局。隨著社會的發展和各種因子的作用，中古群母和匣母在現代漢語普通話中已全部清化，分別歸入［tɕ、tɕʻ、ɕ］和［k、kʻ、x］聲組。它們在中古音系中的互補格局也就瓦解了。近古漢語 / ts、tsʻ、s / 與 / k、kʻ、x / 兩組輔音音位在現代漢語中已分別分化為兩組條件變體。在開合兩呼韻母前為［ts、tsʻ、s］和［k、kʻ、x］，在齊撮兩呼韻母前均為［tɕ、tɕʻ、ɕ］呈互補分布。但近年來北京地區的女知識青年，在齊撮兩呼韻母前也發［ts、tsʻ、s］了。這就說明互補格局存在不穩定的演化趨勢。語言成分的互補有時並不是一對一的關係，例如英語音節開首的［pʻ］跟收尾塞音［p、t、k，b^p、d^t、g^k］都處於互補關係之中。語言成分的互補生態在語流中也存在。福克斯語的每個語詞都潛在地具有兩種形式，一個形式以短元音收尾，另一個形式脫落終端的短元音。第一種形式出現在停頓之前或以輔音開頭的語詞之前，另一種形式出現在元音開頭的語詞之前，這兩種形式在言語流中的出現機會呈互補分布。例如「和」的兩種形式是 / mi · na / 與 / mi · n / 。說 / ihkwe · wa mi · na seka · kwa /（女人和臭鼬）時，「和」的形式是 / mi · na / ；說 / ihkwe · wa mi · n anemo · ha /（女人和狗）時，「和」的形式是 / mi · n / 。〔註 2〕這種生態形式固然受民族發音習慣的影響，同時也跟言語結構的辨義要求有關。在特定條件下，有些語詞的出現也構成互補生態。例如，據《禮記 · 曲禮》記載，周代社會對死亡的稱呼，是按人們的社會等級的不同來劃分的，天子死曰崩，諸侯曰薨，大夫曰卒，士曰不祿，庶人曰死。不同社會身份的人死了，只能用符合身份的語詞來稱述，每一個語詞都只在一定的場合使用；不能用代表其他等級的語詞代替。漢語中稱述男女雙方締結婚姻關係組成家庭，男曰娶，女曰嫁，不能對換。這一對語詞在言語活動中出現的機會正好構成互補。男子再次結婚稱續弦，女子再次結婚稱再醮，這一對語詞在言語流中出現的條件以言語主題人物的性別為標準，稱述對象是男子不用再醮，稱述對象是女子不用續弦。這種語詞意義以性別為出現條件所構成的互補現象，是中國古代男女有別男尊女卑的文化觀念因子長期作用的結果。古漢語中有一些語詞的運用以交談雙方與被稱呼者的關

〔註 2〕〔美〕霍凱特著，索振羽等譯《現代語言學教程》（上），北京大學出版社，1986 年 10 月第 1 版，第 341 頁。

係為轉移。說話者當著其他人的面稱呼自己的父親為家嚴、家君、家尊、嚴君；稱自己的母親為家慈、家母；稱自己的妻子為內人、內子、拙荊、賤內、敝內；稱自己的兒子為犬子、賤息。而稱說話對象的父親為令尊；稱對方的母親為令堂；稱對方的妻子為夫人、令夫人；稱對方的兒子為令郎。這兩套稱呼不混用，各自出現的環境條件不同，實際上構成互補的生態格局。這種格局的形成與漢民族重視人際關係，推崇謙遜品德的文化傳統有關。

第二節　類化與異化

語言或語言成分的類化是一種趨同的生態運動。語言成分出於功能目的的需要，會形成一些比較整齊比較接近的結構聯繫或表現形式。這種生態形式的出現，源於一種或幾種語言成分的主導性作用或創新。這種主導性或創新產生的主要原因，是功能活動過程中引發的試探性因素。儘管這樣的試探經常都在產生一些隨機的變體，但這樣的變體並不是隨時都能引發趨同性生態運動的。它需要語言體系內部的便利條件和語言外部其他因子的協同作用。各種語言都在不斷變化，如果沒有一種趨同的運動，語言系統勢必支離破碎，雜亂無章，既不易學習掌握，也不利於元素之間相互協同，發揮交際功能。從宏觀來看，世界上的各種語言之所以能夠按一定的標準進行分類，語言本身必定存在某些類同的特徵，這些類同的特徵除了強化保持之外，還依靠類化的運動進行擴展。語言是處於一種暫時相對均衡力量作用下的系統。一方面，語言必須不斷地運動變化，否則就不能與環境協同，最終被淘汰掉，這是異化產生的根本原因。另一方面，語言內部的結構關係總是存在阻止變化保持穩定的趨勢，這樣才能執行其功能。從根本上看，類化是使語言系統或語言成分維持整體諧調的一種生態運動。這種生態運動與異化一起構成一個互相關聯的作用場，使語言系統能保持正常的功能狀態。

在微觀層次上，最常見的是在語流音變中發生的語音同化現象。這種現象產生的原因，通常被語言學家們解釋為由於發音的方便和省力。所謂同化其實並非完全是真正的同化。例如英語 bills（賬單，複數）的 s 本是清音［s］，受它前邊的［l］影響變為濁音［z］；俄語 просьба（請求）的「сь」本是清音［s］，受它後邊的「б」影響濁化為［z］。日語しぬ［shinu］（死）的過去時是［shinda］，清音［t］受前邊濁音［n］影響而發［d］。すむ［sumu］（居住）

構成過去時，［m］的發音部位移到［t］的部位上，而［t］又像［m］一樣變為濁音，結果產生了［sunda］，這同時涉及兩個成分的變化。［m］變為［n］，［t］變為［d］，這表明相鄰的語音成分都具有影響其他成分的能力，同時也受其他成分影響。藏語［ȵi^{13}ma^{13}］（太陽），低元音［a］受高元音［i］影響，舌位升高而為［ə］，讀作［ȵi^{13}mə^{55}］。現代漢語普通話 tiānbiān［t'iɛm^{55}piɛn^{55}］（天邊）裏的［a］受［i］和［n］影響變為［ɛ］，前一音節的［n］受後一音節的［p］影響變為［m］，所有的這些音變，無論是發音部位或發音方法上的所謂「同化」，並不能使相關的語音成分變得完全相同，而只是形成以某一特徵為標誌的一類音，這就是語音趨同的生態運動造成的諧調局面。真正完全的同化也是有的，比如廣州話［kamjat］（今日）在語流中讀為［kammat］，日語とる［toru］（取）的過去時是［totta］，但這只是語音類化的一種極端情況。儘管理論上任一語言成分都具有影響其他成分的能力，但言語活動的實踐和環境並不可能給予它們以均等的發揮作用的機會。只要稍加留意就不難發現，能夠影響其他成分的語音成分，往往正處在某種特殊的關節點上，這種特殊的生態位，使它首先佔據了向其他成分施加影響的優越地位。這樣，我們就可以有充足的理由說明，為什麼語流中不是甲元素發生變化，偏偏是乙元素改變了形態，為什麼 bills 裏［s］受［l］影響變為濁音［z］，而［l］卻不受［s］影響變為清音呢？這是因為在［l］發音上的力度和側重程度方面都大於［s］，假如人們在意識上著意強調［s］，儘管在末端的音素常常處於被削弱的地位，只要末端的地位正是被強調的關節點，［s］就會保持，甚至會對前一音素施加影響。просьба 的情況正是這樣，在語流中，這個語詞有兩個關節點，發音的力度和側重程度集中在「ро」和「ба」上，「сь」處於兩個關節點之間的「低谷」過渡帶，這就是「б」對「сь」產生影響的有利生態條件。從理論上講，「ро」和「ба」都對「сь」構成制約，「сь」的音值受「ро」還是受「ба」影響與發音的習慣有關，因為在後兩者之中，人們也不可能完全均衡對待，他們會有意無意地把整個語詞的重點偏移到其中一個音節上。語音的演變是否真的獨立發展，它們真的完全「不從屬語言內部的、社會的或其他的要求」嗎？〔註 3〕人

〔註 3〕〔蘇〕茲維金采夫著，伍鐵平等譯《普通語言學綱要》，商務印書館 1981 年 5 月第 1 版第 208～292 頁。

們發音時除了遵循常規而外，由於意向的變化必然會強調某些音，忽略某些音。而意向變化必然受社會環境和人的心理結構制約，很難設想語音的演變能夠脫離社會獨立發展。如果真有這種事，那也必定是經過社會批准的「獨立發展」。這樣一來，蘇聯學者茲維金采夫認為「用方便的學說來解釋語音過程已經完全失敗了」的意見又是否公允呢？〔註 4〕他舉出德語產生一組塞擦音的例子，塞擦音的發音比起產生它的單純輔音來，並不方便容易。古高德語比現代德語發音方便。保加利亞語、波蘭語輔音很多，而芬蘭語元音卻很豐富。各種語言的語音特色並不一定服從語音學上的難易準則，因而發音簡便省力無法解釋相矛盾的語音現象。從世界上絕大多數語言的語音變化看來，由於發音簡便而產生的音變是隨處可見的，這是因為人類說話要求節約能量的共性在起作用。語言的經濟性與明晰性構成一個互為消長的矛盾運動，而語言的清楚明白是第一要緊的事。為了表意的明白，人們是不怕麻煩，不怕發音費力的。這種時候，經濟性就得讓位於明晰性。語流之中隨口而出的音一般都是自然便利的音，有些離開常軌的音雖然簡便省力，可未必能成氣候，許多音僅僅臨時出現又很快消亡，有的音雖然局部取得生存空間，但沒能形成整齊的新格局。總之，語音的變異能夠形成一種規律性的潮流，並且影響到語言結構關係的改變，不一定以發音是否簡便省力為主要標尺，而是以探索性音變是否符合整個語言結構的進化方向，是否符合使用該語言的人們的社交要求為運動目的。符合這一目的而隨機產生的音變，不論其發音如何費力，它通過類化，有更多機會成為一種新的體系。反之，與語言結構整體發展方向不一致的音變，不論其發音如何簡便省力，也很難產生類化形成新體系。塞擦音比單純輔音難發，現代德語比古高德語發音更難些，是德語系統內各子系統各元素整體協同運動的要求，語音上的難發必然有系統內其他形式的補償，據此不能否認世界上一切語言都存在省力節能的發音趨向。語音的類化運動既不可能脫離社會獨立發展，也不排除發音省力簡便給類化提供的利用機會。認為語音發展「不從屬語言內部的、社會的或其他的要求」的觀點，以及認為「用方便的學說來解釋語音過程已經完全失敗」的看法，都是與語音成分生態運動的實際情況不相符合的。

〔註 4〕〔蘇〕茲維金采夫著，伍鐵平等譯《普通語言學綱要》，商務印書館 1981 年 5 月第 1 版第 208～292 頁。

語言系統內不只是語音才發生類化。印歐語言大多數存在單數複數的對立，如果把許多同類語詞在語流中出現的單數、複數語法意義看成一種規律性的生態運動，那麼傳統所說的語法範疇正是指同一類的語法意義。因此，各種語法範疇是對各種成類的語法意義的概括。常見的數、性、格、體、時、人稱、式等，都是對同類語法意義的概括。漢語缺乏形態變化，但也存在語法範疇。例如，上古漢語一般用「我」、「吾」表示語流中單數第一人稱的語法意義，用「爾」、「汝」表示單數第二人稱語法意義，用「其」、「之」表示單數第三人稱的語法意義。到了南北朝時期，單數第三人稱不再以「其」、「之」代用，而以「伊」、「渠」表示。言語表達為適應社會生活的複雜化，後來進一步產生了複數第一人稱（我輩）、第二人稱（爾輩）、第三人稱（此輩），這是由單數三稱類化推廣的新格局。

各種語言裏儘管語詞眾多，形態各異，但它們也是各自成類的。語詞的創造，一般是按照舊有的模式通過類化生態運動逐步擴展。擴展有多種途徑，一是意義上的，即通常所說的同義詞或近義詞，這類語詞靠著意義上的相同與相近進行類化。例如：餐廳、餐館、飯店、飯館、飯莊、飯鋪、賓館、旅館、旅店、客店、客棧、旅社，這一群近義語詞，都循著經營吃住業務這條意義線索擴展，但在規格、雅俗、業務偏重等內容方面存在意義差別。從結構成分上看，語素構件卻混雜不成類。英語中的這一群語詞，也是以意義為線索而成類：automobile（汽車）、sedan（轎車）、taxi（出租汽車）、cruise（野雞汽車）、roadster（跑車）、limousine（華麗汽車）、bus（公共汽車）、truck（卡車）、jeep（吉普車）、camion（軍用卡車）、ambulance（救護車）、trailer（拖車）。這群語詞在英語中結構成分各自不同，而在漢語中剛好都有共同語素「車」，這就是語詞擴展的另一條線索，以某種結構成分為基礎進行類化運動。目前漢語中出現的新語詞「熱點」、「盲點」、「冰點」顯然是在舊有的「焦點」、「重點」、「難點」、「弱點」、「缺點」、「優點」等一類語詞基礎上，以「點」為後綴進行類化運動的產物。哈尼語豪尼話裏可以用一個單說沒有意義的音節與有意義的其他音節構成一類詞語。如音節「ɣu˩」，單說沒有意義，它分別與後音節「tshi˥」（辣）、「fv̩˥」（白）、「xɔ˩」（苦）、「tʃhɛ˥」（酸）等構成「ɣu˩tshi˥」（青菜）、「ɣu˩fv̩˥」「（蘿蔔）、「ɣu˩xɔ˩」（苦菜）、「ɣu˩tʃhɛ˥」（酸菜）一組意義上同屬蔬菜類，結構上有相同成分的語詞。豪尼話裏還可以用一個單說沒有意義的音節與不能單說的其他音節構成一類語詞。〔註5〕印歐系語言利用同一個詞根語素構成的一群語詞，也是語言成分類化的產物。例如，俄語以 ход（進程）為基礎，構造出 ходить（走）、сходить（走下）、всходить（走上），входить（走進）、выходить（走出）、доходить（走到）、заходить（順便到）、исходить（走遍）、отходить（離開）等等動詞，還構造出 поход（長征）、вход（入口）、выход（出口）、исход（出路）、доход（收入）等等名詞，以及 ходовой（流行的）、ходкий（走得快的）、сходный（類似的）、выходной（休假的）等等形容詞。由於語言成分在言語活動中具有隨機探索性，易於與環境因子互動產生多種變體。從變體的產生直到它成為語言特徵的基礎，涉及一系列的選擇。許多變體在語言體系和環境的雙重選擇下不斷被淘汰掉，但有的變體為語言體系所接受同時被人們交際時的功能需要而強化成為語言的基本特徵，有的甚至體現語言發展的基本趨向。類化就是擴展變異的一種手段。這種手段顯然是語言進化道路上的一種重要生態運動形式。言語過程中變體的產生或許是偶然的，變體被肯定下來並且通過一定生態運動形式傳播最終成為語言的特徵卻不是偶然的，它是語言系統與環境系統互動選擇的產物。這可以用古日耳曼諸語言中輔音結尾的單音節詞幹構成的名詞的各格中發生的元音變化，來說明相似的變化在不同的語言結構與環境系統作用下的不同結果。在古冰島語和古挪威語中，單數與格，複數主格與賓格發生了元音變化，如 fɸte，fɸtr（腳）；其他格無音變，如 fotr，fotar，fota，fotum。古英語的單數與格，複數主格與賓格也發生音變，如 fet，fet。其他格無音變，如 fot，fotes，fota，fotum。在古高德語中，名詞變格時，單數有一個元音相同的統一的詞幹，如 gast，gastes，gaste（客人）。複數有一個帶另一個元音的統一的詞幹，如 gesti，gestio，gestim，gesti。這種由於 i 的出現而引起元音 a 高化為 e 的變化，最初不過是言語活動中偶然的試探性變異，看來發 a 時舌位的升高確是順應了發音省力的慣性。在古英語中，由於類化生態運動，單數所有的格都變成了無元音變化的形式。像 fot / fet 這種元音不變與元音變化的對立，照理應當成為區分名詞單複數的手段。但是，當時英語中已產生了其他的發展形式，

〔註5〕王爾松《豪尼話的元音同化作用》，載中央民族學院少數民族語言研究所編著《民族語文研究》，四川民族出版社，1984年12月第1版，第72～81頁。

利用詞根元音變化作為構形的方法在整個古英語結構系統中喪失了發展前途，最終被排斥了。在德語中，由 i 引起的詞根元音交替與語言結構的其他成分發生了規律性聯繫，最終被納入體系，成為能產的構形方式和構詞模式。〔註6〕看來，語音的變化首先受到語音結構的嚴格選擇，至於是否能成為一種類型或模式，還須接受語言實踐的檢驗，因為語言變異都是在語言實踐環境中發生的，也在語言運動的環境中被揚棄或推廣。認為語言變異完全由語言結構決定的觀點，恰好忽視了語言實踐中人和各種社會因子的作用。

語言或語言成分的變異就是異化。所謂異化即語言或語言成分出於功能需要與不同環境因子相互作用而發生的一種趨異的生態運動。它與類化運動表現形式不同，運動目標卻是一致的。異化產生新變體，尋找新方向，力圖改變語言的舊成分舊格局，使之與不斷變化的環境建立新的諧調關係。類化則把經過選擇符合功能目的的變異加以肯定和推廣，保持語言系統的整體諧調關係，以利於發揮交際功能。類化與異化都是語言實現功能目標的生態運動形式。

從宏觀看，方言的存在，是歷史上同一母語與不同環境因子作用發生異化的結果。從特定環境與語言的相互關係考察，方言是歷史上語言異化生態的表現形式，是經過一系列其他複雜的生態競爭肯定下來的獨立的語言系統。它既可能有一定的社會結構文化結構與之對應，也可能與其他語言系統共處於相同的社會結構中。在處於同一社會結構的語言共同體中，多種語言一般存在功能上的分化，這種分化是各語言既競爭又協同的折衷結果。方言與共同語並存的社會實體中，它們發揮的社會作用和活動的社會層次呈互補分布，共同語一般分布於較高的社會層次中，而方言在社會底層有著較高威望。由於社會格局的關係，限制著不同語言成分的使用範圍、社會功能和社會情境的分布。語言成分在不同生態位上產生新的變體，言語與不同社會情境互動調適形成不同的語體。從生態學的觀點看來，方言、語言變體、語體等都是異化生態運動的產物，歸根到底都是功能分化的必然結果。

傳統所謂的異化是一個比較狹隘的語音學術語，一般用來指語流中空間位置鄰近且相同或相近的音由於相互作用而引起的變化。如俄語 доктор［'doktər］（博士）在語流中發成［'doxtər］，發音方法相同的兩個塞音 k、t 相互作用，k

〔註 6〕〔蘇〕茲維金采夫著，伍鐵平等譯《普通語言學綱要》，商務印書館，1981 年 5 月，第 1 版，第 208～292 頁。

處於兩個音節過渡的薄弱部位，被異化為擦音 x。法語 militaire［militɛːr］（軍事的）發成［melitɛːr］，前一音節的元音 i 與第二音節的元音 i 相互作用，第一音節的 i 異化為 e。這種異化現象只不過是語言異化生態形式在微觀層次的隨機表現，它們如果經得起語言系統與環境系統的雙重考驗，就有可能類化擴展為語言系統的基本特點。然而並非所有的隨機變體都有如此良機。事實上，許多個別的變異並不暗示語言結構發展的方向，異化運動是多種語言成分相互聯繫的整體運動。個別變異不斷產生又不斷消亡，它們的意義在於探索實現功能目的的最佳形式，尋求語言的進化方向。因此，傳統意義的異化與語言或語言成分的異化生態運動著眼點不一樣。傳統異化只是異化生態運動在較低層級上的一種表現形式，語言的異化生態運動在語言的宏觀領域和微觀領域都廣泛存在。眾多的方言就是語言在宏觀領域異化運動的歷史結果。

語言的異化生態運動，並非純粹的語言活動，它不可避免地涉及不同地域的社會集團。具有不同文化傳統且各居一地的社會集團，一般擁有自己的語言。具有共同文化傳統且有同一母語的若干社會集團異地而居，文化易於發生異化，同一母語也易於異化為各具面目的方言。由上古漢語異化運動而產生的漢語各方言，首先不是語言自身運動的結果，而是使用該語言的人群運動，社會變異的結果。例如，廣東廣西福建等地最初並非漢人居住，周秦以降，中原與百越之間的多次戰爭，中原社會的動盪變亂，漢人多次南下，是粵閩方言形成的直接原因。可見，討論語言的異化，不能就語言論語言，因為社會結構的變動和人群活動的方向就從宏觀上規定了語言在特定時期整合或異化的趨向。社會結構的統一和分化常常成為語言統一和分化的原因之一，這在一般的語言學著作中有時被誤會為唯一的原因。實際上，能動地影響著語言整合或異化的主要原因，應當是一定人群運動的方式和方向，否則我們就不能理解為什麼社會結構幾經更迭而語言卻能一直保留下來。歷史上確實有因為社會崩潰而造成語言消亡的實例，但相反的例子也同樣不少。唯一合理的解釋可能是一定的社會結構與一定的語言系統雖然可以構成生態語言系統，但生態語言系統內部各子系統之間並不存在彼此決定的關係。人群的活動對語言的影響是形式語言學者不願正視的問題。社會語言學者注意到了這一點，但把這一因素僅歸結為社會原因。其實，人群的活動雖然是社會的活動，但語言受人群影響產生的變化並非全是社會原因。因為人群是集社會的、生理的、心理的、文化的多方面因素於一身的集體，更重要的是，這種群體有一定的意志和目標，與一般的社會因子本質不同。人群對語言的影響，常常是對各種因子進行綜合比較以後有目的的影響，人群實際上充當了自然結構、社會結構、文化結構與語言系統之間的能動的中介。正因為近年來人們意識到這一點，才出現了對語言進行有計劃有步驟干預的語言計劃和語言工程。語言計劃和語言工程對語言的整合或異化有著不容忽視的引導作用。

語言的異化不僅表現為一種語言分化為幾種方言或分裂為幾種語言，而且表現為與不同環境相整合的多個變體。幾種方言從歷史上的同一種母語發端，並不能證明共時條件下這幾種方言是共同語的地方變體，方言與有著共同來源的標準語只能是平等的兄弟關係，都是獨立的語言系統，它們之間存在功能級的高低差別，在社會結構中呈互補分布，但不存在母子關係。因此，認為共時平面內方言是全民語言的地方變體的說法是站不住的。但通語的確存在地方變體。例如，普通話在福建的變體，姑且叫福建普通話。福建普通話在語音上的特點是以［l］代替［r］，［kuaŋ roŋ］（光榮）福建人會說成［kuaŋ loŋ］，閩語大抵少講／tɕ、tɕʻ、ɕ／，如果給人家幫忙，馬上會得到一句［seisei］而不是［ɕieɕie］（謝謝）。大量閩方言語詞在福建普通話中照樣搬用，只不過發音上用普通話語音而已。廈門普通話「地瓜」指「紅薯」，「白地瓜」指「涼薯」。如果聽福建人用普通話說「這塊豬肉太胖」也不必大驚小怪，這些現象正說明普通話在閩地的變體確實存在。在四川普通話裏，普通話的／tʂ、tʂʻ、ʂ／一律被／ts、tsʻ、s／取代，［n］、［l］自由變讀，輕聲一律消失，相當一部分零聲母字讀作［ŋ］聲母，如「我」讀［ŋo］，「岩」讀［ŋai］。「紅苕」指「紅薯」，「地瓜」指「涼薯」。如果有個四川人很客氣地用普通話說「請將就宵個夜」，那是邀請客人順便進晚餐。「宵個夜」就是「吃頓晚飯」，這就是普通話在四川的言語變體。在臺灣，／tʂ、tʂʻ、ʂ／在所謂國語裏已經「該卷而不卷，時卷時不卷」，在新加坡的華語裏，捲舌音更是少見。兒化韻在臺灣「國語」中已很少出現，在新加坡華語裏就更罕見。〔註7〕目前，北京話裏的新音變［w］→

〔註7〕陳重瑜《華語（普通話、國語）與北京話》，載《語言教學與研究》，1985年第4期，第49～60頁。

[v] 已進入普通話，在電臺、電視臺的播音裏，「微」、「為」、「聞」、「文」、「晚」、「挽」已讀作 [v] 聲母。在臺灣「國語」和新加坡華語中卻沒有發生這一變異。語言變異固然與社會因子關係密切，人群的不同語言習慣和心理因素卻在更大程度上促進著語言的異化運動。

語言的異化之所以是語言生態運動的一種基本形式，一個重要的標誌是它同整個生態語言系統各個成分的運動相聯繫。例如語言或語言成分與社會結構中的經濟成分、政治成分作用，會形成階級語。這種階級語明顯地在擁有一定經濟基礎和政治地位的人群中使用。階級語不一定從全民語言分化而來，從屬一定階級的人群有時可能借用其他語言作為階級身份的表現。12 世紀的英國，執政的貴族集團全操法語，法語成了貴族集團的階級標誌，而社會其他階級的人群仍說英語。同一個社會結構中如果出現幾種不同的階級語，這首先是社會層次異化的結果，其次才是語言的異質並存。多語並存與語言統一的情況相比，也是一種異化的表現形式。階級語更多的情況是由一種語言與生態環境互動而產生，這種由全民語言分化而來的階級語，通常被稱為階級習慣語或社會方言。實際上，它只不過是全民語言與特定階級條件相互作用產生的變體，是全民語言以特定生態位存在的特殊形式。從生態學觀點看來，它與職業語言毫無二致。職業專門用語也是特定語言與特定職業條件相互作用產生的變體，是特定語言在這一生態位上的存在形式，儘管階級和職業不是用同一種標尺來劃分的。語言的異化常常與人群系統的心理結構相聯繫，人群不同的羨美心態和審美取向與語言作用產生言語羨美生態。所謂文學語言、藝術語言，就是全民語言與文化成分、心理因素彼此作用而產生的高級生態形式。文學、藝術語言是全民語言的一種高級變體。這類變體同樣是語言與生態環境作用異化運動的結果。禮貌語、粗話、避諱語等等，都是與生態語言系統中不同成分的運動相聯繫而產生的變體。語言異化與各種因素相關，其中既有社會成分的運動，也有文化成分的漂移，而且還同人群系統的心理結構直接聯繫。

歷史上語言異化的軌跡，不僅能夠從同地域共時平面上展現出來，而且能夠從不同地域的共時分布上得到驗證。日本學者橋本萬太郎君從語言地理類型的共時分布著眼，從宏觀上把握亞洲大陸語言歷時變異的程序。這對於加強語言宏觀生態運動的考察，具有方法論意義。宏觀的生態運動方向，是語言系統各成分協同運動的結果。語言成分在各種環境因子作用下產生多個變體，只有能夠代表系統進化方向的變體，相互激發，協同作用，才可能形成整個系統的目的性生態運動。在微觀上探索進化方向的語言成分，往往是那些對環境因子特別敏感的變體。因此，語言成分的異化生態運動，是語言進化的橋樑。例如，語音的變異在言語流中是司空見慣的。拿聲調來說，幾乎存在調位的語言，在語流中都會因連讀而變調。這種變調，固然不可能與言語環境分離，但它畢竟受生理條件影響的成分較多，即變調一方面照顧到表義的即時性，另一方面順應人們的發音習慣或簡便省力。還有一種變調，似乎並不照顧發音的自然，而側重與環境因子形成互動，這種變調，是頗有進化潛勢的言語變體。湖南瀘溪瓦鄉話有四個聲調：高平調 55˥、中升調 24˨˦、高降調 53˥˧、中平調 33˧。而瓦鄉人並不把˥調和˨˦調看做兩個聲調。原來，這兩個調是依出現環境的不同而構成區別的。如「雞」，單讀 kɑ˨˦，在「雞蛋」、「雞公」、「雞娘」中讀 kɑ˥；「牛」單讀 ŋəɯ˨˦，在「牛牯子」、「牛娘」、「牛欄房子」中讀 ŋəɯ˥。這種並非受相鄰音素影響的變調，顯然是與語境構成生態位的變體，這標示著瓦鄉話正處在陰平、陽平分立的進程之中。河北灤南倴城話，去聲因出現環境不同有三種讀法：1. 單讀或句中重讀為˥；2. 單讀時強調為˧˥˧；3. 單讀或句中不重讀為˥˩。這種情況表明去聲調值正處於異化探索階段，究竟有無發展前景，要看倴城話系統中其他語言成分的變化是否與這種分化形成整體運動方向。〔註 8〕

語詞生態在不同方言中的異化比較引人注目。語詞的生態形式即它在一定生態環境中的一般生存方式包括它的結構形式、語音外殼、語義表現、書面形式。這些內容與特定生態環境相結合構成語詞的生態位。語詞生態的異化運動常見的有這樣一些情況。一種情況是同一種語義在不同的方言中有各異的表現形式。北京話說的「月亮」，僅在河南就有十六種不同生態形式。信陽：月亮；夏邑：月亮帝兒；盧氏：月亮爺；方城：月亮頭；澠池：月亮月；獲嘉：月明；商丘：月明帝兒；新鄉：月奶奶；濟源：月婆婆；南樂：月婆；淮陽：月老娘；息縣：月姥姥；林縣：明奶奶；湯陰：明月亮；宜陽：月兒；遂平：月光。〔註 9〕另一種情況是生態形式相近的語詞佔據的生態位寬度不同，因而

〔註 8〕王輔世《湖南瀘溪瓦鄉話語音》，載《語言研究》，1982 年第 1 期，第 135～147 頁。
〔註 9〕參見賀巍《漢語方言同義詞略說》，載《中國語文》，1986 年第 1 期，第 31～37 頁。

語義廣狹有明顯差別。北京話說的「殺」，既可指殺人，也可指殺其他動物，生態位寬度較大；客家話說的「殺」，專用於殺人，生態位寬度較小。這是因為客家話「殺」的意義在生態形式上已一分為二，各據有自己的生態位：殺人專用「殺」，殺其他動物專用「劏」[꜀ts'ʅ]。北京話說的「蒼蠅」和「蚊子」，重慶話一律管它們叫「蚊子」。還有的情況是生態形式相近，但各自有獨立的生態位，在語義上不發生交叉。例如「公公」，北京話指「丈夫的父親」，揚州指「外祖父」，貴陽指「祖父」。比較常見的情況是，生態形式基本上不同，語義上卻有相同或相近的部分。這是同一語義域內不同環境條件作用異化而差距擴大的結果。如北京話說的「饅頭」，河南北部叫「饃」。「饅頭」只是麵製品中的一種，而「饃」是各種糧食製品的總稱。「饅頭」義域很狹窄，「饃」的義域較寬，它包括「饅頭」的意義，具有廣闊的生態位。麵粉做的饅頭叫「蒸饃」、「白饃」；玉米做的叫「黃饃」；雜糧做的叫「黑饃」；烙餅叫「烙饃」；煎餅叫「小鏊兒饃」。甚至北方話裏叫肉包兒、菜包兒、豆包兒、糖包兒、花卷兒、花糕兒、棗糕、窩頭、鍋盔的糧食製品名稱，河南北部方言都可以叫做「饃」。〔註 10〕語詞生態的各種異化類型，都不是單純的語言成分的運動結果，語音的、語法的各種構詞手段，都與生態環境中的各種因子相聯繫。例如，在十六種關於「月亮」的不同說法中，「月亮帝兒」、「月亮爺」、「月明帝兒」、「月奶奶」、「月婆婆」、「月婆」、「月老娘」、「月姥姥」、「明奶奶」體現了人們對「月亮」這一事物的尊崇心理。從羨美心理看，具有將物擬人的審美標準。從「帝」、「爺」與「奶奶」、「婆婆」、「姥姥」的對立格局看，體現了不同方言區人們的性偏移心理。以親屬稱謂作為構造語詞材料還體現了人們對「月亮」的親近和喜愛的情感。「月亮」、「月明」、「明月亮」、「月光」則從事物本身的外在特徵入手造詞，這體現了人們的思惟方式和文化背景。「月亮頭」、「月亮月」一方面表征人們從外在特徵入手構詞的思惟方式，另方面體現當地方言的言語特色。至於「月兒」則表現了一種親近平易、喜愛的情態。言語的使用環境不同往往導致語義產生多種變體。例如北方話裏稱「岳父」有「丈人」、「老丈人」、「老外爹」、「丈爹」、「丈人爹」、「爹」、「老爹」等不同說法。「丈人」、「老丈人」、「老外爹」、「丈爹」、「丈人爹」一般不當著被稱呼的人使用，「丈人」、「老

〔註 10〕參見賀巍《漢語方言同義詞略說》，載《中國語文》，1986 年第 1 期，第 31～37 頁。

丈人」可以自稱，也可以他稱。當著岳父的面，一般用的是和父親同樣的稱呼「爹」、「老爹」。在四川，一般背著稱「丈人」、「老丈人」，當著叫「爸」、「爸爸」、「爹爹［꜀ta ꜀ta］」。不同環境之所以產生不同變體，在於人們的心理狀態和文化背景。為了表示親近尊敬，強調姻親的重要地位，可以不分內外親和直系旁系，直接以父親的稱謂稱呼岳父，使人際關係更加融洽。背著岳父在社會上交際，為了避免造成誤會，必須運用意義界域清楚的措辭，這種情況下由於岳父不在場，不存在削弱翁婿關係的環境條件，而表明真實身份的交際要求成為主要目標，自然不能在別人面前把岳父與父親混為一談。

某一種語義成分與環境複雜作用的結果，有時會異化為兩種恰好相反的語義變體。這兩種語義變體各自與特定的環境形成一定的生態位。傳統訓詁學稱這種現象為反訓。目前學術界對反訓有兩種不同的看法。一種意見認為與語詞本來意義相反的另一個意義應當是語詞本身的一個義項；另一種意見認為語詞本身並不存在兩個相反的義項，另一個與本來意義相反的意義只不過是在特殊環境中臨時具有的意義，離開了特定環境，這個意義就不再存在。因此，這種情況實際上是言語中出現的「反用」修辭，所謂「反訓」是不存在的。我認為，所謂義項，是詞典學的概念，與言語運用毫不相干。所謂語詞則是言語流的構成單位，任何語詞只有在言語流中才能明確它具備的意義。沒有進入言語活動的「語詞」嚴格說來不算語詞，只是一些構成言語的備用材料，它們具有獲得言語意義的多種可能，而這種可能只有言語環境才能使它現實化明確化。但是語義卻是現實存在的，既然某個語詞曾經在言語流中表示過某種語義，而這種語義一遇到同類型的言語環境便表現出來，這就證明這種語義與這個語詞出現的特定環境建立了比較穩固的聯繫，已經成為一種新的語義變體而與特定環境構成生態位。因此衡量「反訓」與「反用」的標尺，正是語義變體與環境類型是否建立穩固的聯繫。到底什麼聯繫才算穩固，什麼聯繫不算穩固，沒有一個確切的定量標準，因為從不穩固到穩固是一個從量變到質變的累積過程。如果某種新的語義成分與某種環境條件共現的概率太小，小到未能引起人們的重視，而且人們並未自覺運用這種共現機會，那麼，是「反用」；反之，共現概率大，而且人們有意識地利用這種共現機會，那麼，是「反訓」。換句話說，即一種語義成分異化運動產生了兩種恰好相反的語義變體。「反訓」產生的語義變體，從言語運用角度看，可以分為多種類型，而各種類型的形成，不但與言語環境有關，而且與人群系統的心理結構、文化背景、社會背景等多種複雜因子相聯繫。在「漢語的生態運動」和「生態漢字系統」兩章中，對這一問題將作進一步的探討。

第三節　泛化與特化

泛化和特化，是就語言或語言成分的生態形式與功能兩方面而言的。生態形式與功能有時是同步發展的，有時又是逆向發展的。所謂同步發展，是指由某一語言單位分化為若干語言單位，分化出的語言單位比原來的語言單位能夠在言語交際中發揮更廣泛更多樣的功能作用；或者若干語言或語言單位歸併為數量較少的語言或語言單位，而歸併後的語言或語言單位活動範圍縮小，功能作用明顯削弱。所謂逆向發展，是指某一語言或語言單位分化為若干語言或語言單位，分化出的語言或語言單位比原來的語言或語言單位活動範圍更狹窄，功能受到削弱，或者若干語言單位歸併為數量較少的語言單位，歸併後的語言單位活動範圍擴大，功能作用加強。因此，泛化既指語言或語言成分產生更多的生態形式，也指語言或語言成分的功能在更大範圍內的擴展和強化。前者稱為生態泛化，後者稱為功能泛化。特化既指若干語言或語言單位統一為數量較少的語言生態形式，也指語言或語言成分活動範圍的縮小與功能的專門化。前者稱為生態特化，後者稱為功能特化。

人類從產生的一天起，就結成了社會，並且有了極為原始的文明。與目前學術界不同的看法是，我認為語言是原始文明發展到一定階段的產物，也是文明特化的結果。遠古的語言或許一開始就是分散不相干的。但從目前人類能夠瞭解的語言的歷史，大致可以相信現在世界上的許多語言在較古時期是由某種古代語言分化而來。因此可以說，現在的英語、德語、荷蘭語、俄語、法語、意大利語、西班牙語、梵語、印地語等等印歐系諸語言，是原始印歐語生態泛化的產物。原始印歐語是以什麼形式生存的，我們當然不知道，但是當代存在的印歐系諸語言，必然都是由原始印歐語的生態形式經過歷史的多次演進而泛化為多種多樣的生態形式的。如同生物的進化受到遺傳和變異的雙重作用一樣，古印歐語生態泛化的過程同時伴隨著功能的特化。功能的特化是語言結構與環境系統雙方互動調適的結果，也就是說，古印歐語在不同的時間不同的地域與不同的社會結構、文化結構以及不同的人群交互作用，語言的功能與不同的環境要求呈動態適應，各具專有的特點，不能互相代替，這就為一種語言分化為數種語言準備了條件。語言在運動中必然消磨掉一部分母語的成分同時增加特定環境系統需要的成分。由於各語言與不同環境互動調適演進的情況不一樣，磨掉的成分和新增加的成分也會參差不齊。語言愈是與特定環境相適應，則其特化程度就愈高。一種語言在若干不同的環境系統內的功能的特化，是這種語言的生態形式發生泛化的根本原因。眾所周知，先秦漢語後來在不同的地域分化成了好幾種方言，這就是該語言與不同環境系統互動調適的結果，也就是古漢語生態泛化與功能特化同步演進的產物。我們只要看看廣州人、福州人、上海人湊在一起各講自己的母語時那副尷尬場面，就可以知道漢語各方言相對於自己所處的環境系統特化到了何等的程度。

語言成分的生態形式變化，不一定引起功能的變化。例如，漢語中表示「太」、「極」意義的程度副詞，在言語流中一般充當狀語或補語。在古代漢語中，常用的有「丕」、「大」、「至」、「孔」、「甚」、「殊」、「痛」（《史記・魏其武安侯列傳》：「非痛折節以禮詘之，天下不肅」）、「酷」（《世說新語・文學》：「陶公少有大志，家酷貧」）、「殺」（李白《當塗趙炎少府粉圖山水歌》：「若待功成拂衣去，武陵桃花笑殺人」）、「死」（張鷟《遊仙窟》：「絳樹青琴，對之羞死」）、「苦」（杜甫《登高》：「艱難苦恨繁霜鬢，潦倒新停濁酒杯」）、「傷」（李商隱《俳諧》：「柳訝眉傷淺，桃猜粉太青」）、「傷心」（杜甫《滕王亭子》之一：「清江錦石傷心麗，嫩蕊濃花滿目斑」）。在現代漢語各方言裏，北京話的「沒治」，瀋陽話的「賊」（賊好），浙江衢州話的「危險」（這礦井是危險安全的），〔註11〕上海話的「瞎」（伊眼睛瞎亮）、「窮」（老趙家裏窮有鈔票）、「熱昏」（今天冷得熱昏）、「老」（他父親看上去老年輕的）、「邪氣」（小張為人邪氣正派）、「一塌糊塗」（這裡整潔得一塌糊塗），〔註12〕四川話的「板」（安逸得板）、「板板燒」（安逸得板板燒）、「賣墨」（笨得賣墨）、「夠逗」（天氣冷得夠逗）、「傷人」（菜鹹得傷人）、「到住」（那個人遭整到住嘍），都是一群表示程度的副詞。這些程度副詞好些是由短語轉化而來，它們的生態形式儘管各不相同，但在句法功能上依然是充當狀語或補語。看來，漢語中這類語言成分生態形式泛化只是為了保持原有的生態位，非未造成功能上的擴展。又如，語言中同一音位或調位的多個自

〔註11〕李露蕾《甚詞演變的一種趨勢》，載《中國語文》，1986年第6期，第460～462頁。
〔註12〕參見王承祖、曹建平《「特色」語言》，載1987年11月28日《新民晚報》。

由變體，在功能上就沒有發生特化。但這種自由變體實際上是語言成分發生功能特化的前奏，是對功能進化方向的一種隨機探索。條件變體已與特定環境建立了穩定的聯繫，這就表明這些語言成分的變體在功能上已經特化。通常情況是，生態形式的改變往往伴隨功能的變化。

幾種生態形式歸併為一種或被一種生態形式取代，功能會增強或削弱，亦即生態形式的特化會引起功能的泛化或特化。當各種方言的特徵逐漸被共同語整合消磨以後，就達成了語言的統一。統一的共同語較之各方言具有較高的功能級，它比任何方言都有更廣闊的活動空間，能夠在更多的領域和社會層中間發揮其功能，這就是功能泛化。相反的情況同樣存在，東干語是俄語和漢語的結合體，但是它的功能無論較之俄語還是漢語，都明顯地削弱了。它不能像俄語或漢語那樣在非常廣闊的空間和眾多的人群中活動而只能在特定的狹小地區和特定的少量人群中生存。這樣，生態形式的一體化與功能的特化進程統一起來。兩種功能級較高的語言相互作用產生了一種功能級較低的語言，看來似乎有點不可思議，其實是語言發展的正常生態活動。正如生物界兩種優良的親本產生的後代不可能絕對優良一樣，語言運動變化的現象也是錯綜複雜的，並非一切現象都能預示語言進化的方向。衡量語言進化的標尺是功能級的遞陞。功能級的降低就意味著退化。儘管從宏觀看來語言總是進化發展的，但對某種具體的語言或語言成分來說，退化和進化的機會都是存在的。功能級較低的語言也在變化，或者與其他語言協同共存，或者進化，或者衰退直至消亡。

語言成分生態形式的特化，也可能和功能的特化同步發展。古代漢語中有所謂偏義複合詞。《史記・文帝紀》:「生子不生男，有緩急，非有益也。」《遊俠列傳序》:「且緩急，人之所時有也。」「緩」和「急」本是獨立的語言單位，各有其生態形式和語義特徵。在言語流中，「緩」的語義被語境條件所抑制，「急」的語義居於顯著地位。長期與特定語境聯繫的結果，這兩個不同的生態形式關係逐漸凝固，常常作為一個單位出現，這個新單位便是只具有「急」的語義和功能的雙音節複合語詞。「緩急」在語流中的功能只相當於「急」的功能，「緩」的功能在特定語境中已完全喪失。生態形式歸併的結果，新的生態形式較之原來的兩種生態形式活動範圍縮小，總的功能受到削弱，這是漢語語詞發展中的一個特殊現象。本來，單音語詞在語流中臨時組合逐漸形成雙音節言語單位，體現了語詞發展的進化方向，但是語義矛盾的基本單位所構成的新單位，要求比較嚴密的言語條件配合，否則易引起誤會。難怪後人讀到諸葛亮《前出師表》：「陟罰臧否，不宜異同」，以為「同」是為湊足音節的多餘成分。因此，利用兩個語義相反語素構成新詞的手段在漢語中沒能進一步類化推廣。在現代漢語中僅有少量語詞（如「動靜」、「褒貶」、「好歹」等）偏義使用，作為構詞手段已顯然式微，與偏義複合語詞性質接近的近義複合語詞，也是由兩個不同的生態形式歸併生成的新形式，其中一個單位的意義，往往居於主導地位，而另一個單位的意義處於抑制狀況。有人把這種情況也作為偏義處理，如「車馬」、「國家」，這也沒有什麼不可以。不過構成語詞的兩個單位只存在語義類型的差別，結構關係卻是完全相同的。近義複合語詞最初是語流中為加強意義的表達連類而及，後來結成穩定聯繫，終於歸併為一種新的生態形式。生態形式的特化與功能的特化同步發展。例如，「家」在先秦漢語中指卿大夫的采邑，「國」指諸侯的封地。《左傳・僖公十三年》：「天災流行，國家代有」，這句話中的「國家」，其實指「國」，並不指「家」。「國家」在這句話中的功能就等於「國」的功能，「家」的功能完全喪失。兩種生態形式歸併為一種新形式的結果使語詞的活動範圍縮小了，功能減弱。有些功能完全不相同的語言成分歸併，也導致功能的衰減。如現代漢語中的「馬匹」、「紙張」、「房間」、「船隻」、「車輛」的後一個單位在雙音語詞中完全喪失了量詞的功能。漢語系統利用語音結構的簡化來補償語詞生態的複雜化，從而保證了整個系統在進化過程中的內部平衡。

一種生態形式分化為幾種生態形式或一種生態形式由更多的生態形式表達，就是語言或語言成分的生態泛化。一種語言分化為若干種方言，誠然是生態泛化，一種語言單位有更多的表達形式同樣是生態的泛化。分化出的語言或語言單位可能使用範圍更狹小，功能特化；也可能使用範圍擴大，功能泛化。以漢語中「死」這一語義來看，它可以由許多生態形式表達。古漢語中有這樣一些常見形式：歽、殀、殂、殄、⿰歹布、⿰歹各、殊、⿰歹巠、⿰歹委、⿰歹卒、⿰歹奉、⿰歹芯、⿰歹舌、⿰歹屈、殭、⿰歹奇、殙、殛、殞、殁、殤、殪、⿰歹翟、⿰歹藎、殉、殣。但大多數形式所表達的語義在使用範圍上有限制。如「歽」、「殀」、「⿰歹布」指「短命而死」，「殂」指「往死」，「殄」指「滅絕」，「⿰歹委」指「枯死」，「⿰歹卒」指「大夫死」，「⿰歹芯」指「草木萎死」，「⿰歹舌」指「猝然死亡」，「⿰歹屈」、「殭」指「死不朽」，「殁」指「未立名而死」，「殛」指「斥死」，「殤」指「未成年而死」，「殪」指「矢一發而死」，「⿰歹翟」指「牛羊死」，「殉」指「以人從死」，「殣」指「餓死」，等等。又天子死曰「崩」，曰「大行」，曰「不諱」，曰「宮車晏駕」，曰「千秋萬歲之後」。諸侯死曰「薨」，士死曰「不祿」。現代漢語稱義烈忠勇的死為「犧牲」、「就義」、「成仁」、「獻身」、「捐軀」、「殉國」、「殉節」、「殉職」、「殉難」、「遇難」、「被害」、「流盡最後一滴血」、「停止呼吸」、「心臟停止跳動」、「離開我們」、「離開人世」。稱不光彩的死為「完蛋」、「了賬」、「報銷」、「伏法」、「斃命」、「喪命」、「一命嗚呼」、「一命歸西」、「上西天」、「嗚呼哀哉」、「回老家」。出家人稱死為「圓寂」、「涅槃」、「昇天」。自稱死為「見馬克思」「上殯儀館」、「永別」、「永訣」。稱別人死為「過世」、「去世」、「逝世」、「謝世」、「辭世」、「仙逝」、「仙遊」、「千古」、「歸道山」、「百年之後」。稱自殺死亡為「自盡」、「自裁」、「自尋短見」。這些不同的生態形式表達的語義雖然都是「死」，但各有其特定的活動領域、指稱對象及運用層次、感情色彩。各語言單位隨著生態形式的泛化，在表意功能方面明顯趨於特化。四川話裏有一群表示「太」、「很」意義的程度副詞，在言語流中只能作狀語，它們的生態形式雖然多種多樣，但在活動範圍方面已逐漸產生分化。最常用的是「非」，在言語流中它能與較多的形容詞組合。如：非熱、非燙、非辣、非快、非利、非紅、非惡、非煩、非薄、非鹹、非鮮、非懶、非滾、非釅、非硬等等。但另外一些語義與「非」完全相同的生態形式，各自有了比較穩定的結合對象。如：「焦」，一般只能與「濕、乾、鹹、爛、糊、黃、苦」等語詞結合；「死」與「疲、綿、懶、賴、厚、利」結合；「稀」與「爛、糟、煩、花」結合；「溜」與「酸、尖、滑、光、圓、炬」結合；「幫」與「硬、緊、臭、重」結合；「足」與「青、清、濕」結合；「瘪」與「淡、黃、油、麻」結合；「零」與「糟、脆、光」結合；「滾」與「燙、熱、耐、燒」結合；「泯」與「苦、甜」結合。有的生態位雖然互相重合（如：「糟」既可與「稀」，還可與「零」結合），但絕大部分生態形式都有了特定的活動範圍和聯繫對象。本來由「太」或「很」承擔的功能，在四川話裏由語義相同但生態形式各異的一群語詞分別承擔，基本上不能互相替代。比如「溜酸」不能說「死酸」、「滾酸」、「足酸」等等。這些現象表明，同一語義的生態形式的泛化，伴隨著活動範圍和結合能力的特化。

漢語中有一些音義皆近的語詞在原始時期本是同一生態形式，後來由於社會交際的需要逐漸分化為不同的生態形式。語音的分化可能最初出於言語流中的自然性音變或環境作用下的人為即時性音變。音變為辨義提供了便利，原來的意義也就循著不同的語音為依靠發生變化。這樣，音義兩方面都逐漸各具面目，不容易看出它們在荒古時代的同一關係。由於意義的分衍和擴展，使得這些語詞的活動範圍增大，表意功能增強。王力先生在他的《同源字典》裏舉出了一大批這樣的同源語詞。例如，「迫」與「薄」，「逆」與「迎」、「格」與「架」、「惻」與「慘」、「悅」與「懌」、「暮」與「晚」、「數」與「速」、「著」與「彰」、「濯」與「滌」、「弘」與「宏」、「騰」與「乘」、「頂」與「顛」、「為」與「偽」、「它」與「蛇」、「巋」與「巍」、「墮」與「墜」、「珍」與「琛」等等，都是上古同一語詞分化的兩種不同生態形式。拿「迫」與「薄」來說，它們在先秦漢語中都有「逼近」的意義。《韓非子・亡徵》：「恃交援而簡近鄰，怙強大之救而侮所迫之國者，可亡也。」《易・說卦》：「山澤通氣，雷風相薄。」西周時期，「迫」為幫母，「薄」為並母，同在鐸部，在原始時期相信它們是音義皆同的同一語詞，後來生態形式分化，各自都有了另外的意義。「迫」有「危急、急遽、催促、狹窄、強逼」等意義；「薄」有「草木交錯、竹簾、竹器、厚度小、不寬厚、輕微、減輕、輕視、依止、斗拱」等等意義。義域的擴大無疑使語詞增強了對社會交際的適應能力，造成功能的泛化。

古代漢語中有一種叫做聯綿字的言語單位，它在語流中語音形式容易變化。如《詩・小雅・采菽》：「樂只君子，萬福攸同。平平左右，亦是率從。」《經典釋文・毛詩音義》「平平」條下云：「韓詩作便便。」《左傳・襄公十一年》引作「便蕃」。「平」、「便」、「蕃」都是唇音字，「平」、「便」並母，「蕃」幫母。並母變幫母是語流中聲母清化的運動，也可能是方言語音生態形式的泛化在《毛詩》、《韓詩》和《左傳》裏的反映。不過這種類型的生態泛化，對功能水平沒有任何增進。但語音的分化成了語義分化的先導。不少聯綿字隨著語音的變化，意義也就產生多種轉化，這樣由同一種生態形式泛化產生的一群生態形式，活動範圍更為廣闊，功能水平有所提高。下面舉出以「山勢高峻」為基礎語義的一群語詞，它們主要是語音分化的結果，同時在語義上也有了某些分化：

1. 捷業、嵲嶫、嵲礏《 說文》：「捷業如鋸齒。」《文選・西京賦》：「嵯峨嵲嶫」李周翰注：「言形狀高峻。」《廣韻》：嵲礏，山連延貌。
2. 巑岏　劉向《楚辭・九歎・憂苦》「登巑岏以長企兮」注：「巑岏，銳山也」。

3. 焦嶢、嶕嶢　《說文》：焦嶢，山高貌。《廣韻》：嶕嶢，山危。
4. 岑崟、嶔崟　《方言》郭璞注：「岑崟，峻貌也。」《廣雅》：岑崟，高也。《玉篇》：嶔崟，山勢也。
5. 嵯峨　《玉篇》：嵯峨，高貌。《後漢書・馮衍傳》「瞰太行之嵯峨兮」注：「嵯峨，大貌。」
6. 崢嶸、崝嶸、崢嵤　《漢書・西域傳》「臨崢嶸不測之深」顏師古注：「崢嶸，深險之貌也。」《後漢書・馮衍傳》「觀壺口之崢嶸」注：「崢嶸，深邃貌。」《玉篇》：崝嶸，高峻貌。《廣雅》：崢嵤，深冥也。

這六組語詞都是同一生態形式的泛化，傳統稱為古音通轉造成的文字異形。生態形式的泛化不僅體現在語音的區別上，也表現於語義在不同語境中的微殊。從「山勢高峻」的基礎語義出發，可以描寫山形如鋸齒般尖銳，也可以側重形容山勢的連延，還可以刻畫山的深邃幽險。這樣無疑拓展了原有的基礎語義，增強了表意功能。

語言或語言成分生態形式的泛化或特化，與生態語言系統的各種因素以及生態位相關，同時也受自身運動規律的制約。上邊這群聯綿字，儘管義域有所擴展，語音也有改變，但它們仍然遵從漢語系統的總體運動方向，以雙音節形式轉化為特徵。

語言成分的生態形式永遠處於變化之中，儘管有的語言單位，例如「馬」、「牛」、「羊」，似乎從古至今使用範圍和表意功能都沒有什麼變化，其實，它們在不同時代語音不會完全相同，生態形式仍然在變。某些生態形式的改變不一定引起功能的變化，但合於系統整體運動方向的生態形式變化推動著語言的進化。

第四節　強化與弱化

語言或語言成分的強化和弱化是互為聯繫彼此消長的生態運動，是對結構或功能進行調節的一種手段，在言語運動之中則體現為相比較而存在，相鬥爭而發展的生態形式的變化。語言的發展或消亡，語言成分的新陳代謝，常常是通過強弱消長的運動來實現的。從宏觀看，多個生態語言系統相處或同一社會系統中存在多種語言，都勢必產生強弱的分化。在競爭條件下，一種語言的強化發展以其他語言的弱化或消亡為代價。這種情況的強弱分化，實質上是生存競爭的一種表現形式。語言的強弱以語言整體功能水平等級的高低為衡量標準，生命力強的語言較之生命力弱的語言有著更大的向較高功能級進化的趨勢。如同生物界一樣，具有進化潛勢的語言，較之落後保守的語言，易於佔據更廣闊的生存空間，為不同社會集團的人們樂於運用傳播，因而有較強的同化力和競爭力。普通語言學關於語言融合的理論認為，語言的更替只有一種模式，那就是強迫同化，相互鬥爭，一勝一負，戰勝的語言系統得到保持，戰敗的語言只在戰勝的語言中留下少量痕跡。事實上，語言更替並非只有一種模式。語言更替只是語言競爭的一種結果。強勝弱敗只體現了語言之間的對立鬥爭關係。語言之間一方面相互對立，一方面相互協同。直接的對立只發生在相互接觸而生態位大面積重疊的語言之間。不少語言即使相互接觸，甚至共處於同一的社會結構中，也並不存在你死我活的鬥爭，但這些語言仍然存在強弱的分化。語言系統的各層級、各元素仍然強弱消長，運動變化。最根本的原因是，強化與弱化作為生態運動形式本質上是對結構或功能進行調節的一種手段，一般情況下它並不決定語言或語言成分的興衰。只有當強化或弱化在語言系統的各個環節上有聯繫的發生，並且在宏觀上決定整個語言格局的總體功能水平的時候，才會造成某些極端的情況。語言通過強迫同化產生的更替，主要不是語言自身運動的結果，而是生態語言系統之間由於社會結構或政治經濟文化結構干預的效應。因此，傳統關於語言鬥爭強勝弱敗的模式，只是一種把語言現象與民族鬥爭或階級鬥爭相聯繫的觀點的映像。這種觀點並沒有把強弱分化看成語言發展或消亡的一種運動形式，更沒能揭示這種運動形式對系統結構功能的調節的實質。

由於強化和弱化的本質是一種調節結構功能的生態運動，因而言語運動中生態形式的強弱變化往往與運動的功能目的存在不同程度的聯繫，但這種聯繫並不是一開始就帶著決定的性質，而是在言語活動中由生態環境與語言成分的反覆作用，語言系統內各層次各單位的相互協同而結成的。現代漢語普通話裏處於輕音節中的不送氣清輔音常常弱化為濁輔音。語流中「來吧」[laipa] 實際上讀的是 [laibə]，「好的」[xautə] 讀的是 [xaudə]。語言中像這類情況是零散地不成體系地隨機發生，只能認為是為發音的方便省力而臨時弱化，與語言成分的結構關係和功能問題不發生聯繫。如果同樣的弱化由於言語主體與生態環境的作用而出於表意的需要，那性質就不同了，因為它與功能發生了聯繫。四川話裏的兒化，最初可能是偶然的音變現象。隨機的音變在任何語言裏比比皆是，當然不能認為它與功能有什麼必然聯繫。但是，這種音變形式得到社會環境的支持和語言系統內部的響應，四川話共 40 個韻類，絕大多數方言點只有 36 個韻類，除［ɚ］韻而外，僅［-iai］，［-yoŋ］兩韻類沒有發生兒化。由於兒化在四川話中已形成體系，靠著兒化可以區分詞性、辯義、表達感情色彩，而且具有審美功能。〔註 13〕這樣，就不能簡單地把兒化看成一般的韻母弱化。傳統對於強化和弱化的理解，只著眼於語音的生理物理特性，是遠遠不夠的。因為那樣不能深刻揭示語言或語言成分強弱變化的根本原因。

語言成分的強弱變化對結構的調節，表現為原結構關係的鬆解和新結構關係的構建。阿里藏語在構詞上產生的幾種新模式源於語流中的音節減縮現象。〔註 14〕這種構詞上的特色表現為雙音節生態形式向單音節生態形式的轉化。語流中音節的減縮主要以詞根音節的強化和後綴音節的輕讀弱化為基礎，兩個詞根結合時音節的減縮以後一音節的輕讀為基礎。減縮後形成了藏語歷史上沒有的五種新模式：1. 開音節詞根與元音相同的後綴連讀，後綴輕讀且脫落聲母，新結構的韻母元音變為長元音。如：「麝」［glaba］→［la:］，「柱子」［ka ba］→［ka:］。2. 開音節詞根與元音相同、聲母為鼻輔音的後綴連讀，後綴鼻音聲母脫落，但新結構的韻母元音受其影響變為鼻化元音。如：「母山羊」［ra ma］→［rã:］，「罎子」［rdza ma］→［tsã:］。3. 開音節詞根與元音不相同的後綴連讀，後綴聲母脫落，新結構的韻母元音變為復元音。如：「雪豬」［ɦphji ba］→［p‘ia:］，「提桶」［zo ba］→［soa:］。4. 開音節詞根與元音不相同、聲母為鼻音的後綴連讀，後綴鼻音聲母脫落，但新結構的韻母元音變為鼻化復元音。如：「味兒」［dri ma］→［tʂĩã:］，「牛奶」［ɦo ma］→［ɦo˜ã:］。5. 兩個詞根複合，前一音節為開音節，後一音節為帶鼻音韻尾的閉音節，兩個音節的元音不同，連讀中後一音節的聲母脫落，新結構的韻母變為帶鼻音韻尾的長元音。如：「種子」［sa bon］→［so:n］，「不是」［ma jin］→［ma:n］。顯然，阿里藏語雙音語詞新的語音結構模式是前後兩個音節在舊框架內強弱消長的結

〔註 13〕參見李國正《四川話兒化詞問題初探》，載《中國語文》，1986 年第 5 期，第 366～370 頁。

〔註 14〕譚克讓《阿里藏語構詞中的音節減縮現象》，載《語言研究》，1982 年第 1 期，第 220～227 頁。

果。強化的一方固然向另一方施加影響，而弱化的一方也存在對另一方的作用力，例如鼻音聲母的脫落卻使新結構的元音鼻化。前後兩個音節如果是不同的元音，新結構中往往形成兩個元音並存的格局，這表明強化與弱化在語言成分中確是相互作用而並非一邊倒的。而且，新結構的第二個元音一般是 a、o、u，完全服從藏語後綴的一般模式。這樣，語流中語音簡化趨勢通過強弱變化的生態運動，在語詞的雙音節結構過渡到單音節結構這一結構重組的模式變換中，起到了十分重要的調節作用。

古漢語常借助聲調的變化來區分詞性和語意。某個言語單位的語義分化出了新的語義或者獲得了新的語法功能，最通常的辦法就是「破讀」，即改變聲調，其次改變韻母，有時也改變聲母加以區別。改變後的語音成分與新生的語義一起構成新的語言單位。由一個語言單位分化出的新單位愈多，表明這個單位在語言系統中的生命力和派生能力愈強。漢語裏能長讀短讀，破讀又讀的書面符號，其實是不同生態形式的語言單位在書面上的反映。因此，言語流中所有這些使言語功能得到加強或使表意範圍得到擴展的運動，都是言語生態的強化運動。現代漢語語流中所出現的動詞和形容詞重疊是眾所周知的事實，這顯然是由於表意需要而人為強化的結果。重言迭用，反覆詠歎，是《詩經》以來漢語文學語言的傳統表現手段。這種手段就是通過言語生態形式的創新對某種語義著意強調。在現代漢語方言中，強化語意的重疊形式普遍存在。有的方言甚至發展為多音節重疊。隨著重疊音節的增多，重疊式內部結構聯繫漸趨鬆散。語意的強化伴隨著結構關係的弱化，最終將對音節過多的重疊形式形成制約，把強化產生的重疊音節限制在結構與表意功能相協調的範圍內。在潮陽方言中，有兩字重疊，如：割割斷，行行來，雨微微，面慈慈。四字重疊：食食食食（吃著吃著），物物物物（弄著弄著），上上落落（上上下下），烏金烏金（又黑又亮）。六字重疊：鷺鷥骹鷺鷥骹（形容高個子腿長），長篙撈長篙撈（形容東西像橢圓形）。八字重疊：食無乜落食無乜落（形容有點吃不下），漖屎下滯漖屎下滯（形容拉稀）。十字重疊：無乜合心事無乜合心事（形容不怎麼滿意），無乜好相輔無乜好相輔（形容不大願意幫忙）。十二字重疊：無乜好聽人吧無乜好聽人吧（形容不大願聽取別人的意見）〔註15〕實際上，十字重疊

〔註15〕張盛裕《潮陽方言的重疊式》，載《中國語文》，1979年第2期，第106～114頁。

的比較少，十二字重疊尤為罕見，除了語言的經濟性原則的制約而外，表意強化的趨勢由於結構的鬆弛而減弱效果，因而重疊的總音節數不可能沒有適當限度。

在言語流中，言語成分與成分之間存在不同關係，有同一層次上的，有不同層次上的，有較緊密的，有較鬆散的。各個言語成分具有各自不同的作用，有的不可隨便移易，有的卻可以置換挪動，有的甚至可以省略。這就是說，語流中的強弱對比不只限於音節的強弱消長或語調、重音的強弱變化。任何語義單位在語流中與其他語義單位相互作用表達某種意義時，同樣存在強弱變化運動。當表意需要時，某些特定的單位會強化，另一些單位相對變弱，甚至在語流中脫落省略。中國漢代樂府民歌《江南曲》裏有一串排比句式：「魚戲蓮葉間，魚戲蓮葉東，魚戲蓮葉西，魚戲蓮葉南，魚戲蓮葉北」。「魚戲」是強化的語義，「蓮葉×」是弱化的語義。「東」、「西」、「南」、「北」確指方位的意義受到削弱，虛化為泛指任意處所。這是語流中由於表意需要而引起的語義實虛變化。古漢語中有所謂「虛數」，指的就是數詞在語流中弱化的現象。《列子．湯問》：「千變萬化，惟意所適。」《左傳．襄公三十一年》：「其鄭國實賴之，豈唯二三臣？」《戰國策．楚策》：「不知夫五尺童子，方將調飴膠絲，加己乎四仞之上。」唐李矯《風》詩：「過江千尺浪，入竹萬竿斜。」李白《夜宿山寺》詩：「危樓高百尺」，《秋浦歌》：「白髮三千丈。」唐杜牧《江南春》：「千里鶯啼綠映紅，水村山郭酒旗風。南朝四百八十寺，多少樓臺煙雨中。」在具體的言語環境中，「千」、「萬」、「二三」、「五」、「四」、「百」、「三千」、「四百八十」等數詞都不再表示它們的確指數量而虛化為「多」或「少」、「高」或「低」一類的概括意義。同樣是虛化的數詞，由於言語環境的不同，表達的概括意義也不一樣。如《史記．項羽本紀》：「楚雖三戶，亡秦必楚。」「三」表示「少」。《論語．公冶長》：「季文子三思而後行。」「三」卻表示「多」。這是言語流中各語義單位相互作用相互限定的結果。有些語詞的結構關係也可以從語義的強弱變化上體現出來。同義或近義語素的複合實際上就是語義的強化。如「連接」、「繼續」、「海洋」、「街道」、「聲音」、「艱難」，它們都在某一共同的語義上相互補充加強。而像另一些補充結構的語詞，如「房間」、「紙張」、「槍支」、「艦隻」、「馬匹」、「車輛」，前一語素表達的語義強化，後一語素表達的語義已脫落消亡。有些意義相反或相對的語素所構成的語詞，抽掉言語環境看不出有什麼強弱變化，在具體的言語流中就比較明顯了。《戰國策・魏策》:「懷怒未發，休祲降於天。」《古詩為焦仲卿妻作》:「晝夜勤作息，伶俜縈苦辛。」「祲」、「作」的語義強化保持，「休」、「息」的語義已脫落消失。現代漢語同樣存在語義在語流中的強弱消長。如:「四周一片沈寂，一點兒動靜也沒有。」「萬一有個好歹，誰也負不起責任。」「這個人一發怒，簡直不顧死活。」「動」、「歹」、「死」的語義強化保持，可「靜」、「好」、「活」的語義全丟掉了。古代漢語裏有時極力強調事物的性質、狀況而置事物本身於不顧，將其乾脆省略掉，這也是強弱對比造成的語義消長。晁錯《論貴粟疏》:「乘堅策肥，履絲曳縞。」本意是乘坐堅固的車，趕著肥壯的馬，穿著絲織的鞋子，拖著絲織的絹帶。「堅」、「肥」、「絲」、「縞」後邊的中心語詞全省掉了。有人認為這不是省略而是借代。其實這種類型的借代正是語流中語義強弱變化省掉中心成分所形成的模式。試看如下兩例，《書・君陳》:「惟孝友于兄弟。」《文心雕龍・鎔裁》:「不以為病，蓋崇友于耳。」賈誼《弔屈原賦》:「彼尋常之污瀆兮，豈能容夫吞舟之巨魚？」丘遲《與陳伯之書》:「主上屈法申恩，吞舟是漏。」由此可見，「友于」是「友于兄弟」省略所致，而「吞舟」是「巨魚」的修飾成分，中心成分「巨魚」被省掉了。現代漢語裏中心成分的省略，往往發生在這類成分表示的語義弱化，而修飾語語義強化的語流中。下面的語句去掉括號裏的內容，整個語句意思不變:他負責抓招生（的工作）;老張很關心養豬（的事情）;愛打架（的習慣）不好；拽，就是扔（的意思）。〔註 16〕承前省或蒙後省也是重複的語言成分在語流中處於弱化脫落地位的表現。有些「的」字短語已漸趨於固定格式，而且語義上已具有泛指的概括意義。如「舊的不去，新的不來」，「好的壞的分不清楚」這類語句，「新的」、「舊的」、「好的」、「壞的」後邊雖然可以補上表示具體意義的成分，可是語意就會發生改變。這種格式可以認為是語流中由中心成分省略而逐漸形成的泛化生態形式，它可以和不同的生態環境結合構成較為廣闊的生態位。

漢語成語是一種結構關係較固定的言語單位，它在語流中一般是作為整體

〔註 16〕黃國營《「的」字的句法、語義功能》，載《語言研究》，1982 年第 1 期，第 101～129 頁。

運用的。但是當表達要求加強語意或變動語義時，它的結構關係就發生弱化鬆動。具體說來有如下情況：〔註 17〕

1. 在成語構成成分間增添語詞，以加強語意。如：「相反而實相成」（馬識途《西遊散記》），「姑息足以養奸」（葉君健《火花》），「自顧尚且不暇」（黎汝清《葉秋紅》），「一舉竟可以兩得」（《郁達夫文集》），「談虎也要色變」（魏金枝《編餘叢談》），「所向無不披靡」（《馮雪峰論文集》）。

2. 不但增加語詞，且增加停頓。成語在結構上分解。如：「相形之下，未免見絀」（任徐興業《冷遇》），「它不僅空前，而且絕了後」（郭沫若《奴隸制時代》），「巧取之外，還有豪奪」（魯迅《兩地書》），「倘不洗心，殊難革面」（魯迅《致黎烈文》）。

3. 為追求言語生態的形式美而增添語詞或分解結構。如：「手中無寸鐵，腹內有雄兵」（李英儒《還我河山》），「一問三不知，一曝十日寒」（周恩來《反對官僚主義》），「一腳踩兩船，左右可逢源」（李英儒《女游擊隊長》），「生吞理論，活剝教條」（唐弢《悼木齋》），「協力山成玉，同心土變金」（李英儒《女游擊隊長》），「奇石劈空驚鬼斧，天開一線歎神工」（周瘦鵑《蘇州遊蹤》）。

4. 為表達相反的語意而增添語詞或分解結構。如：「多多未必益善」（魏金枝《編餘叢談》），「同舟並不共濟」（李國文《冬天裏的春天》），「畫餅哪能來充饑」（趙林等《心願》），「濫竽豈能充數」（袁鷹《留春集》），「只有明槍，沒有暗箭」（于敏《第一個回合》），「藕全斷，絲不連」（王蒙《如歌的行板》），「既不稱心，也不如意」（劉亞洲《陳勝》）。

不難看出，漢語成語在言語流中的創新運動，是通過強化語義，弱化結構緊密度來實現的。強化和弱化在言語運動的各個不同側面進行協調的結果，使言語成分的功能和結構與生態環境的關係呈動態和諧。

第五節　擴散與防禦

語言的擴散作為語言生態運動的重要形式之一，早就為語言學者所重視。根據語言的宏觀運動狀況和分布情況，學者們提出了水漬式、蛙跳式、波浪

〔註 17〕倪寶元《從表達上看成語的擴展運用》，載《語文研究》，1987 年第 2 期，第 30～36 頁。

式等理論，這些理論從不同角度研究語言的生態運動，已經取得了一定的成果。近年來國外學者已從語言擴散的形式轉向對語言運動目的的探索。而語言運動目的必然與功能問題聯繫在一起。古柏（Robert L. Cooper）在《語言擴散研究的理論框架》一文中，〔註 18〕指出語言擴散本質上是行為的擴散，因此可以從形式、功能和滲透性三個方面來進行研究。所謂形式指語言變體在各自的擴散過程中相互接觸，各變體內部結構發生的變化，即形式的差異。功能指語言擴散的目的。滲透性指語言被接受的程度。古柏進一步把功能劃分為能產性技能（說、寫）和接受性技能（聽、讀），集團間擴散和集團內部擴散，平行關係和垂直關係三個方面。平行關係是指跨越地理和人種界限的信息交流過程，垂直關係是指社會中不同階層之間的信息交流過程。從生態語言學的觀點來看，語言擴散的內在動力在於它的功能目的。擴散雖然表現為行為，但行為不是它的本質，功能級的提高趨勢是語言擴散行為的根本目的。平行關係和垂直關係共同決定著語言擴散的規模，而功能目的的差異又會引起擴散運動的速度、途徑和時間的變化。賴柏松（Stanley Lieberson）在《影響語言擴散的力量：一些基本命題》一文中，用大量資料說明：1. 國家實力和國家在國際上的威望是引起該國語言擴散的因素；2. 語言本身的美學美對語言擴散具有一定的加速作用；3. 國際貿易和金融的發展是語言擴散的原因之一；4. 現代通訊技術和交通的發展是語言擴散的重要原因。該文認為，社會信息交流是語言擴散的根本原因，語言模式隨著語言集團之間和集團內部的交流頻率及性質的變化而變化。語言擴散是語言系統本身的運動趨勢，這種趨勢能否實現，在多大範圍內實現，通過什麼渠道、以什麼速度、在什麼時段內實現，需要一定的生態環境。遠古的語言同樣進行擴散，只是它們擴散的生態環境與現代不一樣，因而它們擴散的規模也同現代不一樣。一個地區，一個部落使用的語言，或者一個只有極少人使用的方言，它們可能被人忽略，當然談不上什麼威望，但是這些語言同樣存在擴散趨勢，只不過受內外條件限制未能擴散或擴散極為有限罷了。在這些語言活動的地區，社會信息交流被限制在一個狹小範圍內，社會信息與外界一旦發生交流，必然會

〔註 18〕參見李兵《〈語言擴散——社會變化和語言擴散的研究〉簡介》，載《國外語言學》，1986 年第 4 期，第 162～164 頁。

不同程度地引起擴散。但是社會信息的交流方式和交流途徑、範圍、時間、速度，都不是語言擴散的根本原因，而只是擴散賴以實現的媒介。國家實力與國際威望也不是引起語言擴散的原因，而只是推動擴散進行的有力因素。現代經濟和科技、交通的發展，為語言擴散打開了方便之門，但它們也只能算是擴散的輔助因素而絕不是引起擴散的原因。這個原因應當從語言系統的內部機制和進化潛勢中去探尋。

斯科坦（Carol Myers Scotton）的《通用語的習得和社會經濟一體化：來自非洲的證據》提供了這樣的事例：人們只能通過接受正規教育才能掌握做為通用語的官方語言擴散速度緩慢，而並不需要接受專門教育就能掌握的地區性通用語擴散速度較快，這是因為掌握地區性通用語利於在城鎮中獲得一般性工作。假如官方語言的掌握更有利於大多數人謀生求職的話，情況可能會相反。這可以明顯地看出語言擴散背後功能目的的潛在作用。十七世紀西班牙殖民主義者強迫南美洲土著人學習西班牙語遭到失敗，而古代近東地區 Sumeria 等幾種語言通過宗教、政治、軍事征服、婚姻等因素作用得以在近東和其他地區擴散。這兩件相反的事例說明國家威望、實力、文化等多種因素只是語言擴散的生態環境條件，而不是推動運動發生的真正原因。

事實上，語言擴散一開始就受到語言自身所處的生態語言系統的促進和羈絆。為了佔據更為廣闊的生態位，以利於生存和發展，每一種語言都試圖努力擴散。但是，語言和它所在的社會系統、文化系統難分難解，語言每擴展一步，都把自己的文化推進一步。所有學習外來語言的人，不僅面臨功能的抉擇，而且面臨文化的抉擇。這就必然給語言的擴散造成阻力。當今世界上，擴散規模最大的語言無過於英語。當人們津津樂道世界共同語的推行在未來世界將會是事實而不是幻想的時候，不能不考慮到這個星球將來能否會有整齊劃一的文化。當某種世界性通語的推行遇到強硬對手的時候，究竟是誰同化誰，前景殊難逆料。我們已經看到英語在美國的變化。黑人英語有自己的語法規則、句式，語音也跟標準英語不同，聽來就如另一種語言。在新幾內亞東部及其附近群島的美拉尼西亞皮欽英語，這種混合語在巴布亞—新幾內亞已獲得官方語言地位。很難說這是英語擴散的積極成果。

語言得以在相當範圍內迅速擴散必有一定外力的促進推動。擴散成果的持久穩定也須有相應的社會文化系統作為保障。各種語言的自發擴散形成生態競爭，擴散能力的均衡形成語言生態共存。因此，語言的擴散既是語言受功能目的驅使的生態運動，也是維持各種語言宏觀格局的生態形式。

語言成分同樣存在擴散運動。語言與語言之間模式或成分的擴散稱為滲透，這是語言系統整體運動得以實現的基礎，留待後面討論。這裡需要介紹的是語言系統內部語音變化的新途徑，即王士元先生提出的詞擴散理論。〔註 19〕這個理論的主要內容是：第一，語音變化是一種突然的、可知覺的音素性的變化；第二，語音變化從開始到完成經過三個階段：A. 開始階段只有語音甲，沒有語音乙。B. 過渡階段中，語音甲在某種語音條件之下產生了一種新的語音變體語音乙，語音乙在向完成方向發展時，逐步代替語音甲。C. 最後階段，在所有適合語詞的環境和所有的說話者之中，語音乙已經完全代替語音甲。這表明，語音變化對語詞和社會的影響不是一種立即的和全部的改變，只有一部分語詞進行新的語音變化，同時也只有一部分人說話時採用這種新的語音變化。第三，語音變化在語詞和社會兩方面是一個逐漸的過程。語音變化不是在同一時段影響到所有屬同一類型的語詞和所有的說話者。新變體的出現通常跟語詞出現的頻率有關，哪一個語詞出現頻率高，哪一個語詞產生語音變體就可能越早。社會上只有一部分人採用新的語音變體，拋棄原來的語音形式。有一部分人有時說語音甲，有時說語音乙。另一部分人只說語音甲，不說語音乙。在只說語音乙不說語音甲的人群中，語音的變化已告完成。為了充分估計這一理論的重要意義，不妨提一些很難答覆的問題：語言的變化有什麼目的？語言靠什麼來實現變化？有的學者認為語言的變化與生物界的進化有相似之處。按照達爾文的進化論，現存生物是從荒古時代有變異的生物進化而來的，只要自然界有競爭變體，就會有生存鬥爭和自然選擇。語言學界近年來的研究成果證實了進化論原理在語言學研究領域的應用並非生搬硬套。如果承認生物進化的實質就是功能進化，那麼，作為生物生存手段的一種延伸，語言變化的目的應該是同整個自然大系統的演進目標相一致，語言變異造成了語言變化，實現語言變化有多種運動方式，而詞擴散理論給我們指出的，正是一種共時語言變異的普遍運動形式。這是研究語言變化帶方法論的一個重要問題。

包睿舜（Robert S. Bauer）關於香港粵語共時語音變化的研究，證明詞擴

〔註 19〕參見王士元《語言變化的詞彙透視》，載《語言研究》，1982 年第 2 期，第 34～48 頁。

散是粵語語音運動的生態形式之一。〔註 20〕香港粵語正在進行兩個語音變化，這就是 ŋ̩→m̩ 和 kwo→ko。在有標準粵音 ŋ̩ 的字當中，出現頻率最高的字是「五」字。在「十五」、「五文」、「五百」這些語詞中，「五」的前面或後面都有雙唇塞音 p 或 m 出現。在這種語音環境之內，ŋ̩ 音節容易產生 m̩ 變體。根據調查結果，最先受到 ŋ̩→m̩ 這個語音變化影響的就是出現頻率最高的「五」字，其次是「午」和「伍」，最後受影響的是出現頻率較低的「吳」、「蜈」、「誤」。被調查的二十九位說話者在念「五」字時混用 ŋ̩ 和 m̩，沒有只用 ŋ̩ 的，這表明所有的說話者都受到變化的影響。其中有七位男性和五位女性只讀 m̩ 不讀 ŋ̩，已完成 m̩ 的變化。讀「午」字有六位男性三位女性只用 m̩，讀「吳」和「誤」有一位男性只用 m̩。有四位男性五位女性只用 ŋ̩ 念「午」字，有一位男性八位女性只用 ŋ̩ 念「吳」字，有九位男性和十二位女性只用 ŋ̩ 念「誤」字。這些情況表明語音變化是通過詞擴散的過程來逐步實現的。在對三十八位有 kwo→ko 變異的男女說話者的調查中，58%的男女說話者讀「郭」只用［kok］，29%的說話者只用［kwok］，13%的說話者［kwok］、［kok］混用。71%的說話者念「過」時採用［kwo］和［ko］，56%的說話者念「廣」時用［kwoŋ］和［koŋ］。這些情況一方面證實了詞擴散是語音變異的一種運動形式，另一方面說明擴散速度固然與語詞出現頻率有關，但語言生態環境仍然對語音變化有不可忽視的影響。使用語言的人數、社會職業、年齡、性別以及語言習慣、社會文化背景都是應當考慮的因素。例如，「郭」出現頻率較低，但有 58%的說話者已完［kok］的變化，而「過」和「國」出現頻率很高，卻分別只有 13%和 32%的說話者完成［ko］和［ko~k］的變化。可見詞擴散並不單純與出現頻率發生關係。

詞擴散三階段模式，在聲調演變上也可找到證據。新疆鄯善漢話單字調平聲不分陰陽，但是在兩字組連讀時，陰陽平字卻使變調類型產生差異。如「妻子」［tɕ‘i^{31}tsɿ^{24}］與「棋子」［tɕ‘i^{24}tsɿ^{53}］，「坯子」［p‘i^{31}tsɿ^{24}］與「皮子」［p‘i^{24} tsɿ^{53}］，這表明鄯善話在歷史上曾有過平聲分陰陽的階段。在陽平字與陰平字的連讀中，有三種變調類型。如「茶杯」，「24＋24」；「葵花」，「24＋53」或「31＋53」。在陰平字與陰平字的組合中，則有五種變調類型。如「東西」，「24＋24」

〔註 20〕包睿舜《香港粵語的共時語音變化》，載香港《語文雜誌》，1986 年 9 月第 13 期，第 22～31 頁。

或「31＋24」；「醫生」，「24＋31」；「新疆」，「24＋53」或「31＋53」。這些變調類型因人而異，因時而異，在語詞裏的分布也不均衡，變調在不同的語詞裏模式也不一樣。〔註 21〕如果進一步調查，可能發現一些語詞的變調保留較古的調值，有一些語詞產生陰陽平歸一的調值，也會有相當部分的語詞在新舊調值的選擇上自由變讀。因為單字不分陰陽，連讀分陰陽，從歷史觀點看，正處於陰陽歸一的過程中。漢語聲調的演變，理論上也應當是以語詞為單位逐步擴散的過程。

四川省瀘縣的福集鎮，處於無入聲的富順縣、隆昌縣與有入聲的瀘州市之間。那裡的入聲正走向消亡。這個消亡的過程在共時平面上表現為歷時演化的三個階段。以「郭」的讀音為例，這個小鎮上有少數人只讀入聲調［$kuə^{33}$］；有一部分人入聲調［$kuə^{33}$］和陽平調［ko^{21}］混讀；大部分人只讀陽平調［ko^{21}］。當地有句熟語叫「［$kuə^{33}$］、［ko^{21}］不分家」，意為「郭」雖有兩讀，卻不影響表意，「郭」還是「郭」。

語言一方面進行擴散運動，另一方面又對其他語言的擴散進行防禦運動。積極的防禦就是對語言和語言成分現有功能的強化或特化；消極的防禦則是對功能弱化或消亡的方面進行補償。防禦的本質是保持語言生態位，使之不被其他語言侵佔。功能強化的目的是增強語言的競爭能力，以利在爭奪生態位的鬥爭中獲勝。功能特化則是為了在強大語言的擴散面前保持自己特殊的生態位以取得在某個社會層次或語言小環境中的優勢地位。消極的生態防禦是對自身結構或成分的消長變化作功能上的補充調整。普通語言學理論稱之為自然補償。實際上這種補償並非出於自然，而是系統從維護整體功能出發進行的有目的的生態運動。語言的生態防禦又被稱為抵制同化或排它性。語言都具有排它性，而且又都具有同化能力。它一方面需要排斥異己以維持自身格局，同時又需要吸收外來語言成分不斷更新自身。在這樣的矛盾之中，語言的存亡就在很大程度上不取決於自身而取決於語言所在的生態語言系統之間的競爭。因此，像南美洲土著人抵制西班牙語獲勝之類的事例不算少，而像滿語被漢語同化掉的這類事實亦非絕無僅有。這是不能只看語言系統本身是否先進或落後來論定的。

〔註 21〕鄧功《試說鄯善漢話的聲調系統》，載《新疆大學學報》（哲社版），1987 年第 1 期，第 109～115 頁。

語言的生態防禦有時會轉化為鬥爭，鬥爭是為了保持各自的特徵。而這種鬥爭主要表現為人們對語言的態度和反映。美國學者華萊士・蘭伯特（Wallace E. Lambert）曾經舉出蒙特利爾市兩個民族語言集團進行鬥爭的情況來說明社會心理對語言的影響。〔註 22〕語言的生態防禦是不能完全脫離生態語言系統來作純語言研究的。

社會方言和隱語可以認為是語言在某個方面的特化，這種特化是由於使用語言的人群有意識地努力的結果。人群的主觀意念是為著特定社會集團的社會活動目的而創造發展這種特殊代碼，所以社會方言或隱語從一開始就不打算為全社會服務，它對社會的其他集團是封閉的。這種封閉實質上就是生態防禦。因為隱語或社會方言與其特定的環境條件結成了較為牢固的生態位，操一般語言的人們不能在這種特殊的生態條件下進行交際，因而較難將其同化掉。山西夏縣東滸村一帶從明代中葉起就流行一種與地理條件和職業有關的隱語。〔註 23〕當地盛產蘆葦和藤條，很多人世代以編織席子和簸箕為謀生手段。這樣，為了維護本行業的經濟利益，便產生了一套幫助交易活動的「延話」。這種「延話」有一百多個單詞，流行範圍方圓五、六華里，使用人口五、六千人，使用時間約三百多年。由於現代經濟的發展，人們認為延話再也沒有保密的必要，近年來已逐漸開放，一些語詞已混入當地方言。隱語一旦對外開放，就意味著消除生態防禦，那它被社會通用語或方言同化掉的日子也就不遠了。

語言的生態防禦運動對系統內部進行調節，使系統整體功能不致削弱。例如，在蘇格蘭的英語方言裏，清塞音後頭的-t、-d 一律脫落了。act 變為 ac'，apt 變為 ap'。這條音變規則必然導致動詞 liked，stopped 的過去式語尾消失。但這個方言裏又有一條嵌音規則在起作用，它使動詞過去式語尾保留下來但又不形成輔音群。如 liked 變成了［laikit］，stopped 變成了［stapit］。又如，法語詞尾的-p、-t、-k 和-s 自北向南逐步消失。當-s 消失之後，原來藉以區別冠詞、形容詞和名詞的單複數手段隨之消失。這樣冠詞的單數形式 la 和複數形式 las 之間的對立也就不存在了。但是，法國中南部一個地區，隨著-s 的消失發生了一種

〔註 22〕〔美〕華萊士・蘭伯特《雙語現象的社會心理》，載祝畹瑾編《社會語言學譯文集》，北京大學出版社，1985 年 6 月第 1 版，第 264～287 頁。

〔註 23〕潘家懿、趙宏因《一個特殊的隱語區》，載《語文研究》，1986 年第 3 期，第 63～70 頁。

音變，即非重讀的 a 變成了 o，這個地區北部，a 變 o 只適用於單數形式，因此冠詞的單數和複數仍然對立（單數為 lo，複數為 la。）〔註 24〕青海同仁縣五屯話原來有聲調，因長期受無聲調的同仁藏語影響，聲調消失，轉化成一種詞重音，表現為每一個多音節結構裏總有一個或多於一個音高較高、音強較強的音節，使語言系統獲得整體平衡。〔註 25〕江西安義話的入聲韻尾-p、-t、-k 存在逐漸演變為喉塞音的趨勢。安義話的陰入，原來只有一個調，它靠塞音尾的不同區別意義。後來在陰入調的音節裏產生了長短元音的對立，伴隨而來的是上入、中入的區分，但塞音尾的不同仍然存在，反映在老年人的安義話裏。這樣，區別意義的功能由塞音尾的不同和長短元音的對立共同承擔。在青年人的安義話裏，塞音尾的不同已不能區別意義，區別意義的任務由長短元音的對立來獨立承擔。長短元音的對立是上入和中入分立的區別性特徵。這樣，-p、-t、-k 消磨造成的損失由長短元音的對立補償，以維持語言系統正常的表意功能。〔註 26〕

有的語言採取添加無意義音素或音節的方式，使不懂該語言的人更加迷惑不解。德國學生隱語中有所謂-p 式語，-b 式語，-nif 語和-nj 式語之分。這些隱語把 p，b，nif 或 nj 插在每一個音節的元音後面。如把 wir wollen fortgehen（我們想走）說成-p 式語：wipir wopollen foport gepehn 或說成-b 式語：wibir wobollen fobort gebehn.俄語也有類似情況，如把 к 同重複前面的元音加插在每一個音節後面，Прибежали визбу дети（孩子們跑進木頭房子來了）說成Прикибекежакалики викизбуку декетики.〔註 27〕貴州榕江縣流行一種「雙料話」，即在每一個有意義音節前面增加一個 k‘聲母的無意義音節。例如，「中國」讀［k‘oŋ˧ tsoŋ˧ k‘e˩ kue˩］。〔註 28〕四川瀘州則在每個有意義音節前面增加一個 n 聲母的無意義音節。如「中國」讀［noŋ˥ tsoŋ˥ ne˧ kue˧］。有的

〔註 24〕〔美〕威廉．拉波夫《在社會環境裏研究語言》，載中國社會科學院語言研究所語言學情報研究室編《語言學譯叢》（第一輯），中國社會科學出版社，1979 年 9 月第 1 版，第 15～75 頁。

〔註 25〕陳乃雄《五屯話音系》，載《民族語文》，1988 年第 3 期，第 1～10 頁。

〔註 26〕高福生《安義話的入聲》，載《江西師範大學學報》（哲社版），1987 年第 1 期，第 31～38 頁。

〔註 27〕〔蘇〕茲維金采夫著，伍鐵平等譯《普通語言學綱要》，商務印書館，1981 年 5 月，第 1 版，第 208～292 頁。

〔註 28〕石林《漢語榕江方言的反語》，載南開大學中文系編《語言研究論叢》（第四輯），南開大學出版社，1987 年 1 月第 1 版，第 83～91 頁。

語言則變換聲、韻母的拼讀。貴州布依語一句話往往有幾種語音形式。如「我要去買布」，正常說法是［ku˩˧ la˨˩ pai˩˧ ɕɯ˨˩ paŋ˨˩］。變讀有三種：［ka˩˧lu˧ pɯ˩˧ ɕai˨˩ paŋ˩］、［ku˩˧ lai˧ pa˧ ɕaŋ˨˩ pɯ˩］、［ka˨˩ lu˧ pai˨˩ ɕaŋ˨˩ pɯ˩］。〔註29〕這一類同義語句的語音變讀增加了理解上的困難，違反了語言的經濟原則，不可能在較大範圍內推廣。這樣，雖然對保持既得生態位有利，同時也限制了語言自身的發展。

第六節　滲透與協同

語言系統一方面受到自身所處生態系的影響，另一方面由於語言及其生態語言系統不可能單獨存在，而總是與其他語言及生態系相處，因而也會相互產生影響。在民族雜居，語言混雜的地區，語言體系間的影響尤其明顯。語言之間既互相排斥，也相互同化，常見的情況是一種語言把自己的特點植入另一種語言。這一過程是以滲透的運動形式來體現的。按照傳統的說法，語言體系之間是不可滲透的，如果說有「滲透」，也只是語詞的借用或語音的同化吸收。有人相信一種語言被另一種語言吸收之後，一定按後者的語音體系進行折合歸類而被同化掉，他們不承認音位和語法成分甚至結構特點都可以由一種語言轉入另一種語言，當然更不承認有混合型的結構體系和語法體系。因此，世上沒有混合型語言。但是近幾十年來，學者們描寫了很多具有混合體系的語言。研究各種不同語言的很多著作列舉了一種語言從另一種語言中借用音位和語法成分的實例，一些論文也列舉例證證實音位特點和結構特點可以由一種語言轉入另一種語言。

當語言之間相互作用，相互滲透的力度相差過大時，某種語言的音位既可能消失，也可能增加。失去音位的語言，區別語素意義的能力減弱，因為音位數量的貧乏必然會導致同音異義語詞增多。如果系統不能有效地採取防禦措施，以另外的手段補救音位減少造成的損失，那麼最終會使語言衰亡。由於伊斯特拉—羅馬尼亞語周圍地區通行的克羅地亞語諸方言中不存在羅馬尼亞語的輔音音位，語言滲透帶來許多語法形式的同音異義現象造成音位的模糊，羅

〔註29〕石林《漢語榕江方言的反語》，載南開大學中文系編《語言研究論叢》(第四輯)，南開大學出版社，1987年1月第1版，第83～91頁。

馬尼亞語的輔音音位在伊斯特拉—羅馬尼亞語中消失了。該語言正在被拋棄，操這種語言的人轉而只使用塞爾維亞—克羅地亞語。〔註 30〕從這個意義上說，語言的滲透實質上是語言生存競爭的一種手段。滲透能力強的語言競爭能力相對強大。一種語言受到另一種語言強烈影響，其音位體系也可能由於從佔優勢地位的語言中借入的音位而發生改變。處於羅馬尼亞語包圍中的一些匈牙利語方言由於借詞為媒介而進入這些語言的非圓唇的央元音［ă］和［î］而使其元音體系變得豐富起來。羅馬尼亞語的滲透力使這些元音甚至出現在某些並非借自羅馬尼亞語的語詞之中。

由於滲透作為生態運動的一種形式廣泛存在，使我們相信世界上現存語言都不是純語言。任何語言都是融合體系。如果有一種語言在它的發展長河中沒有摻入其他語言的成分和體系特點，那倒是令人不可思議的事情。不同語法系統之間的滲透，主要是對外來模式的仿造。例如奧塞梯語中動詞的體，是模仿斯拉夫語的模式借助動詞前綴構成完成體動詞的。伊斯特拉—羅馬尼亞語也模仿斯拉夫語構成動詞未完成體、完成體和多次體的語法手段。語言之間語詞的借用是大家最容易接受的事實。脫離語境的語詞作為言語材料是靜態的，備用的，它進入某一語言也是零散的，不成體系的。眼下對於借詞的研究，滿足於考求和描寫，似乎將某種語言裏的外語借詞一個個開列出來，就算完事。如果我們對借詞進行深入一步的研究，恐怕至少有兩個方面值得考慮。一是語詞的結構模式進入另一種語言後被該語言的語詞結構模式借鑒的情況；語詞的語音外殼為了適應該語言的音位體系而發生的變化；以及新的語義進入該語言後引起語義體系的變化情況。再是借詞進入另一種語言後，將自己的結構模式植入該語言並在該語言的語詞結構模式中引起的變動；借詞強化保持自己本來的語音並擴展自己特有的語音模式，引起該語言音位的消亡或增加的運動變化；以及某些語義進入該語言後擴展產生的新語義系列，這些新義與原有語義體系之間的相互關係等等。我國廣西少數民族雜居地區語詞互借，有的少數民族語言由於從西南官話吸收借詞而增加了一些新的音類，如舌尖元音［ɿ］，央元音［ə］等。侗語和毛南語增加了［ts、ts‘、s］和一些齶化、唇化聲母。賓陽平話受壯語影響，有的修飾成分也可以放到中心語詞之後。如「黑豬」說［tsui˥ hak˥］，「白豬」

〔註 30〕［羅馬尼亞］埃米爾．彼特洛維奇（Emil Petrovici）著《語言體系的相互滲透》，載《國外語言學》，1983 年第 1 期，第 37～49 頁。

說［tsui˥ pa:k˧］。〔註31〕國內學者對借詞的研究近年來有所進展，不過從總的情況看，我們對借詞在語言中引起的運動變化還是重視不夠，研究不力的。

方言之間的相互滲透與雙語或多語地區發生的語言滲透情況雖然類似，但也有不一致的地方。拿語言使用的情況與使用語言的人口變動情況來看，雙語或多語區人口相對穩定，居民能夠說兩種或兩種以上的語言，在使用方面比較重視根據交際環境選擇語言。而方言的滲透往往首先是人口的運動，人口的不均衡變化造成方言的混雜。在一個具有強大影響的方言之下，其他小方言的趨同帶進了複雜的成分變化。在交際場合大家都說一種有影響的方言，而這種有影響的方言卻混雜著各語言集團的母語痕跡，從宏觀來看，就使這種有影響的大方言變得不純。上海話近百年來的變化，可以說一定程度上是方言相互滲透的結果。〔註32〕上海從元代置縣，清代雍正年間分出南匯、川沙後大致形成解放前上海市的規模，當時人口約四萬八千人。1910 年上海人口為 128 萬，到 1950 年增至 498 萬。人口迅速增長的原因，主要是江蘇、浙江、廣東等地人口的流入。真正道地的上海人在 30 年代只占上海人口的 25%。這些外來人摻雜著鄉音講上海話，一住就是十幾年、幾十年，別人也就把他們的話當上海話，這樣，上海話就大大加快了變異速度。上海話目前存在兩種並行的音變趨勢：ie→iI→i 和 yϕ→Y。ie→iI→i 得到蘇州話這樣有影響的方言的支持。吳語方言 yϕ型目前佔優勢，yϕ→Y 的變化很難得到吳語的支持。而上海處於其他吳語方言的包圍中，它的語音受到其他吳語方言趨同運動的影響，yϕ→Y 的變化由於方言滲透很可能被抵消掉。上海話 f 和 h、v 和 ɦ 最初分得很清，後來開始相混，40 年代以後又不混了。這種音理上解釋不了的現象跟人口變動有關。原來，f 和 h，v 和 ɦ 相混是因為郊區人口大量流入城市，這些人 f 和 h，v 和 ɦ 不分。而 40 年代以後，蘇南人和浙江人在上海佔優勢，他們是分 f 和 h，v 和 ɦ 的。語法方面，指示代詞有向「吳語普通話」發展的趨勢。人稱代詞較穩定，但 50 年代以來，寧波話影響迅速增長，「阿拉」代替了「我伲」，且有替代「我」的趨勢。

方言之間的滲透雖然是相互的，但影響大，生命力強的方言，其滲透能力

〔註31〕梁敏、張均如《廣西壯族自治區各民族語言的互相影響》，載《方言》，1988 年第 2 期，第 87～91 頁。

〔註32〕胡明揚《上海一百年來的若干變化》，載《中國語文》，1978 年第 3 期，第 199～205 頁。

就比小方言強得多。在我國南方，廣州話對鄰近方言有一種凝聚力。對澳門話研究的材料表明，近百年來它在語音方面的變化受到廣州話影響。〔註33〕例如，在聲母方面，ts、ts‘、s已變為tʃ、tʃ‘、ʃ，合口韻的h-聲母已被f-取代。韻母方面，由沒有œn、œt與eŋ、ek發展為œn / œt與ɐn / ɐt分立。eŋ / ek與ɐŋ / ɐk分立。聲調方面，去聲由只有一個發展為陰去33˧和陽去22˨，入聲由只有陰入和陽入而變為三個：陰入55˥，中入33˧，陽入22˨。現代漢語方言的一個發展趨勢是入聲韻類減少，入聲調類消亡。澳門話反其道而行之，正是廣州話滲透的結果。方言滲透和方言防禦都是正常的生態運動。面對廣州話的強大影響，各小方言並不是一味靠攏，例如，香港粵語中ɔŋ、ɔk和u：n、u：t前的kw和k‘w逐漸丟失w，這表明香港粵語正發生著kw、k‘w→k、k‘的變化，但澳門話則增加了kw、k‘w聲母。

語言和語言成分一方面作為獨立的單位進行擴展和滲透，不斷開拓生存空間，發展自身；另一方面又在運動中作為更大系統中的一個子系統或一個層面，與其他語言或語言成分相互協同，和平共處。我們曾經討論過語言成分的類化生態運動，實際上類化運動產生的原因，就是在功能目的引導下的協同作用。同一系統內部各子系統各成分之間存在協同作用，不同系統在同一環境中共存，也需要相互協同，否則，就無法維持相對平衡。就語言的宏觀面貌來看，世界上現存的四千多種語言，無論它們之間如何競爭、擴展或滲透，它們仍然各自具有特點，各自成一個特定環境中的獨立系統，這就是語言內部各元素、語言與環境以及語言之間協同作用的結果。儘管語言的融合、新生、消亡時有發生，但整個世界的語言井然有序，各自在一定的生存空間發揮作用，並沒有在宏觀上造成語言的混亂，顯然是語言彼此協同所致。共同語與各方言之間也存在相互協同的關係。作為社會的政治層次看，似乎法定的通語既然地位高於方言，就不是相互協同的問題，而是方言向共同語靠攏的問題，國內學者長期以來強調的也正是這一點。可是從生態學的觀點看，無論功能級高低的語言，都必須相互協同，否則就會造成語言宏觀的混亂。作為法定通語的基礎方言，同樣存在與通語和其他方言協同的問題。語言之間競爭與協同的矛盾運動，使得各語言的功能級

〔註33〕林柏松《近百年來澳門話語音的發展變化》，載《中國語文》，1988年第4期，第274～280頁。

處於升降變化的動態過程之中。方言的興起或衰亡，通語地位的加強或削弱，都和這一矛盾運動有關。隨著方言功能級的遞陞，當社會變動引起政治中心轉移的時候，強大的方言有可能取代舊的通語而成為新的通語。建國以來，許多方言裏出現了普通話的一些特徵，這種情況固然表明了五十年代以來推普工作的成績，但也不能把人為努力強調到極端，因為語言之間本來就存在滲透運動，我們只是憑藉生態語言系統中的各種有利條件使這種滲透進行得更充分一些罷了。反過來看，方言，特別是地域鄰近的方言，不可能不對通語進行滲透，基礎方言對通語的滲透更為明顯，通語的基本構架和基本成分都來自基礎方言，基礎方言的一些微小變化都可能在通語裏有反映。北京話裏 w 變 v 一下子就在電臺和電視臺的播音中顯露出來了。俞敏先生在《方言》雜誌上發表過一篇文章，叫做《北京音系的成長和它受的周圍影響》。近代北京音系受到武清、三河、天津、上海、湖北、東北等各種方言的影響，它就在這樣的矛盾中，一方面吸收其他方言的東西，一方面又對這些方言施加影響，既競爭又協同。當然，北京話地位特殊，它對其他方言的影響就更大些。長江以北的諸多漢語方言雖然面貌各異，但一致性強，這就表明，在長期的歷史過程中，這些方言強化保持共通的東西較多，異化分歧的東西較少，這與方言間的協同作用不是沒有關係的。

通語與各方言協同作用的產物，就是地方普通話。地方普通話很可以說明通語與方言之間的微妙關係，它是作為緩和通語與方言之間生存競爭的矛盾衝突而出現的協調者。一方面，任何方言區的人們，都恪守「祖宗言」，自覺表現出對母語的忠誠和對外來語言的逆反心理。有些操大方言的人們不但對說通語反映冷淡，且對說本方言有強烈的自尊心和自豪感。這一點經常出差的人員會有深刻感受，當用普通話向人問路時，人家總是用當地方言告訴你，這路也就白問了。一個操地方普通話的人在北京，會明顯地感覺到人家把自己視為「外地佬」。但是，另一方面，社會交際的發展要求打破地域限制，使用各自的方言顯而易見會給現代交際活動和社會化大生產帶來許多麻煩。通語的推廣適應了現代社會交際的發展趨勢，使方言感受到環境壓力。幾乎所有的方言的生態位秩序，都得進行調整，特別是在較高層次的正式場合，不使用通語可以說是寸步難行。在這種情況下，方言區的人們為了在必需的場合實現交際目的，不得不使用普通話。因此，普通話在方言區的推廣，並不是想像的那麼好。普通話在方言區遠不能在一切層次一切場合一切人群奏效。現況是，除了非用普通話不可的場合，方言似乎沒有多少衰減的勢頭。然而事實上，方言已讓出了某些層次的生存空間，儘管這些空間不是由標準普通話而是由地方普通話來填補的。

在語言體系內部，由於各子系統相互協同，才得以維持系統的整體功能，即使是某一子系統內部，也同樣存在要素之間的協同。在阿爾泰語系的一種語言或方言裏，有些元音能出現在同一個語詞裏，在性質上它們互相適應，而另一些元音則由於性質上互相排斥而不能在同一語詞中出現。元音和諧是語音成分長期矛盾鬥爭和協同作用造成的語音特色，它體現了元音之間的一種相容共存關係，跟語流中語音的同化隨機性強的特點不一樣。滿語有六個基本元音：ɑ、ə、i、o、u、ɔ。其中陽性元音為ɑ、o、ɔ；中性元音為 i、u；陰性元音只有一個 ə。一般地說，陽性和陰性元音不同在一個語詞裏並存，而中性元音則不受這個限制。滿語中元音和諧正處於演變過程中，元音協同的水平不一樣，有比較嚴整的元音和諧，也有不太嚴整的和諧以及沒有元音和諧的情況。沒有元音和諧主要表現在某些構詞附加成分和語法附加成分固定不變。例如，在基數詞後附加-tʂ‘i 構成序數詞：suntʂa（五）→suntʂatʂ‘i（第五）；在一些名詞後附加-tʂ‘i 構成新名詞：sətʂən（車）→sətʂətʂ‘i（車戶）；在動詞詞幹後附加-k‘i 構成動詞的祈請式：t‘ə-（坐）→t‘ək‘i（請坐）。含有中性元音的陽性詞和僅含有中性元音的陰性詞的附加成分的元音和諧不嚴整，像：ɑmu（伯母）→ɑmut‘ɑ（伯母們）的附加成分變化符合元音和諧，而ɑku（先生）→ɑkusə（先生們）附加成分裏有陰性元音 ə，不符合元音和諧。只有陽性元音的陽性詞和有陰性元音、中性元音的陰性詞，其附加成分的元音和諧比較嚴整。如：ɑrɑ-（寫）→ɑrɑxɑ（寫了），fət‘ə-（挖）→fət‘ək‘u（耳挖），təxəmə（姨娘）→təxə mət‘ə（姨娘們）。〔註 34〕

漢語音節由於聲、韻、調三者的協同作用，為語義的表達提供了豐富的物質形式。音節與音節之間的組合、協同，形成了漢語語音的特色。其實，語音的協同不僅在漢語裏，在其他任何語言裏都是存在的。湘西苗語裏存在以四個音節組合而成的短語結構。這種結構有整體類和附加類兩大類型，音節與音節

〔註 34〕季永海《論滿語的元音和諧——兼論元音和諧不同於語音同化》，載中央民族學院少數民族語言研究所編著《民族語文研究》，四川民族出版社，1984 年 12 月第 1 版，第 247～261 頁。

之間的協同作用在這種結構中表現得很明顯。〔註 35〕以整體類型中的 ABCD 式來看，這種格式是由四個不同的音節組合而成的。在這種四音格中，四個音節都不能獨立自由運用，只能作為一個整體發揮功能，這就要求音節之間彼此協同。例如：qei^{44}dʑi^{44}qɑŋ^{44}dʑɑŋ^{44}（較稠的液體有間斷地不停往下滴貌），pɑ^{44}lɑ^{44}pəɯ^{44}ləɯ^{31}（來來往往，川流不息貌），qɑ^{44}ʈɑ^{44}qei^{44}ʈei^{35}（吵吵嚷嚷，聲音嘈雜貌）。這三個例子很有代表性。從聲調看，A、B、C 三個音節同一聲調，D 則分為平、降、升三種調子，而以降調為基本形式。從聲母看，A 與 C，B 與 D 分別同聲。從韻母看，A 與 B，C 與 D 分別同韻。當 A 與 B 的韻母為後低元音ɑ時，C 與 D 的韻母就必須用前、後高元音的 ei、əɯ來與之相和諧；當 A 與 B 的韻母為前高元音 ei、i 時，C 與 D 就用後低元音ɑŋ 來和諧。這種同聲諧韻的協同作用，使這四個音節在語流中連讀起來非常悅耳動聽。這就從結構和功能兩方面為四音格短語提供了生存競爭的有利條件。

語詞在語流中也必須相互協同，才能表達一個完整的意思；語句與言語環境協同，才能確切地表達情境意義；語句與交際者的文化背景協同，才能開掘它的深層意蘊；語句與社會背景協同，才能揭示它的社會意義；語句與交際者的思惟結構協同，還能夠賦予它本身不具有的特殊意蘊。語言的各種成分各有職能，相互對立，但在功能目的導引下，它們又必須協同。漢語語詞的發展，既是競爭的促進，也是協同的推動。先秦漢語單音詞義的豐富發展，給言語交際帶來更多歧解的可能性。為使語義表達準確單純，單音語詞兩兩並行連用，相互作用，相互協同，在長期的言語活動過程中，逐步建立起較為牢固的結構聯繫。兩個單音語詞競爭和協同的結果，產生了不完全等同於構成成分語義的新義。程湘清先生對《論衡》中聯合式複音語詞語義構成的研究，〔註 36〕證明漢語雙音詞的形成，主要源於單音語詞協同作用的推動。近義單音語詞組合在一起，放棄了它們在意義上的微殊，在表意的範圍、輕重、情態、感情色彩方面都相互協同，在共有意義的基礎上逐步形成新義。如《儒增篇》的「堅剛」，「堅」指土硬，「剛」指刀硬。兩者放棄了限定意義，在共有的基礎意義「硬」這一點上統一起來，形成雙音語詞「堅剛」的意義。《佚文篇》的「依倚」，「依」有「靠近」的意思，語

〔註 35〕石如金《談苗語湘西話四音格中的同聲諧韻》，載《民族語文研究》，第 65～71 頁。

〔註 36〕程湘清《〈論衡〉中聯合式複音詞的語義構成》，載《中國語文》，1983 年第 5 期，第 344～350 頁。

意較輕；「倚」有「靠上」的意思，語意較重。雙方捨棄了語意輕重的差別，在「靠」的基點上形成雙音語詞的意義。《定賢篇》的「計劃」，在行為情態上，「計」重在內心盤算，「畫」重在與人謀劃，兩者在情態上弱化，而在「謀算」的基點上協同。《死偽篇》的「丘墓」，「丘」和「墓」放棄了形狀的區別，在「掩埋屍體的處所」這個意義上相協同。《累害篇》的「逢遭」，「逢」多用於吉祥的事，「遭」常用於兇險的事，它們的使用範圍和褒貶色彩不同，在運用中弱化了這些特徵而在「遇」這一意義上協同起來。有的單音語詞意義並不一樣，但帶有同類性質，相互協同的結果，放棄了原來比較具體的意義而共同代表一個更為概括的意義。如《無形篇》的「歲月」，原來分指「年」和「月」，合成後指「時間」。有的雙音語詞在單音語素協同過程中，從基礎意義生出新義。如《骨相篇》的「骨肉」，原是軀體構成部分的兩種名稱，由「骨」與「肉」的不可分關係，引申指「親人」。有的單音語素意義相對，協同的結果從它們共同的意義上派生出新義。如《幸偶篇》的「左右」，「左」指「手相左助」，「右」指「手口相助」，從相助的意義派生出「偏向」、「偏袒」的意義。兩個單音語詞如果語義廣狹差別明顯，構成雙音語詞後其中一個語素作出讓步，另一語素的意義上升為雙音詞的意義。如《偶會篇》的「啄食」，「啄」指「鳥食」。「食」，《說文謂「一米也。」桂馥認為即「飯食」。作動詞泛指「吃」。結合為雙音語詞後專指「鳥吃」。

協同作為語言生態運動形式，其實質是維護語言各個成分以及各個層次的秩序和系統的整體一致性，把語言體系中符合功能目的的隨機漂變通過競爭肯定下來，消除不利於語言發展的內部因素。語言成分的彼此協同體現了語言系統的自組織能力，矛盾把語言系統從有序導向無序，協同又把系統從無序變為有序。矛盾鬥爭和協同運動推動著語言不斷變化發展。

第七節　漂變與選擇

在討論語言進化以及語言生態運動的有關問題時，我常常強調語言系統以及言語運動的功能目的的導引和驅動作用，這是由於語言雖然是具有多方面性質的系統，但人群系統同它相互作用時，總是突出了它的社會性質，它在社會層面上不斷發展和強化的正是功能屬性。但是，言語活動還是經常碰到一些難於理解的現象，比如言談中總會出現一些跟言語功能毫不沾邊的東西，據說這種個人言語習慣上至總統下至庶民都難以避免，純屬自然現象。有的學者作過比較有意思的解釋，認為出現與功能無關的言語成分是為了放慢言語速度，以便說話者一邊說話一邊思考，這種情況確實有的。可有的人說起話來像連珠炮一樣，文思泉湧，口若懸河，裏邊卻也夾雜不少不必說的廢話，莫非這些「廢話」也是說出來為了贏得邊說邊思考的時間嗎？看那反映之敏捷，似乎不像故意拖延時間。看看印在紙上的文章，這是經過深思熟慮去掉廢話後寫下來的菁華。可惜菁華中也有不少可有可無的東西。有，對文意無補；無，對文意無損。這種現象，古今中外，概莫能外。拿句現代的行話來說，稱之為言語的羨餘現象。從現代信息論的角度看，羨餘現象是不經濟的，可是它減少了言語傳遞過程中的失誤。比如電臺的呼號，反覆地叫著同一句話，羨餘信息量雖大，卻保證了信息的準確傳遞。不過，當面講話究竟不同於電臺通話，能說一個人講廢話是出於功能目的嗎？除非是別有用心。還有一些值得思考的問題，比如，語言有它的各種變體，言語成分也有多種變體，有的變體對語言體系或語言成分的建設沒有什麼裨益，也沒有形成對系統或成分的危害。在語言格局穩定的條件下，這類變體一面逐漸消亡，一面又不斷產生，對此又如何理解呢？

按照生物進化自然選擇的原則，保存下來的變異是選擇的結果，是有利於生物體適應環境的進化現象。達爾文曾經發現有些變異對生物個體既無益處也無壞處，這樣的變異是不受自然選擇影響的，但他對此沒有深入探究。1968 年，日本學者木村資生君提出了「中性漂變」學說，他認為，基因突變除有害有利而外，還有不影響表現型的中性變異。中性變異對生物生存既無害處也無益處。這類變異既然在功能方面無所裨益，那麼它們的出現有什麼意義呢？世界上約存在一百億種以上的不同蛋白質，不同的蛋白質具有不同的功能。在具有一定生物功能的同源蛋白質分子中，由於種屬來源不同而發生改變的氨基酸，對於該蛋白質的功能是不必要的，它們被移去或加以修飾不會影響生物活性。通過從人到酵母的三十多種不同生物來源的細胞色素 C 的一級結構分析，測得其是一條含有 104 個氨基酸殘基及一個以共價連接的血紅素的多肽鏈，其中有 35 個氨基酸殘基是各種生物共有而不變的。可變的部分，則被認為與該蛋白質分子的功能無直接利害關係。但從整體上來看，它們都共同為整個蛋白質分子表現特定功能提供了必備的場所——特定的空間構型。〔註 37〕

〔註 37〕參見譚智群、吳炯著《蛋白質的結構與功能的同一性》，載《醫學與哲學》，1983 年第 9 期，第 14～17 頁。

根據分子生物學研究成果的啟示，看來語言成分在一定限度內存在著非功能導引的變異是正常現象，這種變異仍然是語言成分與環境相互作用的結果。非功能導引的變異可以稱為中性變異，它在功能上沒有增強或削弱，與環境相結合構成的生態位等級也沒有提高或降低，但為言語活動提供了一定的生存空間。基因的中性變異雖然沒有控制生物表現型的功能，但它保持了物種表現形態的穩定。語言成分的中性變異則從宏觀上保持了語言成分類型的穩定。最常見的中性變異就是同一音位的自由變體，這些變體是言語與環境隨機作用的產物。語流中隨機產生變異的過程稱為隨機漂變，隨機漂變沒有功能目的導引，由此產生的變體淘汰或保持全憑偶然性，與競爭選擇沒有必然聯繫。例如，在現代漢語普通話裏，「王」這個語詞中的音位 / u / 在言語流中可以有這樣的變異：1. ［uaŋ^{35}］，音位 / u / 由後高圓唇元音［u］體現；2. ［Uaŋ^{35}］，由後次高圓唇元音［U］體現；3. ［waŋ^{35}］，由舌面後圓唇半元音［w］體現；4. ［βaŋ^{35}］由雙唇濁擦音［β］體現；5. ［ʋaŋ^{35}］，由唇齒半元音［ʋ］體現；6. ［⌋aŋ^{35}］，由雙唇邊音［⌋］體現。〔註38〕上列［u、U、w、β、ʋ、⌋］六個不同的音素，依不同的時間、地點、說話者等等環境條件而隨機出現，聽話者並沒有覺察到它們在語音上有什麼差異，在意義上有什麼變化，而把它們都當成表達「王」的語義的同一信號。這就表明這些變體對表意功能既未削弱也未加強，也就是說，它們的產生不是出於功能目的的驅動或引導。但是，由於它們在發音部位上都與唇有關，因而共同保持著一種語音類型，使［uaŋ^{35}］這個音節裏的 / u / 在宏觀上仍然顯示著穩定態。

言語流中常有語詞等義並行的現象。同一個說話者在同一語段中表達完全相同的意義一般會採用不同的等義或近義語詞。說話者把幾個近義語詞組織在特定語境中，各個近義語詞放棄了它們的不同點，而在相同點上互相替用或並用，這群語詞就成了以某個語義為中心的自由變體。這種言語現象反映在書面上叫做「同義避複」。語詞等義替用或並用沒有改變功能的強弱，等義語詞在語流中全憑說話者隨機取捨。一群語詞在意義上捨棄差別而趨同的結果，保持了這個共同語義的穩定。如果在使用近義語詞時強調的不是共同點，而是細微差別，那麼必然導致功能的分化，從而引起功能的強弱消長。這種在功能目的引

〔註38〕參見楊茂勳《普通語言學》，廈門大學中文系語言教研室，1988 年油印本，第 222 頁。

導下的近義語詞使用，不是隨機漂變，而是有方向性的功能漂變。完全等義的語詞的數目增加或減少都不會引起語詞功能的變化。據研究，《水滸傳》裏廣泛存在雙音動詞的等義並行現象。它們產生的隨機性，可以從結構方式和使用頻率兩方面看出來。最常見的情形是以一個單音語素為核心，隨機地與一群近義單音語素組合，構成等義語詞系列。這些等義語詞並行，在功能上是等價的。例如：1. 坐堂（51）（括號裏的數字代表語詞在一百回本《水滸傳》裏的回數，下同）、坐衙（8）、坐廳（18）。2. 討死（55）、導死（16）、作死（27）、弄死（28）。3. 捕捉（2）、捉捕（49）、捉拿（2）、拿捉（31）、擒捉（23）。4. 綁縛（2）、捆縛（5）、縛綁（14）、拴縛（2）、紮縛（56）、束縛（84）。5. 復禮（39）、答禮（5）、還禮（3）、回禮（24）。這類等義語詞，大多數只出現過一、二次，是比較典型的隨機漂變的產物。〔註 39〕《水滸傳》全書有三千零八十個雙音動詞，加上單音動詞共約四千五百多個，其中有一千五百多個不再使用，包括很多等義語詞。這一事實表明等義語詞的產生和消失都帶有隨機性。等義語詞系列的繁複龐大是古代漢語的一大特色。據統計，僅在古代漢語書面語中出現的與「月亮」等義的語詞就有九十個之多。其中包括兔系語詞十個；蟾系語詞十三個；桂系語詞七個；娥系語詞四個；魄系語詞十六個；形系語詞十六個；綜合系語詞十五個；非系列性語詞九個。方言口語的等義語詞還未計算在內。這些等義語詞在現代漢語中絕大部分已被擯棄。其中一部分語詞即使在古代文學作品中的出現頻率也非常低，帶有較大的隨機性。〔註 40〕

隨機漂變在生物界全憑偶然的機會被淘汰或保留，語言成分的情況大致相當。同一音位的一群自由變體，同一語義的一群語詞，哪些被淘汰哪些被保持沒有必然性。例如：捕捉、捉捕、捉拿、拿捉、擒捉這五個等義語詞，現在保留下來的只有「捕捉」和「捉拿」了，而且「捕捉」和「捉拿」的語義現在已產生了微殊，不再是完全等義的語詞。我們不能回答為什麼沒有保留「拿捉」或「捉捕」。如果這個等義語詞系列在語義上或色彩、使用範圍以及其他方面發生了分化，亦即受到功能目的的作用，那麼，性質就會發生根本變化。在功能目的導引下，競爭和選擇原則發揮作用，功能較強較全面的語言成分，使用頻

〔註 39〕郭齊《〈水滸傳〉雙音動詞的「等義並行」現象》，載《中國語文》，1988 年第 2 期，第 146～149 頁。

〔註 40〕韓陳其、嚴國寧《論古代漢語中與「月亮」同義的語詞系列》，載《新疆師範大學學報》（哲社版），1987 年第 1 期，第 73～81 頁。

率大，佔有的生態位較廣，就會在競爭中獲勝而保持下來。反之，就會被淘汰掉。言語流中或多或少的廢話，是一種隨機發生的無序狀態，亦即熵的自發增長趨勢，它不帶有任何功能目的，當然也不受選擇原則的約束，因此可以認為一定限度內的羨餘言語是言語中性變異的產物。這個限度就是不妨礙聽話者順利接受說話者傳送的信息。超過這個限度的羨餘話不論是有害還是有益都會對言語功能的強弱發生影響，選擇原則通過語言成分的競爭協同運動或將其排除掉，或將其保持下來。《史記．張丞相列傳》：「（周）昌為人吃，又盛怒，曰：『臣口不能言，然臣期期知其不可；陛下雖欲廢太子，臣期期不奉詔』。」張守節正義：「昌以口吃，每語故重言期期也。」《世說新語．言語》：「鄧艾口吃，語稱艾艾。晉文王戲之曰：『卿云艾艾，定是幾艾？』對曰：『鳳兮鳳兮，故是一鳳』。」上兩例的「期期」和「艾艾」都是言語流中妨礙聽話者順利接受信息的羨餘言語，它們的出現影響言語功能的正常發揮，按理是應該淘汰的成分。可是通過競爭反而保留下來。看來是因為「期期艾艾」在表意的形象生動方面具有羨美功能，比直接用「口吃」之類的語詞更勝一籌。

語言中有的生態漂變是受功能目的驅動，有一定方向的。這種漂變稱之為定向漂變。漢語中有一些名詞，通常情況下意義是中性的，一旦出現在特定的語境中，雖然沒有受到形容詞修飾，意義也會向積極或消極方向運動。〔註41〕例如：1. 這黃花大閨女，瓜子臉，小嘴唇，鼻子是<u>鼻子</u>眼是<u>眼</u>的。2. 那鳳姐兒，不是<u>東西</u>。3. 這人真不夠<u>朋友</u>。4. 看她那<u>模樣</u>就讓人討厭。5. 誰能對這樣一個老實人有<u>意見</u>呢？例1中下加橫線的語詞在感情色彩上帶有讚賞意味，在語義上已超出原有義域，把本來應該出現在前面的修飾語的意義囊括進去。「<u>鼻子</u>」相當於「漂亮的鼻子」，「<u>眼</u>」相當於「美麗的眼」。「<u>鼻子</u>」和「<u>眼</u>」語義漂變的方向受兩個言語因素制約，一是作為器官名稱的語詞的可修飾性，再是言語環境中「瓜子臉，小嘴唇」是漢族文化傳統遵循的評價「黃花大閨女」的美的標尺，這就規定了語義只能往「漂亮」之類的方向移動擴大。運動的結果是語詞功能的增強。例4中「<u>模樣</u>」除了本身可加修飾語，言語環境「讓人討厭」引導其語義往「怪、丑」方向移動而外，還有說話者的心理因素作用。因為醜陋的模樣固然「讓人討厭」，漂亮的模樣如果心理上厭惡也不會讓人喜

〔註41〕鄒韶華《名詞在特定環境中的語義偏移現象》，載《中國語文》1986年第4期，第267～271頁。

愛。如果沒有心理因素的制約，例 4 中「模樣」的語義可以雙向偏移而使例 4 與這兩個語句等價：A. 看她那（漂亮的）模樣就讓人討厭。B. 看她那（醜陋的）模樣就讓人討厭。如果不限定情境，可能出現的語句理論上是無限的。

語言成分定向漂變產生的功能變體是否具有生命力，還需要在言語運動中與其他的同類型變體競爭。勢均力敵的變體可以長期共存。佔有廣闊生態位處於絕對優勢的變體會作為獲勝者而保持下來。出現頻率小，競爭能力低的變體在選擇原則下被淘汰掉。

在多種語言雜處的環境中，語言之間出於功能目的，競爭同樣存在。競爭的存留者實際上就是功能選擇的勝利者。如果出於社會交際多樣化的需要，競爭會被協同取代。語言協同共存是社會多樣化交際功能的選擇。瑞士有四種官方語言：英語、法語、德語和意大利語。在一個只有六百五十萬人口的小國，為什麼能形成多語共存的局面呢？原來，與語言的生態環境和語言的功能分布有密切關係。瑞士位於歐洲中部，被德國、法國、意大利、奧地利四國包圍，語言、文化深受這些國家影響。瑞士東部、北部與西德、奧地利接壤，那些地區的人用德語。南部與意大利毗鄰，人們以意大利語為主要語言。西部人則採用法語。除此而外，瑞士是一個金融事業發達的國家，與世界各國的頻繁交際又必須使用英語。因而這四種語言在瑞士都有它的功能適應範圍和層次，短時期內看不出哪一種語言在功能上能夠取代其他語言。在這個國度裏，標準德語在政府上層和文化機關使用，與標準德語不同的瑞士德語是東部、北部約四百萬人的日常交談用語，南部約七十五萬人講意大利語，西部有一百二十五萬人講法語。瑞士德語、意大利語、法語在地域分布上形成互補，標準德語、英語又與它們在交際層次上形成互避格局，協同維持共存局面。

多語並存不一定表現為地域分界。在地域不夠大，社會交際複雜的情況下，多語並存與人們在不同層次不同領域對語言的選擇有關。歐洲西部的盧森堡，面積僅二千五百多平方公里，人口只有三十五萬，卻並行三種語言。德語和法語是官方語言，盧森堡語是日常用語。這個國家報紙用德語出版，雜誌用德、法語出版，學術雜誌只用法語，廣播兼用德、法兩種語言，電視用法語，但德文報紙有時也登法語評論或盧文詩歌，招牌和菜單用法語，各種票證也用法語。議會辯論只許用法語和盧語，審訊用盧語，宣判用法語，判決書用德語。〔註 42〕各種語言在各個領域的運用與環境條件相對約定，共同承擔起全社會的交際任務。這種多語共存的生態系是自然結構、社會結構、人群系統相互作用的選擇結果。從地理環境看，盧森堡介於聯邦德國、法國和比利時之間，處於歐洲各國頻繁交際的十字路口，與各國遊客的接觸遍及全社會，需要多樣化的語言。從社會結構看，國民經濟具有很大的對外依賴性。從人群系統看，國民構成複雜，外籍人口占較大比例。所有這些原因，無論哪一種語言也無法獨立承擔全社會的交際任務，這就為多語共存造成了適當的環境。但盧森堡人抱怨學習語言消耗了很多時間和精力，學習的目的主要為了應付社會交際，以致這個國家沒有出現語言巨匠或大文豪，也無煌煌巨著問世。語言的多樣化對文化的發展存在消極作用，一種社會結構與多種語言組合的生態語言系統，各子系統之間的關係並非完全適應和諧調。

多語共存必然伴隨著語言的滲透，還會造成語言的混合。混合型語言是生態語言系統內各子系統互動選擇的結果。混合有兩種類型。一種是以某種語言為基礎，兼收並蓄其他語言的結構模式及語言成分。這種情況沒有生成新語言。如盧森堡語，它本屬德國條頓語系，但已從德、法、英等語言吸收了許多東西，語義及音調受法語、英語影響，語句結構是德語的模式。說方言時的重音是法語式的，說法語名詞時又在前面加德語的冠詞。這種混合語言模式和成分都有一個主體基礎，吸收的其他語言模式和成分不能改變主體語言的基本性質。這種情況大致相當於傳統所謂的融合。不同的是，傳統所指的語言融合是以強迫同化為前提，被融合的語言不再存在，只在戰勝的語言裏留下少量痕跡。而語言的混合與語言的消亡並沒有必然聯繫，兩種或更多的語言相混合，參加混合的語言不一定消亡，其混合也不一定帶強迫性。語言的混合是功能目的導引下生態語言系統各子系統的互動選擇過程。另一種是幾種語言相互混合產生新模式的語言系統。新語言無論從結構模式到語言成分都與參加混合的語言有共同之處，但又不完全與任一種原有的語言相同。新產生的語言是否有一種語言作為基礎，目前還沒有一致的看法，有的學者提出以語言結構的質變作為標準來判定是否產生了新語言。〔註 43〕但如何判定語言結構的質變還沒

〔註 42〕參見《盧森堡人的語言》，載《世界博覽》，1986 年第 9 期第 35 頁。

〔註 43〕瞿靄堂《漢藏語言歷史比較研究的新課題——係屬問題及其他》，載《中國社會科學》，1985 年第 5 期，第 211～223 頁。

有進行深入的研究。青海同仁縣五屯話有65%的漢語語詞，35%的藏語及其他語言的語詞，語序與藏語基本相同，但無藏語的屈折形態變化。從生態學的觀點看，在漢語或藏語都無法單獨滿足特定社會系統功能要求的環境條件下，兩種語言在一致的功能目標導引下放棄競爭，協同運動，經過選擇整合，形成新模式。因此，五屯話是漢、藏兩種語言在特定生態環境內產生的功能整合體，是漢、藏語互動選擇的結果。

當生態語言系統的各個子系統，特別是社會系統和人群系統發生重大變化時，語言系統現有的功能不能適應需要，而矛盾在短時期內無法協調，就可能引起生態語言系統的重組。人群系統放棄現有的語言系統，引進另外的語言系統組成新的生態語言系統。這就是語言的轉用。在我國，滿族、回族、土家族、仡佬族人轉用漢語，畲族人轉用漢語客家話，雲南通海蒙古族人轉用彝語，都與生態語言系統裏子系統的巨大變動有關。滿族人在軍事上征服了漢人，建立了滿人的社會結構，但是漢族文化結構的強大同化力量在長期的歷史過程中使滿族人逐漸放棄了滿語，轉用漢語。部分蒙古人遷到雲南通海只是近七百年間的事，但由於自然環境和社會環境的變化，蒙古人的生活方式也有了改變，他們需要與周圍的彝族人更密切的接觸，尤其是蒙彝通婚從家庭細胞開始改變社會結構，促使蒙古人轉用彝語。語言的轉用是一個由小部分人擴大到多數人的漸進過程，有整族人全部放棄母語轉用另一種語言，也有部分人使用它語，部分人一直沿用母語。轉用也不一定只採用一種語言，如烏孜別克族、塔塔爾族一部分人轉用維吾爾語，一部分人轉用哈薩克語；圖瓦人一部分轉用哈薩克語，一部分轉用蒙古語。轉用不論語言功能級的高低，而注重語言系統功能與特定社會系統功能需求的相互諧調。例如，雲南隴川縣戶撒一帶漢人與阿昌族通婚，一部分漢人轉用阿昌族語言。路南彝族自治縣部分漢人在那裡也轉用彝語。〔註44〕漢人放棄漢語並非因為它功能低下，而是生活在一種新的社會結構中，需要採用與這種社會結構相諧調的語言。因此，語言的轉用實質上是對適用功能的選擇，是對語言功能的轉換。

各種語言勢均力敵，誰也同化不了誰，誰也不放棄既得的生態位，長期共存就會成為折衷選擇。但是，如果這些語言所對應的社會系統、人群系統要求

〔註44〕參見戴慶廈、王遠新《論我國民族語言的轉用問題》，載《語文建設》，1987年第4期，第13～17頁。

擴大交際的層面和範圍，而這些語言又缺乏混合為一種新語言的條件和契機，那就會導致一種最易為各語言集團接受的語言成為選擇對象而迅速發展起來。在新疆，普通話正在高水平地通行，這正是在多語共存環境中的一種新抉擇。新疆居住著十三個民族，距北京萬里之遙，照理，普通話會存在較大阻力，何以會高水平地通行呢？這主要與該地區自 50 年代以來的人口構成因素和人群的心理結構變化有關。〔註 45〕50 年代初，大批軍人集體退伍組建生產建設兵團留疆，以後山東、上海、天津、湖北等地青年赴疆支邊墾荒，文革中又有不少四川人流入新疆逃荒求職，投親靠友。此外，歷年有一部分大專院校學生畢業赴疆。新疆建成鐵路局後，鐵路職工與家屬也來疆。新疆軍區的指戰員也有相當一部分是外省人員，這樣，漢族人口比例明顯增長。漢人與新疆各族人民交際，漢人內部通話，都存在語言障礙。以新疆漢人最集中的生產兵團、鐵路、軍區這三大系統來看，人員構成也十分複雜，全國各省、自治區、直轄市的人幾乎都有，而且各地人口在總人數中所佔比例都較均衡，沒有某地人占明顯優勢的情況。人口的構成決定了方言的錯雜。三大系統內部來自不同地域的人操不同的方言，每一種方言使用的人數都有限，不能對整個系統產生全局性影響。方言之間相互頡頏，難以融合產生新模式，這種狀況使得三大系統職工的子弟缺乏只接受某一種方言影響的環境。社會交際功能的誘導使他們留心廣播、電臺、電視、電影以及學校教師使用的普通話，而對自己父母輩所操的方言感情淡漠。從心理結構看，三大系統的人都有較強的身份意識和自豪感，他們喜歡在各個方面表現突出，北京口音成了系統身份的標誌。外地人都認為自己是為國家的繁榮富強才到邊疆工作，普通話是國家法定的標準語，講普通話與他們的心理狀態相適應。新疆地區較少內地那種漢族傳統文化的嚴重束縛和對外來新鮮事物的排斥，沒有守舊勢力構成對學習普通話的心理壓力。因此，普通話就在各方言雜處並且都不能控制交際局面的情況下興盛起來。這是多種語言和方言在均衡共處條件下互動選擇的生態對策。

選擇作為一種生態對策是通過語言或語言成分與環境的相互作用，運動變化來實現的。在語言的微觀層次，最常見的是有功能目的導引的多個變體並存。如果這些變體功能目的分化，不同的生態環境就會有不同的選擇。例如，美國

〔註 45〕參見王標《普通話高水平地在新疆通行》，載香港《語文建設通訊》，總第 16 期，第 2～4 頁。

英語表示請求的語句可以有六種形式：〔註46〕

It's cold today.（今天天冷。）〔情景性話語〕

Lend me your coat.（把你的大衣借給我。）〔控制性話語〕Also（「Would you mind lending…?」）或者說，（「把你的大衣借給我，你在意嗎？」）

I'm cold.（我冷。）〔信號性話語〕

That looks like a warm coat you have.（你穿的大衣看上去很暖和。）〔暗示性話語〕

Br-r-r.〔情感性話語〕

I wonder if I brought a coat.（我忘了是否帶大衣來了。）〔計算性話語〕

對以上語句的運用，顯然不能隨心所欲，至少要受情境和人際關係制約。這類情況是功能目的與環境中的客觀因素相互作用進行選擇。

陳望道先生在《修辭學發凡》（上海教育出版社1976年7月第1版）第59頁列舉了描寫奔馬踐犬的六種語句後，評論說：「這都是由於意思有輕重，文辭有賓主之分，所以各人的意見不能齊一。」其實，功能目的分化，人的意向不同，這才是引起言語手段殊異的關鍵所在。文辭賓主，語意輕重，只是實現功能目的的表達形式。奔馬踐犬的具體情況是客觀存在，描寫同一現象的人可以有不同的著眼點和側重點，人的主觀意向不一樣，語句的表達就有可能不同。這類情況是功能目的與人的主觀意向相互作用進行的選擇。

語言成分的選擇，在共時和歷時兩個層面上都同樣存在。現代漢語中有一群語法功能相當的連詞：「和」、「跟」、「同」、「與」、「及」、「暨」。在通常情況下，互相替用不會引起功能變化。但這群連詞受功能目的作用已存在分化，在不同的言語環境條件下，有一定方向的選擇。「和」的適應面最寬廣，具有很高的使用頻率，它適用於口語、書面語，也適用於雅言和俗語，生命力很強，在多種環境條件下都適用。「跟」則大多出現於口語環境，它前面出現的成分與後面出現的成分之間有時隱含從主關係。「同」也主要出現於口語，使用頻率不及「和」、「跟」，它前面出現的成分與後面出現的成分之間有時隱含比較關係。「與」、「及」、「暨」口語一般不說，主要用於書面語，或者比較莊嚴的場合。「及」前面的成分與後面的成分之間有時隱含主從關係。「與」前面的成分與後

〔註46〕材料引自祝畹瑾編《社會語言學譯文集》，第247頁。

面的成分有時隱含比較關係。「暨」的使用範圍最小，僅在會議、儀式的書面語中運用。

語言成分在歷史演進過程中存在新舊交替。在緩慢的交替過程中，有的新舊成分雖然語義、語法功能相同，但由於表意要求不同而功能目的有差異。語言系統中原有的語言成分與約定的環境類型構成較穩定的生態位。新產生的語言成分總是首先與新的環境構成生態位，然後逐步涉足原有語言成分佔有的環境，與之發生生態位競爭。舊的語言成分如果不能與新的環境條件整合為新的生態位，則在競爭中處於劣勢，有被選擇原則淘汰的可能。近代漢語動詞後綴系統中「得」、「將」、「了」、「著」四種功能相同的成分共存，它們都既可表示完成意義，也可表示持續意義。〔註 47〕「得」、「將」是比較古老的成分，它們是由動詞虛化而來。「得」大約在唐代就已由充任一般結果補語發展為完成貌後綴。如《敦煌變文・廬山遠公話》:「『汝念得多小卷數？』遠公對曰：『賤奴念得一部二十卷，昨夜惚念過。』」到宋代就很普遍了。表完成的如宋話本《快嘴李翠蓮》:「張狼進得房，就脫衣服。」表持續的如《宣和遺事》:「宋江為此只得帶領得朱同……等九人直奔梁山泊上。」「將」作為後綴產生於六朝，成熟於唐，盛行於宋。表完成的如《顏氏家訓》:「命取將來，乃小豆也。」表持續的如《水滸傳・八十一回》:「當時兩個換了結束，帶將金銀，徑投太平橋來。」但這兩個語言成分在近代北方漢語中，使用頻率已不如「了」和「著」，這表明「得」和「將」在新的表意要求產生以後，沒能迅速地與新的表意環境建立穩定聯繫，從而在競爭中日益削弱。在現代漢語北方話中，「了」和「著」已經完全取代了「得」和「將」。

功能目的導引無條件的語言變體條件化，功能相同的條件變體由於生態位重疊而競爭消長。語言或語言成分通過選擇進行新陳代謝，語言系統就在各種複雜的生態運動中不斷與生態環境協同進化。

〔註 47〕楊占武《近代漢語中功能重疊的語法成分》，載《陝西師範大學學報》（哲社版），1987 年第 1 期，第 76～83 頁。